acabus

Amandara M. Schulzke (Hrsg.)

Wir sind die Bunten

Erlebnisse auf dem Festival-Mediaval

Anthologie

acabus

Schulzke, Amandara M. (Hrsg.): Wir sind die Bunten. Erlebnisse auf dem Festival-Mediaval. Hamburg, acabus Verlag 2020

1. Auflage
ISBN: 978-3-86282-763-3

Dieses Buch ist auch als eBook erhältlich und kann über den Handel oder den Verlag bezogen werden.
ePub-eBook: ISBN 978-3-86282-765-7
PDF-eBook: ISBN 978-3-86282-764-0

Lektorat: Amandara M. Schulzke
Satz: Lea Oussalah, acabus Verlag
Cover: © Annelie Lamers, acabus Verlag
Cover- und Innenillustrationen: © Saskia Langeneckert
Illustration S. 289: © Norman Liebold

Bibliografische Information der Deutschen Nationalbibliothek:
Die Deutsche Nationalbibliothek verzeichnet diese Publikation in der Deutschen Nationalbibliografie; detaillierte bibliografische Daten sind im Internet über http://dnb.d-nb.de abrufbar.

Der acabus Verlag ist ein Imprint der Bedey Media GmbH,
Hermannstal 119k, 22119 Hamburg und Mitglied der Verlags-WG:
https://www.verlags-wg.de

---

http://www.acabus-verlag.de
Gedruckt in Europa

Inhalt

Europas größtes Mittelalter-Festival

Als mir Amandara eine Geschichtensammlung vom Mediaval als Buch vorgeschlagen hat, war ich nicht überzeugt. Wer sollte da was schreiben? Wer will das lesen?

Nun, da die Geschichten vorliegen, bin ich begeistert, wie viel Kreativität so ein Festival auslösen kann. Ein Festival, das bereits am Anfang eigentlich gescheitert war.

Warum dies doch nicht passiert ist, hat mehrere Gründe, einer davon war ein großer Typ mit Hut, der mir damals noch vollkommen unbekannt war.

Das erste Festival 2008 ist vorüber. Ich sitze mit meinen Mitstreitern im Büro. Es ist spätnachts, nur einige Künstler feiern noch im VIP-Zelt. Uns ist nicht nach Feiern zu Mute.

Dass man ein so groß angelegtes Festival nicht beim ersten Mal mit Gewinn abschließen kann, war uns von Anfang an klar, aber langsam dämmerte uns, wie groß der Verlust sein würde.

Wir sind durch, voller Einsatz, gerade geschafft, dass uns das Projekt nicht über den Kopf gewachsen ist, drei Tage kaum Schlaf und jetzt die Erkenntnis, dass wir komplett pleite sind, ja mehr als das. Es fehlt eine Summe im mittleren fünfstelligen Bereich. Wir drei haben das Festival-Mediaval ohne eigenes Kapital auf die Beine gestellt, also haben wir auch keinerlei Rücklagen zur Absicherung. Was tun? Eigentlich bleibt nur die

Insolvenz. Und dabei war es doch so schön. Deprimierter kann man kaum sein, ausgelaugt, frustriert.

Auf einmal erscheint ein großer Typ mit Hut in der Bürotür und lehnt sich diagonal in den Türrahmen. Ich frage mich gerade, was er denn will. Geld? Da beginnt dieser Mensch auf Englisch zu erzählen, wie toll es hier sei und was wir da Spektakuläres auf die Beine gestellt haben. Er erzählt vom super Service, den wir bieten, von den tollen Menschen, die mitwirken, dem absolut enthusiastischen Publikum, dem fantastischen Markt …

Eine fast nicht enden wollende Lobeshymne prasselt auf uns ein.

Am Ende bedankt er sich, dabei gewesen sein zu dürfen und stellt sich als Steve Sic von Omnia vor. Dann ist er weg. Es ist wie eine Erscheinung für mich. Real, aber auch surreal. Definitiv ist meine Stimmung um Längen gesteigert und ich fasse wieder Mut.

Dies war ein Schlüsselmoment für mich. Wenn das Festival sogar bei Künstlern, die viele Festivals kennen, so gut ankommt, mussten wir alles dafür tun, damit das Projekt weitergehen kann. Schulden schleppen wir immer noch mit uns rum. Daran haben wir uns gewöhnt und das Projekt Mediaval entwickelt sich stetig weiter und wird immer noch besser und noch schöner.

Jetzt 2020 stehen wir wieder einer großen Herausforderung gegenüber. Im Zuge der Covid 19-Pandemie sind alle großen Veranstaltungen abgesagt. Wir kämpfen ums Überleben, aber Aufgeben ist keine Option. Ich werde alle Register ziehen, um das Festival am Leben zu erhalten.

Auch die vorliegende Anthologie ist ein kleiner Mosaikstein im Überlebensplan des Festivals. Die Geschichten sind so vielfältig und fantasievoll wie das Mediaval selbst.

Mein Dank geht an Amandara und all die tollen Autoren, die Geschichten beigesteuert haben.

Viel Spaß beim Lesen wünscht Euch

Euer
Bläcky

Ich freue mich auf ein baldiges Wiedersehen mit Euch allen!

www.festival-mediaval.com

© Inga Sommer

Nils Krebber

Der Hamburger Ingenieur für Luft- und Raumfahrttechnik ist seit drei Jahrzehnten passionierter Rollenspieler. Schon seit langem führt er seine Freunde in fremde Welten und konfrontiert sie mit dystopischen Zukunftsszenarien, heroischer Fantasy oder reißerischen Western. 2018 trug er »Keine Helden – Piraten des Mahlstroms« – seinen Debütroman – in das Literaturzelt. Was er mit hinausnahm, war die Überzeugung, dass er nicht alleine ist in dieser bunten Welt, und es noch viele Geschichten zu lesen, hören und erzählen gilt.

Festivalzauber

Sein erster Hinweis auf das Festival ist ein blaues Leuchten am Horizont. Er ist benebelt von der Reise – hunderte Kilometer in stickigen Zügen, fremde Bahnhöfe, und dann – nichts. Er folgt dem Plan auf seinem Smartphone einen Berg hinunter, dann wieder herauf. Inmitten einer fre2137m-den Stadt irrt er umher, es gibt keine Schilder, keine Hinweise, obwohl es doch das größte Mittelalterfest Europas sein soll. Auch keine Passanten, keine anderen Reisenden. Es ist spät am Freitagabend, ganz Selb hat schon die Bürgersteige hochgeklappt. Er schultert seinen Rucksack, vergisst sein Telefon und folgt dem blauen Licht.

Einen weiteren Berg herunter, dann wieder hinauf. Jetzt dringen erste Laute an sein Ohr, Echos von Stimmen und Dudelsäcken. Dank der engen Straßen kann er weiterhin nichts vom Gelände sehen, aber da, über den Dächern, schimmert verheißungsvoll das geisterhafte Leuchten. Jetzt sieht er andere Gäste, sie wirken alle abwesend, fremd. Keiner nimmt Notiz von ihm. Er muss dreimal umkehren, weil er am Eingang irgendwie vorbeigelaufen ist, doch schließlich findet er den Zugang – zwei Wagen. Hinter den Schaltern sitzen mit Pelzen und Waffen bestückte Krieger, wie aus einem Fantasyfilm. Er zeigt ihnen sein ausgedrucktes Ticket, worauf ihm der Bärtige mit einem freundlichen Lächeln sein Band ums Handgelenk legt.

»Nimm es niemals ab – ohne das Band kommst du nicht mehr heraus.«

»Du meinst herein, oder?« Aber der Hüne lächelt nur und wendet sich wieder seinem zerlesenen Programmheft zu, während er sich aus einem Horn eine gelbe Flüssigkeit hinter und über die geflochtene Bartpracht gießt.

Er übertritt die Schwelle, und mit einem Male verschwindet die Stadt, die Reise, alles da draußen aus seinem Kopf. Die Wege sind mit verschiedenen Farben ausgeleuchtet. Von überall her schallt Musik. Ziellos wandert er einen Kiesweg hinauf, und lässt sich treiben, bis er an die erste Bühne kommt. Hunderte von Gestalten wiegen auf dem Rasen hin und her, gebannt von den Klängen der Dudelsäcke und Drehleiern auf der Bühne. Keltische Weisen schallen über ihn hinweg und nehmen ihn in ihren Bann. Die Musik trägt ihn zurück in eine Zeit, die es nie gegeben hat, die er aber in seinem Herzen immer schon gespürt hat. Eine Zeit, als die Welt voller Mythen und Geheimnisse war, als in den Wäldern nicht nur wilde Tiere, sondern auch flüchtige Elfen und weise Zauberer warteten.

Die Musiker auf der Bühne tragen Schottenröcke und sonst wenig. Sie lassen ihre langen Haare fliegen, als wären sie von Dämonen besessen. Der wilde Rhythmus erfasst auch ihn. Seine Schritte führen ihn wie automatisch unter die Tanzenden. Um ihn herum schwitzende Körper, wehende Haare, wildes Keuchen. Er verliert sich in der Musik, in der Bewegung. Als der letzte Ton verhallt, fällt jede Müdigkeit von ihm ab. Er macht sich auf die Suche nach dem nächsten Tanz, dem nächsten Erlebnis.

Er irrt durch die Nacht, erblickt hier und dort seltsame Gestalten mit spitzen Ohren und merkwürdigen Gerätschaften in der Hand. An einem Stand ersteht er einen Krug mit Honigwein, dann folgt er den süßen Klängen einer Harfe. Hinter einem Gebüsch findet er ein paar Gleichgesinnte, die um eine Frau in einem weißen Kleid hocken und der Musik ihres Instrumentes lauschen. Ihre Finger bewegen sich so zart über die Saiten, dass er gar nicht glauben kann, dass solch kräftige Töne daraus hervorzuzaubern sind. Als sie ihre Stimme zum Gesang erhebt, erfüllt ihn eine so tiefe Sehnsucht, eine solche Einsamkeit, wie er sie in seinem jungen Leben nie gekannt hat. Tränen laufen frei seine Wangen herunter, er schert sich nicht darum, wer ihn sieht. Zwei Hände greifen nach seinen, führen ihn zu Boden, nehmen ihn in den Arm. Auf ihren Gesichtern glitzern Tränen – oder sind es Sterne, die dort in ihren Augen funkeln? Es kümmert ihn nicht. Er schließt die Augen und gibt sich der Trauer hin, von der die Harfe und die Stimme erzählen, fällt mit ihr in schwere Melancholie. Einen Moment lang spielt er mit dem Band an seinem Arm, macht sich klar, dass dies alles nur Illusion ist. Dann ertönen die ersten Akkorde eines neuen Liedes. Als er die Augen öffnet, ist die Spielerin davongezogen, ersetzt von einem bärtigen Burschen mit einer Gitarre, der eine wahnwitzige Weise schmettert.

Irgendetwas Verrücktes über echte, wahre Helden, aber was immer es ist, es holt ihn zurück aus seiner Trauer und erfüllt sein Herz mit Freude. Der wuselige Mann strahlt eine solche Lebenslust aus, dass es ihn auf die Beine treibt. Er zieht weiter durch die Dunkelheit, zu einem Zelt, in dem ein glatzköpfiger Gnom aus einem Buch rezitiert. Es geht um Koboldkönige und verwunschene Prinzessinnen. Dann fliegt das Buch zur Seite. Der wunderliche Gnom beginnt, frei zu sprechen, steht auf und ruft zum Kampf, zum Widerstand, zur Revolution im Wunderland. Es ist eine Ode an die Freiheit, ein Aufruf zum Erschaffen, ein Appell an jeden einzelnen, sich seine Träume nicht vorschreiben zu lassen. Noch nie hat er jemanden gehört, der so voller Leidenschaft ist, so erfüllt von Liebe zum geschriebenen Wort.

Elektrisiert von dieser Energie bedankt er sich bei der Schutzfee dieses kleinen Ortes der Ruhe. Wo das geschriebene

Wort zum Nachdenken anregt und zum Verweilen einlädt. Aber er kann nicht bleiben, denn die Klänge weiterer fremder Instrumente locken ihn. Und so eilt er vom Chor der Raben zum Hof der Apokalypse, er tanzt mit Elben und trinkt mit Wikingern. Er teilt das Brot mit einem Ritter und stößt an mit einem Haufen wilder Piraten. Die Nacht wird zum Tag und wieder zur Nacht. Das Licht und die Musik ziehen ihn immer wieder zurück, treiben ihn von Bühne zu Lichtung zu Lesung, bis es schließlich, und er weiß nicht mehr, wie, zu Ende geht.

Der Zauber ist vorbei, die Zelte werden abgebaut. Das fahrende Volk zieht weiter, die Elben und Kobolde und Wikinger und Ritter werden zu Menschen, ziehen sich die Maske des Alltags an und verbergen sich in den Schatten der Zivilisation. Als er den Hof verlassen will, bleibt er mit seinem Band an einem Ast hängen. Er schaut auf das kleine Stück Stoff, das ihn zurückhält. Er lässt den Blick schweifen und erkennt die normalen Menschen hinter der Schminke, die angeklebten Ohren, das nachgemachte Fell. Dann reißt er das Band mit einem Ruck ab.

Denn er hat sie gesehen – sie haben sein Herz berührt, und er weiß jetzt, dass er sie immer wieder finden kann. Die Elfen und Zwerge, die Feen und Zauberinnen, Ritter und Spielfrauen. Sie sind wahrhaftig – in ihrer Musik, in ihren Geschichten, in ihren Weisen – und jetzt in seinem Kopf, seinem Herz und seiner Seele. Er kam her als verschreckter Junge und geht als befreites Wesen – er weiß noch nicht, welches Fabelwesen in ihm schlummert, aber er wird es finden. Und nächstes Jahr wird er hier sein, und diesmal wird er als eines von ihnen tanzen.

Wenn die Flamme einmal entzündet ist, verlischt sie nicht wieder. Das Festival hat einen neuen Jünger, und die Welt ist ein bisschen bunter geworden.

© Stefan Marchhart

Astrid Rauner

Astrid Rauner wurde 1991 in der hessischen Wetterau geboren und hat in Gießen Umwelt- und Ressourcenmanagement studiert. Beruflich ist sie im Bereich Landschaftsökologie und Landschaftsplanung tätig. Ihre große Leidenschaft gilt der Vor- und Frühgeschichte Europas. Zum Thema Kelten und Germanen hat sie sechs Romane veröffentlicht, in denen sie historische Lücken gern mit phantastischen Elementen füllt. Weiterhin ist sie als Herausgeberin und Organisatorin von Live-Rollenspiel-Veranstaltungen aktiv.

Das Festival-Mediaval hat alles zu bieten, was Astrid Rauner seit Kindertagen liebt: Musik, Literatur und einen breiten Querschnitt der deutschen Mittelalter- und Reenactmentszene. Gerne folgte sie daher schon zweimal der Einladung zu einer Lesung auf Europas größtem Mittelalterfestival, um zu lesen, zu lagern und zu feiern.

www.astrid-rauner.de

Eine besondere Genehmigung

Menschen erinnern sich. Viel besser, als ich es ihnen zugetraut hätte. Fremd ist das alles und vertraut zur gleichen Zeit – wie die Musik aus den riesigen Lautsprechern ihr Echo zwischen den Bäumen schlägt. Dudelsack, Laute und Flöte, von elektrischen Mischpulten zurechtgebogen. Der erste Soundcheck. Anfangs zuckt mein Auge noch, als mich die Klänge überrollen. Was diese Menschen der Musik antun, wirkt falsch. Doch je länger ich sie höre, irgendwie auch vertraut.

Das kleine Männlein, das mit mir Schritt zu halten versucht, hat die Arme ineinander verschränkt. Mit der Abenddämmerung schlägt Kälte über dem Goldberg nieder. Die Sommersonne verliert Anfang September hier zunehmend an Kraft. Es duftet nach Herbst und Vergänglichkeit, dem die Menschen mit Räucherwerk und Feuerholz trotzen. Sie halten fest an Zeiten und Epochen, die die meisten anderen Bewohner dieses Landes längst losgelassen haben.

Gerade deshalb bin ich so skeptisch. Es ist mein erster Besuch, doch ich weiß genau, worauf ich achten muss. Die Anweisungen waren eindeutig. Wahrscheinlich ist mein Begleiter deshalb so nervös. Er hat vergessen, sich eine Jacke mitzunehmen und schlottert nun in seinem kurzen Festival-T-Shirt. Das Walkie-Talkie das sämtliche der Verantwortlichen hier herumtragen, hat er ausgeschaltet. Besser wäre es für ihn, wenn dieses Prozedere nicht gestört wird.

Vom Marktbereich riecht es so verführerisch nach den ersten Leckereien, dass ich mich kurzerhand entscheide, vom langen Weg zur Hauptbühne nach rechts abzubiegen. »Wir fangen hier an!«, verkünde ich meiner Begleitung. Und eigentlich ist klar – wenn es etwas zu finden gibt, dann hier. Die meisten Händler haben ihre Stände bereits aufgebaut. Morgen ist Einlass.

Mein Appetit steuert mich zielsicher zum ersten Essensstand. Die ersten Vanillekrapfen werden Probe gebacken. Das Fett zischt und es duftet herrlich. Kein Wunder! Zwischen Efeudekoration und allerlei Laternen erkenne ich eine kleine Matronenstatue, die neben der Kasse drapiert ist, ein altes Götterbild aus moderner Fertigung. Ohne ein Wort mache ich halt, blicke erwartungsvoll zu meinem Begleiter, der zum Glück auf Anhieb versteht. Ich hätte es ihm nicht noch einmal erklärt. Sofort wendet er sich an die Krapfen-Bäckerin: »Wir brauchen hier eine kleine Probeportion!«

»Aber gerne doch!«, antwortet die ältere Dame vergnügt und hebt mit einer Schaumkelle das Zuckergebäck in eine kleine Tonschale. Sie trägt bereits ihre Gewandung und hat sich ein paar Wiesenblumen in die Haare gesteckt. »Darf es für die Dame ein wenig Zimt-Zucker sein? Oder lieber eine feine Soße aus heimischen Früchten?«

»Mit Soße!«, entscheide ich mich diesmal selbst und nehme kurz darauf das dampfende Gebäck entgegen. Als ich hineinbeiße, vergesse ich fast, meine Begeisterung zurückzuhalten. Mir wurde nicht zu viel versprochen. Das Menschlein neben mir zeigt einen Anflug von Euphorie, bis ich meine Mimik wieder in den Griff bekomme. Eindeutig – ein fast perfektes Gebäck. Der Göttersegen verleiht ihm eine unverkennbare Geschmacksnote. Ich hätte wenig anderes erwartet. Jetzt kommt es drauf an.

Nachdem ich mir einen zweiten Krapfen in den Mund geschoben habe, nähere ich mich der Theke, um einen genauen Blick auf die Matronenstatue zu werfen. Drei kleine Frauenfiguren mit antikem Kopfputz wurden aus einem weißlichen Material herausgearbeitet, wahrscheinlich Kunststein. Ich hätte mir etwas Würdevolleres gewünscht. Doch diese Zeit hat nun einmal ihre Eigenarten. »Wo ist das Opfer?«, frage ich die Bäckerin unverblümt und nicke in Richtung der Göttinnenbilder. Ihre Irritation lässt mich beinahe ungehalten werden.

»Welches Opfer?«, hakt sie verdutzt nach und ich bemühe mich, ihr ganz langsam zu erklären: »Ihr backt mit dem Segen dieser Göttinnen? Wo ist ihr Dankopfer?« Ein Herzschlag vergeht, dann noch einer. Endlich realisiert die Dame, dass meine Frage eindeutig ernst gemeint ist. Wahrscheinlich ist es die zunehmende Nervosität meines Orga-Männleins, dass sie fast hektisch nun einen Krapfen frittiert, das Fett abtropft, fein mit Zimt-Zucker anrichtet, nur, um ihn der Statue vor die gemeißelten Füßchen zu bröseln. Vor den kaum fünfzehn Zentimeter großen gallo-römischen Göttinnen liegt nun ein unordentlicher Haufen aus Krapfenresten, deren Krümel teilweise über die Thekenkante rollen. Sie scheint selbst von ihrem Ergebnis nicht besonders begeistert und pflückt kurzerhand eine der Blüten aus ihren Haaren, um sie auf dem Gebäckopfer anzurichten. Ich ziehe kritisch eine Augenbraue in die Höhe und schiebe mir noch einen Krapfen in den Mund. Besser als nichts. Ich ignoriere den verständnislosen Blick meines Begleiters, als ich mein Klemmbrett zücke, mir einzelne Notizen mache und letztlich hinter den ersten Punkt einen Haken setze.

»Ein Klemmbrett?«, platzt es aus ihm heraus und scheint ihm im nächsten Moment bereits leidzutun. Mein Blick sprüht Gift. »Warum auch nicht?«, zische ich. »Glaubst du, die Zeit ist stehengeblieben, wo ich herkomme?«

Ja, das glaubt er wohl. Vermutlich hofft er es sogar. Denn in seinem Blick macht sich ein wenig Enttäuschung breit. Mir wurde angeraten, die Träume dieser Menschen nicht zu sehr zu entzaubern. Ihre Sehnsucht und Vorstellung von all dem, was ich Alltag nenne, sind die besten Gründe, warum sie all das hier noch nicht losgelassen haben. Darum bemühe ich mich um einen versöhnlichen Ton und füge meinen Worten hinzu: »Ein paar kleine Neuerungen wurden irgendwann notwendig. Es sind nicht viele, sorge dich nicht. Sie lassen sich nicht besonders einfach durchsetzen. Ich hätte mir auch nie träumen lassen, einmal für Aufgaben wie diese hier eingesetzt zu werden.« Meine Hand umfasst mit einer Geste das Festivalgelände. Tatsächlich wagt meine Begleitung dadurch einen Anflug von Neugierde: »War es … eine Bestrafung, dass Ihr hier seid, oder …?«

»Keinesfalls,« lache ich. »Ich habe darum gebeten! Mal etwas Abwechslung hörte sich gut an. Mit den Jahrhunderten werden die Tage auch in den prunkvollsten Hallen lang.«

Ob ihn die Erklärung enttäuscht, weiß ich nicht. Ich belasse es bei einem dankenden Nicken an die Bäckerin, verspeise das letzte Vanillegebäck und hole tief Luft. Dann soll es also beginnen.

Bevor ich nach Selb aufgebrochen bin, hat man mir eine sehr lange Liste mit zu prüfenden Details eingetrichtert. Ich habe das im ersten Augenblick für übertrieben gehalten, verstehe beim Anblick dieses Geländes nun aber ihre Notwenigkeit. Ein wenig scheint die Zeit hier stehengeblieben. Zu welcher Epoche genau, darüber ist Einigkeit gar nicht nötig. Stattdessen schwelgt jeder für sich in den Andenken und Erinnerungen an das Zeitalter der Menschheit, das am besten den Klang der eigenen Seele trifft. Nordische Anhänger werden neben arabisch anmutender Gewandung verkauft. Ich sehe

Seefahrer im Stil der britischen Rotröcke neben keltischen Damen und hochmittelalterlichen Adeligen stehen. Gemeinsam mit Geschöpfen aus Fantasie und Mythen, die sich als Bild oder Figur im Sortiment vieler Händler finden, verwandelt sich all das in eine fließende Huldigung an die Vergangenheit, die viel näher scheint als die Gegenwart.

Wieder fegt ein kurzes Stück Musik wie eine Sturmböe über den Platz. Ich bedauere es fast ein wenig, dass es schnell abgebrochen wird, um die Technik nachzujustieren. Hoffentlich hat der Kerl vom Bühnenteam, den man mir vorgestellt hat, alle meine Anweisungen auch wirklich verstanden. Ich werde mir das zum Schluss ansehen. Ein bisschen komme ich nun selbst in Fahrt, freue mich über die Harfe, die hinten hinter den Bäumen angespielt wird. Vielleicht lasse ich mich etwas zu sehr von der guten Laune beflügeln. Den armen Verkäufer am nordischen Schmuckstand hätte ich auch nach der dritten Nachfrage in Ruhe lassen können. Stoisch wie ein Schüler bei der Klassenarbeit erklärt er mir Anhänger für Anhänger die mythische Bedeutung der Symbole. »… das ist ein mögliches Abbild Odins, die sogenannte Aarhus Moesgaard Maske … eine Walkürendarstellung aus Schweden … dieser Anhänger ist dem Muster der Mammenaxt aus der Zeit um 950 n.Chr. nachempfunden …«

Ich habe nichts zu beanstanden, auch er bekommt eine Notiz mit einem Haken. Der junge Mann aus der Orga beginnt sich neben mir allmählich zu entspannen. Fast scheint es ihm peinlich, als ich einen der Fotografen, der erste Impressionen vom bunten Treiben einfängt, sehr ausführlich zu seiner Kamera befrage und mir das Gerät vorführen lasse. Zu meiner Erleichterung liegen die Menschen damit richtig, dass der Vorgang des Fotografierens für die Seelen der Abgelichteten keinerlei Gefahr darstellt. Ich kann beim besten Willen keinen gebundenen Geist in oder um das Gerät herumschwirren sehen. Als der Fotograf mir zum Schluss versichert, es sei auch kein Kobold in der Kamera gefangen, lachen wir beide. Als ob er so ein launisches Biest eine halbe Woche lang in einem kleinen Kasten einsperren könnte!

Erstaunlicherweise macht sogar die Wahrsagerin ihre Sache nicht schlecht. Ich habe mich für Handlesen statt Kartenlegen entschieden, und sie grübelt eine ganze Weile über die feinen Linien in meiner Haut. Immer wieder fängt sie dabei meinen Blick, sieht hinunter zur Hand, als könne sie in meinen Augen mehr lesen als am eigentlichen Ort der Vorhersehung. »Ihr habt mehr als ein Leben gelebt, werte Dame …«, beginnt sie zögerlich und scheint ihren eigenen Worten nicht recht trauen zu wollen. »Hier ist … eine Entscheidung … eine Auswahl. Ihr seid von einer mächtigen Person erwählt worden, euer altes Dasein aufzugeben. Ich habe noch nie … einen so heftigen Bruch … in einer Schicksalslinie gesehen.«

»Das genügt mir.« Ich ziehe ihr die Hand weg und mache stattdessen eine neue Anmerkung auf meinem Klemmbrett. Der junge Mann von der Orga atmet auf, nachdem ich ihm verkündet habe: »Wir sind hier gleich fertig. Ich will noch einen schnellen Blick in die Lager werfen, dann können wir zur Bühne gehen.«

Halb gebückt schälen wir uns aus dem kleinen Zelt der Wahrsagerin zurück ins Zwielicht des Abends. Der Junge ist für seine Verhältnisse richtig ins Reden gekommen, während er mir die einzelnen Lagergruppen aufzählt. Fast wäre er mir vorausgeeilt, als ich im Augenwinkel einen letzten Blick auf einen Gewandungsstand erhasche – und plötzlich stutze. Eigentlich hatte ich das Sortiment schon als uninteressant abgehakt. Der Verkäufer bietet vorrangig Stangenware feil, Grundausstattung, die sich Neulinge auf dem Festival gern als erstes Gewand für kleines Geld zulegen. Was er nun offensichtlich eben erst einer

Kiste entnommen hat und auf einem Kleiderständer drapiert, passt so gar nicht in die banale Sammlung aus Untergewändern und Walkwollmänteln. Meine Begleitung erstarrt jäh, als er mich auf den Stand zuschreiten sieht und ich den Verkäufer direkt angehe: »Woher habt Ihr das?«

Im ersten Moment scheint der Mann sich gar nicht angesprochen zu fühlen, sondern hebt das kostbare Kleidungsstück weiter ungerührt über den Ständer. Ich will beim Näherkommen meinen Augen kaum trauen. Was der Verkäufer dort ausstellt, muss für einen Außenstehenden wie ein sonderbarer Mantel wirken. Er hat ein dunkles Lederinnenfutter und einen einfachen, viereckigen Schnitt. Eine feine Spange hält ihn am Hals zusammen. Bemerkenswert ist erst das Material, aus dem sein Äußeres gefertigt wurde. Der Mantel ist über und über mit hellen Federn bedeckt. Viele von ihnen sind erstaunlich schmutzig und wirken in die Jahre gekommen. Es scheint nichts zu sein, was ohne weiteres zum Verkauf steht.

»He da!«, werde ich nun unfreundlicher. »Was glaubt Ihr, was Ihr da habt? Woher habt Ihr diesen Mantel?«

Endlich wird der Kerl auf mich aufmerksam. Wenig beeindruckt von meinem Auftreten streicht er eine Falte glatt und empfängt mich mit den Worten: »Jetzt mal nicht so aufdringlich! Ich weiß selbst, was das für ein Schmuckstück ist. Das ist nur ein Ausstellungsstück!«

»Und wo kommt es her?« Kann es *echt* sein? Die Federn, das Leder, es wirkt gebraucht und vielfach getragen. Kritisch prüfe ich es auf Nähte – war es mit der Maschine genäht? Schwer zu sagen. Meine Begleitung beschwichtigt währenddessen den Verkäufer, der sich nicht mit der Auskunft zufriedengibt, ich hätte die Berechtigung, all dies hier zu prüfen.

»Jetzt hören Sie mal,« wendet er sich wieder an mich. »Das ist ein Erbstück. Fragen Sie mich nicht, wie alt das ist. Wir haben dafür keine geschützten Tiere getötet oder irgendwas dergleichen. Das sind ganz normale, und ich betone noch mal, ziemlich alte Schwanenfedern. Ich benutze das nur als Deko. Das wird nicht verkauft. Was genau gibt es für ein Problem damit?«

Ich ignoriere seine Frage. »Also wird es nie getragen?«

»Meine Frau wollte es für eine Zeremonie oder sowas mal anziehen. Damit lässt sich ein fabelhafter Schamane darstellen. Was genau ist Ihr Problem?«

Dass du nicht weißt, was du vor dir hast, antworte ich ihm in Gedanken. Offensichtlich hat er keine Ahnung, welche Macht dieses Gewand freisetzen kann – sofern es denn echt ist. Wie ich ebendies belegen soll, ist mir jedoch schleierhaft. Es ist bisher niemals nötig gewesen. Keine Trägerin lässt ihr Schwanengewand unbeaufsichtigt. Ich muss herausfinden, was mit seiner rechtmäßigen Besitzerin geschehen ist. Sofern ich recht behalte, handelt es sich nicht um diese Art Kleidungsstück, die man seinen Enkeln einfach vererbt.

Ich muss nachdenken. Diskretion ist mein oberstes Gebot, ich soll nicht zu sehr auffallen – bei aller Sorgfalt. Ein wenig Zeit ist nötig, damit ich mir Gedanken machen kann, wie ich die Echtheit dieses Kleidungsstücks nachweisen soll. Doch wer hat diesen fast knöchellangen, unpraktischen Mantel so weit abgenutzt, dass er wie viele Jahrzehnte getragen wirkt?

Da ich hier nicht weiterkomme, winke ich meine Begleitung zur Bühne – der letzte Punkt auf meiner Liste. Der Bühnentechniker, mit dem ich anfangs gesprochen habe, sieht uns bereits kommen. Er winkt mit den Notizen, die ich ihm dagelassen habe und hebt demonstrativ einen Teil der Bühnenabdeckung. Seinem Gesicht ist immer noch anzusehen, wie zwiespältig er meine Anweisungen befolgt hat. Unter der Bühne, auf der Rückseite des eigentlichen Bodens, prangt in rotem Lack ein

Schriftzug. Schon von weitem fühle ich das leichte Pulsieren, das von ihnen ausgeht. Für sein erstes Mal Runenzeichnen hat der junge Mann sich gut angestellt. Ihm ist kein Fehler unterlaufen, die Wirkung vorhanden. Das Gras unter dem Schriftzug riecht nach einer größeren Menge vergossenem Met. »Für die Götter!«, meint der Techniker dazu und deutet auf die Stelle, wo der Honigwein im Gras versickert ist, wie angegeben. »Auf der anderen Seite der Bühne habe ich das Gleiche gemacht.«

Er zeigt uns ebendiese Stelle. Wieder ein Haken. Auch für die Ritualkreise, die um den Bühnenbereich gezogen sind, Trankopfer vor den Getränkeständen, Trankopfer in den Lagern. Eigentlich habe ich es nicht für möglich gehalten, als ich meine Reise zu den Menschen antrat. All das scheint unendlich fern, verblassende Erinnerungen aus der Vergangenheit. Ich sehe plötzlich mein eigenes Haus vor mir, die Schnitzerei auf dem Dachsims, dünne Rauchfäden, die aus einer Räucherschale aufsteigen. Was ich hier vorfinde, ist anders, ist so viel lückiger, von Vergessen gezeichnet. Und doch bleibt ein Gefühl der Vertrautheit, das Wehmut in mir weckt. Diese Menschen haben nicht zu viel versprochen. »Gut!«, beende ich meine Liste und sehe in das verdutzte Gesicht meiner Begleitung. Warum verdutzt? Wundert er sich gerade, dass ich lächele?

Gemeinsam treten wir den Rückweg zum VIP-Zelt an, wo wir bereits von einer kleinen Gruppe aus anderen Mitgliedern des Organisationsteams erwartet werden. Gespannt umringen sie ein kleines Fass, das gleich einem Altar in ihrer Mitte auf dem Boden steht. Sie öffnen für uns den Kreis und atmen auf, als ich ihnen verkünde: »Grundsätzlich erhaltet ihr, wie angefordert, auch von uns die offizielle Genehmigung. Diese Veranstaltung wird stattfinden – mit dem Segen der Götter.«

Doch das ist noch nicht alles. »Hinsichtlich eurer gesonderten Anfrage …« Alle Blicke richten sich auf das Fass. »… Ich hätte es nicht mitgebracht, wenn es nicht möglich wäre, es euch zu überlassen. Meine Auflagen wären, dass ausschließlich die Künstler in den Genuss dieses Mets kommen. Es obliegt euch, wie ihr ihn gerecht aufteilt. Für ein Gelage wird er nicht reichen, wenn jeder etwas abbekommen soll. Aber seid versichert, seine Wirkung entfaltet er schon in kleiner Menge. Ich verbiete ausdrücklich, dass etwas davon zurückbehalten wird. Und glaubt nicht, ich würde es nicht erfahren! Worum es sich hier handelt, darüber bewahrt ihr absolutes Stillschweigen. Niemand außer den in dieser Gruppe anwesenden Personen weiß davon Bescheid, und so soll es bleiben. Wenn wir noch mehr Anfragen dieser Art bekommen, werden die Bestände knapp … Alles in allem …«

Ich hole tief Luft: »… erhaltet ihr durch mich Odins Segen, den Skaldenmet der Asen, den der Göttervater einst selbst nach Asgard brachte, um ihn an eure Künstler auszuschenken. Er soll ihre Stimme wohlklingend, ihre Lieder und Geschichten ergreifend und diese Veranstaltung unvergesslich machen!«

Meine letzten Worte verlieren sich in einem freudigen Geklatsche und Gejohle. Sämtliche Blicke der Umstehenden sind plötzlich auf uns gerichtet. »Bitte, Diskretion!«, zische ich und bringe die Freudenrufe damit jäh zum Verstummen. Ich löse mich aus der Runde und hole aus meiner Gürteltasche eine kleine, bronzene Medaille. Es ist das Abbild eines Wal-Knotens, eines dreifach in sich geflochtenen Knotens, unscheinbar, äußerlich kaum von der Ware der Händler zu unterscheiden. Mit einem Nagel und einem Hammer treibe ich ihn in einen der Balken am Eingang des VIP-Zeltes und murmele darüber einen Segensspruch. Nun ist es offiziell. Beziehungsweise – offizieller wird es nicht. Die Headorga hat mich am Anfang doch tatsächlich gefragt, ob ich ihnen – wenn ich schon eine Genehmigung ausspreche – etwas Schriftliches ausstellen könne. Kaum vorzustellen! Ein Zertifikat über Göttersegen! Nein, bei allen neumodischen Sitten, solche Verfahrensweisen würden hoffentlich niemals Brauch werden.

»Eines noch,« wende ich mich an den Kopf des Organisationsteams. Mir ist mittlerweile ein Gedanke gekommen. »Ich habe bei meiner Prüfung einen vermutlich gefährlichen Gegenstand festgestellt. Ich werde überprüfen, ob er wirklich echt ist. In diesem Fall werde ich ihn konfiszieren.«

Die Headorga wirkt nur verhalten begeistert. »Tatsächlich? Um welche Art Gegenstand handelt sich denn?«

»Einen Schwanenmantel.«

Er zieht die Augenbrauen in die Höhe. »Und das heißt?«

Ich atme genervt aus. »Die Haut einer offensichtlich toten Walküre.«

Der junge Mann, der mich während des gesamten Kontrollganges begleitet hat, folgt mir wieder zu dem Gewandungsstand zurück. Auf wundersame Weise ist der schön drapierte Schwanenmantel auf einmal neben dem Eingang verschwunden und im Inneren des Zeltes aufgebaut. Dort erhascht ein Vorbeilaufender auf ihn erst im zweiten Anlauf einen Blick. Der Verkäufer ahnt Böses, als er uns wiederkommen sieht. »Gibt es immer noch Probleme wegen des Mantels?«, fragt er mich zur Begrüßung und ich spare mir ebenfalls Floskeln: »Ich werde prüfen, ob er ist, was ich glaube. In diesem Fall konfisziere ich den Mantel.«

»Mit welchem Recht?«, faucht der Verkäufer, entlockt mir jedoch nur ein mildes Lächeln. »Das werdet Ihr dann sehen! Wenn er ist, was ich glaube, gehörte er einer Tochter Odins und nicht in Menschenhand!«

Hilfesuchend blickt der Verkäufer zu meiner Begleitung aus dem Orga-Team, dieser mahnt ihn jedoch, es mich wenigstens probieren zu lassen. Womöglich sei der Mantel überhaupt nicht echt. Widerwillig nimmt der Verkäufer das Federgewand daher vom Kleiderständer und legt es mir um die Schultern.

Ein Schauer überkommt mich. Kaltes Leder liegt auf meiner Haut, berührt meinen Nacken, scheint durch meine Kleidung zu dringen. Alle Zweifel sind wie ausgelöscht. Es geschieht, was mir seit so vielen Jahrhunderten vertraut ist wie kaum etwas anderes. Ich schließe die Augen, spüre die fremde Haut meiner Schwester, ihre wird zu meiner. Was gerade noch Kleidung war, wird nun Teil meines Körpers. Ich achte nicht auf die erstaunten Blicke der Umstehenden, fühle nur noch, wie meine Gestalt sich verwandelt, die menschliche Erscheinung dem Körper eines Schwanes weicht.

Ich habe mich also nicht getäuscht. Eine Windböe gibt mir den Auftrieb, um von der Wiese abzuheben. Bald darauf sehe ich das Festivalgelände auf dem Goldberg unter mir liegen. Hier ist meine Arbeit getan. Nun muss ich herausfinden, was es mit dem Mantel auf sich hat. So schnell ich kann, kehre ich zurück nach Walhalla.

© privat

Billie Przegendza

Die Autorin ist Jahrgang 1973, seit über zwanzig Jahren glücklich verheiratet und hat zwei erwachsene Kinder. Sie lebt in Eisenberg/Thüringen und hat eine Ausbildung zur Erzieherin absolviert. Sie arbeitete in ihrem Leben aber auch schon als Piratin, mittelalterliche CD-Dealerin und Wichtel in einem Supermarkt. Aktuell ist sie in einem Nachhilfeinstitut als Büroleitung, Lehrkraft und »gute Seele« tätig. Billie Przegendza ist überzeugter Grufti, ab und zu LARPerin, Redakteurin für das UnArt Webzine und schreibt sonst vorrangig steampunkige Kurzgeschichten, die in der Ætherwelt von Anja Bagus spielen. Wenn sie nicht gerade schreibt (oder häkelt), engagiert sie sich ehrenamtlich in der Kommunalpolitik ihrer Heimatstadt, wo sie im Kulturausschuss mitarbeitet.

Auf dem Festival-Mediaval hat Billie quasi eine Inventarnummer, denn sie ist seit der ersten Auflage im Jahr 2008 jedes Jahr dabei – zuerst als Händlerin und seit 2011 als Pressevertreterin.

www.unart.tv

Tanz auf dem Balkon

September 2015 – die Sonne schien durch das Fenster und kitzelte Enis' Nase. Der junge Mann erwachte und lächelte, bis ihm schlagartig bewusst wurde, dass er nicht in seinem eigenen Bett lag. Obwohl, irgendwie war es jetzt schon »sein« Bett. Das stand allerdings nicht in Aleppo, sondern in einem Land weit weg von Syrien. Der Syrer war in Deutschland gelandet, in einer kleinen Stadt, die Selb hieß und dort wohnte er in einem ehemaligen Hotel – wie ungefähr einhundert weitere Männer, Frauen und Kinder. Vor dem Fenster hörte er die Vögel singen. Ab und zu fuhr ein Auto vorbei, manchmal sogar die Polizei oder ein Rettungswagen – fast wie zu Hause. Auf der anderen Straßenseite lag ein Park mit großen Bäumen, einer grünen Wiese und ein Stück den schmalen Weg hinunter gab es sogar einen kleinen See. Für Enis hätte es sich fast wie Urlaub anfühlen können – aber das tat es nicht, denn seine Reise war alles andere als ein Ferientrip.

Ständig erinnerte ihn alles in seinem Leben daran, dass er tausende Kilometer hinter sich hatte – zu Fuß, auf kleinen Karren, über das Meer. Die Angst hatte ihn und seine Familie aus Aleppo vertrieben. Dort fielen Bomben, Schüsse peitschten nahezu pausenlos durch den Tag und die Nacht, Menschen schrien und weinten und viele von seinen Freunden waren entweder tot oder verschwunden.

Glücklicherweise hatte Enis' Vater eine Arztpraxis, so dass zumindest das Haus von den Heckenschützen und Plünderern verschont geblieben war. Doch vor ein paar Monaten war es selbst dort nicht mehr sicher und die Familie entschloss sich, Enis und seinen Bruder loszuschicken, um in einem fernen Land in Europa ein besseres Leben zu finden. Sie kratzten die letzten Ersparnisse zusammen und die beiden jungen Männer machten sich auf den Weg ins Ungewisse. Seine Eltern packten das Nötigste zusammen und gingen aufs Land zu Verwandten, weg aus der Stadt. Sie würden klarkommen, hatte ihm der Vater versichert und gab ihm als letztes Geschenk ein nagelneues Smartphone. Das hatte der Arzt als Bezahlung von einem Patienten bekommen, ein älteres Modell zwar, aber es erfüllte seinen Zweck – die Verbindung zur Familie aufrechtzuerhalten.

Enis lag mit offenen Augen auf dem Bett und versuchte, sich an die Reise zu erinnern, aber das fiel ihm schwer. Immer, wenn er die Augen schloss, hörte er nur Schreie und Schüsse. Er sah weinende Kinder in einem überfüllten Schlauchboot – mitten auf dem Meer. Sie weinten stumm, damit die Menschen auf dem Boot nicht gehört wurden. Ihre Mütter hielten ihnen die kleinen Münder zu und beteten still zu Allah, dass sie die Überfahrt heil überstehen. Am Strand weinten einige Mütter, weil ihre Kinder es nicht geschafft hatten. Sie waren verdurstet oder ins Wasser gefallen und ertrunken. Enis spürte eine Träne im Augenwinkel, er zitterte am ganzen Körper und musste sich erst beruhigen, bevor er sein Zimmer verlassen konnte. So war es jeden Tag! So war es jede Nacht vor dem Einschlafen!

Später in dieser Woche bemerkte der Syrer einige Menschen im Park gegenüber. Sie liefen über die Wiese und sahen sehr beschäftigt aus. Viele junge Leute waren dabei und es schien, soweit es Enis von seinem Balkon aus sehen konnte, als ob sie etwas vorhatten. Auf der Wiese bauten sie in den nächsten

Tagen eine große Bühne auf. Sie hingen den Zaun mit großen Bannern zu und ständig kamen LKWs an. Oft bis in den späten Abend hinein hörte Enis die Leute dort drüben werkeln, reden, rufen, lachen und singen. Er fand das spannend, denn es lenkte ihn von seinen düsteren Gedanken an die Heimat und die zurückgebliebene Familie ab. Zu gern hätte er gewusst, was im Park genau passierte. Die Menschen sahen freundlich aus und das war leider in Enis' Alltag eher ein ungewohnter Anblick. Klar, die Helfer im Hotel waren freundlich zu ihm. Sie halfen ihm mit seinen Asylunterlagen, gaben Deutschunterricht und kümmerten sich um ihn, wenn es Probleme gab. In dem Städtchen jedoch wurden Enis und seine Freunde oft angestarrt. Mütter wechselten mit ihren Kindern die Straßenseite, Männer blickten sie grimmig an und manche Verkäuferin im Supermarkt beschattete die jungen Syrer geradezu, obwohl sie genug Geld in den Taschen hatten und immer alles bezahlten, was sie einkauften.

Als Enis an diesem Nachmittag – es war ein Donnerstag – in den Hof herunterkam, herrschte dort helle Aufregung. Ein älterer Mann stand vor dem Hotel und sprach auf Deutsch mit den Helfern. Der Mann trug einen hellen Hut, er hatte einen Drei-Tage-Bart und viele Lachfalten um die Augen. Auf seiner Jacke war ein goldenes Logo zu sehen, das Enis schon von den Bannern am Zaun kannte. Enis drängte sich mit den anderen um den Mann, der so aussah, als ob er auf der anderen Straßenseite etwas zu sagen hätte. Es war schwer, etwas zu verstehen. Enis hatte gerade erst begonnen, die fremde Sprache zu lernen. Er schnappte ein paar Worte auf: Festival, Musik, helfen. Die Dolmetscher kamen kaum nach mit der Übersetzung. Nach einigem Hin und Her wusste der Syrer, worum es ging. Der Mann mit dem Hut wollte den Menschen im Hotel gern eine Freude machen und lud sie auf das Festival ein, das am Wochenende stattfinden würde. Wer also Lust hatte, konnte am Samstag in den Park kommen und ein paar schöne, unbeschwerte Stunden verleben. Enis freute sich! Das war eine willkommene Abwechslung in seinem Alltag. Aufgeregt lief er die Treppen hinauf, um seinen Zimmergenossen davon zu erzählen. Gemeinsam beschlossen die jungen Männer, das Festival zu besuchen, das am nächsten Tag beginnen sollte.

Den Freitagabend verbrachte Enis damit, von seinem Balkon aus das bunte Treiben im Park zu beobachten. Viele Menschen tummelten sich dort, es gab Musik, die Enis noch nie zuvor gehört hatte. Er erkannte vertraute Klänge, schließlich hatte er in Syrien nicht hinter dem Mond gelebt, es gab Internet. Die Leute im Park tanzten vor der großen Bühne und ihre farbenfrohe Kleidung verschmolz vor Enis' leuchtenden Augen zu einem bunten Flickenteppich. Er hörte die Festivalbesucher lachen und singen, hier und da flackerte ein Feuer und jeder schien glücklich und entspannt zu sein. Enis stand lächelnd auf seinem Balkon und an diesem Abend konnte er vor Aufregung fast nicht einschlafen.

Der Samstag begann mit Sonnenschein und Enis suchte in seinem kleinen Schrankfach nach ein paar Kleidungsstücken, die er tragen konnte. Er wollte heute besonders gut aussehen, deswegen fiel seine Morgentoilette ausgiebiger aus als normalerweise. Sorgfältig kämmte er sein Haar, rasierte sich und zog sein bestes Hemd an. Zum Glück hatten die Bewohner des Hotels neue Schuhe und Hosen bekommen, die ihnen von hilfsbereiten Stadtbewohnern gespendet worden waren. Zusammen mit seinen Freunden ging er zuerst an den kleinen See hinunter, wo sie die kleine Familie aus Afghanistan trafen, die auf demselben Flur lebte. Enis staunte über die Wiese am See, denn die hatte sich in einen Strand mit Palmen, Sonnenschirmen und verschiedenen Ständen verwandelt. Sogar ein

Floß gab es, auf dem es sich als Piraten verkleidete Männer und Frauen gut gehen ließen. Auf den vielen Bänken saßen die Besucher, die miteinander sprachen und irgendetwas aus Kokosnüssen tranken. Niemand achtete auf Enis und seine Freunde und falls sie doch jemand bemerkte, wurden die jungen Männer freundlich gegrüßt und angelächelt. Das hatte Enis nicht erwartet!

Im Park selbst begegneten ihnen nur lächelnde Menschen. Dort spielte ebenfalls überall Musik und Enis genoss es, sich durch die Besucher treiben zu lassen. Mit dem bisschen Geld, was er in seiner Hosentasche hatte, gönnte er sich ein orientalisches Mittagessen aus Rindfleisch, Bohnen und Couscous – das erinnerte ihn an seine Heimat. Viel gab es zu sehen und zu entdecken auf diesem Festival, so dass die Stunden bis zum Abend wie im Flug vergingen. Enis konnte die Strapazen seiner Flucht für eine Weile vergessen und fiel in dieser Nacht sehr glücklich in sein Bett.

Am Sonntag weckte Enis die Musik. Er war erst so spät in sein Zimmer zurückgekehrt, dass er fast bis zum Mittag geschlafen hatte – zum ersten Mal seit Wochen ohne Albträume. Das Wetter meinte es gut mit dem Festival. Die Sonne schien und Enis machte es sich auf seinem Balkon gemütlich, um ja nichts von dem Geschehen im Park zu verpassen. Wieder war die Musik fremdartig, aber längst nicht mehr so unbekannt wie an den Tagen zuvor. Die Ansagen der Musiker verstand Enis nicht immer, obwohl sie manchmal auf Englisch waren – das hatte Enis in seiner Heimat gelernt und konnte es normalerweise gut verstehen. Doch diese eine Gruppe, die am Nachmittag auf der Bühne stand, musste eine andere Sprache sprechen. Es klang weder nach Deutsch, noch nach Englisch, noch nach einer Sprache, die Enis jemals gehört hatte. Dafür gefiel ihm die Musik sehr! Enis fing auf seinem Balkon an zu tanzen. Er war so darin versunken, dass er nicht bemerkte, dass er vom Park aus beobachtet wurde.

Dort saß eine junge Frau in dem abgesperrten Bereich hinter der Bühne an einem Tisch und sah ihm beim Tanzen zu. Sie hatte ein Büchlein vor sich, in dem sie sich Notizen machte. Sie war auf dem Goldberg als Redakteurin zu Gast und schrieb an ihrem Festivalbericht. Später stand darin: »*Von Irxn aus Bayern bekamen wir nur wenig mit. Ein kurzer, aber typischer Selb-Moment jedoch beeindruckte mich. Während die Band auf der Schlossbühne spielte und ich mich am Pressezelt auf das nächste Interview vorbereitete, sah ich in der benachbarten Flüchtlingsunterkunft einen Mann zur Musik von Irxn auf dem Balkon tanzen. Die Münchner Formation spielt Folkrock mit Texten auf Bayrisch, aber der Mann auf dem Balkon genoss einfach die Musik, ohne ein Wort zu verstehen, und zauberte mir damit ein Lächeln ins Gesicht.*«

© Jo Fischer

Stefanus Rex

Stefanus Rex, *bürgerlich Stefan Sacharjew*, erblickte 1981 das Licht der Welt im fernen Sofia, wuchs in und um Berlin auf. Seit 2006 ist er Mitglied von Corvus Corax. Schon beim ersten Festival-Mediaval 2008 durfte er auf der Bühne stehen. Seitdem war er mit Corvus Corax und Berlinksi Beat regelmäßiger Gast. Das Festival-Mediaval gehört für ihn eindeutig zu den Höhepunkten der Festival-Saison. Stefanus, studierter Historiker, frönt neben der Musik auch seiner zweiten Leidenschaft: dem Schreiben. In seinen satirischen Texten verarbeitet er mit einem Augenzwinkern die Geschehnisse des Alltags. Derzeit schreibt er an seinem Debütroman.

www.stefanusrex.blogspot.com

Schwurbel I. – König aller Reptiloiden

Wie Sie mich hier bei Naseweis sitzen sehen, trinke ich grad mein fünftes Bier. Ich habe mein Konzert schon gespielt, da ist das nicht so schlimm.

Aber warum tue ich das, fragt sich der ein oder andere jetzt. Tja, Ich hatte eine Begegnung der dritten oder vielleicht auch eher der vierten Art.

Es geschah auf dem Weg hierher nach Selb zum Festival-Mediaval. Auftritt mit meiner Band. Immerhin sind wir seit dem ersten Festival dabei und immer wieder gerne hier.

Ich saß also hinten in einem Taxi und tippte geschäftig auf meinem Handy hin und her.

Es folgte eine, Stunden später noch immer nachhallende, Fahrt durch die Welt der geistig Erwachten oder meiner Meinung nach eher geistig Eingebrochenen.

»Sie sollten nicht so viel mit dem Handy rummachen …«

Ich ignorierte den Fahrer, er sollte mich ja schließlich nur vom Hotel zum Festplatz chauffieren und mir nicht erklären, wie ich mein Leben zu leben hätte.

Ich hatte jedoch nicht mit der Beharrlichkeit dieses Herren gerechnet.

»Sie sollten nicht so viel mit dem Handy rummachen«, wiederholte er. »Die Strahlung unterbricht die Verbindung zu

Ihrem Schawarma.« Nun schaute ich doch auf. »Was für ein Falafel?«

»Schiwuma! Ihr spiritueller Begleiter in dieser Welt.«

Erst jetzt schaute ich mir den Herren genauer an. Ein Mann, Mitte 50, schütteres blondes Haar, Bierbauch und eine Brille aus den 80ern.

»Sehen Sie, es verhält sich nämlich so ...«, startete Schawarma. »Der Schiwuma reinigt Ihren Geist. Er ist eine Art Engel, den Jesus auf unsere Welt geschickt hat, als die Erde in fremde Hände fiel.«

Ich wollte nicht zuhören. Wirklich nicht. In diesen Zeiten sprudelte der Schwurbel nur so aus den Leuten heraus, als hätte man einen Damm eingerissen. Und wie ein Dammriss fühlte sich diese Situation gerade an.

Ohne mein Augenrollen zu bemerken – oder er ignorierte es einfach – fuhr Schawarma fort: »Wissen Sie, warum der Virus *Corona* heißt? Das kommt vom lateinischen Wort für Krone. Es soll die Krönung des Werkes der Feinde Gottes sein.«

»Meinen Sie Reptiloide?«

Er lachte auf. »Haha. Nein, wer glaubt denn bitte an sowas? Das ist ja verrückt. Wer von Reptiloiden spricht, der meint auch, die Erde wäre eine Scheibe.« Ich sah ihn durch seinen Rückspiegel grinsen und spürte einen Hauch von Erleichterung.

Dann wurde sein Gesicht plötzlich beängstigend ernst. »Nein, ich meine die Rothschildler, dämonische Wesen aus dem Oriongürtel.«

Ich wollte antworten, dass das gar nicht verrückt klingen würde, aber ich brachte kein Wort heraus, da Schawarma bereits fortfuhr: »Die kamen nämlich bereits im Mittelalter, also genauer gesagt im 17. Jahrhundert, auf die Erde.«

Ich erwiderte, dass das 17. Jahrhundert nicht mehr zum Mittelalter gehöre.

»Ja, das will man Sie glauben lassen, um die Ankunft der Rothschildler zu verschleiern. Die Deutschen waren die einzigen, die sich immer wieder gewehrt haben. Aber wir haben die Kriege verloren.«

»Sie meinen die Weltkriege?«

»So nennen das nur fremdbestimmte Systemler. Wir Erwachten nennen sie die Widerstandskriege.«

Ich begann, nervös auf meinem Handy rumzutippen, in der Hoffnung, er würde mich in Ruhe lassen. »Ich sage Ihnen, das schadet nur. Außerdem ist mein Taxi isoliert, Sie dürften keinen Empfang haben«.

Und tatsächlich, das Netz war so schlecht, dass nur noch ein kleiner Balken zu sehen war, der schien, als würde er langsam verblassen.

»Was machen Sie denn auf dem Festival?«, erfragte Schawarma.

Ich antwortete brav: »Ich bin mit meiner Band da. Spiele Dudelsack«, immerhin war ich nicht ohne Stolz, vor so vielen Menschen als einer der Hauptacts auftreten zu dürfen. Dieses Gefühl, welches mich durchströmt, wenn ich vor mehreren tausend Menschen auf der Bühne stehe und Musik mache. Wenn die Melodien, die ich spiele, den ganzen Platz einnehmen. Die Zuhörer vor mir bewegen sich im Takt und wir werden zu einer großen Gemeinschaft, in der es nur noch um Musik geht. Nicht um Herkunft, Beruf, Vermögen oder sonst was … nur um Musik.

Aber ich schweife ab. »Dudelsack?« rief Schawarma aus. Das ist doch das Instrument der Feinde Gottes. Sind Sie Rothschildler?«

Ich zuckte zusammen. »Was, wie, äh nein? Wie kommen Sie darauf, dass Dudelsack ein Instrument Ihrer Stoppschilder sei? Immerhin gibt es dieses Instrument schon länger.«

Der Taxifahrer wurde ernster. »Rothschildler. Schlimme Wesen. Haben den Dudelsack in Schottland eingeführt und von dort ihre dämonische Musik auf die Welt gebracht. Sie sollten so ein Instrument des Bösen nicht spielen.«

Ich wusste nicht mehr, was ich sagen sollte. Ich wollte schnell aus dem Taxi raus.

Es war zwar nicht mehr weit bis zum Ziel, aber wir standen nun an einer roten Ampel.

»Ich kann Ihnen gerne Informationsmaterial mitgeben, wenn Sie wollen.« Er hielt einen Ordner aus Alufolie hoch. »Kostenlos, natürlich.« Die Ampel war immer noch rot. Waren Ampeln jemals in der Geschichte des Ampelwesens so lange rot? Oder hatte Schawarma »Schiwuma«?

»Danke.«

»Gerne.«

Moment, was??? Oh Gott, es wirkt noch nach. Ich brauche mehr Bier. Also: Hatte »Schiwuma« einen Knopf, der die Ampel auf Rot hielt?

Er drehte sich etwas zu mir und reichte den Ordner rüber. Auf dem stand mit großen Buchstaben in altdeutscher Schrift: Jesus ist dein Freund und Hitler auch.

Nein! Hitler war nie, ist nicht und wird nie mein oder irgendeines Menschen Freund sein. Also, zumindest, wenn jemand seinen Verstand noch nicht in Rente geschickt hat. Und ob Jesus mein Freund ist, weiß ich erst, wenn er ein Bier mit mir trinken war. Persönlich.

Ich bekam Angst. Ich wollte nicht von einem taxifahrenden Hitlerjünger entführt und zum Oriongürtel verschleppt werden. Ich kramte meine Geldbörse hervor, warf ihm einen 50er hin und sprang mit einem: »Danke, den Rest schaffe ich alleine« aus dem Auto.

»Aber Sie bekommen doch was wieder!«

»Nehmen Sie das als Spende!« Er rief mir laut hinterher: »Die Führer werden es Ihnen danken. Lassen Sie die Finger von Ihrem Teufelssack! Heil Schiwuma!«

Die ankommenden Festivalbesucher starrten mich böse an. Es fühlte sich wie ein Spießrutenlauf an.

Wie Sie mich hier sehen, brauche ich nämlich ganz dringend noch mehr Bier.

© Gustav Kuhweide

Robert Corvus
Bernhard Hennen

Robert Corvus, Jahrgang 1972, veröffentlicht seit 2013 Fantasy bei Piper. Bereits 2017 und 2018 stellte er seine Romane auf dem Festival-Mediaval vor.

Bernhard Hennen, geboren 1966, wurde mit seinen Serien um die Elfen zu einem internationalen Star der Fantasyszene. Er war 2018 beim Festival-Mediaval dabei.

Gemeinsam schreiben sie die Phileasson-Saga über den Wettkampf zweier Kapitäne. Fünf der bisher acht erschienenen Bände platzierten sich auf der Spiegel-Bestsellerliste.

www.phileasson.de

Der Duft der Wahrheit

»Das Drachenmaul droht mächtig,
doch Arrim, der ficht prächtig!«

Die Skaldin stampfte den Takt ihres Kehrverses auf die Bohlen des Tischs, der ihr als Bühne diente. Aber ihr Vortrag dauerte schon zu lange, ihr Gesang war schief und ihre Leier verstimmt. Sie brachte nur wenige Zuhörer dazu, in ihr Loblied einzustimmen. Bestimmt, weil die Botschaft des Stückes auf ermüdende Weise dem glich, was die Gäste heute bereits ein Dutzend Mal gehört hatten.

»Arrim ist ein wahrer Recke,
wer es leugnet, ist 'ne Zecke!
Der Gottwal, der will Kraft und Mut,
drum: Arrim preisen – das tut gut!«

Orm Follkerson wünschte sich, er hätte etwas Stärkeres als Ziegenmilch in seinem Trinkhorn. Doch er wusste, dass er an diesem heißen Sommertag seinen Verstand noch brauchte. Geist und Witz waren die Waffen, mit denen er Arrim schlagen wollte, nicht die kurze Doppelblattaxt, die in einem Eisenring an seinem Gürtel hing. Missmutig nahm er einen Schluck von dem süßlichen Getränk.

Das Händegeklapper in der Goldbergbucht fiel maßvoll aus, als die Skaldin die Bühne räumte. Sogar Arrim Berason sah hinaus auf den Fjord, statt die Sängerin zu beachten, die seinen Mut als Drachenkämpfer so überschwänglich gepriesen hatte. Das Wasser strahlte blau und versprach Abkühlung in der Mittagshitze. Vier Langboote waren auf den Strand unter dem palisadenbewehrten Hügel gezogen, der die Heimstatt der Goldberg-Ottajasko war.

Orm Follkerson schnaubte. Goldberg-Ottajasko. Der hochtrabende Name sah diesen Aufschneidern ähnlich. Edles Metall fand man in fünf Tagesmärschen Umkreis nicht. Die Sonne narrte den Reisenden, wenn sie tief stand und die Felsen beleuchtete, die sich hinter dem Fjord erhoben. Und selbst dann fand Orm, dass sie eher nach Schwefel als nach Gold aussahen.

»Das war ein strammer Vortrag, Skaldin!«, lobte Bera Dembadottir. Arrims Mutter ließ nichts auf den Stolz ihrer Sippe kommen. Ihr musste der zahlreiche Besuch schmeicheln, der dem Ruf zum Fest gefolgt war, das sie für ihren angeblich heldenhaften Sohn gab.

Orm verbarg sein Grinsen hinter dem Trinkhorn. Vielleicht war ihr peinlich, dass der Skaldenwettstreit bislang keine Begeisterungsstürme auslöste. Im Gegenteil, viele Recken und Schildmaiden, die sich zwischen den drei Langhäusern der Goldberg-Ottajasko eingefunden hatten, unterhielten sich miteinander, statt den öden Vorträgen zu lauschen. Lediglich Arrims Beute, der Silberhelm, fand einige Beachtung. Orm musste zugestehen, dass es ausgesprochen klug war, ihn auf eine in den Boden gerammte Lanze zu setzen. Unter anderem, weil das polierte Metall dort oben hell strahlte und für jeden sichtbar war.

Beras Blick schweifte über die Menge. »Gibt es noch jemanden, der sich das Preisgeld verdienen will?« Trotz der Hitze trug sie den schwarzen Bärenpelz, den ihr Großvater im tiefen Wald erjagt hatte. Damals hatte die Goldberg-Ottajasko wirklichen Mut gekannt. Oder waren das auch nur erfundene Geschichten?

Niemand meldete sich.

»Nun, dann wollen wir herausfinden, wer der Sieger ist!«, rief Bera. »Tretet nacheinander vor, Skalden! Die Rufe der Schildmaiden und Recken sollen entscheiden, wer …«

Orm stand auf. »Ich will Arrim besingen!«

»Nicht noch einer«, stöhnte eine Kriegerin mit roten Zöpfen am Nachbartisch. Neben ihr lehnte die größte Axt, die Orm je gesehen hatte.

Ihre Freunde lachten. »Den überstehen wir auch noch.«

»Nur mit Met.« Die Kriegerin streckte einem Jüngling, der ein Fässchen unter dem Arm trug, ihr Horn hin. »Füll auf!«

Orm hatte nicht an einem der Tische gesessen, sondern auf einem Felsbrocken ein wenig abseits. Anfangs hatten einige Gäste versucht, ihn einzubeziehen, doch der Gestank hatte sie vertrieben. Orm roch, als hätte er in einer Jauchegrube gebadet.

Beras Stirn legte sich in Falten. Ihr konnte nicht entgehen, dass die Gäste von der Lobhudelei auf ihren Sohn genug hatten und lieber zu handfesten Vergnügungen übergegangen wären.

Dennoch nahm Orm seine Leier und schritt selbstbewusst zum Tisch, der den Auftritten der Skalden vorbehalten war. Er senkte den Blick, als er an Arrim vorbeikam. Wie seine Mutter saß er auf einem mit Bullenhörnern verzierten Sessel. Ein Schwert lehnte neben ihm, es steckte in einer mit schwarzem Bärenfell bezogenen Scheide. Der Geruch, den Arrim verströmte, passte nicht zu diesem martialischen Gepränge.

»Veilchenduft?«, brummte Orm so leise, dass nur er selbst es hörte, und unterdrückte ein Lachen. »Wirklich, Arrim? Ausgerechnet Veilchen?«

Über einen Schemel stieg er auf den Tisch.

»Wie heißt du, Skalde?«, rief Bera.

»Nennt mich Ohm Follker «, antwortete Orm. Seinen echten Namen durfte er natürlich nicht nennen, sonst hätte er sich die Verkleidung sparen können. Er trug eine Binde über dem rechten Auge, das Haar hatte er mit Asche grau gefärbt, zusätzlich hatte er die Kapuze seines braunen Leinenumhangs über den Kopf gezogen, sodass sie das Gesicht beschattete. Nicht wenige der Anwesenden mochten vermuten, dass ihn eine Krankheit entstellte, wozu das Bündel Stroh unter seinem Nacken beitrug, mit dem er einen Buckel vortäuschte. Aufbrechende Geschwüre waren eine gute Erklärung für den bestialischen Gestank, der ihn umwehte.

»Also dann, Ohm Follker: Lass hören!«, forderte Bera.

Orm strich über die Saiten, merkte aber schnell, dass er auf diese Weise die Aufmerksamkeit des Publikums nicht erregen konnte. Also räusperte er sich und begann zu singen.

»Der Arrim, der mag mutig tun,
als er vom Drachenhorte hört.
Beim Ruhm der Ahnen Arrim schwört,
dass er den Schatz will plündern nun.«

Die Lautstärke der Gespräche schwoll an. Beim Austausch der Neuigkeiten wollte man sich nicht durch einen weiteren Lobgesang unterbrechen lassen. Nicht einmal Arrim selbst schenkte dem Vortrag Beachtung, er sah noch immer auf den Fjord hinaus. Nur seine Mutter klopfte den Takt beifällig auf der Armlehne mit.

Das würde sich bald ändern. Orm erlaubte sich ein Grinsen, während er die Saiten zupfte.

»Zur Drachenhöhle Arrim schleicht,
doch nicht im Walde ganz allein,

will in Gefahr der Arrim sein.
Ein Skaldensang zum Ruhm gereicht.
Den Bären er im Wappen führt.
Bärenmut nur fehlt dem Arrim.
Wenn's wichtig ist, dann flieht sein Grimm.
Sein Hasenherz er schlagen spürt.«

Die Schildmaid mit den roten Zöpfen horchte auf. Sie stieß sogar ihren Nachbarn an, damit er Ruhe gab und sie den Text besser verstand. Orm war heute der Einzige, der zu einem Spottlied auf den Sohn der Hetfrau ansetzte.

Ermutigt griff er fester in die Saiten. Er erntete die ersten Lacher, als er davon berichtete, wie Arrim seine neue Bekanntschaft, einen jungen Skalden, mit seinem Schwert beeindruckte. Er schilderte diesen Skalden naiv und dümmlich, wie er den Stahl bewunderte und sich weismachen ließ, dass eine solche Waffe Kettenhemden wie Tuniken aus Wolle durchschnitte und Eichenschilde durchstieße wie Bettlaken. Die kampferfahrenen Recken schlugen sich vergnügt auf die Schenkel.

In den nächsten Strophen beließ Orm den Skalden in der Rolle des naiven Bewunderers. Nun bekam aber auch Arrim sein wohlverdientes Fett weg. Im Wald, sobald die Straße außer Sicht geriet, kamen ihm Zweifel an der Macht seines Schwertes. In jammernden Klagen unkte er von gebrochenen Klingen, und überhaupt sei sein Schwert kaum mehr wert als ein Schälmesser, wenn es gegen einen Drachen ginge. Dennoch wagte er nicht, es in die Scheide zurückzustecken. Als ein Fasan raschelnd Reißaus vor den beiden Wanderern nahm, ließ er es sogar fallen.

Die Schildmaiden und Recken grölten vor Lachen. Bera saß mit versteinerter Miene. Arrim beugte sich vor, wohl, um einen Blick unter die Kapuze des Sängers zu erhaschen.

Orm stampfte den Takt, die Zuhörer klatschten mit. Das steigerte seinen Mut und seine Lust. Eigentlich hatte er nur fünf Strophen über Arrims Feigheit im Wald vortragen wollen, aber jetzt fügte er fünf weitere an. Die Reime waren weniger geschliffen als bei denen, die er zuvor ausgewählt hatte, aber das machte nichts. Orm sang noch lauter, und sein Publikum begann, einzelne Verse zu wiederholen, wenn er verstummte und nur an der Leier zupfte. Methörner stießen aneinander, Fäuste trommelten auf die Tische, und begeistertes Gelächter brandete durch die Menge.

Schon jetzt war Orm der Sieg im Skaldenwettstreit sicher, ganz gleich, ob das Bera passte oder nicht. Niemand hatte die Recken und Schildmaiden so mitgerissen wie er, einige standen sogar auf den Tischen. Er könnte mit einem Witz abschließen, das Händegeklapper und die Hochrufe des Publikums entgegennehmen, das Preisgeld einstreichen und machen, dass er davonkäme. Bis zum Abend hätte er das nächste Dorf erreicht, und während er sich dort einen Braten gönnte, könnte er darüber lachen, wie Beras knirschende Zähne sie am Schlaf hindern würden.

Aber er war weder gekommen, um sich Silber zu verdienen, noch, um über mittelmäßige Skalden zu siegen. Er wollte mehr, und deswegen riskierte er, das Wohlwollen seines Publikums zu verlieren.

In einem längeren Stück ohne Text wandelte Orm die Stimmung seines Vortrags. Die harten Griffe in die Saiten wurden seltener. Schließlich gingen sie ganz in sphärische und raunende Klänge über. Orm schloss die Lider und beschwor die Erinnerung an den Wald herauf, wo trügerische Schatten fielen, wo Knochen von einem Hirsch auf dem Moos bleichten und der Wind Warnungen um einen ausgehöhlten Baumstamm heulte.

Es gelang. Seine Zuhörer beruhigten sich, ohne das Interesse an seinem Vortrag zu verlieren. Als er die Augen wieder öffnete, blickten sie ihn gespannt an. Niemand stand mehr, alle saßen auf den Bänken, wie die Besatzungen von Langbooten, die auf das Kommando warteten, die Riemen in die Wellen zu tauchen.

»Dunkelland, Wolfsgrund, Rabenforst!
Skalde horcht und Arrim zittert.
Vorwärts schreiten sie erbittert.
Ein Auge starrt von Bussards Horst.«

Orm sang von den Zweifeln, die einen Wanderer angesichts alter Eichen überkamen. Was war schon ein Menschenleben gegen das eines solchen Riesen, der niemals Zuflucht suchte und jedem Sturm trotzte? Glotzten ihre verharzten Astlöcher etwa nicht wie hasserfüllte Augen? Waren die Wolfsfährten der Grund, wieso niemand in diesem Wald den verlorenen Schatz von Uldrik Klosterbrenner zu finden versuchte? Oder doch der Fluch, den die Götter des Südens über den Plünderfahrer gesprochen haben sollten? Gab es den Drachen mit den goldenen Schwingen und den roten Schuppen wahrhaft? Hoch wie ein Turm, wenn er sich aufrichtete, und mit einem Atem, dessen Feuer ein ganzes Langhaus umhüllte?

Die Zuhörer vergaßen, aus ihren Methörnern zu trinken. Die Burschen, deren Aufgabe darin bestand, sie stets gefüllt zu halten, hatten nichts zu tun. Das war ihnen wohl nur recht, auch sie lauschten gebannt der Erzählung von Giftschlangen, die auf Ästen lauerten, und Wurzeln, die nach den Füßen der Wanderer zu angeln schienen. Einer der Skalden versuchte, Orms Melodie auf der eigenen Leier zu begleiten, aber die anderen hielten ihn schnell davon ab. In Orms Vortrag gab es keine starre Abfolge von Tönen. Er gewann die Stringenz durch die Stimmung, die sich ständig fortentwickelte. Das zuvor wild mitgrölende Publikum war jetzt von Spannung darauf erfüllt, was die beiden Wanderer im Wald erwarten mochte.

»Es tut sich auf der Höhlenschlund.
Tief, dunkel – was mag wohl dort sein?
Der Skalde fragt: Geh'n wir hinein?
Mut ist doch unsres Kommens Grund!«

Dass Arrim inzwischen angespannt wie ein fluchtbereites Karnickel in seinem Sessel saß, beachtete Orm ebenso wenig wie die Hetfrau, die ihren Zorn nur mühsam zu beherrschen schien.

Orm schilderte den bestialischen Gestank, der aus der Höhle wehte, und die vorsichtige Annäherung der beiden Jünglinge. Der Fäulnisgeruch ließ ihnen beinahe die Sinne schwinden, doch Silberglanz lockte sie weiter. Sie fanden einen Hort. Der Skalde nahm einen silbernen Helm an sich, den Orm genauso beschrieb wie jenen, der hinter ihm auf der Lanze thronte. Arrim dagegen schleppte sich mit einem juwelenverzierten Handspiegel zurück ins Freie. Die Jünglinge lachten und füllten die Lungen mit frischer Luft, die ihnen in diesem Moment so kostbar erschien wie Balsam aus dem Reich der Ersten Sonne.

»Doch Donnerkeil und Feuerstoß!
Groß Echsenleib aus Dickicht bricht.
Arrim den eignen Fuß sich sticht.
Tatzelwurm brüllt: Zwei seid ihr bloß?«

Natürlich hatte der Tatzelwurm keine echte Frage gestellt. Die sechsbeinige Bestie war der Sprache nicht mächtig. Sie hatte wenig mit einem edlen und tödlichen Drachen gemein. Ihr zu begegnen war Glück und Unglück zugleich. Wäre es tatsächlich der Hort eines feuerspeienden Drachen gewesen, den Arrim und der Skalde entdeckt hatten, es wären an diesem Tag nicht nur die Träume der Schatzsucher zu Asche geworden, sondern auch sie selbst. Ein Tatzelwurm war eine üble Bestie. Ein stinkendes, geschupptes, sechsbeiniges Ungeheuer. Doch einem echten Drachen kam er nicht gleich.

Ein Drache hätte vielleicht sprechen können. Womöglich sogar zaubern. Wahrscheinlich wäre er klug und gnadenlos gewesen. Ein Tatzelwurm war nur eine stinkende Bestie, getrieben vom Instinkt, ihren Hort zu verteidigen, als hätten die beiden sich an ihrer Brut vergangen. Ein Drache für Arme, die rechte Gestalt für die Parodie eines Heldenliedes. Und doch war es eine Begegnung von tödlichem Ernst: Das Maul schnappte, der faulige Atem verbrannte die Gesichter der jungen Männer, die erschrocken das Weite suchten.

Belustigung. Spannung. Das Publikum ging mit, doch das genügte Orm nicht. Seine Kunst war zu mehr fähig.

Wieder pausierte Orms Gesang, während das Leierspiel die Stimmung drehte. Etwas Fragendes mischte sich hinein. Es wurde zu einer Anklage.

»Nun Arrims Tapferkeit verbrennt.
Arrim schreit, heult, furchtbar jammert,
am Skalden sich der Recke klammert
bevor er rennt und rennt und rennt.«

Orm berichtete davon, wie Arrim Schwert und Spiegel fallen ließ, auf einen Baum floh, quiekend wie ein Ferkel und mit dem schnaubenden Tatzelwurm dicht hinter ihm. Es hätte eine witzige Schilderung sein können. Mühelos hätte Orm sein Publikum dazu bringen können, wieder lachend und grölend auf den Tischen herumzuspringen.

Aber er gestaltete seinen Vortrag anders. Er legte Tragik in die Stimme, Bitterkeit sogar, und die Saiten der Leier untermalten diese Stimmung.

In seinem Lied erkannte der verzweifelnde Arrim, dass der Tatzelwurm den Baum zwar nicht erklimmen, wohl aber umwerfen könnte. Das Biest kratzte mit seinen Krallen daran und verlegte sich dann darauf, mit Anlauf seinen schlangenähnlichen Leib gegen den Stamm zu werfen.

»In höchster Not der Arrim schreit,
Ast wie Mutterbrust umklammert.
Er greint, er brüllt, schluchzt und jammert.
Zum Kämpfen ist er nicht bereit.«

Jetzt kam der Auftritt des Skalden: Er nahm das Schwert, das Arrim fallengelassen hatte, und schlug damit auf den Hinterleib des Tatzelwurms ein. Der Stahl erwies sich als zuverlässig, der Schuppenpanzer brach. Zornerfüllt ließ die Echse vom heulenden Arrim ab.

Und wandte sich dem Skalden zu, der sich nun nicht nur einem reißzahnbewehrten Maul und messerscharfen Krallen gegenübersah, sondern auch von brühend heißem Atem ins Gesicht getroffen wurde. Geblendet warf er sich herum und rannte davon.

»O Arrim, Arrim, hilf mir doch!
Der Skalde durch den Wald nun hetzt,
doch Arrim, der bleibt still entsetzt.
Der Skalde flüchtet in ein Loch.«

Diese Zuflucht gewährte jedoch nur trügerische Sicherheit. Die Klauen des Tatzelwurms wühlten das Erdreich auf. Der Skalde rief den Gefährten um Hilfe, doch Arrim zog es vor, sich den Silberhelm zu schnappen, den der Skalde zuvor aus dem Hort geborgen hatte. Als der Gefangene mit knapper Not aus dem Loch entkam – mit mehr Glück als Verstand gelang es ihm, dem Gegner eine Kralle abzuhauen, was diesen kurzzeitig verwirrte –, suchte Arrim bereits mit dem Schatz das Weite.

Der Skalde dagegen setzte seine Flucht fort. In einer verzweifelten Parade ging er des Schwerts verlustig. Er benutzte die abgehauene Kralle des Tatzelwurms für Stiche wie mit einem Dolch. Den letzten Ausweg nutzend, warf er sich in einen reißenden Bach, der ihn davontrug. Der Tatzelwurm verfolgte ihn eine Weile, aber sein Revier endete wohl an einigen Stromschnellen, wo er zurückblieb. Der Skalde bezahlte seine Rettung jedoch mit üblen Prellungen.

»Arrim hilft seinem Freunde nicht.
Er wollt' es wohl, doch fehlt der Mut.
Das Bärenwappen find't er gut,
doch Angst im Hasenherzen sticht.«

Orm verzichtete auf einen gefälligen Ausklang. Er schloss seinen Vortrag mit einigen abrupten Misstönen ab.

Schweigend sah die Menge ihn an. Nur Arrim wich seinem Blick aus. Der Recke, dem die heutige Feier galt, betrachtete nicht mehr den Fjord. Seine eigenen Füße schienen ihm interessanter zu sein. Orm fand ihn erbärmlich.

»Was für ein dummer und unverschämter Vortrag!«, rief Bera.

»Hast du schon einmal ein Stück von einem Tatzelwurm gesehen?« Orm nestelte die Kralle, die er dem Ungeheuer abgeschlagen hatte, aus seiner Gürteltasche und warf sie der Hetfrau in den Schoß.

Angewidert verzog Bera den Mund. Kein Wunder, alles an einem Tatzelwurm stank bestialisch.

Orm schlug seine Kapuze zurück und nahm die Augenbinde ab.

Arrim sah ihn noch immer nicht an.

Weiterhin schwieg das Publikum, ergriffen von den wilden Wendungen der Gefühle, die der Vortrag bewirkt hatte. Orm betrachtete die Recken und Schildmaiden mit Befriedigung. Er und seine Leier hatten sie durch Belustigung, Spannung und Nachdenklichkeit getragen. Das war es, wozu die Skaldenkunst fähig war.

»Weitere Beweise!«, forderte jemand. »Die Kralle kann von sonst woher kommen. Was ist die Wahrheit? Sitzt ein Held oder ein Hasenfuß neben dir?«

Orm sprang vom Tisch und legte seine Leier ab. »Beweise wollt ihr?« Er zog seine Axt aus dem Eisenring am Gürtel.

Arrim drückte die Arme vor seine Brust. Er war so ein erbärmlicher Feigling! Wenn er wenigstens nach dem Schwert gegriffen hätte …

Orm wandte sich zur Lanze, auf der der Silberhelm glänzte. Ein einziger Tritt genügte, die Stange stürzen zu lassen. Es herrschte Totenstille. Alle Blicke hafteten auf ihm, als er den silbernen Helm aufhob.

Bera stand auf. »Was soll das denn werden, Skalde?«

Orm warf den Helm in die Zuschauer. »Vertraut nicht mir, aber glaubt euren Nasen!«, rief er. »So duftet die Wahrheit!«

Die Schildmaid in der nietenbesetzten Lederrüstung, die den Helm gefangen hatte, verzog angewidert das Gesicht und reichte ihn weiter. »Der stinkt wie ein verwesender Pottwal!«

»O nein!«, widersprach Orm. »Nicht wie ein Pottwal. Wie der Tatzelwurm! Habt ihr je von einem Drachen gehört, der stinkt wie ein Langboot voll mit faulen Eiern? Der Duft dieses

Schatzes beweist mehr als tausend Worte. Jeder weiß, dass der Gestank eines Tatzelwurms allem anhaftet, was sich in seiner Nähe aufhält. Aus seinem stinkenden Hort hat Arrim diesen Helm. Vom Tatzelwurm habe ich meinen Gestank, und es wird Wochen dauern, bis er verfliegt, egal, wie oft und wie heiß ich bade. Und er selbst«, er sah Arrim an, »stinkt genauso wie ich! Er überdeckt es nur mit Veilchenduft. Werft ihn in den Fjord und zieht ihn wieder heraus! Dann werdet ihr feststellen, dass er genauso nach Tatzelwurm stinkt wie ich und der Helm. Er ist kein heldenmütiger Drachenjäger, sondern ein Aufschneider. Und er hat mich in der Gefahr zurückgelassen, um sein Heil in der Flucht zu suchen. So, wie ich es euch gesungen habe!«

Die Blicke richteten sich auf Arrim.

Der sprang plötzlich auf. Aber nicht, um sich auf Orm zu stürzen, sondern um davonzulaufen. Hinter dem Tor in der Palisade am Fuß des Hügels wandte er sich nach rechts, weg vom Fjord. Er fürchtete wohl, dass man ihn tatsächlich hineinwerfen würde, um das Duftwasser abzuspülen.

Erste Lacher kamen auf.

Es wurden mehr.

Die Gäste verlangten nach weiterem Met und machten sich einen Spaß daraus, den Helm herumzureichen. Es wurde zu einer Mutprobe, einen möglichst tiefen Atemzug zu nehmen, während man ihn vor das Gesicht stülpte. Die Ersten übergaben sich.

Bera sah resigniert aus, aber sie war eine Frau mit Stolz. Schweigend warf sie Orm den Beutel mit dem Preisgeld zu.

Er fing ihn und nickte.

Niemand beachtete die Hetfrau, als sie sich in eines der Langhäuser zurückzog.

Ratlos betrachtete Orm die Menge. Er hatte gewonnen, aber abgesehen davon, dass er sich nicht zu den Menschen gesellen konnte, solange er stank wie der Darmwind eines Auerochsen, war ihm auch nicht danach zumute, sich zu betrinken. Er hatte getan, wozu er gekommen war: die Skaldenkunst aufscheinen zu lassen und der Wahrheit Geltung zu verschaffen. Er nahm seine Leier auf.

Die Hand der Skaldin, die vor ihm aufgetreten war, legte sich auf seine. »Warte, Ohm Follker«, bat sie. Ihm gefiel, wie sie diesen Namen aussprach. »Ich war noch nie so ergriffen, wenn ich einem Skalden zugehört habe. Du bist ein wahrer Meister. Was müssen wir tun, damit du noch einmal für uns spielst?«

»Nichts.« Lächelnd stieg er wieder auf den Tisch. »Die Kunst ist sich selbst Lohn genug.«

© Benjamin Dämon

Jörg Olbrich

Jörg Olbrich wurde 1970 im schönen Mittelhessen geboren, wo er noch heute mit seiner Frau und vier Kindern lebt. Neben dem Lesen und dem Schreiben ist sein größtes Hobby die Freiwillige Feuerwehr, der er seit über dreißig Jahren angehört. Außerdem ist er bekennender Fan von Heavy Metal Musik. Im Jahr 2008 wurde er mit dem Deutschen Phantastik Preis für die beste deutschsprachige Kurzgeschichte ausgezeichnet. Der Autor hat auf dem Festival-Mediaval 2018 seine Romane »Der Winterkönig« und »Der tolle Halberstädter« aus seiner historischen Romanreihe »Geschichten des Dreißigjährigen Krieges« vorgestellt.

www.joerg-olbrich.de

Die Verfluchten vom Goldberg

»Was ist das für ein teuflischer Lärm?«, fluchte Franz, setzte sich auf und rieb sich verwirrt die Augen. Seine Brüder lagen schnarchend neben ihm. Karl und Günther schien der Krach weniger auszumachen als dem ältesten der drei Männer. Das machte Franz fast ebenso zornig wie der Lärm selbst. »Wacht auf, ihr Nichtsnutze!«, forderte Franz ärgerlich und schlug beiden mit der flachen Hand gegen den Hinterkopf.

»Was soll das?«, beschwerte sich Karl und rieb sich mit der Hand an der getroffenen Stelle. »Kann man denn nie in Ruhe schlafen?«

»Nein«, gab Franz zurück. »Sieh dich um. Wir sind wieder in der normalen Welt. Offensichtlich sind wir auf einem Schlachtfeld gelandet.«

»Unsinn«, sagte Karl, setzte sich nun aber ebenfalls auf. »Das ist Musik. Auch wenn sie zugegeben ein wenig blechern klingt.«

Franz hielt sich mit den Fingern die Ohren zu. »Diese Spielleute gehören erschlagen. So etwas Furchtbares habe ich noch nie gehört.«

»Wo gibt es eine Schlacht?«, meldete sich nun auch Günther zu Wort. Der jüngste der drei Brüder blieb auf dem Rücken liegen und verschränkte die Hände über seinem gewaltigen Bauch.

»Es gibt keine Schlacht«, antwortete Karl.

»Schluss mit dem Unfug! Hört mir zu!« Franz sprach mit energischer Stimme und seine Brüder verstummten sofort. »Wir müssen herausfinden, wo wir dieses Mal gelandet sind. Ihr wisst, dass wir uns in vierundzwanzig Stunden wieder in der Verdammnis befinden.«

»Daran können wir nichts ändern«, sagte Günther. »Dieses Mal lasse ich mich nicht von dir herumjagen. Wir sollten erst einmal etwas essen und trinken. Danach können wir ein bisschen ausruhen?«

»Bist du verrückt?«, schrie Franz den Jüngsten von ihnen an. »Wir haben alle zehn Jahre einen Tag zur Verfügung und du willst ausruhen? Wir müssen die weiße Zauberin suchen.«

»Die finden wir ohnehin nicht«, sagte Karl, der ebenfalls der Meinung war, dass man nichts überstürzen sollte. »Mittlerweile glaube ich nicht, dass sie überhaupt noch existiert.«

Die drei Brüder hatten in der Mitte des fünfzehnten Jahrhunderts einen Hof im Fichtelgebirge geführt. Weil sie im Jagdrevier des Fürsten von Bayreuth gewildert hatten, waren sie gefangen genommen und zum Tode verurteilt worden. Eine Hexe half ihnen, dem Galgen zu entkommen. Als Gegenleistung forderte sie, dass die Brüder eine weiße Zauberin namens Amandara jagten und ihr einen etwa faustgroßen, weißen Kristall raubten.

Die Brüder versprachen der Hexe, den Wunsch zu erfüllen, waren dann aber geflohen. Zur Strafe dafür verfluchte sie das Weib. Seither lebten sie in einem Zwischenreich, in dem es immer dunkel und heiß war. Dämonen verfolgten und folterten sie, wenn sie ihnen in die Hände fielen. Einmal in zehn Jahren durften sie für einen Tag auf die Erde zurück. Der Fluch sollte so lange anhalten, bis die Brüder den Kristall gefunden und an die schwarze Hexe übergeben hatten.

Während Franz nach wie vor mit ungebrochenem Eifer versuchte, diesen Auftrag zu erfüllen, glaubten Karl und Günther schon lange nicht mehr daran, dass es die weiße Zauberin überhaupt gab.

»Was seid ihr denn für Typen?«, rief plötzlich einer von zwei Knaben, die in etwa zwanzig Meter Entfernung an der Baumgruppe vorbeigingen, unter der die drei Brüder aufgewacht waren.

»Ihr seht ja völlig verranzt aus«, sagte der Zweite lachend. »Hattet wohl ein paar Met zu viel!«

»Aber die Gewandung ist geil«, sagte der Erste nickend. »Das muss man euch lassen.«

Zunächst völlig überrascht, aber sehr schnell fuchsteufelswild starrte Franz auf die beiden Burschen, die ein merkwürdiges Bild abgaben. Ihre Hosen waren bunt und oberhalb der Knie abgeschnitten. Auf den Hemden waren Bilder zu sehen, die direkt aus der Hölle kommen mussten. »Den Grünschnäbeln werde ich es zeigen«, sagte Franz, sprang auf und stürmte auf die beiden zu, bevor seine Brüder ihn aufhalten konnten.

Franz erreichte die Knaben und schlug ihnen blitzschnell nacheinander die Fäuste gegen die Stirn, sodass beide bewusstlos zu Boden fielen. »Fesselt und knebelt die Kerle«, befahl er seinen Brüdern mit hochrotem Kopf.

»Findest du es klug, wenn wir uns gleich nach unserer Ankunft hier Feinde machen?«, fragte Karl skeptisch. »Hier wimmelt es nur so von Menschen. Noch scheinen die uns nicht weiter zu beachten; ich befürchte aber, dass das nicht so bleibt. Besonders nicht, wenn du einen nach dem anderen niederschlägst.«

»Ich will kein Wort mehr hören«, zischte Franz. »Tut, was ich euch gesagt habe. Dann verstecken wir die zwei. Vielleicht brauchen wir sie später noch.«

»Womit sollen wir die Kerle fesseln?«, fragte Günther ratlos. »Wir haben keine Stricke dabei.«

»Muss ich denn alles selbst machen?«, schrie Franz und warf zornig seinen Hut auf den Boden. »Schaut mal da drüben. Da ist ein Markt. Geht dorthin und klaut ein paar Tücher! Das sollte ausreichen. Ich kümmere mich so lange um die beiden.«

»Und jetzt suchen wir die weiße Zauberin«, erklärte Franz, nachdem sie die Knaben gefesselt und im Unterholz hinter einem Wagen versteckt hatten. Einer der Burschen war erwacht, von Günther aber sofort wieder schlafen geschickt worden.

»Müssen wir den einzigen Tag, den wir haben, damit verbringen, ziellos in der Gegend herumzulaufen?«, maulte Günther.

»Heute werden wir die Zauberin finden. Wir teilen uns auf. Ich gehe den Hang herunter und ihr geht über den Markt und zu den Spielleuten.« Franz wartete die Antwort seiner Brüder nicht ab und marschierte los.

»Was machen wir jetzt?«, fragte Günther.

»Das, was Franz gesagt hat«, antwortete Karl. »Wir gehen über den Markt.«

»Ich habe Hunger und Durst.«

»Wir werden dort sicher etwas finden. Komm jetzt. Franz wird ausrasten, wenn wir noch hier stehen, wenn er wiederkommt.«

Günther brummelte sich etwas Unverständliches in seinen Vollbart und folgte Karl dann mürrisch. Die beiden beobachteten die einzelnen Marktstände genau. In der Mitte eines Ganges, auf dessen Seiten die Buden errichtet waren, sahen sie eine Schänke. Günther wollte direkt dorthin gehen, Karl konnte seinen Bruder aber überzeugen, dass sie sich zunächst etwas zu essen holten. Die Auswahl an unterschiedlichen Speisen war groß, die meisten davon waren den beiden allerdings unbekannt.

Sie kamen zu einem Händler, der gebratene Fleischspieße anbot, die köstlich dufteten. Zu ihrem Ärger mussten sie sich in eine Reihe von Menschen stellen, die alle darauf warteten, von dem Händler bedient zu werden. Als sie näher herankamen, sahen sie, dass die meisten Kunden der Frau hinter dem Tresen einen merkwürdig aussehenden Zettel zur Bezahlung gaben und ein paar Münzen zurückbekamen. Erst jetzt fiel den beiden ein, dass sie nicht das kleinste Geldstück dabeihatten.

»Ich habe Hunger«, sagte Günther zornig und stieß seinen Bruder, der ihn von dem Händler weggezogen hatte, gegen die Brust. »Ohne Geldstücke werden wir hier nichts bekommen. Ich bin dafür, wir schlagen alles kurz und klein und nehmen uns, was wir brauchen.«

»Du bist genau wie Franz«, schimpfte Karl. »Ihr denkt beide immer, alles mit Gewalt lösen zu können. Wir sind in einer uns fremden Welt gelandet, deren Gefahren wir nicht kennen. Auch wenn das Volk auf diesem Platz sehr ausgelassen zu sein scheint, sollten wir versuchen, nicht aufzufallen.«

»Und wie bekommen wir etwas zu essen?«

»Von den Burschen, die Franz niedergeschlagen hat«, schlug Karl vor. »Ich bin mir sicher, dass sie die richtigen Geldstücke dabeihaben.«

»Warum liegen da jetzt drei?«, fragte Günther etwa fünf Minuten später überrascht, als sie die Stelle erreichten, wo sie die beiden Burschen zurückgelassen hatten.

»Offensichtlich ist Franz mit einem weiteren aneinandergeraten. Es wundert mich nicht. Das Volk, das sich auf diesem Hügel herumtreibt, scheint völlig verrückt zu sein. Hinzu kommt der entsetzliche Lärm. Du weißt selbst, wie leicht sich unser Bruder reizen lässt.«

»Hoffentlich müssen wir nicht wieder wegen ihm die Flucht ergreifen«, sagte Günther.

Tatsächlich hatten die Brüder in der Vergangenheit oft Reißaus nehmen müssen, weil es Ärger mit den Einheimischen gegeben hatte. Meistens hatte der Grund dafür bei Franz gelegen, der sich einfach nicht beherrschen konnte. Auch der Betrug an der Hexe, der ihnen ihr Leben in der Verdammnis eingebracht hatte, war damals von dem Ältesten ausgegangen.

Einer der Knaben öffnete die Augen und sah die beiden Brüder überrascht an. »Was soll das hier werden?«, fragte er ärgerlich. Günther fackelte nicht lange und schickte ihn mit einem gezielten Schlag gegen die Stirn zurück ins Reich der Träume.

»Lass uns die Burschen durchsuchen«, schlug Karl vor.

Bei allen dreien fanden die Brüder Münzen und einige von den Papieren, mit denen die Leute bei den Händlern bezahlten. Außerdem hatten die Kerle eigenartige Platten in ihren Taschen, die zu leuchten begannen, wenn sie darauf herumdrückten. Mit solch einem Hexenwerk wollten Karl und Günther nichts zu tun haben und warfen die Platten deshalb ins Gebüsch.

»Fällt dir an den Burschen nichts auf?«, fragte Karl, als sie die Knaben wieder so hingelegt hatten, dass sie nicht gefunden werden konnten.

»Nein. Was meinst du?«

»Von den beiden, die wir als erstes getroffen haben, fehlt einer.«

»Wie kann das sein? Es ist doch einer zu viel.«

»Ich könnte schwören, dass ich heute Morgen einen anderen gesehen habe, der jetzt nicht mehr dabei ist.«

»Das würde bedeuten, dass Franz zwei weitere von den Knaben gefesselt hat und einer entkommen ist.«

»Sollen wir ihn suchen und mit ihm sprechen?«

»Nein«, sagte Günther und schüttelte entschieden den Kopf. »Wir werden jetzt erst etwas essen. Wenn Franz so dumm ist, sich mit dem halben Berg anzulegen, soll er sehen, wie er zurechtkommt.«

»Mach nochmal zwei voll!«, sagte Günther, knallte den leeren Metkrug auf den Tresen und grunzte zufrieden.

»Bist du sicher?«, fragte der Schankwirt. »Dein Freund scheint genug zu haben.«

»Dann sauf ich eben beide.« Günther wartete, bis der Mann seinem Wunsch entsprochen hatte, trank den ersten Krug in einem Zug aus und griff nach dem zweiten. Plötzlich sah er Franz vor sich stehen.

»Seid ihr von allen guten Geistern verlassen? Ich dachte, ihr sucht nach der weißen Zauberin, dabei steht ihr hier und sauft euch die Hucke voll.«

»Immerhin beobachten wir, ob die Zauberin vorbeikommt«, gab Günther zurück und schwankte leicht, als er sich zu seinem Bruder umdrehte.

»Karl sieht gar nichts mehr«, schimpfte Franz, weil sein Bruder mit dem Rücken am Tresen entlang herunterrutschte und zu Boden fiel. »Kann man euch beide nicht einmal für eine Stunde alleine lassen?«

»Das musst du gerade sagen. Wir haben gesehen, dass du noch einen Fremden niedergeschlagen hast.«

»Es waren zwei«, entgegnete Franz verwirrt.

»Dann ist einer weg.«

»Wie auch immer. Ihr müsst sofort mit mir kommen. Ich habe etwas entdeckt.«

»Können wir nicht warten, bis die Spielleute auf dem Podest fertig sind? Die gefallen mir.«

»Die machen doch nur Lärm«, sagte Franz und schüttelte den Kopf.

»Aber im Gegensatz zu vielen anderen hier sind sie normal gekleidet.« Günther deutete zu dem überdachten Podest und stimmte in den Gesang ein.

»Ich bin blau wie das Meer,
voll wie unser Laderaum,
breit so wie die Ärsche
von den Weibern auf Tortuga.
Ich bin blau wie das Meer,
geladen wie ein Bordgeschütz,
und dichter als der Nebel von Kap Hoorn.«*

»Es reicht jetzt«, erklärte Franz zornig. »Ich habe eine weiß gewandete Frau gesehen, bei der es sich um die Zauberin handeln könnte. Schnapp dir Karl und komm mit.«

Günther warf sich seinen Bruder, der keinen Mucks mehr von sich gab, über die Schulter. Dann gingen sie über den Marktplatz zurück.

»Dort unten ist ein Zelt, in dem zwei Chronisten über die Erlebnisse von zwei Seefahren berichten, die in irgendeinem Wettstreit sind«, erklärte Franz aufgeregt. »Wenn du mich fragst, übertreiben die völlig. Die Geschichten sind so unglaublich, dass ich mir sicher bin, dass mindestens die Hälfte gelogen ist. Dem Volk scheint es aber zu gefallen. Sie lachen und klatschen Beifall.«

»Was hat das mit der weißen Zauberin zu tun?«, fragte Günther schnaufend.

»Sie ist auch dort. Beeile dich jetzt! Es wäre fatal, wenn diese Amandara in unserer Nähe ist und wir sie trotzdem verlieren.«

»Wenn ich dir zu langsam gehe, kannst du Karl ja den Rest des Weges tragen«, gab Günther mürrisch zurück. Er schwankte leicht, was aber eher auf den genossenen Met zurückzuführen war als auf das Gewicht seines Bruders.

»Das sind die Arschlöcher!«

Wie aus dem Nichts tauchte plötzlich unterhalb der drei Brüder eine Gruppe von sechs jungen Männern auf. Günther erkannte einen der Burschen, die Franz am Morgen niedergeschlagen hatte. Die Kerle kamen den Hang herauf und hoben drohend die Fäuste. Waffen schienen sie keine zu tragen, ihre Überzahl würde einen Kampf aber zumindest ausgeglichen gestalten, zumal sich Karl noch immer nicht regte.

»Lauf!«, schrie Franz, drehte sich um und rannte an Günther vorbei den Hang hinauf. Weil der mit der Last seines Bruders zu kämpfen hatte, konnte er das Tempo nicht mithalten und spürte nach wenigen Schritten einen Schlag gegen den Hinterkopf. Er sah, wie Franz von einer zweiten Gruppe aufgehalten wurde, die ihm entgegenkam. Dann musste er sich um die Angreifer kümmern.

Günther ließ Karl auf den Boden fallen, drehte sich um und stellte sich zum Kampf. Die Fremden betrachteten ihn lauernd, wagten sich aber nicht näher an den Räuber heran. Schließlich begannen sie, Günther einzukreisen und kamen näher an ihn heran. Er suchte sich einen der Gegner aus und sprang auf ihn zu. Seine Fäuste trafen den Burschen an der Stirn und schickten ihn zu Boden. Im nächsten Moment hingen zwei der Angreifer an seinen Armen. Ein Dritter trat ihm in die Kniekehlen.

Günther kämpfte wie ein Berserker, konnte aber letztlich nichts gegen die Übermacht ausrichten. Er fühlte, wie ihm Blut von seiner Stirn in die Augen lief und seine Sicht trübte. Dann traf ihn etwas Hartes am Hinterkopf. Der Räuber sah Sterne vor seinen Augen aufblitzen, die kurz danach von einem grauen Schleier verdunkelt wurden. Ein zweiter Treffer schickte ihn endgültig ins Reich der Träume.

Als Günther erwachte, lag er auf einem ebenen, kalten Steinboden und schaute direkt auf eine Reihe von Metallstäben, die so dicht nebeneinander angeordnet waren, dass sich selbst Karl zwischen ihnen nicht hindurchzwängen könnte. Er spürte stechende Schmerzen am Hinterkopf und hatte außerdem höllischen Durst.

»Bist du endlich wach?«, maulte Franz seinen jüngeren Bruder an. »Wir sitzen schon mindestens eine Stunde in diesem Loch.«

»Was ist mit Karl?« Günther setzte sich auf und sah Franz vor sich an der Wand sitzen. Karl lag zwischen ihnen und schnarchte zufrieden vor sich hin.

»Der ist so betrunken, dass er nichts um sich herum mitbekommt.«

»Was ist passiert?«

»Wir haben es wieder einmal gründlich versaut«, antwortete Franz. »Nachdem sie dich niedergeschlagen hatten, konnte ich mich nicht mehr gegen die Übermacht wehren und musste aufgeben. Es sind vier Männer in blauen Trachtenanzügen gekommen und haben uns in einen Wagen gebracht, der gefahren ist, ohne von Pferden gezogen zu werden.«

»Das ist Teufelswerk«, sagte Günther.

»Wie so vieles andere hier«, stimmte Franz zu. »Für uns spielt das jetzt aber keine Rolle mehr. Wir haben für dieses Mal verloren. Die Männer haben gesagt, dass man sich morgen früh um uns kümmert. Bis dahin werden wir nicht mehr hier sein.«

»Du willst fliehen?«

»Nein, du Volltrottel. Irgendwann in der Nacht sind die 24 Stunden vorbei. Dann werden wir wieder zehn Jahre in der Verdammnis leben.«

Günther verzichtete, seinen Bruder darauf hinzuweisen, dass es erneut dessen Schuld war, dass sie mit dem Gesetz in Konflikt geraten waren. Jetzt konnten sie nichts mehr tun und mussten auf das nächste Mal warten, dass sie die Welt der Sterblichen betreten durften. In der Kerkerzelle standen drei Betten. Er suchte sich eines davon aus und machte es sich bequem. Franz beobachtete seinen Bruder mürrisch, hielt aber ausnahmsweise seinen Mund.

*Liedtext mit freundlicher Genehmigung von Mr. Hurley und die Pulveraffen von der CD *Plankrock* 2014

© privat

Teresa Hofmann

Teresa Hofmann liebt Geschichten, Musik und Nachdenken. Sie kommt aus Bayern und hat Philosophie und Filmwissenschaft in München und Mainz studiert. Wenn sie nicht studiert, dann ist sie oft im Kino, auf Festivals oder auf Reisen in fernen Ländern unterwegs. Zurzeit lebt sie in Leipzig.

Das Festival-Mediaval ist für sie Sehnsuchtsort und Quelle von Inspiration. Dort kann sie dem Eskapismus frönen und ihre Leidenschaft für das Fantastische und Düstere ausleben. Diese treibt sie außerdem zu eigenen künstlerischen Versuchen und literarischen Experimenten, die von Horrorgeschichten über philosophische Gedichte bis hin zu Reiseberichten reichen.

Die andere Seite der Idylle

1 Gemeinschaft

Wir sind wieder zusammen. Im Laufe des Nachmittags kommen wir an, bauen unsere Zelte auf, richten uns ein, begrüßen uns. Die erste Begegnung nach so langer Zeit ist herzlich, aber merkwürdig, wir haben Angst, uns nicht mehr zu kennen. Doch allmählich, spätestens als Katrin das Feuer entfacht und Anna beginnt, ihre Gitarre zu stimmen, verfliegt die Zaghaftigkeit zwischen uns. Wir setzen uns ums Feuer und öffnen das erste Bier. Tom und Beate legen die Arme umeinander und teilen den ersten zarten Kuss.

Wie wir alle treffen sie sich nur einmal im Jahr, für dieses Festival, und jedes Mal verlieben sie sich neu ineinander. Inzwischen dämmert es schon langsam und der Nebel kriecht vom Bach aus über die Wiese. Zum Glück campen wir dieses Mal ein Stück vom Wasser entfernt, da frieren wir nachts nicht so sehr. Gut, dass das Feuer schon brennt. Wir stoßen an.

Um uns herum ist der Campingplatz zum Leben erwacht, einige Gruppen sind schon angekommen, überall entfachen sich Feuer, Musik und fröhliche Stimmen. Nele packt den Met aus und Anna stimmt das erste Trinklied an. Als das Lied zu Ende ist, bemerken wir eine Gestalt, die sich still zu uns gesellt hat. Gerade außerhalb des Lichtscheins steht sie höflich im Nebel.

»Hey du!«, ruft Anna, »Komm näher und trink mit uns, wenn du magst!«

Die Gestalt tritt ans Feuer und streift ihre Kapuze zurück.

»Hallo, sehr freundlich von euch. Ich bin Michael«, sagt die Gestalt.

Einen kurzen Moment spricht niemand und nur das Knacken des Feuers ist zu hören. Denn Michaels Gesicht leuchtet im Feuerschein, nicht wie Gesichter normalerweise im Feuerschein leuchten, sondern überirdisch schön. Blonde halblange Haare rahmen seine Züge, die jung und ebenmäßig sind: grüne Augen, zarte Lippen und etwas wie ein verborgenes Lächeln, das jeden Teil seines Gesichts erfasst. Seine Schönheit trifft uns ins Mark. Selbst Anna, die sonst selten um Worte verlegen ist, braucht ein paar Sekunden, um sich zu fassen, bevor sie ihn begrüßt und ihn einlädt, sich zu uns zu setzen.

Michael lässt sich nahe am Feuer nieder und streckt die Hände nach den wärmenden Flammen aus. Seine Kleidung ist unscheinbar und seine Haare strubbelig. Nichts in seinem Verhalten deutet darauf hin, dass er sich der Wirkung bewusst ist, die er auf uns ausübt. Alle versuchen wir, ihn unauffällig anzustarren, bis endlich jemand nach einem neuen Lied ruft und die verwirrte Anspannung sich etwas lockert. Das Methorn wird wieder herumgegeben und als die Reihe an Michael ist, trinkt er dankbar und lauscht dann hingebungsvoll unseren Liedern.

»Er sieht aus wie ein Elbenprinz«, haucht Sandrina Moritz ins Ohr, der neben ihr sitzt. »Wo hat der sich nur bisher versteckt? Ich hab ihn noch nie hier gesehen.«

Moritz nickt stumm, ohne die Augen von dem schönen Neuling abzuwenden.

Im Laufe des Abends stellt sich heraus, dass Michael das erste Mal auf dem Mediaval ist und noch niemanden kennt und es ist schnell entschieden, dass er bei uns einen Schlafplatz bekommt. Wie immer verbringen wir den Abend trinkend und singend und auf eine Weise ist es, als hätte Michael schon immer zu uns gehört. Er ist zurückhaltend, aber strahlt eine stille Fröhlichkeit aus. Sein Lächeln überträgt sich auf uns und jeder von uns fühlt sich durch seine Gegenwart ein Stück erhabener als sonst.

Am meisten wird uns wohl an diesem Abend in Erinnerung bleiben, wie Michael irgendwann zu später Stunde leise in ein Lied miteinstimmt. Die ganze Zeit vorher hatte er nur zugehört und erst auf unser vorsichtiges Drängen hin und mit Hilfe von Wein und Met traut er sich irgendwann. Seine Stimme ist wie ein Stück Gold in einem rauschenden Fluss.

Am Vormittag des nächsten Tages kriechen wir nacheinander aus unseren Zelten, sobald die Sonne sich über den Hügel erhoben und die Feuchtigkeit der Nacht verscheucht hat. Wir frühstücken, machen uns zurecht, witzeln und lachen. Fabian liest das Programmheft, Nele starrt in die noch schwelende Glut und leert eine übrige Flasche der vergangenen Nacht und Moritz hat seine Hände flechtenderweise in Sandrinas dichten Haaren vergraben. Michael hält Annas Gitarre in der Hand und lässt sich von ihr geduldig Akkorde erklären. Offensichtlich ist es neu für ihn, doch er begreift schnell und seine Finger formen fast von selbst die richtigen Bewegungen auf den Saiten.

»Du bist ein Naturtalent! Und du spielst wirklich kein Instrument?«, fragt Anna. »So wie du gestern gesungen hast, denke ich, dass du ein absolutes Gehör hast. Du musst daran arbeiten, dann kannst du richtig gut werden!«

Anna flirtet und zieht ihn ein bisschen auf, sie ist mutiger geworden. Michael geht jedoch nicht darauf ein, ernsthaft nimmt er sie beim Wort und ignoriert die schwebenden Nuancen.

»Hier«, sagt Fabian plötzlich, »das Konzert am Samstagabend, das müssen wir uns ansehen. Da spielt Satyrika.«

»Wer?«, fragt Tom.

»Satyrika, das ist eine griechische Folk-Band. Die sind ganz neu und machen Musik, die von der klassischen Antike inspiriert ist. Ihr wisst schon, Theater, Homer und so. Mit historischen Instrumenten!«

»Ja, darüber hab ich gelesen«, meint Sandrina, »angeblich kann der Sänger große Teile der Ilias rezitieren und begleitet sich selbst dabei auf der Lyra. Das sollten wir uns auf jeden Fall anschauen.«

Vorfreude breitet sich unter uns aus, als wir darüber debattieren, was jeder unbedingt sehen will und wir einen groben Plan für die nächsten Tage zurechtlegen. Letztendlich wird es doch anders kommen, wie wir aus Erfahrung wissen: wenn wir plötzlich Juwelen entdecken, sei es eine neue, unbekannte Band, Artisten und Gaukler oder Begegnungen mit alten und neuen Festivalbekanntschaften. Dennoch ist das Pläneschmieden eine schöne Beschäftigung, während wir ungeduldig auf die Entfaltung des Tages warten.

Später, als das Festival endlich offiziell eröffnet ist, laufen wir über das Gelände, sehen uns die Stände an und erkunden alte und neue Orte. Es gibt einige Neuheiten dieses Jahr, denen wir eher skeptisch entgegensehen und zum Glück auch das Altbekannte, das uns das Gefühl gibt, nach einem langen Jahr im Exil endlich nach Hause zu kommen. Während wir auf dem Gelände herumstreifen und da und dort haltmachen, um über die Gaukler zu lachen, einen Blick auf den ein oder anderen Stand zu werfen und bei den ersten Bands vorbeizuschauen, genießen wir es, Michael zu beobachten.

Für ihn ist alles neu und wir werden von seiner leuchtenden, verzauberten Miene zurückversetzt in unser eigenes erstes Mediaval-Erlebnis. Er möchte alles gleichzeitig erkunden und lacht vor Begeisterung über einfachste kleine Dinge. Abends drängt er nach ganz vorne vor die Bühne, um in größtmöglicher Nähe zur Musik zu sein. Wir bemühen uns, ihm in seiner Begeisterung zu folgen, doch bei manchem können wir nur den Kopf schütteln. Nele versucht, ihn zurückzuhalten, bei jeder Band nach vorne ins dichteste Gedränge zu stürmen, während Sandrina sich von ihm anstecken lässt und mit ihm zusammen vor der Bühne tanzt, bis die beiden sich außer Atem auf die Wiese werfen müssen. Fabian steht etwas abseits, als Michael tanzt, und beobachtet ihn. Als ob Michael durchsichtig wäre, sieht Fabian die Musik durch seine Ohren direkt in den Körper fließen. Da ist keine Hemmung, kein hindernder Gedanke. Sie strömt durch ihn hindurch und verwandelt sich ohne Energieverlust in Bewegung und Freude.

Nach dem letzten Konzert finden wir uns alle wieder zusammen und gehen gemeinsam nach unten. Wir sind mittlerweile recht angetrunken und streben nach der Geborgenheit unseres Feuers. Den ausgelassenen Michael nehmen wir in die Mitte.

2 Musik

Der folgende Tag strömt in Harmonie und Fröhlichkeit dahin, als hätte es nie etwas anderes gegeben. Die Dynamik unseres Zusammenseins hat in ein selbstverständliches Gleichgewicht gefunden und wir genießen die gegenseitige Gesellschaft, die Musik und den Frieden, der durch kein Zeichen des anderen Lebens gestört wird.

Als die Dämmerung hereinbricht und die Luft nach dem fast zu warmen Tag eine laue Kühle annimmt, treffen wir uns alle vor der Burgbühne und warten auf den Auftritt von Satyrika, dem mindestens Fabian und Sandrina den ganzen Tag über entgegengefiebert haben. Wir anderen sind ebenfalls neugierig und erwartungsvoll. Einige Menschen haben sich versammelt, voll ist es nicht – die Band scheint eher unbekannt zu sein.

Als ein einzelner Mann in einem weißen Gewand die Bühne betritt und auf einem großen Saiteninstrument leise zu spielen beginnt, legt sich nach und nach das Murmeln des Publikums und es wird still. Sein leises Vorspiel einer klaren, kraftvollen Melodie webt die Aufmerksamkeit des Publikums und die Saiten der Lyra zusammen, bevor er zu der Melodie zu singen beginnt. Und da werden wir zunächst kaum merklich und doch gewaltig von seinen Liedern ergriffen und gefesselt. Wir vergessen, wo wir sind, vergessen das Vorher und das Später, vergessen, was vor unseren Augen ist. Der Sänger rezitiert Geschichten, auf immer die gleichen Töne, die ständig neu erklingen, und obwohl uns die Sprache fremd ist, tauchen wir in sie ein. Ohne zu wissen, wovon er singt, beben wir vor Spannung und fiebern bei den Höhepunkten mit. Die singende Stimme erzählt von Schicksal und Tapferkeit, Hoffnung und Versagen, Ruhm und Vergessen. In unseren Köpfen sind Bilder, diffus und doch leuchtend, während die Töne uns führen und wirre Farben in die Ordnung von Geschichten verwandeln.

Kaum dass wir Zeit haben, nach dem letzten verklungenen Ton die Bilder von uns abzuschütteln, ertönt ein neuer Klang, gänzlich anders als das bislang Gehörte: Wohlgesetzte, schwebende Töne von einer stählernen Unnachgiebigkeit. Sie stammen von einer antiken Flöte in den Händen einer kleinen, dunklen Frau, die unauffällig die Bühne betreten hat. Genau genommen sind es sogar zwei Flöten, die sie mit je einer Hand spielt und gleichzeitig zum Tönen bringt, so dass sie einen starken, doppelten Klang erzeugen. Der Sänger ist verstummt, doch seine Lyra begleitet das Flötenspiel, während zwei Perkussionisten und ein weiterer Flötenspieler hinzukommen und nacheinander miteinstimmen.

Die beiden Melodiestimmen der Flöten ranken sich auf dem Klangteppich der Lyra in- und umeinander wie wütende Liebende, während die Trommeln die Musik umschließen und vorwärtstreiben. Der dunkle, runde Klang der Flöten reißt weder ab, noch wird er leiser, so dass die Musik wie gespeist scheint von einem einzigen, nicht versiegenden Atemzug. Ihrem flüchtigen Ertönen wohnt eine Notwendigkeit inne, als verliere dagegen alles Materielle an Wirklichkeitsgehalt. Wir erstarren vor banger Ehrfurcht und werden gleichzeitig schwerelos vor Erleichterung, als die Musik unsere nichtigen Existenzen für die Dauer eines Lieds in sich aufhebt. Gebannt beobachten wir die Flötenspielerin, deren Melodie das Lied bestimmt, und sehnen uns danach, im Klang ihres Instruments aufzugehen, das die Makel der menschlichen Stimme überwunden hat.

Für die Dauer des gesamten Konzerts rühren wir uns nicht vom Fleck und saugen die Klänge in uns ein. Fabians Gesicht nimmt bei den gesungenen Passagen einen verklärten Ausdruck an und seine Lippen murmeln manche Worte mit. Sandrina hat die Augen geschlossen und lässt ihren Körper leicht von der Musik hin- und herwehen. Nur Michael scheint seltsamerweise als Einziger nüchtern zu bleiben. Ab und zu blickt er um sich oder schüttelt sich, wie um sich von einem unangenehmen Gedanken zu befreien. Auf seinem ebenmäßigen Gesicht bilden sich von Zeit zu Zeit misstrauische Falten.

Die Lieder gleiten meist von einem ins nächste oder aber sie sind nur von kurzen Pausen unterbrochen, in denen die Musiker ihre Instrumente neu arrangieren. Sie folgen mit ihrem Spiel einer festen Ordnung und nehmen dabei vom Publikum kaum Notiz. Nur einmal zwischendrin streift der Blick der

Flötenspielerin müßig die Reihen der gebannten Zuhörer und scheint dabei direkt an uns, die wir vorne stehen, hängenzubleiben. Eine seltsame Intensität geht von diesem Blick aus dunklen Augen aus. Unscheinbar wie die Frau ist, mit ihrem schlichten Gewand und den schwarzen geflochtenen Haaren, trifft ihr Blick uns tief unter die Haut und macht uns frösteln. Michael tritt unruhig von einem Fuß auf den anderen. Eine leichte Irritation rollt über ihre ruhig konzentrierte Miene, bevor sie den Blick wieder in sich kehrt und die Doppelflöte für das nächste Lied an die Lippen setzt.

Viel zu früh verlassen die Musiker die Bühne und kommen erst nach langen Minuten tosenden Applauses für eine Zugabe zurück. Sie tuscheln untereinander und scheinen kurz etwas verloren. Anscheinend haben sie kein Lied für eine Zugabe geplant. Dann jedoch wendet sich die Flötenspielerin von den anderen ab, blickt in den Himmel und beginnt zu spielen. Die übrigen Bandmitglieder wechseln ratlose Blicke und legen dann ihre Instrumente nieder. Die Bühne gehört allein ihr. Sie improvisiert und dieses, ihr neues, Lied unterscheidet sich von den vorangegangenen. Die jubilierende Ordnung, die ihr Instrument bisher verströmt hat, ist dahin. Sie zögert, spielt sich leise in die Luft, setzt neu an, und plötzlich bricht es aus ihr hervor: sich überschlagende, ungezügelte Töne, die teils dissonant übereinander purzeln und mit archaischer Kraft den Himmel erstürmen. Wir ahnen Schwindel und Abgrund in der Musik und tanzen wie hypnotisiert. Auf Gedeih und Verderb werfen wir uns in den taumelnden Sog der Töne, doch dann ist es mit einem Mal vorbei und die Melodie bricht ab. Die Flötenspielerin blickt ins Publikum, als wäre sie aus einem Traum erwacht, dann verlässt sie hastig die Bühne. Die anderen folgen ihr und das Konzert kommt zu einem abrupten Ende.

Den restlichen Abend verbringen wir wie schlafwandelnd. Die Welt verblasst und wir sind erschöpft. Gleichzeitig hat der Auftritt von Satyrika eine Unruhe in uns hinterlassen. Ziellos wandern wir für eine Weile auf dem Gelände herum, trinken etwas und gehen dann hinunter ans Lagerfeuer. Anna braucht diesen Abend lange, um in ihre Musik hineinzufinden, zu sehr hallt das Konzert in ihr nach, das hinter sich keine Normalität aufkommen lassen will. Doch irgendwann fallen wir hinein in die trostreichen Lieder und alles nimmt seine vertrauten Formen an. Die Nacht hüllt uns in ihren heimelig sehnsüchtigen Mantel. Und wir spüren sogar eine leichte Veränderung und fragen uns, spät am Abend, ob nicht unser Erlebnis mit Satyrika einen neuen Glanz, eine neue Tiefe auf die Nacht und in die Musik gelegt hat.

3 Ekstase

Der dritte Tag atmet schon vagen Abschiedsschmerz, der den Geschehnissen einen bittersüßen Geschmack gibt. Wir treffen uns nachmittags im Chai-Zelt, trinken Tee und genießen die angenehme Schwere der Erschöpfung, die die kurze Pause vom bunten Taumel uns spüren lässt, als Fabian als letzter der Gruppe atemlos hinzukommt.

»Ich habe mit ihr gesprochen«, sagt er, noch ehe er sich hingesetzt hat.

»Ganz ruhig, was ist denn mit dir los? Mit wem hast du gesprochen?«, fragt Moritz träge.

»Mit Adrastea, der Flötenspielerin! Sie lief einfach so allein über den Handwerkermarkt und dann hat sie mich gesehen und mit mir gesprochen.«

»Ah ja, die von Satyrika? Wie konnte das passieren, du sprichst doch sonst nicht einfach Leute an?«

»Hier, trink erstmal«, sagt Anna und schiebt ein großes Glas Tee mit Schuss in Fabians Richtung. »Oder hast du sie so lange angestarrt, bis sie nicht anders konnte, als auf dich aufmerksam zu werden?«

Fabian wird etwas rot, geht aber über den Kommentar hinweg.

»Sie war freundlich, ganz anders, als ich gedacht hätte, und hat mir so viel erzählt … Darüber, welche Texte sie in ihren Liedern verwenden und wie sie antike Melodien rekonstruieren. Das war wahnsinnig interessant. Ich hab ihr erzählt, dass ich etwas Altgriechisch kann und da hat sie sich wohl gefreut und mich gefragt, wie ich das Konzert fand und wie viel ich verstanden habe. Da konnte ich aber nur stammeln und es nicht in Worte fassen. Jedenfalls, am Ende hat sie gesagt, dass die übrigen Bandmitglieder schon weg sind, sie aber diese Nacht noch hierbleibt und da habe ich gefragt … also ich weiß auch nicht, was mich da geritten hat … jedenfalls habe ich gemeint, wir machen immer Musik unten im Lager und ob sie nicht abends zu uns kommen möchte, wenn sie Lust hat.«

»Was? Und was hat sie geantwortet?«, fragt Michael auf einmal hastig.

»Sie hat kurz nachgefragt, wer wir sind, und hat gemeint, sie überlegt es sich. Dann hat sie geheimnisvoll gelächelt und ist verschwunden.«

Fabians Augen verlieren sich für einen kurzen Moment in der Ferne, bevor er rigoros den Kopf schüttelt, um sich wieder ins Hier und Jetzt zu bringen. Wir sind seinem Bericht fasziniert gefolgt, doch Tom wedelt die schwebende Möglichkeit beiseite.

»Ach, das macht sie doch nicht! Sie hat es nur gesagt, weil sie nett sein wollte.«

Wir kommen von unserem kurzen Höhenflug herunter und gestehen uns ein, dass Tom wohl recht hat. Michael scheint sogar heimlich aufzuatmen und auch in Fabians Gesicht schleicht sich nach der ersten Enttäuschung so etwas wie Erleichterung.

»Ja, wahrscheinlich«, sagt er, »weil sie nett sein wollte. Vielleicht ist es besser so. Ehrlich gesagt hat sie mir ein klein bisschen Angst gemacht. Sie hatte so etwas … Strenges. Und ihre Augen …«

Seine Stimme verliert sich und das Thema ist beendet.

Diesen Abend sind wir schon früh unten am Feuer, da das Festivalgelände am letzten Tag früher geschlossen wird. Wir sind schon sehr betrunken. Wie immer verspricht der letzte Abend zu eskalieren, denn es gilt, alle übrigen Flaschen zu leeren und das Aufwachen in der Wirklichkeit möglichst lange und intensiv hinauszuzögern. Tom und Beate trommeln zu Annas ausgelassenen Trinkliedern und Moritz packt seine kleine Flöte aus, mit der er sich darin versucht, laut und schief den Refrain mitzuspielen. Nele grölt abwechselnd mit und stiert dann wieder mit glasigen Augen ins Feuer, während sie große Schlucke aus einer halbleeren Rumflasche nimmt.

Mit der fortschreitenden Nacht weichen die Grenzen zwischen uns auf und wir beginnen, unmerklich ineinander zu fließen. Neles Kopf fällt schwer in Sandrinas Schoß, wo er von ihren weichen Fingern umschlossen wird. Tom und Beate nehmen Moritz in ihre Mitte, der seine Flöte weggelegt hat und sich an Tom anschmiegt wie eine Katze. Nur Katrin versucht noch, mit Toms Trommel einen Rhythmus aufrechtzuerhalten, während Anna Michael eng umschlungen hat und es dabei weiterhin schafft, der Gitarre Liederfetzen zu entlocken. Es ist nicht auszumachen, ob es Annas oder Michaels Finger sind, die über die Saiten gleiten und wie zufällig manchen wohlklingenden Akkord greifen.

Schließlich ersterben die Gitarrentöne. Eine Weile lang sind nur ab und zu ein leises Kichern oder ein freundlich gemurmeltes Wort zu hören und davon abgesehen nichts als das Knistern des Feuers und der still wabernde Nebel. Bis irgendjemand von uns in die Stille hinein eine zarte Melodie zu singen beginnt. Nach und nach stimmen wir alle mit ein in das wohlbekannte Lied und das Band der Melodie webt uns zusammen, tanzt mit den Funken und schwingt sich heiter hinauf in die Nacht. Unser Lied wogt, mal lauter und mal leiser, durch uns hindurch und über uns hinweg, während wir warm und wohlig ums Feuer herum liegen. Nach einem nicht bestimmbaren Zeitraum, vielleicht zwei Minuten, vielleicht eine Stunde – werden unsere Stimmen allmählich wieder leiser und vorsichtiger und zart in der Luft erklingt eine letzte Strophe, bevor der Gesang verebbt und in eine aufmerksame, tiefe Stille mündet.

»Sehr ergreifend«, tönt eine dunkle Stimme über uns.

Bestürzt ob des plötzlichen Einbrechens von etwas, was nicht wir sind, verrenken wir uns und rappeln uns auf, um zu erkennen, von wo die Stimme kommt. Eine Gestalt ist in unseren Kreis getreten, deren von schwarzem Haar gerahmtes Gesicht vom flackernden Feuerschein bedrohlich erhellt wird. Wir sind auf kaltem Fuß erwischt, trotz der Stille hat keiner von uns sie kommen hören.

»Ich hoffe, ich störe euch nicht«, fährt Adrastea fort, »ich würde mich freuen, euren Kreis mit etwas Wein und meiner Musik bereichern zu dürfen.«

Ihre Stimme ist leise und gleichzeitig von einer Fülle, die uns in ihren Bann zieht. Ein leichter südländischer Akzent formt die Ränder ihrer Worte. Ohne unsere überraschte, eifrig einladende Antwort abzuwarten, kniet sie sich zu uns ans Feuer und öffnet einen Weinschlauch, den sie umgehängt hat.

»Ich danke euch für das Angebot eurer Gesellschaft heute Abend«, sagt sie und nickt dem verwirrten Fabian dabei zu. »Lasst uns trinken und fröhlich sein! Auf Dionysos!«

Sie gießt einen Schluck Wein ins Feuer und gibt den Schlauch danach im Kreis herum. Der Wein schmeckt süß und stark und steigt uns sofort zu Kopf. Als alle reihum getrunken haben, klatscht Adrastea in die Hände und verlangt ein Lied. Unsicher blicken wir zu Anna, die zögernd die Gitarre aufhebt und ihren Körper strafft.

»Ich glaube nicht, dass du hören willst, was ich jetzt noch auf der Gitarre zustande bringe«, sagt sie und lacht nervös, »wir trinken heute Nacht schon eine Weile und ich weiß nicht, ob ich meinen Fingern noch vertrauen kann.«

Adrastea fegt ihre Zweifel mit einer Handbewegung beiseite.

»Ach, umso besser. Lass hören!«

Anna konzentriert sich und beginnt eine komplizierte Ballade. Beate klopft vorsichtig einen Rhythmus dazu und wir anderen stimmen beim Refrain in den Text mit ein. Adrastea lächelt und lauscht aufmerksam, dann holt sie ihre zwei Flöten hervor und improvisiert zur Hälfte des Liedes eine zweite Melodiestimme. Der durchgehende Klang verwandelt das bekannte Lied in ein seltsames, neues Geschöpf, das sich unsere Stimmen aneignet. Als die letzte Strophe zu Ende gesungen ist, spinnt Adrastea den Melodiefaden weiter und weiter, bis das ursprüngliche Lied nicht mehr erkennbar ist. Die dunklen Töne werden wilder und jubelnder, so dass unsere Körper von ihnen ergriffen werden. Beate steigt schnell und energisch mit ihrer Trommel in die Musik ein. Dann setzt Adrastea die Flöten ab und steht auf.

»Kommt und tanzt!«, ruft sie. »Ihr seid jung, ihr seid frei!«

Wie in Trance folgen wir ihrer Aufforderung. Die steifen Glieder streckend erheben wir uns und beginnen uns im Gleichklang mit den Tönen zu bewegen, die Adrastea ihrem merkwürdigen Instrument entlockt. Ihr neues Lied ist zuerst langsam und zart und verströmt doch jene Unerbittlichkeit, die ihrer Musik eigen ist. Ganz nah am Feuer steht die kleine Frau in kerzengerader Haltung und ehrfurchtgebietend, während wir uns schwebend um sie herumbewegen. Ohne die Flöten abzusetzen und ohne auch nur das geringste Atemholen, verändert sie ihr Spiel, wird mal wilder, dann wieder langsam und getragen und wir müssen ihr folgen, können nicht aufhören zu tanzen, gönnen uns keine Pause.

Die Musik wechselt in ihrem Charakter zwischen jener funkelnden Notwendigkeit, die uns schon am vorigen Abend entzückt hatte, und erschreckender Anarchie. Mal klingt sie, als ob alles, was vorher gewesen ist, nur auf sie hingeführt hat, alles Leben auf der Erde, jeder Schritt, jedes zufällige Dasein, in der Melodie dieses Moments kulminiert, in dem wir auserkoren sind, zu ihr zu tanzen. Für die Dauer der Töne, in ihrem Tempo, ihrem Rhythmus, bekommt auf einmal alles einen Sinn verliehen und darf in der Musik aufgehen. Dann wieder erzählen die dunklen Töne von der grausamen Unentrinnbarkeit des Zufalls und Adrasteas Flöten schreien in wütenden Melodien den tiefsten Schmerz des Daseins heraus. Wir sehen der Unerträglichkeit dieses Schmerzes ins Auge und werden in seinem Angesicht von höchster Entzückung ergriffen.

Die Nacht um uns herum verliert an Wirklichkeit und wir sind entrückt an einen fremden Ort, an dem es uns endlich möglich wird, wahrhaftig zu einem Wesen zu verschmelzen, aufgespalten in neun tanzende Inkarnationen. Die restlichen Lagerfeuer mit anderen Festivalbesuchern existieren längst nicht mehr, es gibt nur das tanzende Wesen mit dem großen Willen in der Mitte. Und doch – etwas ist da noch. Flackernde Schatten, geschmeidige Gestalten. Kaum aus dem Augenwinkel erhascht, mal eine Tatze, mal ein Fauchen, umschließen sie unseren Kreis.

Sind es Raubkatzen, Bären? Dazwischen irgendwo ein Ziegenbock, soviel ist sicher. Sie folgen wie wir der Musik.

Dann hält Adrastea inne und wirft ihre beiden Flöten ins Feuer, während die Musik lauter und vielstimmiger wird. Von überall tönen singende Stimmen, von um uns her, von den wilden Wesen oder kommen sie aus uns? Adrastea steht am Feuer oder darin und erhebt die Arme. Sie ruft uns zu sich, das Feuer knackt und wirft Funken, wir schwitzen und glühen im Tanz. Ihr Mund bewegt sich, sie ruft, doch wir verstehen nichts, denn die Musik ist überall, und wir reißen uns die Kleider vom Leib, das Feuer ist so laut, wir tanzen schneller und schneller. Noch einmal ruft sie, ihr Kopf von Flammen und Hörnern umkrönt, gebieterisch zeigt sie in unsere Mitte. Jetzt hören wir, was sie sagt, und müssen gehorchen, wir wollen gehorchen, welch süße Lust, uns ihrem Willen zu ergeben. Doch wir sind eins, neunmal dasselbe, einmal vielgestaltig. Sie zeigt auf jeden von uns und doch auf einen. Den Schönsten, den Reinsten.

Zu ihr ans Feuer tritt Michael, schweißtropfend die Brust, Angst im Gesicht. Sie küsst ihn sanft auf den Mund, legt einen Blätterkranz auf sein Haar und ein Tierfell um seine nackten Schultern. Wir übrigen sind zerteilt, verwirrt, wir halten inne im Tanz. Wie angewurzelt starren wir ihn an, den Unsrigen. Anderen. Schön ist er, die zarte Haut, das Haar, das pochende Blut.

Wir wollen ihn haben. Ihn an uns spüren und in uns. Wir sind von der Gier besessen, ihn zu besitzen, mit ihm zu verschmelzen. Sie stößt ihn und wir stürzen uns auf ihn. Er rennt, doch wir packen ihn. Er schreit, doch wir reißen ihm die Zunge heraus. Wir zerren, beißen, saugen. Geweitete Augen. Blut in Strömen. Reißen, Schlingen, Verzehren. Köstliches Fleisch. Oh, nie gekannte Verzückung!

Bis nichts mehr von ihm übrig ist.

4 Epilog

Am Morgen der Abreise trommeln schwere Tropfen monoton auf die Zeltdächer und sammeln sich in kleinen, schlammigen Rinnsalen. Bleierne Wolken hängen tief über dem Campingplatz und Blutflecken werden aufgeweicht und fortgespült. Manch einem fließt das Wasser ins Zelt, über die Vorräte, in den Schlafsack. Alles ist feucht und klamm. Gedämpfte, kurz angebundene Stimmen durchbrechen ab und zu das Rauschen des Regens, während der Zeltplatz von hastiger, stiller Aktivität wimmelt. Überall wird aufgeräumt, abgebaut, eingepackt.

Es wird schwierig für uns sein, nach Hause zu kommen und den Alltag aufzunehmen. Nach den Geschehnissen der vergangenen Nacht Normalität aufkommen zu lassen. Doch die Zukunft steht uns mit außergewöhnlicher Klarheit vor Augen. Mit einer stoischen Schicksalsergebenheit nehmen wir an diesem nasskalten Septembermorgen die Aufgabe an, die vor uns liegt: das Weiterleben mit dem Wissen um das Schreckliche, das wir begangen haben.

Wir reden nicht viel. Wie immer am Tag nach dem Festival sind wir schlecht gelaunt und verkatert. Und mit aller Macht halten wir uns fest an diesem Gefühl – und an der Routine des Abbauens. Wir spüren die vertraute Traurigkeit der nahenden Trennung, die sich diesmal jedoch anders anfühlt als sonst – tief und endgültig. Denn es war das letzte Mediaval für jeden von uns. Wir werden uns nicht wiedersehen.

J. Praßl

© privat

Judith Praßl (Raith) wurde am 25. August 1979 in Oberösterreich geboren. Sie studierte Philosophie, Publizistik und Kunstgeschichte. Heute lebt sie in Graz, publiziert für den acabus Verlag und arbeitet als Romanautorin und Texterin. Seit 2013 veröffentlicht sie gemeinsam mit ihrem Co-Autor und mittlerweile Exmann Heinz Praßl unter dem Autorennamen J.H. Praßl die achtbändige Romanreihe *Chroniken von Chaos und Ordnung.* »Unsere Lesung am Festival-Mediaval 2019 war zweifelsfrei eine der stimmungsvollsten. Wir hatten ein proppenvolles, urig gestaltetes Literaturzelt; Regen, der kalt gegen die Planen prasselte, warmes, flackerndes Kerzenlicht im Innern, die Klänge unserer geliebten Band *Mararama* im Ohr, und dazu Chara, Al'Jebal, Amalea … Kurzum, wir fühlten uns wunderbar aufgehoben und sehr zuhause am Goldberg in Selb«.

www.chaosundordnung.com

Das Mädchen und der Drache

Menschen sind wie Kreisel. Sie fangen sich erst zu bewegen an, wenn du ihnen einen Stoß versetzt. Und dann drehen sie sich um sich selbst. So lange, bis ihnen die Luft ausgeht und sie umkippen.

Teri Vech wusste das besser als jeder andere. Immerhin studierte er das Menschengeschlecht schon seit Jahrhunderten. Er spielte seine Spielchen, beschwor ganze Kriege herauf. Und dafür musste er nicht einmal aus der Deckung kommen. Es brauchte keinen Drachen, um Menschen zu den Waffen greifen zu lassen. Nur, dieser Mensch hier war anders. Das Püppchen mit Porzellangesichtchen und schwarzem Seidenhaar, das vor wenigen Augenblicken die Steintreppen hochgestiegen war und durch die vor sich hin rostenden Tore das Kriegerdenkmal – *sein* Kriegerdenkmal – betreten hatte, sah ihn an, als wäre er nichts weiter als ein netter kleiner Zeitvertreib. Er, Teri Vech, Herr der Zwietracht, ehemals General der schwarzen Drachen und … na ja, ein Ausgestoßener. Aber nichtsdestotrotz furchteinflößend, mit einer Flügelspannweite von atemberaubenden acht Schritt. Das war Teri Vech. Und vor Teri hatte jeder Angst.

»Nein«, sagte der kleine Mund und die dunklen Wimpern klimperten dreist.

Teri kniff ein Auge zusammen. »Nein?«

»Ich werde nicht gehen.«

Ein Gong ertönte und hallte von den feuchten Steinwänden des Denkmals wider. Einst war dieser Stein sauber und solide gewesen. Jetzt, von Moos überwuchert und durch Kletterpflanzen in arge Bedrängnis geraten, bröckelte und zerfiel er langsam. Sträucher und Bäume hatten das Denkmal derart überwuchert, dass es mehr einer Höhle als einem steinernen Ring glich. Früher waren hier Massen von Menschen in geistloser Festivalstimmung vorübergezogen. Teri schüttelte den Kopf. Das ironische Lachen, das ihm in der Brust saß, drängte danach, auszubrechen. Ja, ja, sie feierten. Feierten Wesen wie ihn in einer Zeit, die so unmenschlich war, dass selbst ein Drache Mitleid hätte bekommen können. So einfältig. Eine zum Himmel schreiende Lüge. Der Epoche des Mittelalters so etwas wie Romantik anzudichten, könnte man fast als *lebensverachtend* bezeichnen. Aber genau so war das Menschengeschlecht: Es verherrlichte, was es verloren glaubte, zerstörte, was es hatte, träumte von dem, was es nie haben würde. Ein zweiter Gong ertönte. Dann setzte ein Surren, Ticken und Tingeln wie von hunderten Uhrwerken ein, und das Mädchen hielt sich die Ohren zu. »Wozu sammelst du all diese Uhren?«

Teri schnaubte leise. »Ohne Uhren keine Zeit. Ohne Zeit kein klarer Gedanke. Ich brauche das Ticken, um mich nicht zu verlieren. Die Unsterblichkeit mag für euch ein Traum sein, für mich ist sie ein Albtraum. Denn meine Zeit erstreckt sich ins Unendliche, Püppchen … aber deine … Er spuckte weißen Rauch aus seinem Mundwinkel und grinste. Deine ist gleich um.« Na, wie gefällt dir das?

»Ich möchte nicht unhöflich sein, aber es ist nicht in Ordnung, dass du einen auf Drachen machst. Du könntest menschliche Gestalt annehmen und mir auf Augenhöhe begegnen.«

Auf Augenhöhe? Wie niedlich. Teri schlug die Pranken übereinander und bettete seinen schweren Schädel auf seine Klauen. »Hau ab! Du hast die falsche Abzweigung genommen.«

»Oh nein.« Sie schüttelte den Kopf und der schwarze Seidenhaarvorhang schwang hin und her.

»Du hast ja keine Ahnung, wer ich bin und was ich mit dir anstellen werde«, knurrte er.

»Oh doch. Du bist Khagats Vogh.«

Falsche Antwort! Der Spieler wurde er nur von denen genannt, die ihn diskreditierten, mit anderen Worten, von seiner ehemaligen Sippschaft. Wer ihn *der Spieler* nannte, verbrannte. »Ich bin Teri Vech, Herr der Zwietracht!«

»Ich bin Lee Hyun.«

»Dein Name interessiert mich nicht.«

»Freilich. Du interessierst dich ja nur für dich selbst. Deshalb vertreibst du dir die Zeit damit, die Dörfler auszuspionieren und gegeneinander auszuspielen. Zum bloßen Vergnügen. Muss schwer sein, ganze Jahrhunderte zu fristen, ohne vor Langeweile zu sterben.« Sie trat von einem aufs andere Bein und knetete ihr winziges Kinn. »Du schaffst es, dass wir uns das Leben gegenseitig schwer machen, Khagats.«

»Du kannst ja eine Beschwerde beim Dorfvorsteher einreichen.«

»Bürgermeister.«

»Was?«

»Heute sagt man Bürgermeister.«

Warum redete er überhaupt mit der kleinen Zecke? Warum verbrannte er sie nicht einfach zu Asche?

»Apropos, der Bürgermeister von Selb weiß nicht, dass der Mann mit den eleganten Kleidern, der jeden Sonntag in der Dorfkneipe herumlungert und über den Rand seines Bierglases die Gäste observiert, ein Drache ist.«

»Und woher, wenn ich fragen darf, weißt du es?« Und weshalb wollte er das wissen?

Es war nur ein winziges Lächeln, aber es verwandelte Hyuns Gesicht in das einer Göttin.

»Du bist so ein attraktiver Mann, Teri«, hauchte sie mit einer Stimme, die ganz und gar nicht zu einem kleinen, unschuldigen Püppchen passte. »Wenn du als Mensch auftrittst, meine ich – als Mann. Das denken alle Frauen in Selb …«

Also all die Durchschnittsweiber, die sich gelegentlich mit ihren Möchtegern-Kavalieren auf den Goldberg zu einem romantischen Spaziergang verirrten und ihm mit ihrem verträumten Gesäusel die Mittagsruhe oder, noch schlimmer, seinen Nachtschlaf versauten. Der magische Schutz, der jeden Spaziergänger, abgesehen von dieser Rotzgöre hier, auf Abstand hielt, bewahrte sie wiederum davor, gefressen zu werden und auf immer aus Selb zu verschwinden. Was nicht einmal auffallen würde. Junge Liebespaare verschwanden doch andauernd. Besonders, wenn sie dazu verdammt waren, in so einem Kaff wie Selb aufzuwachsen. »Teri?«

Oha! Sie hatte ihn Teri genannt … »Ja?«

»Ich weiß, du kannst auch anders. Du bist interessant, zuvorkommend, charmant …« Sie klimperte mit ihren Wimpern. »Das sehe nicht nur ich.«

»Wer noch?«

»Fast alle.«

»Ehrlich?« Um ehrlich zu sein, gäbe es da in der Tat jemanden … Die Tochter des Bäckermeisters hatte wundervolles Haar und Lippen wie Gayatri. Teri kratzte sich unter der Achsel. Vielleicht wäre es ja mal wieder ganz reizvoll, mit den Menschen zu spielen, anstatt gegen sie. Nur vorübergehend. So wie damals, als er, lange nachdem er diese Gegend unsicher gemacht hatte und andernorts umhergestreift war, erneut den Goldberg aufsuchte.

Die Menschen hatten die drei Kriege, die das Gebiet rund um den Berg einst in blutige Schlachtfelder verwandelt hatten, längst vergessen. Kriege, die er, Teri Vech erst heraufbeschworen hatte. Wie? Ganz einfach. Er hatte die Schwächen der Menschen gegen sie gekehrt. Angst, Neid, Standesdünkel … Ja, richtig, damit ließen sich locker ganze Weltkriege aus dem Boden stampfen. Davon legte das Kriegerdenkmal, in dem er heute seine Tage und Nächte fristete, Zeugnis ab.

Wie dem auch sei, anstatt der Gräueltaten ihres Volks zu gedenken, riefen die Bewohner Jahrzehnte später das Festival-Mediaval ins Leben. Das bunte Treiben zwischen den Zelten, die das Mittelalter imitierenden Marktstände, der Minnesang und Lautenklang samt gotisch angehauchtem Deutschrock, die phantastischen Lesungen weltfremder Schriftsteller über seinesgleichen und den Mythos des Heldentums … Alles das hatte ihn auf eine rührselige Art sentimental gemacht … Erinnerungen an die gute alte Zeit. Das hatte ihn gelockt, ihn zum Bleiben, ja sogar zur Teilnahme überredet.

Er hatte kurzerhand menschliche Gestalt angenommen, sich eine seiner Fähigkeiten zunutze gemacht und einige Raubvögel um sich geschart. Raubvögel zur Zusammenarbeit zu bewegen, war, nebenbei bemerkt, ein Talent, das dem Volk der Drachen ins Nest gelegt war. Als Raubvogelbändiger hatte er sein Lager auf dem Festivalgelände aufgeschlagen, wo er von der Dressur der Vögel und, richtig, auch von seiner eigenen Lebensform erzählte. Freilich, ignorant wie diese Zweibeiner nun mal waren, dachten sie, die Geschichten über Drachen wären bloß Märchen. (Das war mit der Grund dafür, warum seinesgleichen so unbehelligt existieren konnten.) Aber nichtsdestotrotz hatten sie ihm gebannt gelauscht, und er hatte das ganze Theater genossen.

Dann, nach Jahren, war er der Feierlichkeiten und der Borniertheit der Menschen überdrüssig. Also kehrte er zu seiner alten Leidenschaft zurück. Zwar brachte er es zu keinem Krieg mehr, schon weil er es müde war, Ränke in großem Stil zu schmieden, aber für Kleinkriege zwischen den Dörflern reichte es allemal. Und ihm genügten das Gezänke und Gerede in der Dorfkneipe, um nicht vor Langeweile zu vergehen.

Ein verzögerter Gong seitens einer der Uhren hallte tief zwischen den Steinwänden wider.

Zurück zur Bäckerstochter und der Göre, die es gewagt hatte, Fuß in sein Refugium zu setzen. Teri seufzte und sein gewaltiger Körper erzitterte. »Von mir aus …« Mochte die Kleine doch einen Blick auf seinen Prachtkörper werfen, wenn es sie glücklich machte.

Er reckte seine Glieder, setzte sich auf und hustete einmal kräftig. Kurz darauf hatte er seine Drachengestalt zugunsten nackter Männerpracht aufgeben, was wie immer mit einem ordentlichen Zwicken im Kreuz einherging. Er scherte sich nicht darum und trat vor den goldenen Spiegel im Zentrum des Kriegerdenkmals. Aus dem Augenwinkel sah er, wie die hölzerne Tänzerin aus dem Türchen seiner ältesten Standuhr glitt und Pirouetten drehte. Doch sein Spiegelbild war interessanter als die Ballerina … und es war in der Tat prächtig. Teri breitete seine Arme aus und drehte sich um sich selbst – einmal, zweimal, dreimal …

»Hm«, machte Lee Hyun, tauchte neben ihm im Spiegelglas auf und lächelte, dass ihre weißen Zähnchen blitzten. »Wie … ein Kreisel.«

Ein schmerzhaftes Stechen in der Seite ließ Teri zusammenzucken. Er starrte in die schwarzen Augen Hyuns und spürte, wie ein seltsam hohles Gefühl seinen Magen eroberte.

Das Mädchen mit dem Seidenhaar lächelte noch immer. »Einmal angekickt und er dreht sich um sich selbst …«

Teris Schultern sackten nach unten. Die Kraft floss aus seinem Körper, als hätte jemand den Stöpsel gezogen. Wieder vernahm er einen tiefen Gong. Das Ticken, Klackern und

Surren hallte in seinen Ohren wider, und die Zeit begann, sich wie Kautschuk zu dehnen. Dann verschwammen die Zifferblätter vor seinen flatternden Augen, und er suchte verzweifelt nach dem kleinen Teufel, der so große Sprüche klopfte. Hyun lächelte mitleidig. »Solange, bis ihm die Luft ausgeht …«

Eitelkeit. Eine Todsünde, die Teri nur zu gerne ins Feld geführt hatte.

Hyuns Lächeln erlosch. »… und er umkippt.«

Jetzt, da sein menschliches Herz seiner Vergänglichkeit zum Opfer fiel, fiel es ihm wie Schuppen von den Augen.

»Lee Hyun …«, flüsterte er. Seine Beine knickten ein und er stürzte. »… auch Xīwángmŭ genannt oder *Göttin der Drachen …«* Er wollte noch etwas sagen, doch zwischen seinen Lippen quoll nur noch weißer Schaum hervor.

Hyun dagegen schlenderte durch das Tor, sprang die Treppe hinab und war weg.

© privat

Friedhelm Schneidewind

Friedhelm Schneidewind, Jahrgang 1958, Studium der Biologie und Informatik, seit 1988 Journalist und Autor, Verleger, Musiker und Dozent, lebt in Mannheim, arbeitet Teilzeit als Berufserprober und Koordinator Arbeitssicherheit im Berufsbildungswerk Neckargemünd. Veröffentlicht Belletristik seit 1989, zuletzt 2019 im Karl-May-Verlag den Roman »Das magische Tor im Kaukasus« (Shortlist beim Heidelberger Autor*innenpreis), die Geschichtenbände »Im Weltall viel Neues«, »Traum, Phantasie und Wirklichkeit«, »Visionen zu Mittelerde«, »Geworfen in die Ewigkeit« und »... wie schmelzen deine Blätter«, 1994 das Theaterstück »Carmilla« sowie mehrere Anthologien und Liederhefte. Sieben Lexika, u. a. über Tolkien, Drachen, Harry Potter und Vampire, sowie Sachbücher wie »Mythologie und phantastische Literatur« zeigen ihn als einen der »profiliertesten Experten für Fantasy-Literatur« (Mannheimer Morgen 2012). Mitglied u. a. im VS und im Phantastik-Autoren-Netzwerk PAN, in der Mittelaltertruppe »Conventus Tandaradey« und im Harfenduo »Bardensang und Zauberklang«.

www.friedhelm-schneidewind.de

Nachfolge

Seltsamer Todesfall – fast wie im Roman

(www.frankenpost.de/region/selb, 7.9.2020)

Mitten auf der Bühne während einer Lesung aus seinem neuesten Roman mit dem bezeichnenden Titel »Der letzte Kampf des dunklen Meisters« aus dem Leben gerissen zu werden: Das ist sicher nicht der Traum eines Autors, war aber gestern, am Sonntag, leider traurige Realität.

Der Schriftsteller Julius Otto Reinhold Müller, literarischer Stargast beim XIII. Festival-Mediaval, brach tot zusammen, während der enorm produktive Autor im Literaturzelt sein Jubiläumswerk vorstellte: sein 50. Buch, die bekannte Mischung aus klassischem Abenteuerroman, phantastischen und Horror-Elementen, die so wesentlich zum Erfolg von JORM beigetragen hat – erinnert sei an seinen Amazonas-Zyklus mit Titeln wie »Mit Mut und Machete«, »Durch Dschungel und Dickichte« und »Im Land der lautlosen Jäger«, die alle verfilmt wurden. Während er, wie bei allen seinen Lesungen in den letzten Jahren, eine eigene Vertonung eines seiner Gedichte aus dem Buch vortrug und sich dabei auf der Harfe begleitete, stürzte Müller plötzlich von seinem Stuhl. Wieso der 62-jährige Autor so plötzlich aus dem Leben gerissen wurde, ist noch ungeklärt, die Polizei ermittelt und wollte keine weiteren Angaben machen. Der Todesfall »erinnere ihn an manche der Romanszenen des Autors«, so ein Beamter der Kriminalpolizei.

Polizeibericht vom 9.9. +++ 9.9.2020 +++ Rätselhafter Todesfall +++

(www.hochfranken-live.de)

Der plötzliche Herztod des Schriftstellers Julius Otto Reinhold Müller am vergangenen Sonntag auf dem Festival-Mediaval gibt weiterhin Rätsel auf. Der berühmte Autor war laut Rechtsmedizin kerngesund und für seine 62 Jahre in hervorragender Form, allerdings fand sich in der rechten Koronararterie ein etwa drei Millimeter langes, dünnes, rotes Drahtstück. Im Koffer von Müller lag ein verschlossener und versiegelter Umschlag mit der Aufschrift »Im Falle meines Todes zu öffnen«. Darin befand sich ein handschriftliches Testament, über dessen Inhalt sich die Polizei ausschweigt. Der Fall wird mit der Überführung der Leiche ins thüringische Zeulenroda-Triebes, Müllers letzten Wohnort, an die dortige Kriminalpolizei abgegeben.

Ein Rätsel für sein Publikum und die Welt – der seltsame Fall JORM – ein Nachruf

(Ostthüringer Zeitung, 12./13. September 2020)

(fcs) Letzten Sonntag, vor einer Woche, ist er von uns gegangen: Julius Otto Reinhold Müller, von seinen Fans nur JORM genannt. Der allseits beliebte und geschätzte Autor war literarischer Stargast beim 13. Festival-Mediaval. Dieses Festival findet seit 2008 jeden September im oberfränkischen Selb auf dem Goldberg statt und ist inzwischen das größte europäische Festival im Bereich mittelalterlicher Musik. Für JORM bedeutete sein Auftritt dort das Ende eines bewegten Lebens.

Unserer kleinen Stadt Triebes verhalf JORM zu Beginn des Jahrtausends zu Ruhm weit über die Grenzen Thüringens hinaus. Auch nach dem Zusammenschluss mit Zeulenroda war er, ein Zugereister, erfolgreicher Repräsentant der gewachsenen Stadt. Dabei war ihm das nicht in die Wiege gelegt: Geboren als Arbeitersohn in einer kleinen saarländischen Stadt, arbeitete er viele Jahre als Maurer und Zimmermann im Südwesten der BRD; nach der Wende machte er sich mit einem kleinen Handwerksbetrieb in Thüringen selbstständig. Die Restauration des Winkelmann-Anwesens in Triebes 1999/2000 führte Müller in unsere Stadt, und nach deren Abschluss zum »Tag des offenen Denkmals« im Jahr 2000 ließ er sich hier nieder. Da war gerade sein erster Bestseller erschienen – aus heiterem Himmel, niemand kannte ihn vorher als Schriftsteller. Er veröffentlichte sein erstes Buch im Selbstverlag über Book-on-Demand, und es war so erfolgreich, dass sich die Verlage darum rissen. Bald konnte er von seinen Bestsellern leben. Insbesondere sein Amazonas-Zyklus machte ihn bei Alt und Jung beliebt und berühmt; die Mischung aus klassischem Abenteuerroman, phantastischen und Horror-Elementen trug wesentlich zum Erfolg von JORM bei.

Müller war kein literarisches Genie, er war stolz darauf, »Massenliteratur für die Massen« zu schreiben, wie er mir einmal erzählte, aber manchmal erreichte er doch eine erstaunliche Qualität, so auch in seinem ersten Buch, mit dem er alle Generationen und Liebhaber vieler Genres ansprach: »All-Age-Literatur« im besten Sinne. »Herz aus Harz« war Abenteuerroman, fantastische Geschichte, Horror- und zugleich Liebesroman und überaus spannend und unterhaltsam. Außerdem fanden sich darin viele Bezüge auf die politische Weltlage und gesellschaftliche Probleme, ohne dass Müller den literarischen Zeigefinger gehoben hätte. Es folgten 31 Einzelromane (davon zwölf für das Fernsehen verfilmt), zwei Trilogien – »Der

Schatz der Azteken« und »Der Dschungelherrscher vom Amazonas« – und sein zwölfbändiges Meisterwerk, der Amazonas-Zyklus. Müller war enorm produktiv: Fünfzig Bücher in zwanzig Jahren, das schaffen wenige. Seine Bücher wurden in zahlreiche Sprachen übersetzt, er hatte weltweit Fans. Man verglich ihn mit J. K. Rowling, Cornelia Funke, Dan Brown und nicht zuletzt Karl May, dem er in Stil und Inhalt wohl am ähnlichsten war. Besonders beliebt waren bei Müllers Fans seine Lesungen, bei denen er immer viel Humor bewies, sich selbst nicht zu ernst nahm und sich oft auf einer mittelalterlich anmutenden Harfe begleitete.

Wie er zu Tode gekommen ist, darüber schweigen sich Staatsanwaltschaft und Polizei aus, doch muss es ein Geheimnis geben: Es soll – wie aus sicherer Quelle zu erfahren war – einen seltsamen Fremdkörper in seinem Herzen gegeben haben. Dem Erfolg seiner Bücher und dem Verdienst seiner Verlage tun diese rätselhaften Umstände sicher keinen Abbruch; angeblich verhandelt der Verlag bereits mit *Amazon* und *Netflix* über die Produktion einer Serie, basierend auf Müllers Amazonas-Zyklus, und RTL hat bereits eine TV-Mini-Serie nach Müllers letztem Roman angekündigt: »Der letzte Kampf des dunklen Meisters«.

VERSCHLUSSSACHE – VERTRAULICH – Zeulenroda-Triebes, 14. September 2020

Gemeinsamer Bericht der Rechtsmedizinerin Dr. Maria Paula Amikah und des Leiters der Kriminaltechnischen Untersuchung, Dr. Ramon Nebarak.

Der Tod des Julius Otto Reinhold Müller war laut der Rechtsmedizin in Bayern ein plötzlicher Herztod (PHT); wie es dazu kommen konnte, ist jedoch unklar, war Müller doch kerngesund. Die Kollegen fanden keine Anzeichen von Kammerflimmern, Kammertachykardie, Atherosklerose oder Embolie. Allerdings entdeckten sie in der rechten Koronararterie ein etwa drei Millimeter langes, dünnes, rotes, drahtähnliches Material, das sie vorläufig als Draht unbekannter Beschaffenheit bezeichneten. Unsere Rechtsmedizinerin Frau Dr. Amikah äußerte sofort eine Vermutung, die sich als richtig herausstellen sollte: Das Material erinnerte die Amateurmusikerin an die Saite einer Harfe.

Dr. Nebarak konnte das Material aufgrund dieses Hinweises sehr schnell identifizieren: Es handelt sich um ein Stück einer sehr dünnen Harfensaite aus Polyvinylidenfluorid, einer so genannten (Fluor-)Carbonsaite, Durchmessser 0,41 mm, rot gefärbt. Wie dieses in die Koronararterie des Herrn Müller gekommen ist, bleibt allerdings ein Rätsel. An dem Stück Saite waren auch bei feinstofflicher und mikroskopischer Untersuchung keine Spuren zu finden, die darauf hindeuten, dass sie mit Handschuhen oder bloßen Händen angefasst wurde, es gab keine DNA-Spuren außer denen von Müller selbst.

VERSCHLUSSSACHE – VERTRAULICH

Zwischenbericht für den Polizeipräsidenten, 17. September 2020, KHK Heinz-Jürgen Maier

Vorbemerkung: Der Polizeipräsident hat mir das Testament zur Auswertung übergeben, da ich ihm als studierter Historiker, Literaturfreund und Müller-Fan bekannt bin. Er hat mich verpflichtet, über alle meine Erkenntnisse zunächst nur ihm vertraulich zu berichten, damit keine Gerüchte über den Tod des Schriftstellers verbreitet werden.

Hier der Wortlaut des handschriftlich verfassten und ordnungsgemäß unterzeichneten Testamentes:

Mein Testament
Triebes, 1. Mai 2019

Ich, Julius Otto Reinhold Müller, befinde mich im Vollbesitz meiner geistigen Kräfte und bei wachem Verstand und verfüge hiermit für den Fall meines Todes das Folgende:

Alle meine Immobilien, meine Fahrzeuge inkl. meiner Yacht sowie alle Wertgegenstände sollen verkauft und zu möglichst viel Geld gemacht werden. Den Erlös und mein komplettes weiteres Vermögen auf Konten, in Aktien etc. soll zu gleichen Teilen fallen an:

1. die Karl-May-Stiftung,

2. die Goethe-Gesellschaft in Weimar e. V.

3. die Deutsche Stiftung Musikleben.

Die Erlöse aus meinen zwei Trilogien »Der Schatz der Azteken« und »Der Dschungelherrscher vom Amazonas« und meinen 12 Bänden des Amazonas-Zyklus' inkl. aller Einnahmen aus Nebenrechten etc. gehen bis zum Ablauf des Urheberrechts an die Karl-May-Stiftung, die Erlöse aus meinen anderen Romanen an die Stiftung Lesen.

Ausgenommen vom Erbe sind die Harfe, die ich bei meinen Lesungen spiele, sowie die schwarze Holzschatulle, die sich in meinem Keller im Safe befindet (der Code ist das Erscheinungsdatum meines ersten Romans). Beide sollen unverzüglich zerschlagen werden; die Überreste wie auch der Inhalt des Kästchens sind zu verbrennen, die Asche ist am Deutschen Eck in Koblenz in den Rhein zu streuen.

Triebes, 1. Mai 2019, Julius Otto Reinhold Müller

Selbstverständlich habe ich mich nicht an den Wunsch bzgl. der Harfe und der Schatulle gehalten. Zunächst zeigte ich die

Harfe Frau Dr. Ilona Grimm, der Leiterin der örtlichen Musikschule. Nach erster Inaugenscheinnahme bestätigte sie, es handele sich um eine gotische Harfe, ein Nachbau ähnlich der in der Wartburg zu findenden so genannten Wolkensteinharfe, die um 1430 bis 1440 entstanden seien und dem Minnesänger und Reichsritter Oswald von Wolkenstein gehört haben soll. Einer Tiroler Sage nach hatte dieser das Harfenspiel von einer Fee oder Zauberin erlernt. Die Harfe weist allerdings so wunderbar gestaltete und ausgeführte Intarsien auf, dass Dr. Grimm sie nicht für einen gewöhnlichen Nachbau hält, sondern sie als Sonderanfertigung von besonderer Qualität und sehr hohem Wert einschätzt. Die Harfe übergab ich anschließend Dr. Nebarak von der KTU.

Dann nahm ich mir das mit Intarsien versehene Ebenholzkästchen vor, das ich im Safe gefunden hatte. Die verschlossene Schatulle weist die gleichen Intarsien auf wie die Harfe. Sie ließ sich zunächst nicht öffnen. Eine Röntgenanalyse durch die KTU zeigte an mehreren Stellen feinste Spalte in den Intarsien und an den Ecken, so dass sich durch Experimentieren mit verschiedenen Druckpunkten das Kästchen öffnen ließ. Darin fanden sich ein Pergament und mehrere offensichtlich sehr alte Schriftstücke, denen ich mich in der nächsten Zeit widmen werde.

VERSCHLUSSSACHE – VERTRAULICH

Abschlussbericht für den Polizeipräsidenten, 30. September 2020, KHK Heinz-Jürgen Maier

Unsere Untersuchungen haben so Erstaunliches zutage gefördert, dass ich die Entscheidung des Polizeipräsidenten, darüber Stillschweigen zu bewahren, nur unterstützen kann.

Die Harfe des Julius Otto Reinhold Müller ist kein Nachbau, sondern erwies sich nach eingehender Untersuchung als eine originale alte Harfe, auf 1444 zu datieren! Versteckt in zwei der vier Intarsien, die die Säule zieren, sind einmal die Jahreszahl »1444« und einmal das Wort »Hauenstein« zu erkennen. Von ihrem ganzen Aufbau ähnelt die Harfe verblüffend der nach ihrem Aufbewahrungsort so genannten »Wartburg-Harfe«, auch als »Eisenach-« und »Wolkenstein-Harfe« bekannt. Die Intarsien sind andere, statt der Verzierung mit Hochgebirgsblumen und Certosina-Einlegearbeiten aus der Lombardei finden wir Symbole aus Alchemie und Astrologie. Wie die Wolkensteinharfe ist diese Harfe aus Ahornholz gefertigt, und sie dürfte die nach der Wartburgharfe älteste erhaltene Renaissance-Harfe sein. Sie ist offensichtlich entweder gefertigt auf der Burg des Oswald von Wolkenstein, Hauenstein bei Seis, oder speziell für ihn dort auf seinem Wohnsitz. Dafür spricht eines der eingelegten Symbole: ein Uroboros, ein Drache, der seinen Schwanz im Maul hält, ein bekanntes Zeichen der Alchemie und zugleich des Drachenordens, dem Oswald angehörte.

Die Harfe ist gestimmt und spielbar und klingt wunderbar, sie hält hervorragend die Stimmung. Die ursprünglichen Darmsaiten hat Müller durch Fluorcarbonsaiten ersetzt. Das Stück Fluorcarbonsaite, das in Müllers Koronararterie gefunden wurde, konnte Dr. Nebarak der rot gefärbten Saite der Tonhöhe c3 zuordnen, es wurde wohl von deren überstehendem Teil abgetrennt.

Der Wert dieser Harfe ist schon aufgrund ihres Alters unschätzbar, aufgrund der aufgefundenen Schriftstücke aber noch weitaus höher anzusiedeln.

Das Pergament, das wir in der Schatulle fanden, gab mir zunächst Rätsel auf; es muss aus dem 17. Jahrhundert stammen und ist auf den ersten Blick leer. Die Fluoreszenzfotografie zeigt, dass darauf ein Text gestanden hatte, der absichtlich abgeschabt worden sein muss: *»ut queant laxis resonare fibris mira gestorum famuli tuorum solve polluti labii reatum Sancte Iohannes – aufsteyg der Knot dryemol, absteygen musz er gare fuenff«.*

Was dies bedeuten soll, erschloss sich mir erst, als ich den ersten der in dieser Akte zu findenden Texte gelesen hatte. Ich habe ihn wie alle weiteren in der Schatulle des Julius Otto Reinhold Müller gefundenen Schriftstücke nach dem mutmaßlichen Entstehungszeitpunkt angeordnet. Wegen der Prüfung ihrer Echtheit habe ich vertraulich Kontakt mit kompetenten und verschwiegenen Fachleuten aufgenommen, namentlich vom Institut für Romanistik der Universität Jena, der Goethe-Gesellschaft in Weimar e.V., der Deutschen Schillergesellschaft e. V., dem Karl-May-Verlag und der Karl-May-Stiftung.

Ehe ich den Inhalt der alten Dokumente hier wiedergebe, muss ich noch einmal Julius Otto Reinhold Müller zitieren. Denn im Kalender in seinem Smartphone fand ich für den Tag vor seiner Lesung beim Festival-Mediaval, also den Tag vor seinem Tod, folgenden Eintrag:

»Ich halte es für wahrscheinlich, dass mein Leben bald enden wird. Ich müsste diese wunderbare, unselige Harfe zerstören, die mir so viele Ideen und Geschichten beschert hat, bevor ich mich mit ihrem Geist, den zu beschwören ich einst wagte, zerstreite und er mich tötet oder ich nicht mehr unterscheiden kann zwischen Wahn und Wirklichkeit, Vision und Realität. Ich konnte dies nie so ausleben wie bspw. Goethe oder Karl May; beide fanden rechtzeitig den Absprung. Ich bin dazu zu schwach. Ich will sie nicht aufgeben, meine vielsa(e)itige Muse! Aber ich werde es tun! Nach dem Festival-Mediaval, bei dem ich noch einen großen Triumph feiern will, werde ich den absteigenden Knoten spielen, fünf Mal, und danach wird die Harfe nie wieder bei Lesungen zu hören sein. Ob wohl Lovecraft von der Harfe wusste, oder ob es mehr davon gibt? Wieso verwendet er in seinen Zaubersprüchen den auf- und den absteigenden Knoten? Sollte ich überleben, will ich dieses Rätsel lösen, das wird das Thema meines nächsten Romans sein.

Auch diese Erwähnung des absteigenden Knotens ist, wie die auf dem Pergament, nur durch den folgenden Text zu verstehen.

Hier nun also meine Transkription aller Schriftstücke aus der Schatulle in moderne Schrift und heutiges Deutsch sowie jeweils meine Anmerkungen dazu:

Zwei Ausrisse, wahrscheinlich aus einem Tagebuch, handschriftlich, altfranzösisch in Sprache und Schrift

I

…welch Wunder. So schlimm die Schulzeit auch war in diesem bigotten Collège de Beauvais in Paris, so hat sie mir doch meinen größten Schatz beschert: die Harfe des verehrten François Villon. Oh, es hat gedauert, bis ich erkannte, was ich da entdeckt habe, auf dem verdreckten und verstaubten Boden des Schulgebäudes, auf den ich mich immer zurückzog, wenn ich mal wieder Ärger mit den Lehrern oder gar dem hochgelehrten Direktor hatte. Erst hielt ich es für eine normale, wenn auch wunderschöne und scheinbar absolut intakte Harfe. Und es machte mir Spaß, spielen zu lernen und dazu meine Gedichte zu rezitieren. Aber heute, heute habe ich im Staub hinter dem Instrument ein Kästchen gefunden, und darin ein Pergament, geschrieben von François Villon, dessen Werke ich auf dem Landgut unserer Familie verschlungen habe, in der uralten Edition von Clément Marot von 1542. Und hier nun eröffnete mir mein *Spiritus rector*, mein literarisches Vorbild, die Geheimnisse der Harfe. Nein, ich schreibe sie nicht nieder, ich habe nur den geheimen Spruch so kopiert auf ein neues Pergament, wie Villon ihn mich gelehrt hat. Aber ich habe ihn ausprobiert, den aufsteigenden Knoten: Drei Mal spielte ich auf der Harfe die Tonfolge, die den Namen der Töne folgt, in der Reihenfolge, für die, damit man sie sich besser merken könne, Paulus Diaconus im 8. Jahrhundert den Johannes-Hymnus komponiert hat. Und was dann geschah, war so unglaublich – und fantastisch: Aus der Harfe entstieg, wie der Geist aus Aladins Wunderlampe, er, mein Mentor, meine Muse. Was für ein gewaltiges Wesen! Schwarz, kohlrabenschwarz ist dieser Dämon, vom kahlen Kopf bis zu den mächtigen, säulengleichen Beinen und den riesigen Füßen. Ist er der Geist eines Zyklopen? Denn nur ein Auge hat er, aus dem es rot leuchtet, mitten auf der Stirn, über einer rüsselförmigen Nase und einem riesigen Maul in einem kugelförmigen Schädel, voller spitzer schwarzer Zähne. Seine Arme sind gewaltig, noch mehr seine Hände mit langen schwarzen Krallen.

Ich wage nicht, aufzuschreiben, was wir besprachen, nur so viel: Die Harfe, also er, wird mich zu einem großen Dichter machen, solange ich sie pflege und achte und ihre Werke in die Welt bringe, wie er sie liefert. Wenn aber nicht …

Genug für heute, in zwei Wochen ist die Schulzeit vorüber, und mir steht noch fast das ganze Jahr bevor, um das Leben zu genießen und zu feiern!

Anmerkung: Es handelt sich hier um einen Tagebucheintrag von 1638 des jungen Savinien Cyrano de Bergerac (1619 – 1655), der offensichtlich die Gaben des Harfengeistes – wenn dieser nicht komplett seiner Fantasie entsprungen war, aber das glaube ich nicht – die nächsten Jahre gut zu nutzen wusste – bis er sich nicht an die Abmachung hielt. Wie die Harfe den Weg von Tirol nach Frankreich zu François Villon gefunden hat, wird wohl immer ein Rätsel bleiben.

II

… so dumm sein! Jetzt liege ich schon seit Monaten hier in Sannois meinem Cousin auf der Tasche und in diesem Bett, weil die

Folgen des angeblichen Unfalls vom letzten Jahr – wie viele immer noch meinen – einfach nicht weichen wollen. Natürlich war es kein Unfall. Ich habe sie gesehen, die schwarze Hand des Harfengeistes, die den Balken vom Dach des Stadtpalastes des Herzogs riss, dem ich diente, und nach mir schleuderte. Aber es war in den Augen der Pariser natürlich nur ein unglücklicher Zufall, dass ich gerade in dem Moment unten vorbeigehen musste, in dem der Balken sich oben löste. Es war er – weil ich es gewagt hatte, in meinem Roman »L'autre monde« den Mond- und Sonnenbewohnern Gedanken in den Mund zu legen, die ihm nicht gefielen. Seither habe ich die Harfe nicht mehr angerührt. Ich wage es nicht, sie zu zerstören, der Geist ist sicher zu stark und weiß sich zu wehren. Und ich habe nicht mehr die Kraft, den absteigenden Knoten zu spielen, der ihn vielleicht bezwingen mag. Ich werde vermachen, dass man das Instrument mit meinem Tagebuch neben mir in der Kirche Saint-Pierre-Saint-Paul von Sannois bestattet, so dass der Geist der zugleich so segenspendenden und grausigen Harfe auf immer begraben werde.

Anmerkung: Der hier erwähnte utopische Roman wurde posthum veröffentlicht, aufgeteilt auf zwei Bände: 1657 »Les États et Empires de la Lune« (»Die Staaten und Reiche des Mondes«), 1662 »Les États et Empires du Soleil« (»Die Staaten und Reiche der Sonne«).

Briefentwurf, handschriftlich, geschrieben in deutscher Kurrentschrift

Weimar, 11. Mai 1805

Mein lieber Schiller,
hätte ich doch nur auf meine innere Stimme gehört! Nun traure ich um dich, der uns viel zu früh verlassen hat. Die Hälfte

meines Lebens ist von mir gegangen mit dir, wenn nicht gar mehr. Du starbst an Lungenentzündung, sagt man, an zerstörten Nieren, an den Folgen deiner Schwindsucht. Doch ich weiß es besser: Es war er. Der Geist der Harfe. Hätte ich sie dir doch nur nie geschenkt. Aber damals, 1796, schien es mir eine so gute Idee, als Trost für den Tod deines Vaters und deiner Schwester, zumal du damals schon Ehrenbürger der Französischen Republik warst. Ich hatte schließlich ihre Musenfähigkeiten, ihren Ideenreichtum lange genug genossen, seit ich sie 1770 während des Studiums in einem Antiquariat in Straßburg erworben hatte, und inzwischen war ich gut und Manns genug, es alleine zu schaffen.

Und es ließ sich doch auch alles so gut an. Die Balladen strömten in der Folge nur so aus dir heraus. Aber ich hätte mir denken können, dass du Feuerkopf, du revolutionärer Umstürzler im Geiste, dich nicht mit dem konservativen Harfengeist vertragen würdest. Du hast ihn nie beschworen, aber dennoch wirkt er durch die Harfe und hat seinen eigenen Willen. Wie Cyrano ist es dir nun ergangen, auch wenn dir der Balken auf dem Kopf erspart blieb. Das war bei dir nicht nötig. Sicher wärest du auch so irgendwann zu jung gestorben, aber dass es so schnell ging, das schreibe ich der unseligen Harfe zu.

Ich werde sie wieder an mich nehmen, aber niemals spielen. Ehe ich sterbe, werde ich dafür sorgen, dass sie in einem Bergwerk im Erzgebirge verborgen wird. Nie wieder soll jemand ein Schicksal erleiden wie du, auch wenn dadurch viel wertvolle Kunst nie entstehen mag. Und da dieser Brief dich nie erreichen wird, mag er das Letzte sein, was das Kästlein der Harfe verbergen möge,

Dein Freund Goethe

Anmerkung: Wenn dieser Geist der Harfe so mächtig ist, wie Cyrano und Goethe annehmen, dann kann er sicher auch ein Stückchen einer Harfensaite in einer Ader in einem Gehirn platzieren!

Brief, handschriftlich, geschrieben in deutscher Kurrentschrift

Ernstthal, 2. Februar 1860

Mein lieber May,
wenn du dieses Schreiben erhältst, wird sich mein sehnlichster Wunsch erfüllt haben: dass es mir gelungen ist, meinen größten Schatz vor der Vernichtung durch meine Frau zu bewahren. Ich weiß, sie wird alle meine Kompositionen vernichten, doch dieses Instrument soll ihr entgehen. Ich bete, dass es dir dein Leben erleichtern möge.

Du kennst diese Harfe; du hast sie manches Mal bei mir gesehen, wenn ich dich an der Orgel, dem Klavier und der Geige unterwies oder dich die Grundlagen der Komposition lehrte. Wie oft hast du mich gebeten, ja angefleht, dir auch das Harfespielen beizubringen, und stets wies ich dich harsch zurück. Denn allzu gefährlich erschien es mir, dich junges Bürschchen trotz all deiner Talente an dieses wundersame Instrument zu setzen.

Denn wisse: Dies ist keine gewöhnliche Harfe. Sie stammt aus Tirol, von einem dortigen Meister des Harfenbaus, und war das Instrument des großen Tiroler Sängers Oswald von Wolkenstein, später der französischen Lebemänner François Villon und Cyrano de Bergerac. Goethe regte sie an zur Beschreibung seines Harfners in »Wilhelm Meisters Lehrjahre«. Denn auch der Meisterdichter besaß diese Harfe, und zwischendurch Schiller, und nach Goethes Tod kam das Instrument über manche Umwege zu mir.

Wer diese Harfe spielt, erlebt die seltsamsten Visionen; sie ist eine vielsaitige, eine saitenreiche Muse. Geschichten tun sich vor dem inneren Auge auf, Gedichte gar und Lieder – sicher hat Goethe der Harfe manches zu verdanken. Doch wohnt in ihr zugleich ein böser Geist, und auch wenn ich ihn nie beschworen habe, so weiß ich doch um ihn. Mir aber wurde er nie gefährlich. Denn ich bin gar unbegabt im Erzählen und Schreiben von Geschichten, mein Metier ist die Musik. Ich finde mich wieder in meinen Kompositionen, und von diesen hat mir die Harfe zahlreiche wunderbare geschenkt, und nie hat sich ihr Geist gegen mich gewandt.

Mein Weib Friederike ist, wie du dich erinnern wirst, gar streng und gibt in unserer Ehe den Ton an; sie gönnte mir das Vergnügen der Harfe, doch musste ich ihr versprechen, sie zu zerstören, wenn ich den Tod nahen fühlte. Ich habe ihr dies geschworen, doch ist die Wunderharfe zu wertvoll, und so lasse ich sie dir auf geheimen Wegen zukommen, durch Boten, die mir Vertraulichkeit geschworen haben.

Achte und nutze sie wohl, die Zauberharfe, doch sei auf der Hut: Es mag geschehen, dass du Wirklichkeit und Wahn nicht mehr auseinanderhalten kannst, dass sie dir die phantastischsten Ideen und Flausen in den Kopf setzt, zu denen du sowieso neigst. Doch weiß ich niemanden Besseren, dem ich die hölzerne Muse gönne. Halte sie geheim und in Ehren, und denke manchmal an mich, deinen alten Lehrmeister und Freund

Samuel Friedrich Strauch

Anmerkung: Samuel Friedrich Strauch, geboren 1788, war bis 1850 Lehrer und Kantor, danach bis zu seinem Tod am 10. Februar 1860 nur noch Kantor in Ernstthal, dem Geburtsort von Karl May.

Brief, handschriftlich, geschrieben in deutscher Kurrentschrift
Villa Shatterhand, Radebeul, 21. Februar 1905

Mein lieber Reinhold,
ich möchte mich noch einmal bei dir bedanken für den wunderschönen Aufenthalt bei dir im kleinen und gemütlichen Triebes. Die Gespräche mit dir haben mir viel zu denken gegeben und mich in meinem Beschluss bestärkt, noch mehr für den Frieden unter allen Menschen einzutreten.

Ich sende dir mit gleicher Post, gut verpackt, die Harfe, von der ich dir erzählte. Mein alter Lehrer hatte wohl recht mit seinen Warnungen, sie könne mich Wahn und Wirklichkeit nicht mehr trennen lassen. Du weißt, wohin mich dies zunächst geführt hat, meine Betrügereien und die Jahre im Gefängnis habe ich sicher auch ihr zu verdanken. Aber die Wunderharfe bescherte mir auch die schönsten Geschichten, ich musste sie nur noch ausarbeiten und immer mehr verfeinern.

Du hast ja recht mit deinen Ratschlägen: Ich werde in Zukunft versuchen, nur ich zu sein – und nicht Old Shatterhand oder Kara ben Nemsi. Sei bedankt für deine lobenden und aufmunternden Worte, wonach ich selbst genug zu bieten habe. Du bist ein wahrer Freund. Und deshalb vertraue ich dir die Harfe an. Ich glaube nicht, dass du sie nutzen wirst – oder vielleicht doch, wenn du wieder eine deiner flammenden Reden als Bürgermeister verfassen wirst. Meinem alten Lehrer half sie beim Komponieren, warum nicht dir als Politiker beim Argumentieren und Polemisieren? Tu mit ihr, was du für richtig hältst. Ich werde in Zukunft auf diese Muse verzichten!

Dein Freund und Genosse
Karl May

Anmerkung: (Otto) Reinhold Müller war von 1904 bis 1933 sozialistischer Bürgermeister von Triebes. Zu vermuten ist, dass er die Harfe und das Kästchen mit den Briefen und dem Pergament spätestens nach seiner Absetzung durch die Nationalsozialisten im Winkelmann-Haus versteckte, ehe er emigrierte. Dort hat Julius Otto Reinhold Müller – mit dem Bürgermeister weder verwandt noch verschwägert – das Instrument und das Kästchen wohl gefunden. Vielleicht empfand er die Namensgleichheit als gutes Omen …

Abschlussbemerkung: Auf meine Anregung hin erließ der Polizeipräsident die Anordnung, dass meine Untersuchungsergebnisse unter Verschluss zu halten seien. Der Presse habe ich auf einer Pressekonferenz nur mitgeteilt, dass Julius Otto Reinhold Müller eines natürlichen Todes gestorben sei. Die Wahnvorstellungen des berühmten Schriftstellers würden nur den geplanten Tourismus-Aufschwung um sein Haus und das gestern vom Stadtrat beschlossene Denkmal stören, und Esoterik-Spinner, die von einer Wunderharfe träumen, können wir hier so wenig brauchen wie Verrückte, die Angst vor einem bösen Harfengeist verbreiten.

Die Harfe und das Kästchen habe ich heute Nachmittag, den Anweisungen im Testament folgend, zerschlagen und verbrannt; die Asche werde ich am Wochenende in Koblenz in den Rhein streuen.

Ein würdiger Nachfolger und echter Sohn der Stadt

(Thüringer Sonntagsblatt, 20. Februar 2022)

(red) Wer erinnert sich nicht an ihn: Julius Otto Reinhold Müller, von seinen Fans nur JORM genannt. Unserer kleinen Stadt Triebes verhalf er noch nach seinem Tod im September 2020 zu einem großen wirtschaftlichen Aufschwung, Triebes ist inzwischen bekannt als lohnendes Tourismusziel.

Und nun hat er einen würdigen Nachfolger gefunden: Der ehemalige Kriminalhauptkommissar Heinz-Jürgen Maier, 1961 in Triebes geboren und somit ein echter Sohn unserer Stadt, der verantwortliche Ermittler im Fall JORM, ist Mitte des letzten Jahres in den vorzeitigen Ruhestand getreten und hat die Welt kurz darauf mit Büchern ganz im Stile von Julius Otto Reinhold Müller, wenn auch mit mehr fantastischen Elementen, überrascht: Sein Erstling »Gefahr aus der Wüste« und die Trilogie »Das Geheimnis des farblosen Rubins« wurden im Weihnachtsgeschäft Bestseller, die RTL-Serie zur Trilogie wird im September ausgestrahlt. Zur Leipziger Buchmesse in diesem März wird die Tetralogie »Aus den Tiefen der Erde« erscheinen, die darauf basierende Serie bei *Netflix* ist für 2024 angekündigt.

Neuer Star am Fantasyhimmel beim Festival-Mediaval

(www.frankenpost.de/region/selb, 13.8.2022)

Das nennt man einen Coup! Beim XV. Festival-Mediaval wird der neue Superstar der phantastischen Literatur im Literaturzelt seinen neuen Roman vorstellen: Heinz-Jürgen Maier aus Zeulenroda-Triebes, der Stadt, in der auch Julius Otto Reinhold Müller wohnte, der vor zwei Jahren während einer Lesung beim XIII. Festival-Mediaval tot zusammenbrach. Maier schreibt ähnlich, aber noch fantastischer, spannender und aufwühlender; im Literaturzelt wird er seinen neuen Roman »Musik, Magie und Monster« vorstellen.

© privat

Robert Focken

Robert Focken, Jahrgang 1963, ist Historiker, Geschichts-Junkie und Autor historischer Romane aus der Zeit Karls des Großen. Focken sieht sich als Übersetzer, der das Leben aus einer fernen Zeit in eine Erzählung überträgt, die den heutigen Leser fesselt, amüsiert und natürlich auch ein wenig weiterbildet. Eine der Fragen, die den Autor dabei umtreiben: Wie um Himmels willen würde einer der damaligen Recken, am besten Karl selbst, sich uns gegenüber erklären?

Robert Focken ist verheiratet, Vater von drei Kindern und lebt seit einem Viertel-Jahrhundert im Vordertaunus nahe Frankfurt. Neben dem Schreiben fährt er Fahrrad und lässt ab und an mal einen Pfeil von der Sehne schwirren. Zuletzt veröffentlichte er »Arnulf – Kampf um Bayern«, das die Eroberung des bayerischen Herzogtums durch die Franken nacherzählt. Der Autor plant, die Arnulf-Reihe zu einem Jahrhundert-Epos fortzuschreiben, das das gesamte Mittelalter umfasst. 2017 stellte er »Arnulf – Die Axt der Hessen« im Literaturzelt vor.

www.robertfocken.de

Bei Hungersnöten rief ich zum Fasten auf!

Vom Krisenmanagement in schwierigen Zeiten, sodomitischen Priestern und der Überschätzung des Papstes: Das garantiert erste Interview mit Karl dem Großen (742 – 814), exklusiv für den Festivalboten des Mediaval

Mediaval-Bote: Wie dürfen wir Sie ansprechen? Mit »Majestät«?
Kaiser Karl: Wie wäre es mit *Heiligkeit*? 1165 bin ich heiliggesprochen worden!

Mediaval-Bote: Dies ist Ihr erstes Interview seit etwa 1200 Jahren; verdanken wir das unserem Festival-Mediaval?
Kaiser Karl: Wem sonst? Wo tausende Recken und Maiden zur Feierey zusammenkommen, um die Lebensweise der Altvorderen zu pflegen, bin ich gerne dabei! Wein, Weib und Gesang – das hat schon immer Seele und Körper erquickt. Aber seht bitte zu, dass nicht so viele Pfaffen mittun, denn es ist nicht gut, wenn man sie betrunken in der Öffentlichkeit sieht.

Mediaval-Bote: Das kriegen wir hin … Übrigens, der Papst wird ebenfalls mit »Eure Heiligkeit« angesprochen, aber das muss Euch ja nicht stören!
Kaiser Karl: Unter uns: Der sogenannte Heilige Vater wird überschätzt! Bei Gott, wir haben diesem Burschen mehr als

einmal die Haut gerettet, wenn die Langobarden mal wieder auf Rom marschierten!

Mediaval-Bote: Nun, immerhin gelten Sie, Karl, als Vater Europas. Das ist doch eine große Ehre!
Kaiser Karl: Behaupten Sie! Aber wenn ich damals einen meiner Heerführer gefragt hätte, wo Europa ist, hätte er wohl nur mit den Schultern gezuckt.

Mediaval-Bote: Tatsächlich? Das Gefühl der europäischen Zusammengehörigkeit geht jedenfalls bis ins Mittelalter zurück.
Kaiser Karl: Mittelalter, ja? Der Begriff ist reichlich abwertend! Als wären wir nur eine Pferdestation auf einer Reiseroute gewesen. Wir haben das Frankenreich weit ausgedehnt, ja! Und wenn daraus Europa wurde, umso besser. Aber glauben Sie mir, während der ersten tausend Jahre nach meinem Ableben interessierte das keinen. Ob Europa in tausend Jahren noch jemanden interessieren wird?

Mediaval-Bote: Hm, das bliebe abzuwarten. Würden Sie denn zustimmen, dass das 8. und 9. Jahrhundert, das Sie erlebten, eine sehr harte Zeit war?
Kaiser Karl: Kann sein. Aber wissen Sie, niemand, den ich je traf, konnte sich an eine *weiche* Zeit erinnern. Es war, wie es immer war: Die Freien riefen wir im Sommer zum Feldzug, während die Hörigen und Frauen daheimblieben und die Höfe versorgten. Vielleicht beneideten sie einander sogar; aber das Paradies, guter Mann, ist eben nicht auf Erden, sondern kommt erst danach!

Mediaval-Bote: Es soll häufiger schlimme Hungersnöte gegeben haben …
Kaiser Karl: Die gehörten nun einmal dazu. Für jedes Saatkorn, das der Sämann ausbrachte, holte er nur zwei Körner

wieder aus dem Boden, vielleicht drei in einem guten Jahr! Und in einem schlechten Jahr war das Verhältnis eins zu eins – dann erntete man am Ende nicht mehr als das Saatgetreide, das man für das nächste Frühjahr brauchte. Dann hatten die Leute also geschuftet und geschuftet und doch nicht mehr aus dem Boden geholt, als sie hineingetan hatten. Für viele wurde es dann eng, natürlich! Denn man kann sein Schwein, seine Gans nur einmal essen. Oft blieb für mich dann nur, die Menschen zu Gebet und zum Fasten aufzurufen!

Mediaval-Bote: Zum Fasten, wenn sie sowieso schon hungern? Im Ernst?
Kaiser Karl: Das verstehen Sie nicht, natürlich. Der Punkt war: Die besser gestellten Herren, die noch Nahrung hatten, konnten dann umso mehr abgeben an die, die ums Überleben kämpften! Die reichen Grundherren hatten immer etwas, die Kirche sowieso!

Mediaval-Bote: War es schwierig für den König, die Untertanen zu erreichen?
Kaiser Karl: Ja, damit liegen Sie ausnahmsweise mal richtig. Kaum jemand konnte lesen und schreiben, deshalb mussten meine Boten und Amtsleute fast jede Weisung mündlich weitererzählen! Selbst, wenn meine Hofschreiber ein Gesetzeswerk wie die Admonitio Generalis aufschrieben – wir konnten nicht damit rechnen, dass das von mehr als einer Handvoll Bischöfen und Mönchen gelesen wurde.

Mediaval-Bote: Die Admonitio wurde 789 verkündet, nicht wahr? Was stand da drin?
Kaiser Karl: Regeln über christliche Lebensführung, was sonst! Das Meiste betraf den Klerus, Bischöfe, Äbte und Priester. Wir geboten ihnen zum Beispiel, in der Volkssprache zu predigen,

nicht auf Latein; wir hießen sie, nicht in der Schenke zu saufen und keinen geschlechtlichen Umgang mit anderen Priestern zu suchen, denn das wäre nicht im Sinne des Herrn gewesen.

Mediaval-Bote: Was wir heute ähnlich sehen. Man sagt, Sie selbst konnten kaum schreiben?
Kaiser Karl: Unsinn! Ich hatte einfach wenig Zeit zum Üben, weil wir oft auf einem Feldzug waren. Ansonsten: Für die offizielle Schreiberei waren meine Kanzlisten da. Und der Nachwuchs kam zusehends aus den Schulen, die ich ins Leben rief, um die Kultur der Menschen zu heben. Übrigens stellte ich oft genug fest, dass die fleißigsten und klügsten Schüler aus dem einfachen Volk kamen, während die Jungen mit den alten Familiennamen faul herumtrödelten!

Mediaval-Bote: Was zeigt, wie breit gestreut schon damals der Verstand war. Stichwort Feldzug: Gibt es einen Krieg, den Sie bereuen?
Kaiser Karl: Was meinen Sie mit *bereuen*?

Mediaval-Bote: Sie gelten als Kriegerkönig, der große Mengen Blut vergoss.
Kaiser Karl: Natürlich vergossen wir Blut, Sie Unschuldslamm! Aber doch nicht aus einer Laune heraus, sondern im Dienste des höchsten Herrn! Ich habe bei meinen Feldzügen und Eroberungen mehr Seelen für Christus gewonnen als irgendein Herrscher vor mir! Ihr mögt über Europa nachdenken, wir hatten den Gottesstaat vor Augen: Schon der große Israeliten-König David strebte ihn an, und ihm sollte jeder gute Herrscher nacheifern!

Mediaval-Bote: König Salomo zum Beispiel gilt auch als christlicher König, der jedoch mehr Ruhm mit Weisheit als mit Krieg anhäufte.
Kaiser Karl: Da sprechen Sie wie ein tintenklecksender Hofgelehrter! Die Gelehrten lieben die Feder, nicht das Schwert;

und weil das auch für Salomo galt, zerbröselte das David-Reich unter seinen unfähigen Händen. Also kommen Sie mir nicht mit so einem, denn als Herrscher war er drittklassig!

Mediaval-Bote: Da sie die Gelehrten erwähnen: Ihr Biograf Einhard schrieb, dass Sie dreißig Jahre lang Krieg gegen die Sachsenstämme führten. War das angemessen?

Kaiser Karl: Was immer ich tat, tat ich mit der gebotenen Gründlichkeit. Wenn die Gegenseite zum zwanzigsten Mal rebelliert, verliert man irgendwann die Geduld und schlägt nur noch drauf, nicht wahr? Im Übrigen hat es Vorteile, eine Sache bis zu Ende durchzukämpfen. Denn dann wird ein Frieden gemacht, der von Dauer ist. Davon, junger Freund, könnten Sie vielleicht sogar etwas lernen.

Mediaval-Bote: Wohl kaum. Wir vermeiden Krieg, wenn immer es geht.

Kaiser Karl: Wieder so eine hübsche Formel! Aber ich hörte von einer Gegend hinter Istrien, Balkanien heißt sie wohl – da soll es bereits länger gären und brodeln, als das ehrwürdige Frankenreich insgesamt bestand! Und am Hindukusch, sind da nicht immer wieder neue Kriege entsprungen? Und da Sie so viel Mitleid mit den Sachsen zeigen, nehmen Sie bitte zur Kenntnis, dass ihre Einverleibung ins Reich mein nachhaltigster Erfolg war.

Mediaval-Bote: Nachhaltig? Inwiefern?

Kaiser Karl: Nun, das Fechten verlernten die Trutzköpfe nicht! Später, nach meinem Ableben, zogen sächsische Kriegsherren immer wieder über die Elbe nach Osten und unterwarfen Stück für Stück die heidnischen Slawen – bis hin zu den Ufern der Oder. Sie sehen: Die für Christus gewonnenen Sachsen-Stämme christianisierten andere Heidenvölker, die ebenfalls für das Reich gewonnen wurden. Besser konnte die Saat, die wir säten, nicht aufgehen!

Mediaval-Bote: Was zumindest erklärt, warum der Sachsen-Name heute östlich der Elbe beheimatet ist. Erlauben Sie uns noch eine persönliche Frage: Sie waren vier- oder fünfmal verheiratet und zeugten Dutzende von Kindern mit Ehefrauen und Konkubinen. Wie vertrug sich das mit dem christlichen Leitbild der Kirche?
Kaiser Karl: Also … Es ist wohl an der Zeit, diesen Austausch zu beenden!

Mediaval-Bote: Die Frage ist Ihnen peinlich?
Kaiser Karl: Peinlich? Früher hätte man Sie dafür ausgepeitscht! Sei's drum. Quod licet Jovi, non licet Bovi, sagten die Römer.

Mediaval-Bote: Was der Herr darf, darf der Ochse noch lange nicht?
Kaiser Karl: Eben! Ich war immerhin Gottes Stellvertreter auf Erden. Auch wenn der Bischof von Rom das anders sah.

Mediaval-Bote: Sie meinen – den Papst?
Kaiser Karl: Hatte ich erwähnt, dass er sich überschätzt?

Mediaval-Bote: Eure Heiligkeit, wir danken Ihnen für dieses Gespräch!

© privat

Candrac von Hainrich

Candrac von Hainrich, Jahrgang 1987, ist das Schriftsteller-pseudonym von Cornelius Heinrich Klein. Der gelernte Veranstaltungskaufmann und Kulturpädagoge ist neben seiner Tätigkeit als Mitarbeiter in der Jugendberufshilfe im oberhessischen Homberg auch freiberuflich als Schauspieler und Moderator aktiv. Ende 2014 erschien mit »Der Helden Berufung« der Auftakt seiner philosophischen Fantasy-Romanreihe »Vergessene Legenden«, die er 2019 im Literaturzelt des Festival-Mediaval vorstellte.

www.candrac-von-hainrich.de

Die Geschichte vom gefallenen Ritter

»Jedem Wesen wurde ein Kreis geschenkt, in dem es wirksam ist. Verlässt es den Zirkel, verliert es alle Kraft.«

Pokétragon hockte mit seinen Freunden ums Lagerfeuer. Der Eintopf hatte geschmeckt und die untergegangene Sonne ließ die Gefährten ihre Mäntel enger ziehen. Es würde ihr letzter Abend unter freiem Himmel sein, ehe es morgen in das Gnomreich tief ins Gebirge gehen sollte.

Der Barde legte ein Klümpchen Weihrauch auf ein glimmendes Scheit, schenkte sich Met nach und räusperte sich:

Liebe Freunde, bevor ich mit der Geschichte beginne, will ich davon berichten, wie ich zu meinem *Zechenden Zombie* kam. Ich habe Tantruid erzählt, dass ich mir schon in früher Jugend wünschte, einen Ort der Geselligkeit zu schaffen. Speis, Trank, Bühne, Kunst und Diskussionen. Unvoreingenommen. Ein Sanktuarium, in dem ich auch meine Geschichten vorlesen könnte.

Allerdings erfuhr ich mit dem Älterwerden, dass zwischen Anspruch und Wirklichkeit Welten lagen. Zum einen würde die Arbeit an einem solchen Ort, rein körperlich, wohl ein Leben dauern. Zum anderen fehlten mir die Talente, alle Wünsche umzusetzen. Und wenn ich Häuser mit geeigneten Rahmen fand, erlebte ich dort Ignoranz und Kälte.

So geriet ich in eine Krise, bis ich ein junger Erwachsener wurde. Um von dem Traum schließlich loslassen zu können, schickte ich letztmalig einen Stapel Leseproben meiner Werke in sämtliche Kulturstätten unseres Fürstentums. Ich ging davon aus, keine Antworten zu erhalten und würde durch das Gefühl, alles versucht zu haben, endlich Frieden finden.

Als nach einigen Wochen meine Hoffnung versiegte, erhielt ich einen Brief von einer gewissen Dame. Sie lud als Herrin eines wandernden Literaturzeltes demnächst in Goldberg auf ein Festival ein. Und tiefsinnige Geschichten seien ihr willkommen. Also begab ich mich dorthin und war bass erstaunt. Jenes Festival entpuppte sich nicht nur als riesenhaft, es herrschte überraschenderweise Frieden. Ich wanderte über das Gelände. Und gleichgültig, ob Spielleute, Gaukler, Schankwirte oder Gäste. Ein Jeder wirkte glücklich. Alles, was ich mir für mein eigenes Haus gewünscht hatte, lebten sie dort. Ich konnte kaum glauben, wie mein Traum durch andere Wirklichkeit geworden war – bis ich dem Meister dieses Festivals gegenübertrat.

Herr Bläcky bestach durch sein Schmunzeln. Jenes Schmunzeln, das Menschen umgibt, die wissen, wofür sie geboren wurden. Er verriet, dass ein solcher Ort nicht durch einen einzigen, sondern unzählige Freiwillige geschaffen wurde. Ich kenne mich aus mit den Zwisten unter den Menschen und fragte mich, wie es möglich sei, so verschiedene Geister unter dasselbe Banner zu bekommen. Zwar würde die Sehnsucht nach Integrität alle Menschen verbinden. Das Verallgemeinern persönlicher Erfahrungen und Sichtweisen hingegen trennen. Während des Festivals erfuhr ich diese Zauberformel:

Ich sei der Weisheit letzter Schluss?
Damit ist jetzt endlich Schluss!

Jenes Festival organisieren jedes Jahr Dutzende Helfer allein für Kost und Logis. Und mein *Zechender Zombie*? Nun, Ihr kennt ihn ja jetzt …

Betrachten wir unsere Großfürsten, Amtsvorsteher und Experten. Wir leben in einer Zeit, in der wir fast niemandem vertrauen können. Aber nicht, weil man uns nur belügt. Sondern auch, weil niemand mehr Bescheid weiß. Die engsten Freunde können Falsches berichten, wenn ihre Quellen durch fremde Wasser gespeist werden.

Vertrauen können wir nur uns selbst. Im tiefsten Innern, wenn wir Ruhe finden. Und davon handelt die folgende Geschichte.

Die Geschichte vom gefallenen Ritter

Es gab einmal vor langer Zeit einen mächtigen Ritter. Dieser Ritter galt als der beste weit und breit und war seinem König und Land treu ergeben. Er war groß und stark, tapfer, edel und ehrenhaft und lebte nach einem strengen Kodex, der sein Handeln in jeder Hinsicht ausmachte. Gerechtigkeit bestimmte all seine Taten. Wenn er in seiner silbrig glänzenden Rüstung auf einem prächtigen Schimmel in die Schlacht ritt, ergriffen sämtliche Feinde die Flucht, als ob er der Auserwählte der Götter wäre.

Seit vielen Jahren verteidigte er das Reich des Königs erfolgreich und so wurde er gleichsam zu dessen engstem Berater. Und da die Landsknechte unter seiner Führung über sich hinauswuchsen, konnte das Land des Königs, berühmt für seine Schätze und Reichtümer, schwerlich von einem Feind geplündert werden.

Eines Tages jedoch versprach eine böse Zauberin aus den Schattenländern jenseits der Menschenreiche, sich des Glanzes des Reiches zu bemächtigen. Sie erhob mit verdorbener Magie eine riesige Streitmacht und gab Kunde, das Land des Königs damit zu erobern. Die Nachricht verbreitete sich wie ein Lauffeuer unter den Menschen und erreichte schließlich den Hof des Monarchen. Ohne Zeit zu verlieren, rief er zur Heerschau und befahl seinem Ritter, die Feinde zu vertreiben.

Die beiden Heere trafen an der Grenze des Landes aufeinander und lieferten sich eine erbitterte Schlacht. Der Gegner leistete lange Widerstand, doch der getreue Ritter blieb siegreich. Als dieser mit seiner Armee in die Vorburg zurückkehrte, freute sich erstaunlicherweise niemand.

Während des Kampfes hätte sich die Zauberin in den Palas gestohlen und den Herrscher verwünscht. Nach Schwefel stinkende Blitze sollen gezuckt haben, als sie Folgendes verlautbarte: »Der schlimmste aller Flüche lastet nun auf Dir, alter König. Dein Reich ist dem Untergang geweiht, solltest Du nicht bald ein Wesen voller Reinheit und Unschuld in Deinem Thronsaal wähnen.« Danach sei die Zauberin, so sagte man sich, mit einem Knall verschwunden.

Des Königs Herz ward schwer. Erst als er die Rückkunft des Ritters gewahrte, erhellte sich seine Miene. Der Paladin bat den Herrscher, ihm alles zu erzählen und der Ritter vermutete Schlimmes. In der Schlacht habe er ihren sinisteren Dienern die Stirn geboten. Mächtig geworden durch faule Magie. So bestellte er zur Genesung die gelehrtesten Zauberer. Eindringlich und lange untersuchten sie den König. Doch fanden sie weder einen Ansatz für die Bannung noch Arznei gegen den steigenden Kummer. Sie rieten, auszuharren, bis sich der Fluch offenbare. Aber der Ritter blieb ohne Rat. Er hatte den

Wortlaut behalten und die Zeit rann davon. Weil die Quacksalber nicht helfen konnten, vernachlässigte er seine militärischen Aufgaben, um ein Heilmittel zu finden. Der Paladin studierte sämtliche Bücher der königlichen Bibliothek und stieß, dem Glück des Tüchtigen getreu, endlich auf die Lösung.

In den Bergkämmen am Rande des Landes sollte ein Wesen leben, so rein und unschuldig, dass alles um es herum erblühe. Das Wesen verfüge über magische Kräfte, könne Wunden heilen und aus jeder Seele die Schatten vertreiben. Die Reise dahin solle allerdings voller Mühsal sein. Niemals sei jemand zurückgekehrt. Aber der Ritter schöpfte Zuversicht. Und da sich im König nach dem Heilungsvorschlag Anzeichen der Besserung regten, gelobte der Paladin, das Antlitz des Wesens zu schauen und nur mit seinem Segen zurückzukehren.

Nach mühseliger Reise über die Passpfade fand der Ritter die Gegend, in der sich das Geschöpf befinden sollte. Den Menschen der Berge berichtete er von seiner Mission und ehrfürchtig gaben sie Auskunft. Das Wesen sei in der Tat heilig und das Schauen seines Antlitzes verleihe Glückseligkeit. Wohl ihm, dass er sein Heil dort fände. Dennoch solle er auf der Hut sein. Denn das Geschöpf sei der Patron jener Berge und dürfe niemals berührt werden.

Der Paladin zog beharrlich weiter. Zwischen Felsklüften erwehrte er sich Trollen und des Nachts bezwang er Alb-Gestalten im Traum. Als der Ritter schließlich in die Höhle des Wesens gelangte, war er vor Schönheit wie geblendet.

Eine Schimmelstute stand dort – ähnlich der seinen. Entgegen der getreuen Mähre jedoch trug das Geschöpf ein prachtvolles Horn auf dem Kopf. Der Ritter fiel auf die Knie. Da er es nicht wagte, das Haupt zu erheben, sprach er ehrfürchtig zum Boden. »Heiliges Einhorn, unserem Land gebricht es an Hoffnung. Das Herz des Königs ist zu Tode betrübt. So hört mein Ersuchen, mich zu begleiten, auf dass Euer Licht ihm zur Heilung gereiche.«

»Lasst es dabei bewenden, treuer Vasall. Er braucht nichts zu fürchten, dieweil Ihr dem König zur Seite steht.«

»Obschon ich ihm diene, kann mein Schwert nicht mehr nützen«, sprach der Ritter. »Eine Zauberin hat ihn verflucht. Keines Heilers Gunst ist uns beschieden.«

»Meine Hilfe wird ihn nicht genesen lassen«, gemahnte das Einhorn. »Jedem Wesen wurde ein Kreis geschenkt, in dem es wirksam ist. Verlässt es den Zirkel, verliert es all seine Kraft.«

»Ich werde Euch beschützen und fürderhin sicher zurückgeleiten.« Erneut schüttelte das heilige Tier den Kopf.

»Ich sprach zu Euch nicht um meinetwillen.«

Der Ritter aber stand im Wort und wollte den König nicht enttäuschen. So blieb er ohne Rat. Erst als die Hand sich schmerzlich zur Faust ballte, entsann er sich seiner Kraft. Das Tier mochte zaudern, es kannte ihn nicht. Er würde das Wesen auch fern der Berge beschützen. Es galt nur – gewiss – es nicht zu berühren. So bedeckte er die Haut mit seinen Panzerhandschuhen und zog das Einhorn nach draußen.

Keine Gefahren lauerten während der Reise, aber jenseits des Berges verlor das Geschöpf seinen Glanz. Mit Mühsal erreichten sie schließlich die Stadt. Und als sie das Tor durchschritten, hauchte das Tier seine Essenz aus. Dem Ritter wurde das Herz gar schwer. Das Ziel behielt er dennoch vor Augen. Die einzige Hoffnung, tot oder lebendig. Der Körper des reinsten Wesens sollte den König gesunden lassen.

Außerstande, das leblose Geschöpf am Halfter zu führen, lud er es sich auf die Schultern. Dabei streifte sein Nacken das Fell. Unter Aufbietung der letzten Kräfte passierte der Ritter den Marktplatz. Und als die Bürger dies sahen, waren sie wie vom Blitz getroffen. Das heilige Einhorn zu Schanden getragen. Der Schock ging ihnen durch Mark und Bein.

»In den Schweinekoben mit ihm«, schrien die Bauern. »Der Bote des Unglücks. Die Acht soll er tragen.« Und nachdem schon die Ernte so spärlich ausgefallen ward, ächtete das Volke den Ritter.

Der Monarch fiel der Verzweiflung anheim. Die Landsknechte nunmehr ohne Moral. Die Zauberin sodann nutzte die Gunst und schnell war das Land ihr zu eigen.

Des Königs Wehklagen wurde unermesslich, als er späterhin erfuhr, dass er niemals verflucht worden war.

So sollte es sein.

© Gary Busch

Tommy Krapp-weis

Mit seinen originellen Vorträgen und seiner Vielseitigkeit zählt der Münchner Tommy Krappweis, Autor, Comedian und Regisseur, seit Jahren zu den beliebtesten Stargästen des Festival-Mediaval. Seine Karriere begann er als Comedian im Ensemble der Kultshow RTL Samstag Nacht. Danach erfand Tommy Krappweis mit Norman Cöster »Bernd das Brot«, wofür er mit dem renommierten Grimmepreis ausgezeichnet wurde und avancierte mit seinen autobiografischen Erinnerungen an die familiären Campingurlaube zum Bestsellerautor. Krappweis verfilmte den ersten Band seiner Fantasyreihe »Mara und der Feuerbringer« selbst. Der Film gilt für viele als erster wirklich gelungener deutscher Fantasy-Film seit »Die unendliche Geschichte«.

www.tommykrappweis.de

Mara und die Knobischlange

Aber Sie haben doch gesagt …«

»Du«, antwortete Professor Weissinger und Mara stutzte.

»Was? Nein, Sie haben … «

Der Professor hob den Finger und wedelte ihn ruckartig hin und her, als wolle er eine Fliege vertreiben: »Das meinte ich nicht, Mara. Ich wollte nur daran erinnern, dass wir seit gestern per Du sind. Oder zumindest hatte ich das vorgeschlagen, du hast es akzeptiert und ich würde mich freuen, wenn dieses Einverständnis auch heute noch Bestand hätte.«

Mara seufzte. Natürlich erinnerte sie sich daran und selbstverständlich wollte sie den Professor gerne duzen. Also zumindest fand sie, dass er recht damit gehabt hatte, darauf hinzuweisen, dass es auf jeden Fall an der Zeit wäre. Oder noch einmal anders gesagt, wenn die vergangenen Wahnsinnigkeiten es nicht rechtfertigten, zum »Du« überzugehen, was wäre dann ein angemessener Grund?

All diese Überlegungen machten es aber nicht leichter, denn nach wie vor war der Professor eben … nun ja … »Der Professor«. Und »Du, Professor« – wie klang das denn bitte? Okay, er hatte ja nicht ohne Grund einen Vornamen, aber …

Mara blinzelte unwillkürlich. Sollte sie ihn wirklich »Reinhold« nennen?

»Ich weiß, was du denkst, Spákona«, murmelte der Professor und Mara sah ihn fragend an. »Und ich kann dir versichern, dass dir mein Vorname bald ganz normal über die Lippen käme, so du es denn erst einmal versuchen würdest. Womit ich dich natürlich zu nichts drängen möchte, meinetwegen bezeichnest du mich bis an den Rest meiner hoffentlich noch zahlreichen Tage wahlweise mit Titel oder Nachname oder einer Kombination oder als … Ach, du Heiliger!«

Mara hatte schnell kapiert, dass der Professor diesen letzten Ausruf nicht als Vorschlag für eine Anrede verstanden haben wollte. Also blickte sie in die Richtung, in die seine schreckensgeweiteten Augen und der halboffene Mund zeigten und runzelte fragend die Stirn. Weit und breit war nichts zu sehen, was die Anrufung irgendeines Heiligen gerechtfertigt hätte.

Natürlich war die »Fressmeile« dieses riesigen Mittelalter-Musikfestivals mitsamt den vielen gewandeten Besuchern generell etwas, was man so nicht alle Tage um sich hatte, aber erschreckend war daran allerhöchstens der beißende Knoblauchgeruch der »Hanftaschnerey«, in deren Schlange sie anstanden.

Eigentlich waren sie hierhergekommen, um ein Amulett oder etwas in der Art zu finden, in dem Mara einen Schutzzauber verstecken konnte. Der Professor hatte zwar erklärt, dass das Objekt selbst kaum eine Rolle spielen würde und es allein auf den Zauber ankam. Aber Mara hatte auf ein hübsches Schmuckstück bestanden, das man an einem Lederband um den Hals tragen oder wenigstens in den Geldbeutel packen konnte. Sie hatte ja durchaus einen Sinn für skurrile Aktionen, aber so ein Zauber erforderte dann doch ein Mindestmaß an Konzentration. Und wenn sie sich beim Zaubern blöd vorkam, weil unter ihren Händen ein Topfkaktus oder eine Handyhülle lag, war das dem Endergebnis wohl kaum zuträglich.

Also hatte Mara erklärt, dass sie dem gastierenden Mittelalter-Festival in der Nähe einen Besuch abstatten würde, um dort etwas Geeignetes zu finden und Professor Weissinger hatte angeboten, sie zu begleiten.

Schon an der Kasse hatte er jedoch gewirkt, als würde er dies mit jeder Faser seines Seins bereuen. Anfangs mochten das nur die krachend lauten Dudelsackklänge gewesen sein, die von der nahegelegenen Bühne zu ihnen herübernölten. Doch nun wirkte Professor Weissinger so überfordert, als würde der Lindwurm aus der Nibelungensage vor ihm den Schwanensee tanzen. Im Ballettröckchen.

»Was meinen … du?«, verbesserte sich Mara so dermaßen dämlich, dass sie sich direkt auf die Lippe biss. *ReinholdReinholdReinhold.*

Professor Weissinger schaute Mara so eindringlich an, dass sie im ersten Moment das Gefühl hatte, sich vielleicht einen Rest Zahncreme von der Backe wischen zu müssen. Doch dann verstand sie, dass er nur deswegen nichts sagte, weil das Objekt seines Erstaunens direkt vor ihnen in der Knobischlange stand und er es aus Gründen der Höflichkeit vorzog, zu schweigen.

Mara seufzte und legte ihre Hand auf seine Schulter. So konnte sie eine telepathische Verbindung zu ihm aufbauen und sie waren in der Lage, sich zu unterhalten, ohne laut sprechen zu müssen.

Kaum spürte sie den Cordstoff seines zerknitterten Sakkos unter ihren Fingerspitzen, drang auch schon ein Schwall an gedachtem Text zu ihr herüber, als wäre im Kopf des Professors ein Damm gebrochen.

Dieses kostümgewordene Leinengebinde hier, direkt vor mir, soll offenbar ein Germane sein! Oder ein Wikinger oder … irgendetwas in der Art! Ach, was red' ich! Diese irrwitzig unhistorische Kombination aus Leder, Stoff, Schlamm, Fell und Ochsenzunge macht eine halbwegs kohärente Klassifikation völlig unmöglich!

Ochsenzunge?, fragte Mara in Gedanken zurück. *Ist das irgendeine kreative Beleidigung, die ich nicht versteh'?*

Professor Weissinger rollte mit den Augen. *Die Ochsenzunge alias Cinquedea beziehungsweise Cinqueda, auch langue de Bœuf oder anelance, ist die Bezeichnung für das breite, kurze Schwertgehänge, das sich dieser Lederlump um sein räudiges Bauchbärenfell geschnallt hat. Aber gut: Es passt perfekt zu dem Ziegenhorn und dem Eiermesser.*

Mara sah den Professor amüsiert an: *Was ist denn ein Eiermesser?*

Eine Bezeichnung meines Vaters für Messer, die so kurz sind, dass man damit gerade mal ein Ei halbieren könnte – vorausgesetzt, man wendet genug Kraft auf, entgegnete der Professor ebenso trocken wie lautlos.

Okay, ich verstehe, was Sie meinen, dachte Mara zu ihm hinüber. *Aber vielleicht will der Mann ja gar kein historisch korrekter Germane sein.*

Es ist vollkommen unerheblich, ob er das will oder nicht will oder ob seine Mama ihm das Kostüm angezogen hat, weil das Cowboy-Kostüm in der Wäsche war!, polterte der Professor direkt in Maras Hirn hinein. Dieser Anblick lässt die Augen eines jeden Historikers bluten wie die Gips-Madonna von Civitavecchia.

Mara musste unwillkürlich laut auflachen, was den Mann vor ihnen dazu animierte, sich fragend zu ihnen umzudrehen.

»Was ist denn so lustig? Darf ich auch mitlachen?«, fragte er und Mara blickte in ein Gesicht, das bis auf Augen und Nase nur aus Struwwelbart bestand. Der Mann war mindestens einen Kopf größer als der Professor, dazu etwa zwei Schultern breiter und als er sich mit der linken Hand im Bart kratzte, verschwanden seine Finger bis zu den Knöcheln in struppig-schwarzem Drahtgeflecht.

»Der … mein Onkel hat nur einen Witz gemacht«, antwortete Mara und versuchte sich an einem Lächeln, das ihr leider nur zu einem Viertel überzeugend gelang.

»Aha, über was denn?«, brummte der Hüne und seine dunklen Augen wandten sich dem Professor zu.

»Darf ich Ihnen eine Gegenfrage stellen?«, antwortete dieser und fuhr fort, bevor der Mann antworten konnte: »Ich frage mich nun schon seit einigen Minuten, wen oder was Sie mit dieser – vorsichtig gesagt – abenteuerlichen Kombination historisierender Versatzstücke darzustellen gedenken.«

Der Mann vor ihnen ließ sich nicht anmerken, ob er den beißenden Spott des Professors wahrgenommen hatte. Abermals versank seine Hand in dem haarig-störrischen Gewirr, das Mara unwillkürlich an die Gebilde aus Stahlwolle erinnerte, mit der ihre Mutter immer den alten Asia-Wok auskratzte. Und dann antwortete er mit einer Stimme, die klang, als würde man einen mannshohen Felsen zentimeterweise über nachlässig verlegtes Kopfsteinpflaster schieben: »Ich dachte eigentlich, man würde erkennen, was ich darstelle.«

»Nein, tut mir leid«, antwortete Professor Weissinger ungerührt. »Denn jedes einzelne der Attribute, mit denen Sie sich ausstaffiert haben, wirkt, als sei es aus seiner eigenen Zeit gefallen. Oder sollte ich sagen – aus seinem eigenen Universum? Das Schwert und die Gürtelschnalle lasse ich mir noch eingehen, aber dieses chemiegegerbte Lederwams und dieser bestenfalls restflauschige Sesselüberwurf darüber sind mir aus keiner historischen Epoche bekannt.«

»Herr Professor …«, begann Mara, doch der winkte energisch ab.

»Erstens darf ich abermals an meinen Vornamen erinnern, liebste »Nichte« und zweitens bin ich wirklich lichterloh brennend daran interessiert, wie die Antwort auf meine Frage lautet.«

Da grinste der Hüne so breit, dass Mara hinter dem Haargestrüpp tatsächlich zwei Reihen perlweißer Zähne aufblitzen sah und beugte sich zu Professor Weissinger hinunter, um ihm direkt in die Augen schauen zu können. »Ich stelle den Besucher eines Mittelalter-Festivals dar, der sich anzieht, was er verdammt noch mal will. Schade, dass Sie das nicht erkennen, hab mir viel Mühe gegeben.«

Einen Moment lang wirkte es, als wären sämtliche Dudelsäcke, Trommeln und alles heisere Mittelalter-Gebrüll verstummt, aber vermutlich kam das Mara nur so vor.

»Ah, das … ja … ich verstehe.«, stammelte der Professor schließlich und Mara stellte fest, dass dies eins der wenigen Male war, wo er tatsächlich keine Antwort parat hatte. Sie beschloss, sich diesen Tag mit exakter Angabe von Ort und Uhrzeit im Kalender ihres Smartphones zu markieren und wandte sich dann grinsend an den Hünen: »Vielen Dank für die Aufklärung. Bitte entschuldigen Sie. Onkel Reinhold ist Historiker.«

»Jetzt muss ich mich schon dafür entschuldigen, soweit kommt's noch«, brummte Professor Weissinger so brummig, wie er nur irgend brummen konnte, doch seine Augen verrieten überdeutlich, dass ihm der Humor dieser Situation alles andere als verborgen geblieben war.

Der Mann lachte dröhnend: »Ein Historiker? Bei der Knittercordjacke und der Schlabberhose mit der Schlüsselbundbeule hätt' ich auf Chemielehrer getippt, aber dafür haben Sie eindeutig zu viele Finger.«

»Chemielehrer, na vielen herzlichen Dank!«, rief der Professor amüsiert und deutete eine Verbeugung an. »Zuviel der Ehre, denn ich war in kaum einem Fach eine größere Niete als in ebenjenem – unterschritten nur noch mit meinen fragwürdigen Leistungen in Höflichkeit und Zurückhaltung, was bis heute kein Schulfach bekleidet, soweit ich weiß. Bitte verzeihen Sie meinen mediävistisch geprägten Ausbruch, ich bin untröstlich und beileibe kein … äh … «

»A-Pabst?«, antwortete der Hüne und abermals sah ihn der Professor fragend an. Doch bevor der wuchtige Kerl den seltsamen Begriff erklären konnte, drang eine fröhlich knödelnde Stimme zwischen den Knoblauchdämpfen hervor: »Wohlan, edler Recke, was darf es seyn von welchem Topfe?«

Der Hüne drehte sich weg und der Theke der Fressbude zu. Dann deutete er auf die linke der zwei großen Pfannen. »Das da mit allem und scharf.« Während der Mann an den Pfannen mit der nervenaufreibenden Langsamkeit eines tranquilisierten Faultiers begann, die Teigtasche aufzuschneiden, um diese im Lauf der nächsten halben Stunde mit Knoblauch in Knoblauchsoße zu befüllen, angelte der Hüne nach der kleinen Ledertasche, die etwas zu weit hinten an seinem Gürtel hing, um wohl seine Geldbörse herauszufischen.

Professor Weissinger assistierte dem Mann, in dem er das Täschchen mit einem Ruck am Gürtel entlang nach vorne beförderte, was dieser dankend quittierte.

»Zeit, sich Gedanken zu machen, Nichte, die nicht meine Nichte ist.«, sagte der Professor dann und deutete auf die großen Pfannen. »Willst du ebenfalls Links mit allem und scharf?«

Mara lachte: »Ich glaub, ich will Rechts mit ohne Zwiebeln und mild. Und einen Becher von … diesem da?«

»Hanfmet?«, rief der Professor entrüstet. »Drei Dinge sprechen dagegen: Erstens, du bist vierzehn …«

»Fast fünfzehn, vielleicht mal?«, murmelte Mara.

»Zweitens, das Zeug ist pappsüß!«

»Das spricht dafür und nicht dagegen.«

»Und drittens, es ist ganz und gar, vollkommen und unwiderruflich so schmerzhaft unhistorisch, dass ich mir lieber zwei Finger abhacken würde, um mein Chemielehrer-Kostüm zu vollenden, als dass ich auch nur einen Cent ausgebe für dieses grünlich-schaurige Gesöff aus dem siebenten Kreis der Getränkehölle!«

»Okay, okay«, lachte Mara und winkte ab. »Also dann bitte eine Cola, wenn ich darf … Onkel Reinhold.«

Professor Reinhold Weissinger sah Mara scharf an: »Hör zu, ich mag vielleicht *Onkel Reinhold* sein, solange wir hier auf diesem Fest der tausend mediavalen Grausamkeiten weilen. Aber justament, wenn wir durch das sackleinenverkleidete Metallgittertor nach draußen spazieren, lassen wir den *Onkel* hinter uns und blicken nie wieder zurück, versprichst du mir das?«

Mara wartete ein bisschen mit der Antwort und genoss jede Millisekunde. Erst dann nickte sie feierlich: »Ich verspreche es, Onkel Reinhold.«

Der Professor machte ein Geräusch, das mit der lautmalerischen Silbe »Gnnh!« halbwegs treffend beschrieben war. Doch bevor dieser weitere Worte folgen lassen konnte, deutete Mara nach rechts zu einem Stand, der unter der Last von tonnenweise Silber-, Gold- und anderem Schmuck demnächst vermutlich in der Wiese versinken würde. »Ich such mir da drüben ein Amulett oder sowas aus, okay?«

»Ohne mich? Aber … aber …«, begann der Professor, doch da knödelte abermals die Stimme des Mannes an den Riesenpfannen und fragte mit zu vielen Ypsilons im Satz, nach welch Speys' und Spezerey dem Herrn gelüste.

»Kümmere dich bitte ums Essen, Onkel Reinhold, ich mach den Seherinnenjob«, rief Mara vergnügt.

»Aber kauf um Himmels willen keinen Unsinn!«, rief ihr der Professor nach.

»Hallo, was kostet das Amulett mit dem Flügelhelm?«

»WAGE ES NICHT!«

Und Mara lachte so laut, dass die tausendundein Amulette neben ihr leise mitschepperten.

© privat

Karsten Heilmann

Karsten Heilmann wurde 1987 geboren und ist in Mecklenburg aufgewachsen. Er ist Vater eines Sohnes und arbeitet als Baugutachter. In seiner Freizeit schreibt er gelegentlich und trägt seine Texte von Zeit zu Zeit auf Lesebühnen und Poetry Slams vor, die ihn das Publikum in einem schwachen Moment auch schon mal hat gewinnen lassen.

Bislang hat es nichts Gedrucktes von ihm über den Bekanntenkreis hinausgebracht. Gustav K. und die Invasion der Dämonenpiraten ist somit seine erste richtige Veröffentlichung. Das freut ihn ganz besonders, da er bereits seit der ersten Auflage im Jahr 2008 Stammgast des Festival-Mediaval ist und ihm dieses liebenswerte Festival über die Jahre zu einer zweiten Heimat wurde.

www.facebook.com/Heilmann.Karsten

Gustav K. und die Invasion der Dämonenpiraten

Am Anderen Ort erstreckt sich eine Ebene aus grauem Sand unter einem grauen Himmel von einem Horizont zum anderen. Drei graue Umhänge stehen dort, wo ein Beobachter den Mittelpunkt der Ebene vermuten würde – gäbe es hier Beobachter oder einen Orientierungspunkt, der einen Begriff wie »Mitte« rechtfertigen würde. Die grauen Umhänge haben ungefähr menschliche Gestalt, aber die Kapuzen hängen so tief, dass man in dem dunkelgrauen Schatten nicht erkennen kann, was sich darin verbirgt.

Zwischen den Umhängen wird ein Planet sichtbar. Die Kapuzen beugen sich näher und ein Kontinent kommt ins Blickfeld, dann ein einzelnes Land. Das ganze Land sieht monochrom aus, als sei es von einer Schicht aus grauem Staub bedeckt. Das ganze Land? Nein, einige bunte Punkte leisten dem Grau noch Widerstand.

Eine Stimme sagt: »Bald ist es geschafft.«

Die Kapuzen nicken. Eine Stimme antwortet: »Gut.«

Eine Stimme bestätigt: »Es hat lange gedauert, aber unsere Geduld wird sich auszahlen. Bald werden die Menschen so abgestumpft sein, dass sie vollständig berechenbar sind. Dann sind endlich alle Dinge in perfekter Ordnung, wie sie es von Anfang an hätten sein sollen.«

Eine Stimme fragt: »Aber was ist mit diesen letzten ungrauen

Stellen? Sollen wir die Sache wirklich sich selbst überlassen – jetzt, wo wir so kurz vor dem Ziel stehen?«

Eine Stimme antwortet: »Wir haben alles unter Kontrolle.«

Eine Stimme entgegnet: »Aber wenn wir ein bisschen nachhelfen, könnte schon in wenigen Jahren alles gewonnen sein.«

Eine Stimme meint: »Ein verlockender Gedanke. Aber wir müssen sehr vorsichtig sein. Wenn wir zu offensichtlich eingreifen, könnten wir die Aufmerksamkeit einer höheren Ebene auf uns ziehen. Unsere jährliche Belobigung könnte gefährdet sein.«

Ein Schauer durchläuft die Umhänge. Kurzes Schweigen, dann bemerkt eine Stimme: »Ist euch aufgefallen, dass sich die Punkte überall dort befinden, wo die Welten ohnehin außerordentlich dicht beieinanderliegen? Dort sollte es genug durchlässige Stellen im Gewebe der Realität geben, an denen wir unbemerkt hinüberwechseln können.«

Ein Umhang schaut zu Boden und kratzt sich mit dem Ärmel an der Kapuze. Einer beginnt, auf und ab zu gehen. Einer starrt auf ein Klemmbrett.

Schließlich schlägt eine Stimme vor: »Lasst es uns erst einmal an einer unauffälligen Stelle ausprobieren.«

Ein Umhang zeigt auf eine Stelle im Gebirge, nahe der östlichen Grenze des Landes. »Zum Beispiel an diesem Ort. Auf diesem Hügel treffen sich Menschen jedes Jahr und … verkleiden sich und sind … fröhlich und …« Die Stimme kämpft mit einem Würgereiz und erstirbt.

Eine Stimme ergänzt: »Die veranstalten dort ohnehin solch ein fürchterliches Chaos, dass eine kleinere Inkursion niemandem auffallen wird.«

An einem *anderen* Anderen Ort wechseln Puck und Till Eulenspiegel einen besorgten Blick.

»Die Grauen rühren sich wieder. Sollen wir Verstärkung anfordern?«

»Ach was. Die Typen auf diesem Festival sind so kaputt, dass sie gar nicht merken werden, dass etwas nicht stimmt. Das kriegen wir mit Bordmitteln hin.«

»Du meinst, wir erwählen wieder einen Champion? Wie in den alten Zeiten?«

»Einen? Oder lieber eine ganze Gruppe? Sicher ist sicher.«

Als Gustav K. eines Morgens aus unruhigen Träumen erwachte, fand er sich auf seiner Luftmatratze zu einem Elfen verwandelt. Zuerst dachte er, er hätte gestern Abend im Suff vergessen, seine Plastikohren abzupopeln, aber seine Gewandung, seine Perücke und auch die Ohren lagen wie gewöhnlich auf einem Haufen links neben seinem Kopf. Trotzdem fühlte er spitze Ohren und trug ganz eindeutig feines Leinen. Außerdem war sein Schlafsack über Nacht zu kurz geworden.

Er setzte sich auf, steckte den Kopf aus dem Zelt und blinzelte in den Morgennebel, der sich, wie jedes Jahr am ersten Septemberwochenende, aus dem Selbbach kringelte und die ganze Zeltplatzwiese in einen feuchten Schleier hüllte, der sich für die einstelligen Temperaturen viel zu warm anfühlte. Hier und da kräuselte sich der Rauch der ersten Lagerfeuer in den Nebel und einige Laternen und Kerzen sprenkelten die Szene mit gemütlichen Lichttupfern.

Das selbstgebastelte Banner, auf dem man bisher mehr schlecht als recht den Namen des Camps *Amon Sûl* erahnen konnte, wehte nun elegant in der leichten Morgenbrise und das selbsterdachte »elbische« Abzeichen war mit goldenem Garn in einen leichten hellgrünen Stoff gewebt.

Gustav trat aus dem Zelt und wickelte sich fest in den kuschelig warmen, hellgrauen Mantel, den er statt seines alten Baumwollumhangs auf dem Gewandungshaufen in seinem Zelt gefunden hatte, und sprach: »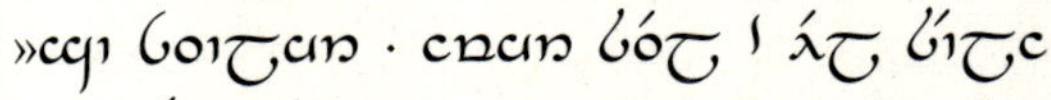 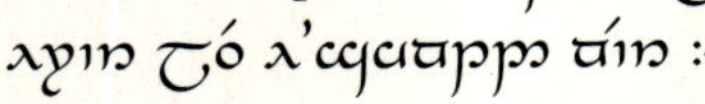«, dann schüttelte er verwirrt den Kopf und sagte: »Ich grüße dich, Amon Sûl! Ein Stern scheint auf die Stunde unserer Begegnung.« Er schüttelte noch einmal den Kopf, meinte: »Alter«, und ging zu seinen Freunden, die sich um ein frisch entfachtes Feuerchen versammelten und offenbar ebenfalls verwandelt waren:

Lisa und W waren schon wieder, oder noch immer, ineinander verschlungen in einen bemerkenswert tragfähigen Campingstuhl versunken und für die Welt um sie herum so wenig ansprechbar, wie es das Privileg der Frischverliebten ist. Soweit erkennbar, waren beide ebenso viel geschrumpft, wie Gustav gewachsen war, und es zeigte sich deutlich mehr Haar- und vor allem Bartpracht als am Abend zuvor. Außerdem glitzerten Kettenhemden, lederne Unterbekleidung knirschte und zwei wuchtige Streitäxte waren lässig an den Stuhl gelehnt.

Zirbl und Beck schienen dagegen körperlich unverändert und auch ihre Gewandung wirkte wie am vorigen Abend. Allerdings umspielte die Knäufe ihrer Wanderstäbe nun eine elektrisch knisternde Aura, an der sich gerade ein vorsichtig herangehaltenes Stöckchen entzündete.

Vroni stand daneben, ebenfalls äußerlich unverändert, aber ihre Fingerspitzen knisterten fast so stark wie die Stäbe von Zirbl und Beck. Sie kratzte sich nachdenklich am linken Daumen und sagte: »Mir deucht, etwas Böses kommt auf uns zu.«

Ihr Mann hingegen, der Wirt, rannte, mit Kochmütze und weißer Schürze angetan, laut schimpfend über die Wiese. Anscheinend hatte er eine seinem Spitznamen gemäße Rolle angenommen. Seine große Vorratstruhe, in der er die Lebensmittel des Camps verwahrte, hatte sich derweil auf unzählige Beinchen erhoben und entzog sich, für ein Möbelstück erstaunlich wendig, allen Versuchen, sie um ihren Inhalt zu erleichtern.

Von dem Lärm aufgeweckt, krabbelte Gandalf, der Freibeuter vom Schwarzen Meer, aus seinem Zelt am Rande des Camps, richtete sich auf und kippte prompt wieder um, weil aus seiner Attrappe ein echtes Holzbein geworden war.

Gleichzeitig schienen Geräusche aus einem nahegelegenen Gebüsch die Gegenwart eines leibhaftigen Nazgûl nahezulegen. Ein vorsichtiger Blick brachte Beruhigung, denn es handelte sich lediglich um Lara, die es am Vorabend durch die Erfindung des Absinth-Käsebrotes zu anhaltendem Ruhme gebracht hatte. Nun litt sie unter den Nachwirkungen ihrer Kreationen und würde wohl noch eine Weile unpässlich sein.

Erst jetzt dachte Gustav an seine Angetraute, die gestern ebenfalls tief ins Trinkhorn geschaut hatte. Er sah zurück in ihr gemeinsames Zelt und fand statt der Frau, die er seit fünfzehn Jahren liebte, ein weißes Kaninchen auf der Luftmatratze sitzen und sich den Schlaf aus den Augen reiben. Das Kaninchen rümpfte die Nase, holte eine Uhr aus der Westentasche, riss erschrocken die Augen auf und quiekte: »Zu spät! Zu spät!«

»Ähm, Schatz, ich will dich ja nicht beunruhigen, aber du bist ein Kaninchen.«

»Zu spät! In zehn Minuten ist Einlass! Alle Kämpfer müssen auf's Feld!«

»Hallo? Kommt dir das gar nicht komisch vor? Ich bin ein Elf, du bist ein Kaninchen, die anderen haben sich in ein Best-of-Herr-Der-Ringe verwandelt und du machst dir Sorgen, dass wir die erste Band verpassen?«

»Band? Wer redet denn von Bands? Ihr kommt zu spät, um das Festival vor der Invasion der Dämonenpiraten aus der Goldbergbucht zu retten! Auf, auf in den Kampf, ihr tapferen Recken! Und sammelt unterwegs die Schattenbarden ein; ihr werdet jede Unterstützung brauchen, die ihr kriegen könnt!«

Gustav schüttelte den Kopf. Selbst in Kaninchengestalt war ihm seine Frau gedanklich drei Schritte voraus und diesmal war er ausnahmsweise zu perplex, um zu widersprechen. Also nahm er seine Harfe – auch sie war über Nacht bedeutend schöner geworden und war unnatürlich gut gestimmt – und griff in die Saiten, ohne nachzudenken. Es stellte sich heraus, dass er einen ebenso alten wie blutrünstigen Kriegsmarsch angestimmt hatte. Da das Stück der irischen Folklore entsprang, klang es trotz des martialischen Textes so beschwingt und lebensfroh, dass die Bewohner von *Amon Sûl* spontan eine Polonaise begannen und schunkelnd in das Nachbarcamp zogen, zu ihren alten Freunden von den Lausitzer Schattenbarden.

Dort sah es noch wüster aus als in *Amon Sûl*: Ein Typ mit leuchtend gelbem Südwester auf dem Kopf schwyzerdütschte mit einem Quartett exakt gleich aussehender Vulcanier. Zwei bärtige Gnome und ein wandelndes Kastenbrot soffen mit einer humanoiden Erdbeere, die mit Stiefeln, Corsage und hüftlangen goldenen Haaren angetan war (Gustav fragte sich nur kurz, wie er bei einer Erdbeere die Hüfte hatte identifizieren können). Eine Dryade flirtete mit einem katzengroßen Drachen, der auf ihrer Schulter hockte, und über ihnen flatterte ein sichtlich nervöser Rabe.

Drumherum tummelte sich ein Dutzend weiterer Gestalten im Grenzbereich zwischen klassischer Fantasy und schlechtem Drogenrausch, aber Gustav kam nicht mehr dazu, sie einzeln zu begutachten, denn die Dryade war umgefallen, als der Drache auf ihrer Schulter zu wachsen begann. Seine Schwingen waren bereits so groß wie Campingtische.

Der Rabe fluchte in einer Sprache, die Gustav noch nie gehört hatte, landete dann auf einem Ast und während er auf das Camp hinunterschaute, begannen seine Augen in der blauen Farbe des heißesten Feuers zu strahlen. Er vollführte eine Geste, die physikalisch völlig unmöglich schien; seine Flügel besaßen plötzlich drei Gelenke mehr und Gustav war sich sicher, ein Bein durch den Körper des Vogels hindurchgleiten zu sehen. Dann intonierte der Rabe einige Worte, die völlig ohne Konsonanten auskamen. Gustav musste dreimal niesen und es schüttelte ihn, als wollte die Wiese ihn abwerfen wie ein bockendes Pferd.

Und dann waren die Schattenbarden verschwunden. Jedenfalls kam es Gustav so vor, bis er zu seinen Füßen Stimmen hörte und sah, dass sie auf eine Größe von höchstens 20 cm geschrumpft waren.

»Stark«, meinte Gustav, »aber weißt du auch, wann die sich wieder zurückverwandeln?«

Der vom Wirken des Schrumpfzaubers erschöpfte Rabe versuchte, die Schultern zu zucken, brachte es jedoch nur zu einem ungelenken Flattern, und krächzte: »Nimmermehr«.

»Danke für's Gespräch« entgegnete Gustav, während zwei

Dutzend Schattenbarden, völlig unbeeindruckt von ihrer spontanen Größenänderung, mit ebenso begeisterten wie unkoordinierten Schlachtrufen im Unterholz verschwanden:

»Was ist euer Handwerk?!«

»Måchen wa lös, no?!«

»Łužica Wha Hae!«

»Ist das Pfeffi?«

»Mir si di Gröschte!«

Der Rabe flog ohne weiteres Federlesen hintendrein.

Die drängende Stimme seiner Kaninchenfrau im Ohr, griff Gustav erneut in seine Harfe und führte die Polonaise aus *Amon Sûl* zum Festivalgelände.

Kaum hatten sie den Köhlermeiler am Händlereingang passiert, als ein jahrelang antrainierter Automatismus von Gustav Besitz ergriff. Ohne sich nach seinen Freunden umzusehen oder auch nur an sie zu denken, lenkten ihn seine Füße wie an jedem Festivalmorgen der vergangenen zwölf Jahre zu seinem altvertrauten Frühstückslieferanten neben dem Info-Zelt und er erstand die traditionelle Portion Käsespätzle mit Pilzrahm. Ein direkt um die Ecke erworbener türkischer Tee komplettierte das Frühstück und er hockte sich ins Gras vor der Theaterbühne, um selbiges zu genießen.

Vollständig mit dem Verdauen des Frühstücks wie auch der seltsamen Ereignisse des Morgens beschäftigt, ließ sich Gustav von den Klängen der ersten Band des Spielmann-Awards einlullen und streckte sich auf der Wiese aus. Er war bereits eingeschlafen, als sich am Ende des ersten Liedes ein grauer Schatten über ihn legte, der die Farbe und die Freude aus der Welt um ihn herum saugte.

Als Gustav die Augen wieder aufschlug, blickte er in eine beeindruckend realistische Totenkopfmaske.

Dann sah er an sich herunter und begriff, dass der Schädel, ebenso wie der tiefschwarze Umhang und die funkelnde Sense, kein Kostüm war.

»Oh«, sagte er.

»JA«, sagte TOD.

Gustav sah sich um. Er schwebte ein paar Meter über dem Boden, während der Körper, der gerade noch seiner gewesen war, weiterhin wie schlafend auf der Wiese lag, und das Festival um ihn herum ungestört weiterging. Seine Seele stieg, von Tod begleitet, langsam höher und trotzdem erblickte er die Welt und die angrenzenden Realitätsebenen mit größerer Klarheit als jemals zu Lebzeiten.

Er erschrak, als er sah, was ihn gemeuchelt hatte: Zunächst sah das Wesen aus wie ein beliebiger Piraten-Cosplayer aus der Goldbergbucht. Doch während er ihn länger beobachtete, fiel ihm auf, dass sich unter dieser oberflächlichen Tarnung etwas weitaus Grauenvolleres verbarg. Das magische Trugbild hatte noch nicht seine volle Stärke erreicht, sodass das Piratenkostüm flackerte und gelegentlich verschwand. Dann konnte Gustav die wahre Gestalt dieses Ungeheuers erkennen; eine Erscheinung aus seinen finstersten Albträumen, die ihm selbst in seinem körperlosen Zustand das Blut in den Adern gefrieren ließ und den Angstschweiß auf die Stirn trieb. Die Stulpenstiefel waren in Wirklichkeit Flip-Flops, die Pluderhose eine zu enge

Jeans-Shorts, die Pistole eine Dose Prosecco, das weite Leinenhemd ein blassrosa T-Shirt, der umgehängte Patronengurt eine Kette aus Plastikblumen, die Augenklappe eine Sonnenbrille mit gelbem Rahmen und der Dreispitz ein hellblaues Basecap.

Und diesem fürchterlichen Monster folgten noch drei weitere! Erst jetzt begriff Gustav den Ernst der Lage. Das Festival-Mediaval wurde gerade von dem grauenhaftesten Auswuchs deutscher Kommerzkultur infiltriert, den man sich vorstellen konnte: von einem Junggesellenabschied!

Mit noch größerem Schrecken sah Gustav von seinem schwebenden Beobachterposten aus, dass viele weitere Haufen von jeweils drei bis sechs Piraten-Proleten-Wechselbälgern über das Festivalgelände schlenderten. Und jede dieser Gruppen zog eine Spur der Austauschbarkeit und Kommerzialisierung hinter sich her: In ihrem Kielwasser verblassten alle Farben, als würden die Wege und Bäume von einem grauen Un-Licht angestrahlt. Auch die Stände, an denen sie vorüberkamen, veränderten sich: Die Mittelaltermarktkonstruktionen aus Holz und Baumwollstoff wurden zu billigen Campingpavillons mit Plastikplanen und die Händler darin waren nicht mehr gewandet, sondern trugen T-Shirts mit Tribal-Motiven und ihre Waren waren keine handgefertigten Unikate mehr, sondern China-Importe aus Plastik. Auf der Bühne des Handwerkermarktes wurde ein Gauklerduo vor Gustavs Augen zu Verkäufern von Multifunktions-Gurkenhobeln.

All das schien den Besuchern nicht einmal aufzufallen – wenn sie einen dieser seltsam farblosen Bereiche betraten, änderte sich auch ihre Erscheinung und sie sahen aus wie auf einem beliebigen Volksfest. Beim Verlassen trugen sie wieder ihre Gewandungen und verhielten sich, als wäre nichts geschehen. Doch was aus dem Festival werden mochte, wenn es diesen gruseligen Möchtegernpiraten gelang, das komplette Gelände zu verwandeln, wollte Gustav sich lieber nicht vorstellen.

»Warte mal. Wer sind diese blassen Typen? Was machen die mit unserem Festival?«

»Man könnte sie als Dämonen des Gewöhnlichen bezeichnen, als Missionare der Lieblosigkeit und Überbringer der Langeweile. Es sind Kräfte des Anderen Ortes, die eure Welt vollständig zweckgebunden, berechenbar und damit absolut kontrollierbar machen wollen. Kurz, sie wollen jedes Geheimnis und alle Magie beseitigen, um euch beherrschen zu können.

Deine Bezeichnung als blass trifft es sehr gut, denn die erste sichtbare Folge ihres Einflusses ist, dass die Dinge ihre Farbe verlieren oder sich in matte, freudlose Zerrbilder ihrer selbst verwandeln. Das passiert beim Äusseren der Menschen und bei ihrem Verhalten recht schnell, wie du bereits gesehen hast, da ihr so anfällig für fremde Einflüsse seid. Auf Dauer wird dieses Verblassen tiefer einsinken und das Gewebe der Realität selbst verändern. Dann wird für die Menschen, die ihm ausgesetzt sind, keine Rückverwandlung mehr möglich sein.«

»Euch Menschen …«, wiederholte Gustav nachdenklich und befühlte erneut seine täuschend echten Elfenohren. »Haben die uns auch in diese Fantasyklischees verwandelt?«

Tod lachte wie ein besonders heiteres Donnergrollen: »Nein, ganz sicher nicht. Wenig ist diesen Wesen so zuwider wie Fantasie und Zauberei. Ich vermute, dass es am Anderen Ort noch Kräfte gibt, die sich um euch Menschen sorgen, und die erhalten wollen, was die Menschen so einzigartig macht: die Fantasie, das Unberechenbare und das leicht Bescheuerte. Mir scheint, so wie eure Gegner der Welt das Seltsame entziehen können, um sie gewöhnlich zu machen, wurdet ihr mit der Fähigkeit ausgestattet, die Welt bunter, wilder und magischer zu machen. Und anscheinend habt ihr im Unterbewusstsein des Schlafes mit euch selbst angefangen.

Sieh doch: Genau wie jeder dieser Dämonen eine Spur hinter sich herzieht, die alles verblassen lässt, wird die Welt um jeden deiner Freunde herum greller und chaotischer. Es ist gut möglich, dass diese übertriebenen Fantasyklischees das Einzige sind, das den blassen Dämonen noch Einhalt gebieten kann.

Ihr habt euch doch hoffentlich eine vernünftige Strategie überlegt, mit der ihr den Platz kontrolliert übernehmen könnt?«

»Öhm«, behauptete Gustav schlagfertig. Rückblickend kam es ihm ziemlich töricht vor, dass sie einfach so lospolonaist waren, ohne über ihre Aufgabe nachzudenken.

Immerhin ließ sich außer ihm niemand derart leicht übertölpeln. Sei es aus Intuition oder weil sie zwischenzeitlich an weitere Informationen gelangt waren: Seine Freunde hatten offensichtlich verstanden, wer die Gegner waren, und sich auf dem Gelände verteilt, um zielstrebig gegen sie vorzugehen. Das schien ihnen erstaunlich leicht zu fallen; offenbar waren die Dämonenpiraten nicht auf ehrlichen, direkten Widerstand vorbereitet, so dass jeder seiner Freunde bald ein oder zwei Gegner besiegt hatte:

Gandalf, der Freibeuter vom Schwarzen Meer, hatte einen vermeintlichen Standesgenossen noch in der Goldbergbucht abgefangen, zum Kokosnuss-Wetttrinken herausgefordert und tatsächlich auch gewonnen. Aber während der dämonische Verlierer sich glückselig in eine Wolke grauen Staubs auflösen konnte, musste Gandalf die körperlichen Folgen über sich ergehen lassen. Er tat dies im Tiefschlaf unter einem Tisch.

Zirbl und Beck konnten eine ganze Piratengruppe durch mächtige Blitze aus ihren Zauberstäben pulverisieren. Aber leider ließ der Rückstoß der magischen Entladungen ihre Stäbe unkontrolliert ausschlagen, so dass sie sich gegenseitig ausknockten und nun so friedlich schlummernd auf dem Hang vor dem Literaturzelt lagen, wie Gustav es vor dem an der Theaterbühne getan hatte.

Vronis Finger waren zu ähnlich mächtigen Attacken in der Lage und hatten kaum Rückstoßprobleme, allerdings schien ihr das Zielen schwerer zu fallen. Bis sie endlich einen Dämon erwischte, hatte sie vor der Burgbühne dermaßen viel Staub aufgewirbelt, dass sie sich für längere Zeit im Zuber einweichen musste.

Der Zwerg W hatte es irgendwie geschafft, eine Maß seines Selbstgebrauten einzuschmuggeln und nutzte die Wucht derselben gerade, um einen Dämonenschädel zu spalten. Während er zuschaute, wie neben Dämonenhirn auch der Großteil seines Bieres auf den Boden klatschte, wurde ihm bewusst, dass dies der allerletzte Rest seiner bisher besten Charge gewesen war. Er setzte sich in eine stille Ecke hinter dem Kriegerdenkmal, um seinen Verlust zu beweinen, und Lisa gesellte sich dazu, um ihn auf die eine oder andere Weise zu trösten. Die beiden würden für den Rest des Tages nicht mehr zu gebrauchen sein.

Ob es Zufall, Bestimmung oder Taktik des Gegners gewesen war: Mit jedem ausgeschalteten Gegner war auch ein Gefährte *Amon Sûls* kampfunfähig geworden, so dass die verbleibenden Piratendämonen nun ungestört ein Spinnennetz aus Lieblosigkeit und Wegwerfmentalität über das Gelände legen konnten, dessen Maschen sich bereits so eng zusammengezogen hatten, dass Gustav sein Lieblingsfestival kaum noch wiedererkannte.

Schlager- und Technobässe dröhnten aus den Ständen, epileptisch blinkende LED-Lichterketten und riesige Flutlichtmasten hatten die Kerzen und Lagerfeuer ersetzt und in den Ecken lag neben Essensresten und allerlei Verpackungen auch die ein oder andere Schnapsleiche in ihrem Erbrochenem.

Statt handgemachter gebrannter Mandeln gab es nun Softeis aus Automaten, statt frischem Kaffee Energydrinks und statt Met Dosenbier. Die Instrumentenbauer und die Schneider, die Schmiede und die Kräuterhexen waren verschwunden und an ihre Stellen waren Vertretungen eines Kreditkarteninstituts, zweier Autohäuser und dreier großer Modehäuser getreten. Dazu prangten an jeder Ecke die Plakate der Sponsoren dieses Events, die selbstverständlich von den sonnenstudiogebräunten Moderatoren vor jedem Act verlesen wurden.

Auch die kleineren Bühnen waren der Verwandlung erlegen, so dass auf der »Theaterbühne Powered By CocaCola« gerade der Schlagersänger Markus Zur Friedenheit einen Lobgesang auf das konservative bayrische Establishment beendet hatte und einem jungen Avantgardistenkollektiv namens »Im Mittelmaß« Platz machte, das das völlig verrückte Experiment wagen würde, Dudelsack und E-Gitarre zu verbinden.

Gleichzeitig fand auf der ehemaligen Kampfarena das erste »Sangria-Eimer-Wetttrinken sponsored by Getränkemarkt Obermüller« statt und auf dem »Merchandising-District«, dem vormaligen Handelsmarkt, versuchten zwei spindeldürre, uralte Männchen unter dem Namen GoldGelb, das volltrunkene Publikum mit schief gegrölten Sauflіedern zu erheitern, während im »Meeting-Tent« der »Get-Together-Area« Steffen der Gesunde mit seiner Lebensabschnittsgefährtin Jennifer von der Weyche einen wohlstrukturierten Vortrag über die Vorzüge des Katholizismus hielt.

So hatte Gustav von seinem ätherischen Logenplatz aus dabei zusehen müssen, wie die Dämonen in kleinen Gruppen fast den gesamten Goldberg übernahmen; nur an der großen Freifläche vor der Schlossbühne waren sie bislang gescheitert. Offenbar leistete ihnen die lautstark vorgetragene, ungehemmte Kreativität und die Menge an konzentrierten Zuhörern größeren Widerstand als die zerstreuten Besucher und versprengten Künstler auf den Märkten.

Doch nun, kurz vor dem Beginn des Headlinerkonzerts, versammelten sich auf dieser Wiese nicht nur fast alle Zuschauer, sondern auch zwei Dutzend Dämonenpiraten. Da ihre Kraft, im Vorbeigehen die Welt verblassen zu lassen, hier nicht wirkte, wurde ihr Vorgehen gezielter und ihre Methoden aufdringlicher. Sie schoben sich in geordneten Formationen durch die Menge und versuchten, die Menschen als Gangsta-Rapper mit Bluetoothboxen, als wandernde Zigarettenverkäufer oder mit hektisch blinkenden Winkelementen auf ihre Seite zu zwingen.

Gerade, als sie damit erste Erfolge verbuchen konnten und einzelne Besuchergrüppchen verblassten, sah Gustav endlich die

Schattenbarden wieder, die sich den ganzen Tag über versteckt gehalten hatten. Nun kamen sie aus Maulwurfslöchern geklettert, seilten sich aus Bäumen ab, sprangen von Hutkrempen oder tauchten – in einem Fall – aus einem Maßkrug voll Met auf. Sie sammelten sich hinter dem Toilettenwagen, der gerade Opfer der Dämonen wurde, so dass sich die glorreichen Latrinatoren zu muffigen Kittelträgern verwandelten, und hielten flüsternd Kriegsrat. Nach einem Kommando des Raben schienen sie sich zielstrebig auf der Wiese vor der Schlossbühne zu verteilen, aber Gustav verlor sie in dem Zwielicht zwischen den Beinen der Zuschauer wieder aus dem Blick.

Dann begann das Konzert. Ein halbes Dutzend kunterbunt gekleideter Musiker enterte die Bühne und griff neben Trommel und Gitarre auch zu Sälgflöjt, Talharpa und völlig obskuren Instrumenten, von denen Gustav nicht wusste, ob sie überhaupt einen Namen hatten.

Von der ersten Minute an tanzten die Fans zu der wilden Mittelalter-Folk-Rock-Mischung, die aus den Boxen schallte und den Platz erfüllte. Die Dämonen dagegen gerieten völlig aus der Fassung und gaben alle Versuche auf, sich zu tarnen oder das Publikum zu beeinflussen. Nun standen in der zunehmend begeisterten Masse nur noch gut zwanzig ratlose Junggesellenabschiedler, denen zunehmend schwindelig wurde.

So erklang Lied um Lied, das die Menge ausgelassen feierte, während das weltverblassende Un-Licht der Dämonen auf dem gesamten Gelände schwächer wurde und nervös zu flackern anfing. Nach einer Stunde begann unter der fröhlichen Partymusik ein ruhiger, simpler Bass zu pulsieren, ein doppelter Trommelschlag, anfangs kaum wahrnehmbar.

Ba-Bumm … Ba-Bumm …

Der Rhythmus änderte sich zwischen den Songs nicht und wurde lauter und lauter, bis er das Konzert vollständig beherrschte.

Ba-Bumm … Ba-Bumm …

Der Gesang und die Melodieinstrumente wurden in den Hintergrund gedrängt oder machten respektvoll Platz, bis sie nur noch Verstärkung des einen hypnotischen Taktes waren.

Ba-Bumm …

Der Beat erfasste die Zuschauer genauso wie die Band auf der Bühne, die ihn nicht bewusst erzeugte und nicht kontrollieren konnte.

Ba-Bumm

Der Bass war so tief wie die Wurzeln des Gebirges, für das menschliche Ohr eher zu fühlen als zu hören.

Ba-Bumm

Ein Rhythmus so alt wie die Zeit, der alle Menschen gefangen nahm und sie sich in seinem Takt wiegen ließ wie ein Organismus.

Ba-Bumm

Der Goldberg vibrierte im Puls der Erde, im Herzschlag der alten Göttin, der Mutter Erde selbst.

Ba-Bumm

Die Grenzen der Realitäten wackelten.

Ba-Bumm

Die Trommeln drangen von dieser Welt bis an den Anderen Ort und erschütterten die dämonische Substanz auf allen Existenzebenen.

Ba-Bumm

Die menschliche Erscheinung der Junggesellenabschiedler flackerte und vermischte sich mit anderen Schreckensgestalten. Graue Herren in Anzug und Hut, graue Richter auf düsteren Dachböden und graue Kutten auf einer grauen Ebene wurden sichtbar und verschwammen sofort wieder.

Ba-Bumm

Mitten in dieser dämonischen Verwirrung ertönten, durch das Dröhnen der Musik kaum zu hören, zwei Dutzend verschiedene Schlachtrufe auf Knöchelhöhe:

»Its schlö mär däne Cheibe Grinde I!«

»Łužica Wha Hae!«

»Boah, war das Kirschmet?«

»Alu Misurki!«

»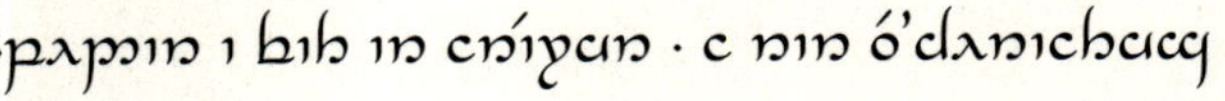«

Ba-Bumm

An zwei Dutzend Dämonenbeinen kletterten ebenso viele

geschrumpfte Schattenbarden hinauf, suchten empfindliche Stellen und warteten auf den richtigen Zeitpunkt.

Ba-Bumm

Das bislang stärkste Flackern durchlief die grauen Gestalten, die nun keine feste Erscheinungsform mehr annehmen konnten. Zwei Dutzend Schwerter, Fäuste, Füße und Münder stachen, schlugen, traten und bissen sich tief in Dämonenkörper.

Ba

Zwei Dutzend Dämonen lösten sich in grauen Staub auf.

Als die ferne Kirchturmuhr Mitternacht schlug, war auch das letzte Körnchen dieses Staubes durch den Schwung der Tänzer fortgeweht.

Bumm.

Mitten auf der Wiese wuchsen die Lausitzer Schattenbarden wieder auf ihre übliche Größe, Elfenohren schrumpften, Zauber- wurden wieder zu Wanderstäben und auch der Drache und der Rabe nahmen ihre menschliche Gestalt an. Dass das restliche Publikum davon absolut nichts bemerkte, kann nur daran gelegen haben, dass gerade jeder nach einer Zugabe rief.

Und an ganz verschiedenen Stellen des Festivalgeländes wachte der Freundeskreis von *Amon Sûl* aus tiefem Schlaf auf. Völlig verkatert schleppten sie sich zurück auf den Besucherzeltplatz und versuchten, am Lagerfeuer herauszufinden, was heute Mittag im Guaranawein gewesen war, dass man einen kompletten

Festivaltag verpennt hatte. Sie alle hatten ziemlich wirre Dinge geträumt, aber keinen hatte es so schlimm erwischt wie Gustav, denn er konnte sich schon seit dem Frühstück an rein gar nichts mehr erinnern.

Am Anderen Ort erscheinen auf einer grauen Ebene drei flackernde, halbdurchsichtige Umhänge. Die grauen Kapuzen hängen tief herabgebeugt und zittern – bräuchten diese Geschöpfe Luft, würden sie rasselnd um Atem ringen.

Eine Stimme hustet: »Oh … verdammt …«

Eine Stimme keucht: »Wie konnte das passieren?«

Eine Stimme schnauft: »Die Menschen waren nicht alleine. Irgendetwas hat die alte Göttin geweckt.«

Eine Stimme krächzt: »Wenn wir herausfinden, wer das getan hat…«

Eine Stimme unterbricht: »Lasst uns erst einmal zu Kräften kommen. Mit derart geschwächter Substanz können wir ohnehin nichts ausrichten.«

Eine Stimme ergänzt: »Und lasst uns hoffen, dass niemand bemerkt hat, was wir getan haben. Immerhin ist bei ganz strenger Betrachtung nicht mit Sicherheit auszuschließen, dass unser Vorgehen unter Berücksichtigung aller Umstände möglicherweise nicht vollständig vorschriftsgemäß war.«

Die Umhänge schauen zu Boden und schweigen.

Eine Kapuze hebt sich und eine Stimme versucht mit mäßigem Erfolg, zuversichtlich zu klingen: »Seht her, wir müssen die offiziellen Protokolle des vergangenen Tages prüfen und mit Anmerkungen versehen. Das wird uns beruhigen und neue Kraft geben.«

Eine Stimme fragt hoffnungsvoll: »In dreifacher Ausfertigung?«

Eine Stimme antwortet: »Mit doppeltem Durchschlag für das Archiv! Außerdem müssen die neuen Qualitätssicherungsprozesse gemäß Verfahrensanweisung AA38 implementiert werden! Das wird uns mindestens ein Jahr lang beschäftigen.«

Glücklich machen sie sich an die Arbeit und ahnen nicht, dass sie in wenigen Tagen einer gründlichen und überaus unangenehmen internen Revision anheimfallen werden, ausgelöst durch einen vertraulichen Hinweis, den eine gewisse Göttin einer bestimmten höheren Ebene gegeben hatte.

© eosAndy

Janika Hoffmann

Janika Hoffmann wurde 1995 in Schleswig-Holstein geboren. Auch wenn sie dort heute lebt, zieht chronisches Fernweh sie immer wieder hinaus in die weite Welt.

Schon immer war sie eine Vielleserin. Ihre erste schriftstellerische Reise in fantasievolle Welten unternahm sie 2008. Seitdem ist das Schreiben aus ihrem Leben nicht mehr wegzudenken, erst recht nicht, seit 2013 ihr Debütroman und erste Kurzgeschichten erschienen. 2019 feierte »Das Amulett der Greife« seine Premiere auf dem Goldberg.

Janika wäre selbst gern ein Vogel. Oder noch lieber ein Drache. Oder ein Greif! All das kann sie nicht sein – aber ihre Fantasie verleiht ihr Flügel. Mit ihren Geschichten im Herzen und zwischen den Buchdeckeln reist sie durch die Lande und besucht viele Veranstaltungen. Auf dem Festival-Mediaval hat sie sich sofort wohlgefühlt – und spät abends einen Umhang an einem etwas abgelegenen Stand gekauft. Wer weiß, ob da nicht eine Krähe in einem nahen Baum saß und sie beobachtet hat? Bei ihrem nächsten Besuch wird sie es herausfinden.

www.janikahoffmann.de

Schwarm

»Dass du dich nicht schämst!«

Vrana zuckte vor der Schärfe in Schwarzschnabels Stimme zurück. Der Anführer des Krähenschwarms saß oben in der alten Eiche und sah herüber. Schwarzschnabel war ohnehin schon größer als die meisten Krähen, doch mit seinem tiefschwarzen Gefieder, das er jetzt voll aufgeplustert hatte, wirkte er noch größer als sonst. Das zornige Glitzern in seinen Augen sah sie selbst aus dieser Entfernung – und sein Blick richtete sich geradewegs auf Vrana!

Sofort duckte sie sich auf dem tiefhängenden Ast der Erle, in der sie sich niedergelassen hatte, und bemühte sich um eine unterwürfige Pose. Sie hatte keine Ahnung, was los war, aber sie wusste aus Erfahrung, dass sie besser alles tat, um den Zorn des Schwarmanführers nicht weiter zu schüren. Dazu gehörte, dass sie auf keinen Fall das Wort ergreifen und nachfragen würde. Stattdessen wartete sie ab.

Einen Moment lang war nur das Raunen und Schnattern der anderen Krähen zu hören, die erst ihrer Aufregung Luft machten und dann nach und nach verstummten. Selbst der Wind flüsterte nur noch ganz leise in den Blättern, als habe auch er Respekt vor dem Zorn der Oberkrähe.

Ein Zweig der Eiche schwankte heftig, als Schwarzschnabel schwungvoll darauf landete. »Ich warte!«, forderte die Krähe zornig.

»Ich …« Vrana brauchte zwei Anläufe, um ihre Sprache wiederzufinden. »Ich weiß nicht, worum es geht?« Zaghaft hob sie den Kopf – und bereute es im nächsten Moment. Der Anführer des Schwarms funkelte sie an.

»Willst du mir, ach was, uns allen verraten, was du heute getan hast?«, verlangte er zu wissen. »Und gestern? Und den Tag davor?«

Vrana überlegte fieberhaft, worauf er anspielen könnte. »Ich habe Vorräte gesammelt«, berichtete sie wahrheitsgetreu. »Walnüsse. Für den Schwarm. Wie du es mir aufgetragen hast.«

Schwarzschnabels Blick bohrte sich in ihren. »Und wozu sollten wir Walnüsse brauchen?«, zischte er. »Es ist aufwendig, sie zu knacken. Die Eichhörnchen werden sie uns stehlen! Sie sind nutzlos für den Schwarm. Wir werden im Winter hungern.«

»Aber …« Vrana schloss ihren Schnabel wieder. Schwarzschnabel hatte ihr ganz deutlich aufgetragen, Walnüsse zu sammeln! Und das, obwohl sie es gewesen war, die ihm gesagt hatte, dass das nicht klug war. Aber er hatte darauf bestanden, also hatte sie seinem Wunsch entsprochen.

Doch sie wusste, dass es nichts bringen würde, auf dieser Tatsache zu beharren. Es würde sie nur in noch größere Schwierigkeiten bringen. Immerhin war es nicht das erste Mal, dass so etwas passierte. Wenn Vrana ehrlich war, hatte sie keine Ahnung, wie Schwarzschnabel zum Leitvogel des Schwarms hatte werden können. Er verstand nichts davon zu führen, und wenn er Fehler machte, gab er anderen Krähen die Schuld dafür und bestrafte sie. Doch als Anführer des Schwarms hatte er Macht, und Vrana hatte lernen müssen, dass sie da mit der Wahrheit nicht gegen ankam. Also hielt sie besser den Schnabel.

»Nun?« Ganz offensichtlich hatte ihr Gegenüber lange genug auf eine Antwort gewartet. »Willst du dazu gar nichts sagen?«

»Es tut mir leid«, presste Vrana hervor, obwohl sich alles in ihr dagegen sträubte. »Ich muss einen Fehler gemacht haben.«

»Allerdings«, schnarrte Schwarzschnabel. »Du bist eine Schande für den Schwarm. Du bist schuld, dass die Elstern und Eichelhäher uns auslachen und über deine Mitkrähen herziehen!«

Entgeistert richtete Vrana sich wieder auf. Sie öffnete den Schnabel, doch kein Laut kam daraus hervor. Das konnte er nicht ernst meinen! Ja, einige andere Vögel waren gemein und schimpften über die Krähen, aber das lag doch nicht an Vrana. Das konnte er ihr nicht zuschieben!

In diesem Punkt täuschte sie sich ganz offensichtlich. Schwarzschnabel starrte sie noch immer bitterböse an. »Ich dulde das nicht länger. Du schadest dem Schwarm, widersetzt dich mir. Für dich ist hier kein Platz mehr.«

Die Worte schnitten in Vranas Herz wie die Krallen eines Habichts. »W…was?«, stammelte sie mit dünner Stimme. Hatte sie den Anführer richtig verstanden? War es nicht genug, dass er ihr die Schuld für seinen eigenen Fehler gab?

»Such dir einen anderen Schwarm!«, präzisierte Schwarzschnabel erbarmungslos. »Sofort! Bei uns bist du nicht mehr erwünscht.« Er legte den Kopf schief, dann schob er nach: »Dann zieht endlich wieder Frieden ein. Die anderen Krähen haben mich darum gebeten.«

»Wer?«, presste Vrana nun doch hervor. »Zu mir hat niemand etwas gesagt. Nie, nicht ein einziges Wort!« Das konnte nicht sein, sie verstand sich mit allen im Schwarm sehr gut! Nun, außer mit Diva, einer missgünstigen Krähe, die sich immerzu aufplustern musste. Aber die würde doch nicht …?

»Ich spreche hier für alle«, donnerte Schwarzschnabel, dann hüpfte er auf sie zu, als wolle er nach ihr hacken. »Verschwinde!«

Vrana zögerte nicht länger. Sie war Sekunden davon entfernt, die Beherrschung zu verlieren – und diese Genugtuung wollte sie der Oberkrähe ganz sicher nicht gönnen. Mit raschen Flügelschlägen stob sie davon. Hinter sich hörte sie das

Gelächter einer einzelnen Krähe, das sie in den Wald verfolgte. Die Stimme klang nach Diva.

Es war nicht weit bis zu ihrem Nest. Natürlich nicht, der Schwarm lebte dicht beieinander.

Den Flug über hatte Vrana sich vorgestellt, wie eine ganz bestimmte Krähe bei Schwarzschnabel hockte, sich künstlich über Vranas angebliche Fehltat aufregte und anbot, bis in die Nacht hinein zu helfen, um diesen Fehler auszugleichen. In diesem Moment kam es Vrana nicht mehr so abwegig vor, dass jemand beim Anführer des Schwarms gegen sie gehetzt und die Stimmung damit zusätzlich verschlechtert hatte – aber nur eine andere Krähe, nicht alle. Oder waren es vielleicht doch mehrere gewesen? Dass sie plötzlich nicht mehr wusste, was sie glauben sollte, machte sie verrückt.

Sie war froh, als sie endlich an ihrem Nest ankam. Sie musste sich dringend zurückziehen, nachdenken, was sie nun tun sollte.

»Ah, Vrana.« Ein Buntspecht hockte auf dem Ast vor ihrem Nest und blickte ihr entgegen; offensichtlich hatte er sie erwartet. »Wir müssen reden.«

Nicht der auch noch, dachte Vrana angespannt, doch sie landete auf ihrem Nest und gab sich Mühe, ihre Gedanken nicht zu zeigen. »Hallo Struk«, sagte sie höflich. Struk lebte bereits sehr lange in diesem Wald, so lange, dass ihm die Aufgabe zuteilwurde, die Äste der vielen Bäume den hier lebenden Vögeln zuzuweisen und für sie alle ein geeignetes Zuhause zu finden. Wie froh war Vrana damals gewesen, als er ihr diesen schönen Ast zugeteilt hatte! Da hatte sie noch nicht gewusst, dass nebenan eine Taubenfamilie wohnte, die ständig ihre Federn in Vranas Nest fallen ließ.

»Schau dich doch bitte einmal um«, forderte Struk sie auf, und auf einmal klang seine Stimme scharf. »Ich habe dich gebeten, die wild keimenden Zweige zu entfernen. Und wieso steckt da Klee in deinem Nest?«

Vranas Gefieder schmiegte sich enger an ihren Körper. Sie ahnte bereits, was kommen würde. »Ich mag es, wie es ist«, versuchte sie dennoch zu erklären. »Der Klee ist gut für die Bienen und Hummeln. Es gefällt mir, wenn sie morgens um mein Nest summen.«

»Das ist aber unordentlich!«, begehrte der Specht auf. »Das gehört sich nicht! Alle Vögel reden über dich und fragen mich, wie ich dich in diesem Wald aufnehmen konnte! Ich wünschte, ich hätte dir nie einen Ast gegeben!«

»Mit mir hat niemand gesprochen«, murmelte Vrana und fühlte sich an das vorangegangene Gespräch mit Schwarzschnabel erinnert. In ihr kochte es. Wie oft hatte sie Struk gebeten, dass die Tauben sie nicht um den Schlaf bringen sollten! Dass sie die Äste so verflechten sollten, dass keine Federn mehr in ihr Nest fielen! Und was hatte er getan? Nichts, gar nichts! Und nun hockte er hier und schimpfte stattdessen sie aus.

»Du bist eine Schande für diesen Wald«, schrie Struk so laut, dass erste Vögel von den umliegenden Bäumen aufschauten und auf die Auseinandersetzung aufmerksam wurden. »Du bist nicht wie alle anderen. Du gehörst hier nicht her!«

Das war zu viel. Nicht er auch noch! Vrana spürte, wie etwas in ihr zerbrach. Als sie flügge geworden war, hatte sie alles gegeben, um Teil des Krähenschwarms zu werden. Und um sich mit den Vögeln rund um ihr Nest anzufreunden. Und nun das. Seit mehreren Jahreszeiten ertrug sie Schwarzschnabel und Struk.

Das Maß ist voll! Ich bin hier nicht erwünscht. Ich halte das nicht mehr aus!

Ohne ein weiteres Wort spannte Vrana die Flügel auf und schwang sich in die Luft. Sie achtete nicht darauf, was Struk ihr hinterherschrie, sondern flatterte davon, so schnell sie konnte. Weg, nur weg! Sie wollte nichts mehr vom Schwarm wissen, nichts mehr von ihrem Nest. Sie war es leid, vor Schwarzschnabel und Struk zu kuschen!

Es dauerte lange, bis Vrana sich ihrer Umgebung wieder bewusst wurde. Sie konnte von Glück sagen, dass sie keinem Habicht oder einer Stromleitung der Menschen zum Opfer gefallen war. Sie hatte nicht aufgepasst, wohin sie flog. Der Wald war hinter ihr zurückgeblieben, ebenso die kleine Menschenstadt daneben, doch auf mehr hatte sie nicht geachtet. Es hatte sie nicht gekümmert. Weg, nur weg!

Erst jetzt, wo ihre Flügel allmählich lahm wurden, schenkte sie ihrer Umgebung wieder Aufmerksamkeit. Es dämmerte bereits, und mit Schrecken erkannte Vrana, dass sie keine Ahnung hatte, wo sie war. Sie sah Hügel und Bäume, Häuser der Menschen und Wasser. Doch all das war ihr fremd. Sie hatte sich verirrt!

Fieberhaft blickte sie sich um. Es musste etwas geben, das ihr als Wegweiser dienen konnte, bis die Sterne am Himmel es wieder tun würden. Irgendetwas! *Ich muss zurück nach Hause.* Sie hasste sich selbst für diesen Gedanken. Das war doch überhaupt nicht ihr Zuhause! Nein, wenn sie ehrlich war, wollte sie die anderen nicht wiedersehen. Auf gar keinen Fall! Aber sie benötigte einen Schwarm und ein Nest. Ohne war sie schutzlos und würde den nahenden Winter nicht überleben!

Ein Kreischen drang an ihre Ohren und ließ das Blut in ihren Adern gefrieren. Hektisch blickte sie sich um. Da unten! Es war kein Habicht, doch zweifelsohne ein Raubvogel, den sie da sah. Dicht sauste er über den Boden hinweg, und dann – ein Mensch! Er attackierte tatsächlich einen Menschen!

Entsetzt flatterte Vrana wieder los. Einen Greifvogel, der selbst Menschen nicht verschmähte, hatte sie noch nie erlebt. Er durfte sie nicht entdecken, dann wäre sie tot!

Rasch flog sie ein Stück davon und suchte im Sturzflug die Deckung eines Baumes. Jetzt, im Herbst, hatten die Bäume bereits genug Laub verloren, dass sie zwischen den Ästen hindurch fliegen konnte. So würde der Raubvogel sie nicht so leicht packen können, sollte er sie doch verfolgen.

Lautes Dröhnen erfüllte sie, und es dauerte einen Moment, ehe Vrana begriff, dass das nicht ihr klopfendes Herz war. Nein, das Geräusch lag in der Luft, hallte so laut, dass es sie zum Zittern brachte. Einen Moment später mischten sich andere Laute darunter, und da erst erkannte Vrana, dass es Menschen waren, die die Geräusche verursachten. Sie hatte so etwas schon einmal erlebt, dieser dröhnende Lärm, den die Menschen Konzert nannten und der bis spät in die Nacht andauern würde.

Suchend blickte Vrana sich um und erkannte ein Gebilde, auf dem einige Menschen standen. Bunte Lichter flackerten, und viele, sehr viele weitere Menschen standen auf der Wiese davor, johlten und klatschten. Einige von ihnen drehten sich sogar wie von Sinnen im Kreis.

Vranas erster Impuls war es, zu fliehen. Laute Geräusche bedeuteten Gefahr! Doch dann zögerte sie und suchte sich einen Ast, auf dem sie landen konnte und von dem aus sie einen guten Blick auf das Gebilde der Menschen hatte. Ja, die Menschen machten einen ziemlichen Lärm, aber irgendwie … gefiel es Vrana. Verwundert lauschte sie auf die – wie nannten die Menschen es? Musik? Die Schläge und Klänge waren laut und schnell, doch zum ersten Mal in ihrem Leben fand Vrana Gefallen daran. Die Laute spiegelten ihre Stimmung wider, und sie meinte zu verstehen, wieso die Menschen dort unten sich so wild drehten. Sie nutzten es als Möglichkeit, ihre Spannung loszuwerden. Vollkommen unbesorgt – natürlich, niemand griff Menschen an. Außer dem Raubvogel, den Vrana eben gesehen hatte.

Irritiert blickte Vrana sich um. Irgendjemand musste doch mitbekommen haben, was geschehen war! Wollte keiner dem attackierten Menschen helfen? Oder fliehen? Irgendetwas? Nichts dergleichen schien der Fall zu sein.

Sie wurde aus dem Verhalten dieser Menschen nicht schlau. Angespannt schwang sie sich wieder in die Luft. Sie hielt sich weiterhin zwischen den Ästen der Bäume, während sie das Gebiet genauer erkundete. Sie musste ein Versteck für die Nacht finden!

Doch überall waren Menschen, und sie waren ganz anders als jene Leute, die manchmal in den Wald kamen, in dem der Schwarm lebte. Sie wirkten ausgelassen, liefen in kleinen Gruppen zwischen zahlreichen kleinen oder auch größeren Buden und Gebilden umher, lachten, aßen und tranken. Und irgendwie sahen sie … anders aus. Vrana hatte wenig Ahnung von der Kleidung, die Menschen so trugen, aber die hier sah doch ungewöhnlich aus. Da waren viele Umhänge, Tierfelle – was war das hier?

Obwohl Vrana noch immer in Sorge war, dass der Greifvogel sie finden mochte, konnte sie eine gewisse Neugier nicht unterdrücken. Sie beschloss, sich das Treiben näher anzusehen. So landete sie mal hier, mal dort und beobachtete aus dem

Schatten der Dämmerung heraus die erleuchteten Buden. Da gab es hölzerne Hütten, in denen Essen verkauft wurde, Brot und Fleisch und Suppen und Getränke. Vrana kannte einiges davon, anderes wiederum nicht. Aber den Menschen schien es zu schmecken, denn sie standen Schlange, um etwas abzubekommen. Außerdem waren da noch Stände, die Nüsse und Süßigkeiten verkauften. Auch die kannte Vrana, in ihrem Ort gab es eine Kirmes. Gerade Menschenkinder schienen das sehr zu mögen, aber Vögeln tat es nicht gut. Schaudernd wandte Vrana sich ab.

Längst nicht alle Hütten boten Essen feil. Vrana entdeckte größere Gebilde aus Stoff, in denen die vielen Umhänge und Felle hingen, die die Menschen hier trugen. Andere boten sonderbare Stangen aus glänzendem Material an, mit denen einige Leute in der Luft herumfuchtelten, lachten und johlten und einander bekämpften. Fochten sie so ihre Revierkämpfe aus? Vrana plusterte verwundert ihr Gefieder auf. Diese Federlosen waren schon seltsam.

Ein Stück weiter saßen etliche Menschen beisammen und lauschten einer Menschenfrau, die ein kantiges Ding in der Hand hielt. Vrana lauschte für einen Moment, und sie kannte mittlerweile genug Worte der Menschensprache, um zu erkennen, dass die Frau eine Geschichte erzählte. Was das wohl mit dem Gegenstand in ihrer Hand zu tun hatte? Es raschelte wie Herbstlaub, wenn sie ihn bewegte.

Als die Menschenfrau verstummte und die anderen Menschen zu klatschen begannen, flatterte Vrana verschreckt davon. Sie flog weiter und beobachtete das bunte Treiben an anderen Stellen.

Die Nacht schritt voran, und irgendwann wollten Vranas Flügel sie nicht mehr tragen. Sie war so fasziniert von diesem sonderbaren Ort, dass sie ganz vergessen hatte, dass sie einen

Unterschlupf brauchte. Mit wiederkehrender Verzweiflung blickte sie sich um. Die Bäume hatten zu viele Blätter verloren, um ihr ein sicheres Versteck zu bieten.

Die Musik spielte noch immer. Vielerorts brannten Lichter und Fackeln. Dennoch waren viel weniger Menschen unterwegs als noch eine Weile zuvor. Auch so manche der Holzbuden war mittlerweile verschlossen, die Stoffgebilde verhangen und dunkel.

Als Vrana allzu tief über den Boden sank und ein Hund sie anbellte, haderte sie mit sich. Diese Behausungen sahen verlassen aus. Bestimmt waren die Menschen, die darin gestanden hatten, für die Nacht schlafen gegangen, anderswo. Ob sie es riskieren sollte …?

Der Schrei eines Käuzchens bestätigte sie in ihrer vagen Idee. Wo ein Käuzchen rief, konnten auch größere Eulen leben – noch mehr Raubvögel. Schaudernd ruckte Vrana mit dem Kopf erst nach links, dann nach rechts. Da! Eine der Buden lag etwas abgelegen. Daneben befand sich ein Stoffgebilde, vor dem Licht brannte; ein Menschenmann präsentierte einigen Leuten gerade einen Stoffumhang. Doch keiner von ihnen achtete auf eine umherfliegende Krähe, und so landete Vrana auf einem leicht vorstehenden Balken der dunklen Holzbude.

Wachsam äugte sie in alle Richtungen. Die Hunde schienen ihr nicht gefolgt zu sein, und hier unten würde sie mehr Deckung haben als in den herbstlichen Bäumen. Doch solange Fackeln in der Nähe brannten, würde auch ihr schwarzes Gefieder sie nicht vollkommen verbergen können.

Schutzsuchend drückte Vrana sich näher an die hölzerne Wand des Menschengebäudes – und stutzte. Da war eine Lücke zwischen den Balken, dicht unter der oberen Kante! Kurz zögerte sie, dann überwogen ihre Müdigkeit und die Furcht vor Raubtieren. Langsam zwängte sie sich durch den Spalt ins Innere der Bude.

Sie konnte hier nichts erkennen, aber alles war still. Lediglich die Klänge von draußen schallten gedämpft herein. Sie schien wirklich allein zu sein.

Vrana fielen die Augen zu. Sie kauerte sich unmittelbar vor dem Spalt, durch den sie hereingelangt war, zusammen und steckte den Kopf unter einen Flügel. Schon wenige Herzschläge später war sie eingeschlafen.

Ein leichtes Zittern riss Vrana aus dem Schlaf, ein Beben direkt unter ihrem Körper. Schläfrig blinzelte sie, auch wenn sie mit dem Kopf unter dem Flügel natürlich nichts erkennen konnte. Sie fühlte sich seltsam, als würde sie gar nicht in ihrem Nest hocken.

Nur langsam kehrten die Erinnerungen zurück. Schwarzschnabel. Struk. Ihre Flucht!

»Na, dann wollen wir mal.«

Schlagartig riss Vrana den Kopf in die Höhe. Die Bude! Sie war in der Holzbude der Menschen! Und als sie sich an das helle Licht des neuen Tages gewöhnt hatte, fand sie sich Aug in Aug mit einer Menschenfrau wieder.

Einen Moment lang starrte Vrana die Frau nur an. Dann rappelte sie sich auf. Sie fuhr herum und wollte durch den Spalt zurück nach draußen entweichen – doch da war kein Spalt mehr! Irgendetwas musste die Menschenfrau getan haben, um ihn zu verschließen!

Voller Panik flatterte Vrana auf, suchte an der Decke der Bude nach einem Ausgang. Nichts! Sie krächzte voller Furcht.

»Hey, lass das!«, hörte sie die Worte der Frau, dann sah sie eine Hand, die in ihre Richtung gereckt wurde. Panisch flog

Vrana in die andere Richtung, blindlings, ohne hinzusehen. Ein Fehler. Sie prallte gegen einen hölzernen Balken und trudelte benommen zu Boden.

Die Welt um Vrana herum bebte, oder vielleicht waren es auch nur die Nachwirkungen ihres Sturzes. Als sie mit den Flügeln schlug, fand sie den Weg zurück in die Luft nicht. In ihrem Kopf pochte es, als würde der Buntspecht persönlich darauf herumhämmern, und irgendwie schien der Gedanke, fliegen zu wollen, nicht richtig in ihren Flügeln anzukommen. Als habe sie vergessen, wie man sich in die Luft erhob. Verwirrt kauerte sie sich zusammen.

Ein Schatten legte sich über sie. Voller Entsetzen starrte Vrana der Menschenfrau entgegen. Dann legten sich nackte, federlose Pranken um ihren Körper, und sie war zu benommen, um sich zu wehren. Und überhaupt, wozu auch? Sie hatte nichts mehr, wofür es sich zu kämpfen lohnte. Was war ihr Leben denn noch wert, wenn sie allein war?

Vrana spürte, wie sie hochgehoben wurde. Sie stieß ein schwaches Krächzen aus und machte sich bereit, dass die Menschenfrau sie jeden Moment töten würde.

Doch nichts dergleichen geschah. Stattdessen hielt die Frau Vrana dicht vor ihr federloses Gesicht und betrachtete sie eingehend. »Wie kommst du denn hier rein?«, meinte sie die Worte der Menschensprache zu verstehen. »Sieh doch nur, was du für eine Unordnung angerichtet hast. Und nun hast du dich verletzt, du armes Ding.«

Armes Ding? Allmählich klärte sich Vranas Kopf wieder, doch dafür stieg ihre Verwirrung. Wollte der Mensch sie nicht töten? Oder zumindest verjagen? Ganz offensichtlich war dies das Nest dieser Menschenfrau. Sie musste doch außer sich sein!

»Na komm, ruh dich aus. Sicher geht es dir bald wieder besser.«

Vrana war fassungslos, als die Frau sie zum anderen Ende der Bude trug und in eine vergitterte Box setzte. Zu langsam reagierte sie; schon wurde eine größere Kiste über die Öffnung geschoben – und Vrana war gefangen.

»Jetzt kannst du dich erholen«, sagte die Menschenfrau.

Vranas Herz pochte vor Furcht, doch die Worte, die sie vernahm, wollten in ihrem Kopf keinen Sinn ergeben. Sie war sich sicher, die Menschensprache richtig verstanden zu haben – aber wieso sollte die Menschenfrau freundlich zu ihr sein?

Unruhig beobachtete Vrana, wie die Frau Dinge aus anderen Kisten räumte, die vordere Seite der Behausung öffnete und offenbar Dinge dort aufbaute, die sie anderen Menschen zeigen wollte. Vrana kannte solche Gegenstände, Menschen trugen sie zur Zierde an den Armen, Ohren oder um den Hals. Die Menschenfrau hatte viele davon, gefertigt aus Holz oder etwas, das wie Knochen oder Stein aussah. Alle möglichen Formen erkannte Vrana – sogar etwas, das wie zwei Krähen aussah. Fasziniert beobachtete sie das Tun der Menschenfrau.

Nach einer Weile erinnerte sich diese an ihren unfreiwilligen Gast. Sie wandte sich um und kauerte sich vor der Gitterbox nieder. Vrana wich verschüchtert zurück, so weit ihr enges Gefängnis es erlaubte.

»Na, fühlst du dich jetzt besser?« Die Menschenfrau schaute sie an, dann machte sie sich an der Kiste zu schaffen. »Kannst du wieder fliegen? Aber wehe, du richtest wieder so ein Chaos an! Schau, ich mache dir die Tür auf.« Mit diesen Worten schob sie die Box beiseite, die Vranas Gefängnis bedeckte, und öffnete zugleich den Eingang, durch den die Menschen die Holzbude betreten konnten.

Vrana konnte es nicht fassen. Sie zögerte einen Moment, versuchte zu ergründen, ob dies eine Falle war. Dann flatterte sie zögerlich auf die obere Kante der Gitterkiste, richtete ihre zerzausten Flügel und blickte sich nochmals aufmerksam um. Die Menschenfrau sah sie nur an und wartete.

Da gab es für Vrana kein Halten mehr. Sie hob ab, so schnell ihre Flügel sie – endlich wieder – trugen, durch die Öffnung ins Freie und hinauf in den nächsten Baum. Dorthin konnten die Menschen zum Glück nicht folgen! Erleichtert drehte sie sich um. Die Menschenfrau war ins Freie getreten, blickte hinauf – und lächelte! Vrana äugte verwirrt hinunter.

»Mach es gut, du hübscher Vogel«, rief die Menschenfrau hinauf und winkte. »Und verletz dich nicht noch einmal!«

Vrana legte den Kopf schief. Nie war ihr ein Mensch untergekommen, der sie freundlich behandelt hatte. Was stimmte nicht mit dieser Frau? Verwirrt beobachtete sie, wie die Frau sich durch die blonden Haare strich und wieder im Inneren ihrer Bude verschwand. Kein Versuch, Vrana wieder einzufangen. Oder sie zu verletzen. Oder zu töten.

Die Menschenfrau hatte ihr tatsächlich geholfen.

Den halben Tag über flog Vrana auf dem Gelände umher, versteckte sich mal in diesem, mal in jenem Baum. Sie war einfach zu neugierig, was hier vor sich ging.

Nach und nach füllte sich der Platz unter den Bäumen wieder mit Menschen, neue Musik ertönte. Offenbar hatten einige Menschen hier geschlafen, andere wiederum strömten aus der Stadt herbei. Und wieder schienen sie zu feiern, zu tanzen und sich die vielen Buden anzusehen.

Auch wenn Vranas Herz heftig pochte, erwischte sie sich doch immer wieder dabei, wie sie in einem Baum nahe einer ganz bestimmten Holzbude landete. Fasziniert beobachtete sie die Frau dabei, wie sie ihre Dinge an andere Menschen gab und dafür silberne und goldene Münzen in Empfang nahm. Sie sprach viel, lud die Leute ein, näherzukommen, und ihre Stimme klang immer freundlich..

Auch den Greifvogel entdeckte Vrana wieder. Bei Tageslicht erkannte sie, dass er viel größer als ein Habicht war. Sein Aussehen war ihr fremd; ob das ein Adler war? Sie hatte Geschichten von diesen riesigen Raubvögeln gehört.

Wie groß war ihre Erleichterung, als sie sah, dass er angebunden war! Und er nahm Fleisch aus der Hand eines Menschen entgegen! Vrana hatte nur Gerüchte davon gehört, dass es Raubvögel gab, die bei den Menschen lebten. Das hier musste einer von ihnen sein! Auch sah sie nirgends einen verletzten Menschen. Stattdessen sammelten sich viele Leute, um den großen Greifvogel anzuschauen. Vrana verstand das zwar nicht, aber solange das Tier angebunden war, sollte es ihr recht sein. Hauptsache, sie war in Sicherheit. Um ihr Glück nicht weiter zu strapazieren, flog sie rasch davon.

Bis die Mittagssonne hoch am Himmel stand, hatte sie sich wieder auf dem Baum neben der einen Holzbude eingefunden. Gerade kam der Mann herüber, der schon am Abend zuvor nebenan die Umhänge gezeigt hatte. Er lehnte sich an den hölzernen Aufbau, fragte etwas. Dann nahm er einige Münzen von der Menschenfrau entgegen und lief zielstrebig in Richtung einer Essensbude davon.

»Danke, Andi!«, rief die Menschenfrau ihm nach. »Bitte mit extra viel Sauce!«

Einen Moment später trat die Menschenfrau ins Freie und setzte sich auf einen großen Stein in der Nähe. Sie streckte sich, dann hielt sie das Gesicht der Sonne entgegen. Offenbar wollte sie sich ein wenig ausruhen.

Vrana versicherte sich, dass die Frau die Augen geschlossen hatte, dann hüpfte sie einen Ast tiefer, dann noch einen. Sie wollte unbedingt verstehen, wieso dieser eine Mensch freundlich zu ihr gewesen war – wo es doch nicht einmal die anderen Vögel gewesen waren!

Als der Mann zurückkehrte, drückte Vrana sich an den Stamm der Birke, in der sie gelandet war. Sie wartete, bis er zu seinen Umhängen zurückging, dann reckte sie den Kopf vor.

Die Frau hatte eine Schale mit Essen von ihm bekommen und aß mit großem Appetit. Zwischendurch grüßte sie vorbeilaufende Menschen, blickte sich um – und hob den Kopf, um direkt in den Baum zu schauen. Vrana erstarrte.

Die Menschenfrau legte den Kopf schief, fast so, wie Vrana selbst es immer tat. Dann zeigte sie wieder dieses Lächeln. »Bist du das?«, rief sie und griff nach etwas aus ihrer Essensschale. »Na, komm her! Geht es dir besser?«

Vrana zuckte zurück, als die Frau einen Teil ihres Essens auf den Boden am Fuße des Baums warf. Dann jedoch überwog ihre Neugier – und ihr Hunger. Sie flatterte zu Boden, beobachtete die Menschenfrau misstrauisch und schnappte sich etwas von der Nahrung. Sie wusste nicht genau, was es war, das sie da fraß, aber es schmeckte gut, war warm und füllte ihren Magen.

Die Frau beobachtete sie die ganze Zeit über, machte aber keine Anstalten, zu ihr zu kommen. Stattdessen warf sie noch etwas Nahrung herüber, dann stand sie auf und öffnete die Tür zu ihrer Bude. »Lass es dir schmecken«, sagte sie, dann war sie verschwunden.

Vrana schlug sich den Bauch voll, dann gab sie wieder ihrer Neugier nach. Sie war fasziniert von diesem Menschen. Vorsichtig hüpfte sie näher und spähte ins Innere der Bude.

Die Menschenfrau beugte sich gerade über die Fensteröffnung und zeigte auf etwas. »Ich bin sicher, die würden Ihnen ganz hervorragend stehen«, sagte sie zu einer anderen Frau, die vor der Bude stand. »Die Ohrringe sind handgefertigt. Hier, ein Spiegel. Schauen Sie sich einmal an, wie sie an Ihnen aussehen!«

Vrana wusste selbst nicht, was sie ihre letzte Vorsicht vergessen ließ. Sie hüpfte ins Innere der Bude, dann flatterte sie auf den Rand der breiten Öffnung, um besser sehen zu können.

Die Menschenfrau neben ihr und die vor der Bude betrachteten sie gleichermaßen überrascht, doch ebenso groß war Vranas Erstaunen. Die andere Frau hielt genau die Dinge in der Hand, die Vrana am Morgen gesehen hatte! Ohrringe waren das also. Und sie sahen aus wie Krähen! Ein leises Krächzen rutschte ihr heraus.

»Sehen Sie?«, sagte die Menschenfrau in der Bude. »Meine Helferin hier meint auch, dass die Ohrringe zu Ihnen passen.«

»Ein Rabe?«, fragte die Andere verwundert.

»Eine Krähe«, korrigierte die blonde Menschenfrau. Sie wusste, was Vrana war! »Das sind sehr schlaue Vögel. Sie sollten auf sie hören!«

Die andere Frau lachte, dann steckte sie die Ohrringe ein und reichte stattdessen einige Münzen ins Innere der Bude, ehe sie verschwand.

Vrana beobachtete abwartend die Menschenfrau. Schlau hatte sie sie genannt. Vrana fühlte sich geschmeichelt – und verstanden. Zum ersten Mal seit langem.

»Da.« Die Frau hielt ihr die ausgestreckte Hand hin, diesmal jedoch nicht, um sie zu packen. Stattdessen lag noch etwas mehr Futter darauf. »Dein Anteil am Gewinn. Immerhin hast du die Ohrringe verkauft.«

Vrana legte den Kopf schief, betrachtete das federlose Gesicht der Menschenfrau prüfend. Dann lauschte sie in sich hinein. Da war keine Furcht mehr. Nur das sonderbare Gefühl, dass diese Menschenfrau sie viel besser verstand als ihresgleichen.

In diesem Moment wusste Vrana tief in ihrem Herzen, dass sie den Ort gefunden hatte, an den sie wirklich gehörte. Ihren ganz eigenen Schwarm – ein kleiner, aber dafür sehr ungewöhnlicher Schwarm, in dem es keinen Schwarzschnabel und keine Missgunst gab.

Draußen ertönte wieder Musik, erfüllte Vrana und beflügelte sie in ihrer Entscheidung. Hier fühlte sie sich willkommen.

Mit leisem Krächzen flatterte sie zu der Menschenfrau hinüber, landete auf ihrer ausgestreckten Hand und pickte das Futter auf.

© Uzziel

Andrea Bannert

Schon beim allerersten Festival-Mediaval in Selb, 2008, war Andrea Bannert dabei – damals im Nachwuchswettbewerb mit ihrer Band Tibetréa. Seitdem kehrte die Autorin immer wieder zurück, um die familiäre Atmosphäre auf dem Goldberg zu genießen. Ihre Atlantis-Trilogie »Clyátomon« stellte die Fantasyschreiberin mit befreundeten Musikern 2018 im Literaturzelt des Festivals vor. Als Wissenschaftsjournalistin erzählt die Molekularbiologin von Bakterien, Gehirnzellen oder Genen, unter anderem für den National Geographic, Focus Gesundheit oder das P.M. Magazin.

www.andreabannert.de

Des Sängers Fluch

Bereits als es passierte, kam ihr die Szene surreal vor. Vielleicht weil Mirán sich an diesem Wochenende auf eine Zeitreise eingelassen hatte. Mit einem zischenden Geräusch sauste ein Gegenstand an ihrem rechten Ohr vorbei und ließ die sanften Klänge von Harfe und Gesang für einen Moment in den Hintergrund treten. Eine Schwertklinge blitzte im Sonnenlicht auf. Die Waffe flog durch die Luft und traf sicher ihr Ziel. Mirán hielt den Atem an. Sie stand wie angewurzelt im Publikum, das etwa achtzig Zuhörer zählte. Alle hatten sich um zwei Männer in altertümlicher Kleidung versammelt, die zwischen den Bäumen hinter der Theaterbühne musizierten. Wer den Goldberg besuchte, konnte der Realität entgleiten, wenn sich das klirrende Hämmern des Schmiedes mit dumpfen Trommelklängen vermischte, ein Wanderer Märchen zwischen Elfentänzern erzählte und der Geruch von frischem Brot, handgeschöpften Kräuterseifen und Räucherwerk heranströmte.

Mirán lautete ihr Künstlername, denn sie selbst nahm als Musikerin an der fantastischen Inszenierung des Festival-Mediaval teil. Wie im Film sank der junge Sänger des Duos auf die Knie. Sein Blick glitt nach kurzem Erstaunen ins Leere. Das runde Gesicht, umrahmt von blonden Locken, glich nun dem einer Wachspuppe. Unter der Einstichstelle des Schwertes, das ihn in die Brust getroffen hatte, rann Blut über die Wolle seines dunkelgrünen Rechteckmantels. Als der Mann nach hinten kippte, sprang sein Mitmusiker vom Hocker hoch, auf dem er hinter der Harfe gesessen hatte. Er stieß das wertvolle Instrument um, ohne weiter darauf zu achten. Die schmalen Lippen öffneten sich leicht. Eine graue Haarsträhne blieb durch die schwungvolle Bewegung am Mund kleben. Dann bohrte sich sein Blick in die Menge.

Für den Bruchteil einer Sekunde sah der Sänger Mirán in die Augen. Die Haare an ihren Oberarmen stellten sich auf. Es lag ein so kalter, wütender Ausdruck in seinem kantigen Gesicht und gleichzeitig etwas zutiefst Verzweifeltes. Langsam sickerte in ihr Bewusstsein, dass sie keineswegs eine Spielszene beobachtete. Einen Mord zu sehen, gehörte definitiv nicht zu den Ereignissen, die sie an diesem Wochenende erleben wollte. Sie konnte es nicht fassen. Hier – mitten auf Europas größtem Mittelalter-Festival? Es gab jede Menge Zeugen für das Verbrechen, sie eingeschlossen. Und doch hatte die Musik der beiden Spielleute sie so gefesselt, dass sie nicht sagen konnte, wer das Schwert geworfen hatte.

Sie war wahrscheinlich nicht die einzige, die während des Konzertes außer der Musik kaum etwas mitbekommen hatte. Noch nie hatte sie zwei Männer auf diese berührende Art und Weise zusammen singen gehört. Der Alte besaß einen tiefen Bass und der junge Mann sang wie ein Mitglied eines Knabenchors, so hell und glockenklar. Getragen von den Klängen der virtuos und rhythmisch gespielten Harfe war es das Beste, das sie dieses Wochenende gehört hatte. Aber was für ein Motiv konnte es geben, einen so talentierten Musiker zu erstechen? Ein harter Schlag von hinten gegen ihre Schulter riss sie aus ihren Gedanken.

»Lasst mich durch!«, befahl eine scharfe Stimme. Im Vorbeirauschen traf sie der hochgewachsene Mann mit seinem Ellenbogen in die Rippen. Idiot! Sein Kopf war puterrot angelaufen. Er boxte sich rüpelhaft nach vorne. Die grau melierten, dunklen Locken und der weite Umhang wehten hinter ihm her. Am auffälligsten war jedoch seine goldene Krone. Viele Besucher schlüpften während des Mediaval-Wochenendes in eine Rolle. War der Mann Arzt oder weshalb hatte er es so eilig? Selbst ein Mediziner würde nichts mehr ausrichten können. Als sie noch einmal einen Blick zum Tatort wagte, konnte sie den König dort nirgends ausmachen. Komisch – wohin war er so schnell verschwunden? Den älteren Sänger erspähte sie ebenso wenig. Vielleicht versorgten ihn einige der Sanitäter, die immer auf dem Gelände zugegen waren.

Vorne rechts in der Menge entdeckte sie ihre Bandkollegin. Sie hatte gar nicht bemerkt, dass Elisabeth auch das Konzert des Duos angehört hatte. Mirán lief zu ihrer Freundin hinüber. Inzwischen wuselte neben den Sanitätern auch ein Notarzt in dem Wäldchen herum. Den Sänger hatten sie bereits mit einem Tuch abgedeckt. Er war also tatsächlich tot. Sie schluckte. Laute Sirenen vermischten sich mit der im Sekundentakt getretenen tiefen Bass Drum, die von der Burgbühne herüberschallte. Die Polizei schien unterwegs zu sein und das Festival war noch nicht unterbrochen worden, schlussfolgerte sie. Die Kollegen von Minnepack führten zumindest gerade ihren Soundcheck durch.

»Krass, oder?«, kommentierte sie unqualifiziert, als sie bei ihrer Musikerkollegin angekommen war. Sie fühlte sich zittrig. Wahrscheinlich hatte sie auch eine bleiche Gesichtsfarbe angenommen.

»Jup«, antwortete Elisabeth kurz.

»Glaubst du, dass das Festival weiterläuft und unser Konzert stattfindet?« Siebzehn Uhr, Burgbühne, das war in gerade mal drei Stunden. Langsam sollten sie mit den Vorbereitungen starten.

»Schwer zu sagen, aber so lange wir nichts Gegenteiliges hören, werden wir unsere Instrumente herrichten.« Sie nickte, auch wenn ihr der Sinn überhaupt nicht nach dem Auftritt stand. Dabei hatten sie sich akribisch auf den Festival-Gig vorbereitet. Das Mediaval stellte den Höhepunkt des Jahres für die Band dar. In Selb reagierte das Publikum neugierig auf Musik in jeglicher Ausprägung. Sie glaubte, dass die Menschen auf dem Goldberg sich die Bands vorurteilsfreier und mit weniger festgefahrenen Erwartungen anhörten als auf anderen Veranstaltungen.

Die Menschen hier liebten es, überrascht zu werden. Genau dieses Ziel verfolgte ihre Band Tibetréa mit ihrem Crossover Fantasy Folk. Sie verbanden die Klänge aus verschiedenen Jahrhunderten und von überall auf dem Globus mit modernen, rockigen Elementen und erzählten Sagen und Mythen in unterschiedlichen Sprachen. Natürlich würde Mirán trotz des schrecklichen Geschehens auf der Bühne später zweihundert Prozent geben.

»Ich möchte vorher eine Kleinigkeit im Backstage essen, wenn wir das mit der Polizei erledigt haben. Aber ich glaube, die brauchen nur Namen, Adresse und Telefonnummer, außer du hast was Konkretes gesehen«, sagte Elisabeth.

Mirán schüttelte den Kopf. »Gut, dann komme ich mit. Ich habe auch noch nicht zu Mittag gegessen.« Im Künstlerzelt würde sie ein bisschen entspannen können. So wie gestern Abend, als sie mit Mitgliedern der Gruppen Waldkauz und Faun spontan zusammen musiziert und gemeinsam einige ihrer Lieder gespielt hatten.

Mirán und Elisabeth erledigten schnell den bürokratischen Part und erreichten kurze Zeit später den Pilgerweg zwischen den beiden großen Spielstätten. Das Konzert auf der Schlossbühne musste gerade zu Ende sein, denn Menschenmassen strömten den Hang hinab zur kleineren Burgbühne. Auf den beiden Hauptpodien fand nie gleichzeitig Programm statt, was sie sehr schätzte. Die Zuhörer mussten sich nicht ständig entscheiden, welche Band sie lieber sehen wollten. Dadurch fühlte sich das Festival so schön entspannt an.

Sie mussten gegen den Besucherstrom laufen. Das Backstage-Zelt befand sich hinter der Schlossbühne. In der Mitte der Straße bewegte sich eine weitere Person in die entgegengesetzte Richtung der Menge: wieder dieser König. Der Mann benahm sich seltsam. Er hetzte zwischen den Leuten hindurch und sprach jeden an, der nicht sofort flüchtete.

»Oh nein, siehst du den Mann da? Er steuert direkt auf uns zu. Der spinnt irgendwie. Hat mich vorhin schon fast umgerannt«, zischte Mirán ihrer Freundin zu, ohne den Blick von dem Fremden zu nehmen. Aus seinem Gesicht war die rote Farbe gewichen und hatte einen fahl-grauen Hautton zurückgelassen. Er riss die Augen weit auf, dunkle Schatten lagen darunter, als würde ihm jetzt erst der Schrecken des gerade gesehenen Mordes in die Glieder fahren. Auf seiner Stirn standen Schweißperlen. Der lange Mantel hing verschoben über den breiten Schultern. Während sie noch überlegte, in welche Richtung sie ausweichen sollte, war es bereits zu spät. Der Mann sprang förmlich auf sie zu, packte sie an den Schultern und kam ihr bedrohlich nahe.

»Habt ihr den schlaksigen Sänger mit grauem Haar und hellgrünem Gewand gesehen? Ihr wart doch eben auch zugegen, als der Goldgelockte das Publikum mit seinem Gesang verzauberte.« Immer merkten sich die Leute ihr Aussehen. Eine Frau mit einem Meter fünfundachtzig Größe und rotblondem, langem Haar blieb offensichtlich im Gedächtnis. Der König spielte weiter seine Rolle. »Es ist wichtig!«, fügte er schnell hinzu und schüttelte sie. Das ging wirklich zu weit. Der Mann wurde übergriffig. Sie riss sich los.

»Du meinst den älteren Sänger aus dem Duo, von dem gerade der jüngere getötet wurde?« Sie sprach den Fremden mit

»du« an. Alle hier fühlten sich verbunden, weil sie ein Wochenende lang zusammen Musik genossen und Geschichten im Literaturzelt hörten, in einer Welt, die der realen entrückt schien.

»Ja, genau der!«, antwortete der König wie selbstverständlich. Sie dagegen durchlief bei dem Wort »getötet« ein kalter Schauer.

»Ich habe ihn nicht gesehen«, antwortete sie.

»Es ist wichtig!«, wiederholte der Mann. »Ich muss ihn sofort finden.«

»Ja, aber wir können nicht weiterhelfen, weil wir auch nicht wissen, wo er ist. Außerdem müssen wir uns beeilen, wir spielen gleich selbst ein Konzert«, schaltete sich Elisabeth ein und wandte sich zum Gehen. Mirán kam der Mann langsam verdächtig vor.

»Was willst du denn von dem Harfenspieler?«, nahm sie das Gespräch noch einmal auf.

»Ich muss ihn stoppen«, haspelte der König. »Sonst funktioniert die Magie nicht und alles war umsonst.« Auf sie wirkte der Mann verwirrt. Vielleicht stand er unter Schock?

»Es geht dir anscheinend nicht gut. Soll ich dich zu einem Sanitäter bringen?«, bot sie an.

»Was?«

»Zu einem Medikus«, ergänzte Elisabeth augenrollend.

»Nein danke, es geht mir gut und außerdem habe ich keine Zeit.« Damit stakste er einfach weiter und sprach den nächsten Passanten an.

»Was war das denn?«, fragte Mirán irritiert. Elisabeth und sie setzten ihren Weg in Richtung Backstage fort.

»Also, falls das ein Live-Rollenspiel sein soll, steigert er sich ziemlich rein«, bemerkte Elisabeth.

»Glaubst du wirklich, das ist ein Spiel? Es wäre schon ziemlich makaber, einen realen Mord mit einzubeziehen.«

»Stimmt. Aber er tat so, als kenne er das Wort Sanitäter nicht. Und er hat von Magie gesprochen. Warum sollte er das tun, wenn es nicht zu einem Rollenspiel gehört?«

»Ich weiß nicht. Sollen wir ihm nachgehen?« Noch während sie es aussprach, zweifelte Mirán, ob das wirklich eine gute Idee war. Sie sollten lieber der Polizei überlassen, zu ermitteln. Außerdem mussten sie sich auf ihren bevorstehenden Auftritt konzentrieren.

»Okay.« Elisabeths Antwort überraschte sie. Die Freundin gehörte zu den wenigen ihr bekannten Menschen, die sich nicht so einfach zu etwas überreden ließen, dass sie nicht gut fanden. »Ich bin jetzt auch neugierig, was der Typ vorhat.« Ihren Vorschlag zu revidieren, hätte Mirán albern gefunden – sie stand immer zu ihrem Wort. Dann mussten sie das Mittagessen wohl ausfallen lassen.

Die beiden Frauen entdeckten den König, als er zwischen die Stände des Mittelaltermarktes abbog. Seine goldene Krone leuchtete auffällig genug. Außerdem war er nicht weit gekommen. Doch sein Gang hatte sich verändert. Anstatt sich ständig in alle Richtungen zu drehen, lief der Mann nun zielstrebig, den Oberkörper leicht vorgebeugt. Die beiden Frauen mussten sich ranhalten, ihm zu folgen.

»Wo will er denn jetzt so schnell hin?«, fragte Elisabeth leicht außer Atem.

»Schau, da vorne.« Mirán deutete auf eine Eiche zwischen zwei Essensständen. »Er hat den Sänger gefunden. Mich würde interessieren, was er die ganze Zeit in seinem Umhängebeutel sucht.«

Doch Miráns Aufmerksamkeit wechselte schnell den Fokus. Der Musiker, der gerade etwas Schreckliches erlebt hatte, lief wie ein eingesperrter Panther auf einer engen Kreisbahn um den

Baum, die offenen Hände in Kopfhöhe nach oben gestreckt. Er murmelte ununterbrochen irgendetwas vor sich hin. Sprach er mit sich selbst? Warum befand er sich nicht in ärztlicher oder psychologischer Behandlung? Der König begann zu rennen.

»Komm«, sagte Mirán zu Elisabeth und beschleunigte ebenso ihr Tempo.

»Hört sofort auf!«, schrie der König von weitem. Er machte nun auch andere Festival-Besucher auf das seltsame Gebaren des Alten aufmerksam. Der Harfenspieler hielt nicht inne. Im Näherkommen verstand sie seine Worte:

»Weh euch, ihr stolzen Hallen! Nie töne süßer Klang durch eure Räume wieder, nie Saite noch Gesang. Nein! Seufzer nur und Stöhnen und scheuer Sklavenschritt, bis euch zu Schutt und Moder der Rachegeist zertritt!«

Sollte das ein Aufritt sein? Immerhin rezitierte er ein Gedicht von Ludwig Uhland. Sie erkannte es sofort, weil sie einen Teil des Textes mit ihrer Band vertont hatte. »Des Sängers Fluch« nannten sich der Song und das Gedicht. Aber es standen kaum Leute herum. Der alte Mann wirkte in sich gekehrt. Oder übte er für eine kommende Show? Nach allem, was passiert war?

»Schluss, habe ich gesagt!« Jetzt bemerkte der Sänger den König, der mit zitternden Händen immer noch in seiner Tasche herumkramte. Der Musiker blieb stehen und fixierte den Störenfried mit seinen grau-violetten Augen, ohne mit dem Gedichtvortrag aufzuhören – als würde er das Gesagte an den König persönlich richten.

»Weh dir, verruchter Mörder! Du Fluch des Sängertums! Umsonst …«

»Nein!« Der König stürzte sich auf den Sänger und brachte ihn zu Fall. Er hielt ihm ein kleines braunes Fläschchen unter die Nase. Es verströmte einen penetranten Geruch, den Mirán trotz der vielen Aromen auf dem Markt wahrnahm: süßlich und dabei gleichzeitig scharf mit einer ekelhaft modrigen Note. Wollte er dem anderen ein Gift einflößen? Noch einen Mord verkraftete sie nicht. Bevor sie wusste, was sie tat, packte sie den König am Umhang und zog ihn von dem Sänger herunter. Der schlaksige Mann rappelte sich hoch. Er wirkte verwirrt, als wüsste er nicht mehr, was gerade passiert war.

Mirán wich zurück und sah sich um. Elisabeth stand neben ihr. Der Wirt des Räuberspieße-Stands war herangeeilt und weitere Festival-Besucher gesellten sich neugierig dazu. Mirán holte tief Luft. Erleichterung durchströmte sie. So beobachtet würde der Wahnsinnige nicht wagen, sie oder nochmals den Musiker anzugreifen. Er machte auch keinerlei Anstalten dazu. Stattdessen vergrub er den Kopf in den Händen.

»Ich kam zu spät. Das darf nicht wahr sein«, murmelte er. Zwei Polizisten eilten heran. Einer befragte den König. Der andere ließ sich von Mirán und Elisabeth erklären, was vorgefallen war.

»Das ist verrückt, oder? Ein Sängerduo, von dem einer mit einem Schwert erstochen wird und der zweite Musiker jemanden verflucht«, ratterte Mirán die Überlegungen herunter, die ihr schon während die Beamten sie interviewt hatten, durch den Kopf geschossen waren. Die beiden Musikerinnen nahmen Kurs auf die Burgbühne, um ihre Instrumente vor dem Konzert auszupacken und zu stimmen.

»Und nicht irgendeinen Fluch, sondern exakt die Worte aus Uhlands Gedicht. Wenn ich nicht genau gesehen hätte, wie das Schwert in die Brust des Mannes eingedrungen ist, würde ich auch von einem Rollenspiel ausgehen«, sagte Elisabeth.

»Oder es war ein Rollenspiel, aber etwas ist schiefgegangen …«, überlegte Mirán.

»Das Schwert muss extrem scharf gewesen sein. Niemand würde so eine Waffe für ein Spiel verwenden. Außerdem hätte doch keiner weitergemacht, wenn ein solches Unglück passiert.«

»Da hast du auch wieder Recht. Dann hat dieser Verrückte den realen Mord inszeniert. Spiel und Wirklichkeit vermischen sich – wie passend für das Mediaval. Aber warum macht jemand sowas?« Sie erreichten den silbernen Anhänger, in dem sie ihr Equipment verstaut hatten. Die drei Männer der Band, El Bajo, Thórin und Martinus, luden bereits aus.

»Aber dazu passt nicht, dass der Harfenist den Fluch gesprochen hat. Ich meine, spätestens wenn neben ihm auf der Bühne jemand stirbt, hätte er doch aufgehört mit dem Rollenspiel«, gab Elisabeth zu bedenken, während sie das Stimmgerät an ihre Harfe klemmte.

»Hä, wovon redet ihr?«, wollte El Bajo wissen. Mirán überging die Frage und führte die Diskussion mit ihrer Freundin fort.

»Außer der alte Sänger steckt zusammen mit dem König hinter der Tat«, spann sie weiter.

»Jetzt sagt mal, worum es bei euch geht«, wurde auch Martinus neugierig, der Thórin half, das Schlagzeug aufzubauen.

»Ihr habt bestimmt die Sirenen mitgekriegt, oder?«, entgegnete Mirán. Es fiel ihr wirklich schwer, sich auf den Musikeralltag einzulassen und ihre Gitarre zu stimmen, als sei nichts gewesen.

»Logo. War ja unüberhörbar«, meinte Thórin und montierte seine Snare Drum.

»Hinter der Theaterbühne wurde jemand umgebracht.« Ein Zittern wanderte aus ihrem Brustkorb bis in den Unterbauch. Spätestens jetzt war Mirán klar, dass sie die Bilder der Bluttat nicht so schnell vergessen würde.

»Also im Backstage haben sie gerade gesagt, dass es dem Mann wieder gut geht«, bemerkte El Bajo.

»Was!? Das kann nicht sein. Wir haben beide gesehen, wie das Schwert tief in die Brust eingedrungen und am Rücken wieder ausgetreten ist«, sagte Elisabeth. »Außerdem haben die Sanitäter seinen Körper ganz abgedeckt. Das macht man doch nur, wenn jemand verstorben ist.«

Mirán hoffte, dass ihr Bandkollege nicht nur ein Gerücht aufgeschnappt hatte und sie von der gleichen Person sprachen. Allerdings bezweifelte sie, wie Elisabeth, dass der Musiker die Attacke überlebt haben konnte.

»Also, ich frag jetzt nach«, platzte es aus ihr heraus. »Gitarre, Cister, Flöten«, zählte sie auf, »meine Instrumente sind fertig. Zwanzig Minuten haben wir ja noch, bis wir auf die Bühne dürfen. Kommst du mit?« Sie wandte sich an Elisabeth. Ihre Bandkollegin nickte.

Die beiden Frauen legten ein hohes Tempo vor, so dass der Tatort bald in Sichtweite rückte. Bereits als sie näherkamen, sah sie ihn unter den Bäumen stehen – wie einen Geist. Die blonden Locken leuchteten in der September-Sonne, die durch die Äste schien, und ein Lächeln umspielte seine vollen Lippen. Wenn der junge Mann Popmusik machen würde, wäre er sicherlich ein beliebtes Titelbild für Zeitschriften wie die *Bravo*. Er stand da, als wäre nichts passiert! Neben ihm saß, wie zuvor, der alte Mann mit der Harfe.

»Ich glaub, ich hab einfach geträumt, als ich diesen Angriff gesehen habe«, sagte Mirán zu Elisabeth, ohne den Blick von dem Musiker zu nehmen. »Oder es war eben doch ein Theaterstück mit Kunstblut und einem Schwert, das irgendwie … keine Ahnung … zweigeteilt war. Ein Zaubertrick halt. Man steht doch nicht gleich wieder so da, nachdem einen ein Schwert komplett durchstoßen hat.«

»Das habe ich ja vorhin schon gesagt«, entgegnete Elisabeth.

Mirán redete sich in Rage. »Aber es ist schon irgendwie krass, oder, wenn sie so etwas inszenieren? Ich glaube, ich war nicht die einzige, die die Sache ganz schön Nerven gekostet hat. Irgendjemand muss ja auch Polizei und Notarzt verständigt haben.« Während sie den jungen Musiker wie ein Wunder weiter anstarrte, fasste jemand von hinten ihre linke Schulter. Mirán zuckte zusammen, gleichzeitig mit Elisabeth wirbelte sie herum: der König.

»Ihr müsst mir helfen«, flehte er.

»Also, wenn das Theaterstück jetzt weitergehen soll … wir haben gleich ein wichtiges Konzert und keine Lust mehr auf euren makabren Humor«, antwortete Mirán schnippisch. Normalerweise war sie für jeden Spaß zu haben, aber dieser Mann machte ihr auf eine diffuse Art und Weise Angst. Er sah keineswegs besser aus als vorher, im Gegenteil. Er schwitzte noch stärker. Einige Haarsträhnen klebten an seinen Schläfen.

»Bitte, ihr seid doch Sängerinnen. Ihr müsst mich zurückbringen.« Noch immer hielt er Mirán und Elisabeth an den Schultern fest. Sie traten beide einen Schritt nach hinten.

»Wohin zurückbringen?«, fragte Elisabeth und verzog dabei das Gesicht. Ihr wurde das Rollenspiel offensichtlich zu blöd. Langsam reichte es.

»Ich lebe eigentlich in einer vergangenen Zeit«, begann der König.

»Genau …«, schnaufte Mirán ungeduldig. Sie hätten einfach gehen können, taten es aber aus irgendeinem Grund nicht.

»Ebenso wie das Sängerpaar«, erklärte der Rollenspieler unbeeindruckt von der Skepsis weiter. »Ich habe den Jüngling in meiner Zeit getötet, weil er meine Frau mit seinem Gesang verführte.« Sollte sie das dramatische Spiel des Mannes bewundern oder über die Ernsthaftigkeit, mit der er das sagte, lachen? Sie war keine Live-Rollenspielerin, aber bei den wenigen kleinen LARPs, die zu ihrem Erfahrungsschatz gehörten, hatte sich die Handlung nie so real angefühlt. Trotzdem konnte kein bisschen Wahrheit in dieser Geschichte stecken – um das zu glauben, war sie zu sehr Wissenschaftlerin.

»Aha, dann behauptest du also, ein Zeitreisender zu sein? Und du hast dir Tibetréa ausgesucht, weil wir bei unseren Konzerten immer von einer Reise durch Raum und Zeit sprechen, oder wie?«, fragte sie spöttisch.

»Leider ist mir eure Musik nicht bekannt«, antwortete der König plötzlich erstaunlich höflich. Was wollte er dann von ihnen? »Ja, ich bin in der Zeit gereist, mit der Kraft einer großen Magierin, meiner Gemahlin. Ich flehte sie an, den Fluch rückgängig zu machen. Wenn dies einer Zauberin gelingen konnte, dann ihr. Und es lag ja auch in ihrem eigenen Interesse, das Reich zu retten. Also schrieb sie einen Text nieder, der meine Geschichte erzählte und belegte diesen mit einem mächtigen Zauber: Würde jemand den Text nach dem Ablauf von eintausend Jahren singen, ließe die Magie mich und die beiden Sänger eine Szene nochmal erleben. Ich musste den Jüngling erneut ermorden, um dann den Fluch von Giesbert von Fallers, dem alten Sänger, zu verhindern.

Leider floh er an einen ruhigeren Ort wegen des Aufruhrs in dem kleinen Wäldchen, um seinen schrecklichen Fluch auszusprechen. Er möchte mich und mein Reich vernichten und meine Verdienste für immer aus den Geschichtsbüchern verschwunden sehen. Ich konnte ihn sein Anliegen mit den Kräutern meiner Frau erst vergessen lassen, als er den Fluch beinahe vervollständigt hatte.« Der König blickte zu Boden. »Dass der Jüngling nun wieder lebt, verwirrt mich. Meine Frau erwähnte nicht, dass ihre Magie neben dem Fluch auch den Mord ungeschehen machen würde. Vielleicht war alles umsonst.«

Mirán musste lachen. »Warst du gestern Abend im Backstage?«

Der König sah sie fragend an. »Da haben wir unsere Version des Liedes bei einer Jamsession gesungen.«

»Was ist Backstage?«

»Das Zelt hinter der Bühne«, antwortete sie genervt.

»Gestern Abend passt. Seitdem irre ich in dieser Welt voller seltsamer magischer Gegenstände herum.«

»Also mir leuchtet ein, dass man in die Vergangenheit reist, um die Zukunft zu verändern, aber wie soll etwas, das in der Gegenwart passiert, die Vergangenheit beeinflussen?«, fragte Elisabeth kritisch und mit diesem leicht triumphierenden Blick, den sie gerne aufsetzte, wenn sie glaubte, im Recht zu sein.

»Alles Geschehen auf der Welt ist verbunden und die Zeit läuft in einem großen Kontinuum«, redete der König sich wortgewandt heraus.

»Das würde ja bedeuten, dass Ludwig Uhland seinen Text von deiner Frau geklaut und dann einfach seinen Namen daruntergesetzt hat«, warf Mirán ein. Sie fand nun doch etwas Gefallen an diesem Gedankenspiel – solange der junge Musiker lebendig und gesund in ihrem Blickwinkel stand. Langsam beruhigte sie sich wieder.

»Ich kenne keinen Ludwig Uhland. Mag sein, dass meine Gattin diesen Namen erfunden hat, um ihre eigene Identität geheim zu halten. Man hätte schließlich von ihrem Namen Rückschlüsse auf mich ziehen können.«

»Du behauptest, vor tausend Jahren zu leben, also um 1020, wie kommt es dann, dass du ein astreines Hochdeutsch sprichst?«, bohrte sie weiter, gespannt, wie er sich diesmal herausreden würde. Die althochdeutschen Texte, die sie aus dieser Zeit kannte, ließen sich ohne Übersetzung kaum begreifen.

»Ich nehme an, meine Gemahlin hat dafür gesorgt, dass ich mich in der Zukunft weitgehend verständigen kann«, gab er zurück. Mit Magie ließ sich eben alles erklären.

»Okay«, sagte Mirán nach einem Blick auf ihre Armbanduhr, »die Geschichte ist ja sehr spannend, aber wir müssen jetzt wirklich los.«

»Bitte, ihr müsst das Lied über den Fluch des Sängers noch einmal singen. Nur so kann ich in meine Zeit zurückgelangen«, unternahm der König einen letzten verzweifelten Versuch.

»Jetzt, wo die tausend Jahre abgelaufen sind, müsstest du erneut in der Zeit reisen, wenn wir das Lied wieder und wieder singen und den Sänger jedes Mal ermorden – falls der Fluch noch nicht aufgehoben ist?«, fragte Mirán, doch sie gab dem König keine Möglichkeit, darauf zu antworten. »Egal, wir gehen nach dem Konzert ins Backstage. Komm doch mit den beiden Sängern vorbei. Dann können wir für euch den Sängerfluch nochmal spielen. Wir werden ja sehen, ob euch das *zurückbringt*.«

Mit dem guten Gefühl eines erfolgreichen Konzertes betraten Mirán und Elisabeth später das Backstage-Zelt. Es fühlte sich wie Heimkommen an. Kerzen brannten in den Lounges, Musikerkollegen saßen an der Bar oder in den Sitzecken, vertieft in Gespräche, es duftete nach Orangen und Bratensoße. Sie entdeckten tatsächlich den König auf einem der Sessel und die beiden Sänger in ihren grünen Gewandungen, wie auch immer sie es ohne VIP-Ausweis in den Sicherheitsbereich geschafft hatten. Als der König sie erblickte, sprang er auf.

»Könnt ihr das Lied jetzt sofort singen?«, fragte er aufgebracht.

»Jaja, gleich«, sagte Mirán beschwichtigend. Der Typ fiel wohl nie aus seiner Rolle. »Ich frag mal, ob Olli und Fiona von Faun und die Waldkäuze auch wieder mitspielen wollen. Was ist mit euch beiden? Macht ihr mit?«, sagte sie an die Musiker gewandt.

»Wir können uns nicht selbst zurücksingen. So funktioniert die Magie nicht.«

»Dann leider nicht«, lachte Mirán.

»Ich hol mal die Jungs, meine Harfe und deine Cister«, erklärte Elisabeth. Gerade als die beiden Frauen losgehen wollten, verschwanden die drei Rollenspieler, als hätten sie sich in Luft aufgelöst.

»Hast du gesehen, wo sie hingegangen sind?«, fragte Elisabeth verblüfft. Mirán sah sich nach allen Seiten um.

»Die waren doch gerade noch da! Das gibt es doch nicht!« Während sie Elisabeth fassungslos anstarrte, hörte sie von der Schlossbühne einen bekannten Text herüberschallen:

»Des Königs Schwert blitzend des Jünglings Brust durchdringt. Statt der goldnen Lieder nun ein Blutstrahl springt. Der Jüngling hat verröchelt in seines Meisters Arm. Dann schreit der Alte schaurig, der Marmorsaal zerspringt.«

Die Musiker von In Extremo hatten Uhlands Gedicht als Grundlage für ihren Song »Spielmannsfluch« verwendet. Miráns Kopf schien leer. Sie suchte nach etwas rational Greifbarem, aber das gab es nicht. Natürlich bewies die Tatsache, dass Elisabeth und sie weder den König noch das Duo am verbleibenden Festivalsonntag auf dem Gelände finden konnten, nicht das Geringste. Ebenso wenig wie das Lied zu spielen, ohne dass etwas Magisches geschah.

Eine Randnotiz in einer Zeitung einige Wochen später machte sie allerdings stutzig. Historiker hatten in alten Besitzurkunden erstmals Hinweise auf einen König Arnolf den Dritten entdeckt, der unzählige Ländereien besessen haben sollte. Rätselhaft blieb, wie ein so mächtiger König den Wissenschaftlern bisher entgehen konnte.

Hinweis: Dieser Text ist rein fiktiv und möchte Ludwig Uhland nicht absprechen, ein wunderbares Gedicht geschrieben zu haben, das hier nun in vollem Umfang und im Original zu lesen ist (Entstehung: 1814).

Des Sängers Fluch

Von Ludwig Uhland

Es stand in alten Zeiten ein Schloß, so hoch und hehr,
Weit glänzt' es über die Lande bis an das blaue Meer,
Und rings von duft'gen Gärten ein blüthenreicher Kranz,
Drin sprangen frische Brunnen im Regenbogenglanz.

Dort saß ein stolzer König, an Land und Siegen reich,
Er saß auf seinem Throne so finster und so bleich;
Denn was er sinnt, ist Schrecken, und was er blickt, ist Wuth,
Und was er spricht, ist Geißel, und was er schreibt, ist Blut.

Einst zog nach diesem Schlosse ein edles Sängerpaar,
Der Ein' in goldnen Locken, der Andre grau von Haar;
Der Alte mit der Harfe, er saß auf schmuckem Roß,
Es schritt ihm frisch zur Seite der blühende Genoß.

Der Alte sprach zum Jungen: »Nun sei bereit, mein Sohn!
Denk' unsrer tiefsten Lieder, stimm' an den vollsten Ton,
Nimm alle Kraft zusammen, die Lust und auch den Schmerz!
Es gilt uns heut, zu rühren des Königs steinern Herz.«

Schon stehn die beiden Sänger im hohen Säulensaal
Und auf dem Throne sitzen der König und sein Gemahl;
Der König furchtbar prächtig, wie blut'ger Nordlichtschein,
Die Königin süß und milde, als blickte Vollmond drein.

Da schlug der Greis die Saiten, er schlug sie wundervoll,
Daß reicher, immer reicher der Klang zum Ohre schwoll,
Dann strömte himmlisch helle des Jünglings Stimme vor,
Des Alten Sang dazwischen, wie dumpfer Geisterchor.

Sie singen von Lenz und Liebe, von sel'ger goldner Zeit,
Von Freiheit, Männerwürde, von Treu und Heiligkeit;
Sie singen von allem Süßen, was Menschenbrust durchbebt,
Sie singen von allem Hohen, was Menschenherz erhebt.

Die Höflingsschaar im Kreise verlernet jeden Spott,
Des Königs trotz'ge Krieger, sie beugen sich vor Gott,
Die Königin, zerflossen in Wehmuth und in Lust,
Sie wirft den Sängern nieder die Rose von ihrer Brust.

»Ihr habt mein Volk verführet, verlockt ihr nun mein Weib?«
Der König schreit es wüthend, er bebt am ganzen Leib,
Er wirft sein Schwert, das blitzend des Jünglings Brust durchdringt,
Draus, statt der goldnen Lieder, ein Blutstrahl hochauf springt.

Und wie vom Sturm zerstoben ist all der Hörer Schwarm,
Der Jüngling hat verröchelt in seines Meisters Arm,
Der schlägt um ihn den Mantel und setzt ihn auf das Roß,
Er bindt ihn aufrecht feste, verläßt mit ihm das Schloß.

Doch vor dem hohen Thore, da hält der Sängergreis,
Da faßt er seine Harfe, sie aller Harfen Preis,
An einer Marmorsäule, da hat er sie zerschellt,
Dann ruft er, daß es schaurig durch Schloß und Gärten gellt:

»Weh euch, ihr stolzen Hallen! nie töne süßer Klang
Durch eure Räume wieder, nie Saite noch Gesang,
Nein! Seufzer nur und Stöhnen und scheuer Sklavenschritt,
Bis euch zu Schutt und Moder der Rachegeist zertritt!

Weh euch, ihr duft'gen Gärten im holden Maienlicht!

Euch zeig' ich dieses Todten entstelltes Angesicht,
Daß ihr darob verdorret, daß jeder Quell versiegt,
Daß ihr in künft'gen Tagen versteint, verödet liegt.

Weh dir, verruchter Mörder! du Fluch des Sängerthums!
Umsonst sei all dein Ringen nach Kränzen blut'gen Ruhms,
Dein Name sei vergessen, in ew'ge Nacht getaucht,
Sei, wie ein letztes Röcheln, in leere Luft verhaucht!«

Der Alte hat's gerufen, der Himmel hat's gehört,
Die Mauern liegen nieder, die Hallen sind zerstört,
Noch Eine hohe Säule zeugt von verschwundner Pracht,
Auch diese, schon geborsten, kann stürzen über Nacht.

Und rings, statt duft'ger Gärten, ein ödes Heideland,
Kein Baum verstreuet Schatten, kein Quell durchdringt den Sand,
Des Königs Namen meldet kein Lied, kein Heldenbuch;
Versunken und vergessen! das ist des Sängers Fluch.

© Stonie Starr

Gabriele Ketterl

Gabriele Ketterl wurde in München geboren und bereits im Alter von vier Jahren von Zwergen in den nahen Wald verschleppt. Sie ließen sie nur wieder frei, damit sie ihren späteren Schulkameraden spinnerte Geschichten erzählen konnte. Nach dem Abi reiste sie nach Los Angeles, um einen irren, bunten Haufen aus lustigen, verrückten und toll aussehenden Menschen kennenzulernen.

Wieder in München studierte sie Amerikanistik und Theaterwissenschaften, um dann für längere Zeit auf die Kanarischen Inseln zu verschwinden.

Heute lebt sie mit ihrer Familie wieder im Outback von München, wie sie es gern liebevoll nennt. Sie ist u.a. Verfasserin von Kinderbüchern, Kurzgeschichten, Fantasy-Romanen, Romantic History, Chick-Lit.

www.gabrieleketterl.de

Hope – Hoffnung gibt es immer

Die Sonne auf seinem Gesicht zu spüren, war ein Vergnügen, das selbst ihm selten vergönnt war. Mit geschlossenen Augen genoss Stefano die angenehme Wärme. Mochte der goldene Stern bereits tief stehen, so war die Kraft, die von ihm ausging, doch noch stark genug, dass seine Haut zu prickeln begann. Wie so oft saß er am hintersten Ende der Balkonbrüstung in der Hocke auf der breiten Umrandung – vor den Augen der unten flanierenden Menschen gut verborgen. Seine langen schwarzen Haare wehten sanft im Spätsommerwind, der den Geruch des Meeres aus der Lagune von Venedig bis zum Palazzo trug. Erst als das unangenehme Gefühl auf seiner empfindlichen Haut zu stark wurde, ließ er sich seufzend von seinem Lieblingsplatz gleiten und zog sich leise fluchend zurück ins Innere des Domizils der Kinder der Dunkelheit. Während er in das Hemd schlüpfte, fiel sein Blick auf das Mobiltelefon auf dem Marmortisch. Das Datum auf dem Display ließ irgendetwas in seinem Kopf klingeln. Jetzt! Ein zufriedenes Lächeln kräuselte seine Lippen. Ja, das war genau das Richtige. Es wurde Zeit, wieder einmal aus dem Palazzo herauszukommen. Auch wenn er die Nähe zu den anderen Mitgliedern des Clans inzwischen tatsächlich genoss, ab und an abtauchen, und dann noch in eine andere Welt, mochte er sehr. Es war Cathy gewesen, seine menschliche … ja was eigentlich … sie seine Gefährtin zu nennen, war wohl etwas gewagt, die ihn auf dieses Event aufmerksam gemacht hatte.

Der mächtige Hüter der Dunkelheit verließ seine Räume im Obergeschoss der Residenz und lauschte. Noch war es ruhig im Haus. Stefano hielt sich nicht damit auf, die Treppe zu nehmen, sondern katapultierte sich mit einem Riesensprung über das Geländer und landete, sich elegant abfedernd, in der Eingangshalle … genau zu Raffaeles Füßen.

»Oh, da bist du ja.« Schmunzelnd richtete Stefano sich auf. Raffaele, Oberhaupt des Clans der venezianischen Vampire, musterte ihn kopfschüttelnd. »Sag mal, wirst du irgendwann erwachsen? Mit über dreihundert Jahren sollte das doch machbar sein?«

Der dunkle Hüter zupfte sich sein Hemd zurecht. »Ich gebe mir Mühe, euer aller Leben etwas bunter zu gestalten.«

Um die Mundwinkel seines Fürsten zuckte es verdächtig. »Verschwinde, ehe ich mich aufrege.«

Stefano konnte es sich nicht verkneifen, Raffaele gönnerhaft auf die Schulter zu klopfen, ehe er im Salon verschwand. Ja, dort fand er den, den er suchte. Sergej saß, mit dem Rücken zu ihm, vor einem Laptop und redete leise mit jemandem. Er sprach russisch mit seinem Gesprächspartner, also konnte das nur der Fürst der russischen Vampire sein. Leise trat er hinter den Wikinger und winkte in die Kamera. »Sei mir gegrüßt, Fürst Juri, ich hoffe es geht dir gut?«

Das Oberhaupt des russischen Clans nickte mit ernster Miene. »Sieh an, der Fürst der Dunkelheit gibt sich die Ehre. Hast du es inzwischen verkraftet, ein halber Cherub zu sein? Um deine Frage zu beantworten, mir schon, es sind die Menschen, die mir zu schaffen machen.«

Stefano zog eine ärgerliche Grimasse. »Oh, etwas ganz Neues, die Humanoiden und ihre Dummheit. Abgesehen davon, danke für den Fürst der Dunkelheit, zu viel der Ehre. Ich gebe es an meinen Vater weiter.« Er besann sich rasch auf sein eigentliches Ansinnen. »Juri, ist es für dich in Ordnung, wenn ich Sergej für drei Tage entführe? Also nur, wenn du ihn nicht brauchst?«

Der blonde Russe kratzte sich nachdenklich am Kinn und lächelte in die Kamera. »Habe ich eine Wahl?«

Stefano hob lediglich die Achseln. »Im Prinzip schon. Aber wir wären sehr traurig.« Sergej wandte sich mit einem Ausdruck milder Verwirrung zu ihm um. »Ach, wären *wir* das? Wohin willst du überhaupt mit mir und warum verschwindest du nicht alleine?«

»Nach Deutschland, in einen kleinen, eigentlich unbedeutenden Ort namens Selb. Und vertrau mir, du wirst es lieben.«

Sergej runzelte sichtlich genervt die Stirn. »Was werde ich lieben?«

»Eine Reise, nein, falsch, eine Zeitreise in eine längst vergangene Zeit. Eine Zeit, an die du dich aber bestens erinnern kannst, wenn ich mich nicht irre.«

Sergej warf einen Blick auf den Rover und dann auf Stefano. »Du erwartest nicht im Ernst, dass ich in dieser Sardinenbüchse bis nach Deutschland fahre?«

Stefano hieb ihm lachend auf die Schulter. »Nein, Prinzessin, nur bis zum Flughafen. Wir nehmen den Learjet. Vor Ort ist alles bestens vorbereitet. Wir sind Gäste einer reizenden Familie, die für unseren deutschen Clan arbeitet und die es gewohnt ist, mit Vampiren zu leben. Von dort aus sind es nur wenige Minuten bis zu dem Gelände, auf dem das Festival stattfindet.«

Sergej kletterte auf den Beifahrersitz, was bei seiner Größe von beinahe zwei Metern nicht leicht war und musterte ihn, als zweifle er an seinem Verstand. »Festival?! Weil ich ja dafür bekannt bin, Menschenansammlungen zu lieben, nicht wahr?«

Stefano startete den Wagen und lenkte ihn auf den Zubringer, der von Venedig zum Festland führte. »Wart's doch einfach ab. Du *wirst* es lieben, das kann ich dir versprechen.«

»Verdammt! Das habe ich tatsächlich nicht erwartet. Was zur Hölle ist das hier?« Sergej ließ seinen Blick langsam über das weitläufige Gelände gleiten.

»Das, mein Lieber, nennt sich *Festival-Mediaval* und findet, wenn ich nicht irre, in diesem Jahr zum zehnten Mal statt. Die Menschen sehnen sich danach, aus der Realität entfliehen zu können und Feste wie dieses bieten ihnen die Möglichkeit dazu.«

»Mhm, und dazu wählen sie das Mittelalter, eines der dunkelsten Zeitalter der Menschheitsgeschichte? Könnte es sein, dass sie da etwas zu verklärt an das Ganze herangehen?«

Stefano zog seinen schwarzen Totengräbermantel enger um sich und verzog den Mund zu einem schiefen Grinsen. »Ist das nicht vollkommen egal? Ist die Welt heute wirklich heller als damals? Die Probleme haben sich doch nur verlagert. Lass ihnen die Freude und den Spaß. Fühl mal in dich hinein, im Ernst, mein alter Freund, was spürst du? Na los, sag schon.«

Sergej blieb stehen, versenkte die Hände in den Taschen seines silbergrauen Ledermantels und schloss die Augen. Sanfter Wind wehte ihm eine Strähne seiner langen, weißblonden Mähne ins Gesicht und der Geruch von Holzfeuern kitzelte seine empfindsame Nase. Langsam erschien ein Lächeln auf seinen Lippen. »Ich spüre reine Freude. Okay, ich spüre auch jede Menge Lust auf Sex und den Wunsch, sich zu betrinken, aber tatsächlich überwiegen Spaß und ehrliche Freude. Respekt, solch eine Gefühlskulisse habe ich bei Menschen schon lange nicht mehr festgestellt.«

Stefano nickte. »Letztes Jahr hat Cathy mich hierher gelotst. Sie ahnte, dass es mir gefallen könnte und sie lag richtig. Ich habe mich hier spontan irgendwie zu Hause gefühlt. Sogar die Menschen mochte ich und du weißt, dass das bei mir nicht alltäglich ist. Sie wollen für ein paar Tage abtauchen, wollen ein anderes Leben, einfach nur Spaß haben und genießen. In jeder Beziehung.« Bei den letzten Worten folgte Stefanos Blick einer schlanken, hochgewachsenen Blondine in einem roten Mittelalterkleid. »Knusprig!«

»Ich sag nur: Cathy! Klingelt da was?« Sergejs Tonfall war etwas anklagend.

»Ja schon, aber sie ist weit weg und ich bin hungrig und – sei ehrlich – du hast es selbst gesagt. Einige der holden Maiden sind einem winzigen Abenteuer nicht abgeneigt.«

Sergej warf seine Haarflut zurück und musterte ihn kopfschüttelnd. »Du änderst dich nie, oder?« Stefano seufzte theatralisch.

»Gib's zu, es wäre so schade um mich.« Der dunkle Hüter sah sich suchend um. »Und ehe die junge Dame aus meinem Blickfeld verschwindet, müsstest du mich bitte eine Weile entschuldigen. Genieß einfach das Flair dieses einzigartigen Ortes, in Ordnung?«

Weg war er. Gut, auch Sergej beherrschte die Kunst, sich, so es denn sein musste, in Luft aufzulösen, aber Stefano war darin ein wahrer Meister. Schulterzuckend wandte er sich um und ließ die Atmosphäre auf sich wirken. Sie waren mit Beginn der Dämmerung hier eingetroffen, verfügten – natürlich – über VIP-Ausweise und damit über diverse Vergünstigungen. Leider halfen ihm Freigetränke und ein schmackhaftes Buffet nicht wirklich und so machte er sich auf den Weg, um das Fest in aller Ruhe zu erkunden. Mit zunehmender Dunkelheit brannten vor den Zelten große, wärmende Lagerfeuer und an den Ständen und Buden hatte man Fackeln, Laternen oder Öllampen entzündet. Tatsächlich war es, vor allem jetzt am Abend, eine schöne Zeitreise in eine Welt, an die er sich nur zu gut erinnern konnte. Allerdings fehlte dieser hier der Schrecken, der seiner Welt angehaftet hatte. Sergej ließ sich treiben, beobachtete die Menschen, die um die Feuer saßen oder an grob gezimmerten Holztischen Met und Wein aus Tonkrügen tranken. Er lauschte den Klängen einer Schalmei und einer Drehleier. Wie lange war es her, dass er solche Musik gehört hatte? Lange, sehr lange! Die Band, die auf der großen Bühne spielte, musste bekannt und beliebt sein, denn dichte Trauben von Menschen drängten sich auf dem Platz. Sergej lehnte sich am Rand an einen Baum, schloss die Augen und genoss die Musik, die ihn an längst vergangene Zeiten erinnerte.

Er spürte ihren Schmerz und er spürte Verzweiflung, beide Gefühle passten so gar nicht in das freudige Summen, das hier alles beherrschte. Sergej öffnete die Augen und sein suchender Blick fand sie in etwa zwanzig Metern Entfernung. Sie war kein junges Mädchen mehr, er schätzte sie auf etwas über dreißig. Die Frau stand aufrecht an einem der Feuer und es fiel ihm leicht zu erspüren, dass sie versuchte, den Schmerz, der in ihr tobte, niederzukämpfen. Er fand es unglaublich, mit welch stoischer Miene sie ihn ertrug. Er bewunderte Stärke und Mut und hier fühlte er beides. Es war eine relativ warme Spätsommernacht und trotzdem hatte sie sich in einen pelzverbrämten Wollumhang gewickelt. In sich gekehrt, ganz darauf konzentriert, sich nichts anmerken zu lassen, rührte sie in einem Topf, der vor ihr über dem Feuer hing. Ein rascher Blick zeigte ihm, dass sie alleine in dem Lager der Rittertruppe, zumindest behauptete das ein martialisches Schild neben einem Zelt, war. Alle schienen hier bei dem Konzert zu sein. Sergej stieß sich von dem Baumstamm ab und ging langsam zu ihr hinüber. Ihre langen, dunkelblonden Haare fielen ihr bis auf die Hüfte, in dem blassen Gesicht sah er blaugraue Augen, aus denen so viel

Schmerz sprach, dass es ihn schauderte. Je näher er ihr kam, umso mehr konnte er ihn fühlen und letztendlich auch riechen: den Tod.

Sie war hübsch, nicht eines dieser typischen Jungmädchengesichter, sondern eine Frau, die mit beiden Beinen im Leben stand – einem Leben das, zumindest vermochte er das zu erspüren, ihr eine Qual war und trotzdem stand sie hier und kämpfte mutig dagegen an. Er holte tief Luft und trat in den Schein des Lagerfeuers. »Verzeiht, edle Dame, habt Ihr einen Platz am Feuer für einen armen Wanderer?«

Erstaunt blickte sie auf und musterte ihn mit sichtlicher Überraschung. Sergej wusste, dass er und sein Erscheinungsbild aus dem Rahmen fielen. Hier allerdings machte das nicht ganz so viel aus. Sie fing sich erstaunlich schnell und ging sofort auf sein Spiel ein. »Ihr scheint mir nicht wie ein armer Wanderer, mein Herr, aber ja, ein Platz am Feuer sei Euch gewährt. Ich freue mich über Gesellschaft.«

Sergej grinste. »Ich danke Euch von Herzen, schöne Frau.«

Sie zog mit zweifelnder Miene die Augenbrauen hoch. »Und ich danke Euch für die freundlich gemeinte Lüge. Meine Schönheit ist nicht mehr ganz so legendär, müsst Ihr wissen.«

Nun lachte er wirklich. »Euer Humor gefällt mir. Aber seid versichert, dass ich nie lüge. Ich pflege stets zu sagen, was ich empfinde.« Sergej betrachtete sie eingehend. »Und bitte verzeiht meine Direktheit, doch ich spüre da eine Trauer in Euch, die Euch nicht gut zu Gesicht steht.«

Sie lächelte und es war ein müdes, resigniertes Lächeln. »Glaubt mir, armer Wanderer, Ihr wollt nicht wissen, was hinter diesem Gesicht vor sich geht.«

Sergej schüttelte leicht den Kopf. »Ihr könntet Euch irren, vertraut mir. Ich will oft Dinge wissen, vor denen andere zurückschrecken.« Es war an der Zeit, seine Kräfte einzusetzen, das wurde ihm bewusst, als er den erneuten Schmerzschub spüren konnte, der durch ihren Körper schoss. Sergej suchte ihren Blick und hielt ihn fest. Vorsichtig ließ er seine ihm eigene Fähigkeit wirken. Er suchte in ihr nach der Quelle des Schmerzes und erschrak zutiefst, als er sie fand. Vorsichtig, für die Frau unmerklich, verschaffte er ihr etwas Erleichterung, dämmte den Schmerz ein und hüllte sie in ein Gefühl von Wärme und Sicherheit. Offenbar mit Erfolg, denn sie legte mit überraschter Miene den Mantel ab und sah ihn an. »Das Feuer ist wärmer, als ich dachte, so warm war mir schon lange nicht mehr. Vielleicht liegt das an Euch, schöner Fremder?«

Sergej grinste. »Danke für die Blumen, aber ich bin guter Durchschnitt.«

Die Frau schmunzelte auf ihn hinunter. »Sagtet Ihr nicht, Ihr würdet nie lügen?«

»Ertappt! Aber ich habe es versucht. Sagt, holde Maid, würdet Ihr gerne mit mir etwas spazieren gehen? Das Gericht kocht gewiss alleine weiter.« Er wusste, dass sie ihm vertraute, dass sie sich seinem magischen Blick nicht mehr entziehen konnte. Auffordernd hielt er ihr seine Rechte hin. »Kommt, und erzählt mir von Euren Sorgen. Ich bin ein guter Zuhörer.«

Was die Frau, die vertrauensvoll seinen Arm ergriffen hatte, ihm berichtete, ließ ihm beinahe das Blut in den Adern gefrieren. Seit Jahren schon breitete sich der Krebs in ihr aus, er ergriff von ihr Besitz, wie eine Krake, die sich um ihre Eingeweide schlang. Lange hatte sie gekämpft, alles versucht, bis die Ärzte ihr mitteilten, dass es keine Hoffnung mehr gäbe. »Ich habe es nicht akzeptiert, mich geweigert, es zu glauben. Ich gab mir selbst einen neuen Namen:

Hope, das steht für die Hoffnung, dass ich doch noch gewinnen könnte. Aber es wird schlimmer. Ich kann es spüren, selbst wenn ich versuche, es niederzukämpfen. Die Krankheit, dieses vermaledeite Geschwür, breitet sich aus. Ihr seht, ich bin ein hoffnungsloser Fall. Leider war der Name nicht zielführend.«

Sergej musste tief durchatmen, ehe er ihr antwortete. »Sagt das nicht, edle Maid. Ihr habt so tapfer gekämpft, so viele Jahre dem Schmerz und der Krankheit die Stirn geboten. Glaubt Ihr nicht, dass das einmal belohnt wird?« Sachte legte er seine Hand auf ihren Arm.

»Ihr habt Recht, ich habe es lange versucht, nun aber habe ich den Glauben verloren. Aber so erzählt mir doch von Euch. Gewiss ist die Geschichte Eures Lebens erfreulicher als die meinige.«

Er lächelte. »Erfreulich? Das entscheidet selbst. Noch nie habe ich einem Menschen meine Geschichte erzählt. Seid Ihr Euch sicher, dass Ihr die Wahrheit ertragt? Dass Ihr mich und mein Geheimnis nicht verraten werdet?«

Sie blickte zu ihm auf und er sah den traurigen Ausdruck in ihren Augen.

»Herr, mir bleibt nicht mehr viel Zeit, um Euer Geheimnis zu verraten. Glaubt mir, wenn ich sage, dass es bei mir gut aufgehoben ist.« Sergej nickte mit ernster Miene. »So sei es. Aber nicht hier, kommt mit, wir verschwinden erst einmal.« Er half ihr dabei, auf den mächtigen, uralten Baum zu klettern. Ihr schweres, grünes Wollkleid behinderte sie zwar, aber dafür sah es wunderschön aus und bildete einen bemerkenswerten Kontrast zur Blässe ihrer Haut. Oben, weit über den anderen Festivalbesuchern, zog er sie auf seinen Schoß. »Hier seid Ihr sicher. Und nun will ich Euch meine wahre Geschichte erzählen.«

Es stimmte schon. Außer den drei Fürsten der Kinder der Dunkelheit Vittorio, Raffaele und Juri kannte niemand seine ureigene Geschichte. Selbst die anderen fünf Hüter des Clans wussten nur das, was er sie wissen lassen wollte. Sie jetzt dieser Frau zu erzählen, war ein Wagnis und doch ging er es ein.

»Vor über tausend Jahren lebte ich mit meinem Clan im äußersten Norden des Gebietes, das Ihr heute als Norwegen kennt. Die Häuptlinge der einzelnen Clans waren sich uneins, bekämpften sich fortwährend, statt zusammenzustehen. Welch Wunder, das Land war karg und wer überleben wollte, musste unbeugsam sein. Mein Vater, der Häuptling unseres Clans, war bei allen gefürchtet für seine Grausamkeiten. Als ein Anführer namens Harald Hârfagre die Gelegenheit beim Schopf ergriff und die Stämme einte, lehnte er sich als Einziger auf. Wir zogen uns letztendlich angesichts der Übermacht zurück, im sicheren Glauben, anderswo ertragreiches Land zu finden. Unser Clan hinterließ eine Spur der Verwüstung, egal wohin wir kamen. Mein Vater kannte keine Gnade und so waren auch wir, mein älterer Bruder und ich, erzogen worden. Waren andere mit Muttermilch großgezogen worden, so wurden wir mit Grausamkeit genährt. Nach nur wenigen Jahren klebte das Blut zahlloser Unschuldiger an unseren Händen. Wir mordeten wahllos und fanden dabei weder das Land, das wir uns erhofften, ganz zu schweigen von Frieden oder einem Platz, an dem wir uns heimisch hätten fühlen können.

Rastlos zogen wir umher und ich fühlte, dass mein Bruder sich mehr und mehr veränderte. Er wollte endlich Ruhe, wollte für sich, seine Frau und seine zwei Töchter ein echtes Leben. Mein Vater nannte ihn einen Feigling, schwach und unfähig, ihn so stolz zu machen, wie es ihm als Ältestem zustand. Eines Nachts verschwand mein Bruder mitsamt seiner Familie. Ich habe ihn niemals wiedergesehen. Er tat wahrscheinlich das einzig Richtige und suchte sich einen Ort, an dem er willkommen und an dem seine Familie in Sicherheit war. Ich hingegen wollte die Liebe und Achtung meines Vaters nicht verlieren. Für ihn mordete ich weiter, wir nahmen riesige Gebiete ein, versklavten wahllos die Bewohner. Eines Tages stand mein Vater vor mir und stieß ein junges Mädchen in meine Arme. Meine ganz persönliche Sklavin, die mein Vater mir als Anteil an der letzten Beute schenkte. Riga, so hieß das Mädchen, sollte mein Leben verändern. Sehr behutsam zeigte sie mir, was für ein Monster ich geworden war. So ertrug sie meine Schläge, meine Misshandlungen so lange, bis ich endlich begann, wieder wie ein Mensch zu denken. In Rigas Armen fühlte ich etwas, das ich nie kennengelernt hatte: Geborgenheit und Liebe.

Meinem Vater war der langsame Wandel nicht verborgen geblieben. Lange wiegte er mich in Sicherheit, ehe er erbarmungslos zuschlug. Eines Nachts machte er mich betrunken und ließ mich fesseln, dann banden sie mich an eine Art Marterpfahl. Ich musste hilflos zusehen, wie er Riga vor meinen Augen genussvoll schändete und sie dann langsam zu Tode quälte. Er brüllte mich an, ich solle schleunigst wieder zu dem Mann werden, der ich zu sein hatte. Meine Antwort kam am nächsten Tage. Mein Vater war ein mächtiger, ein starker Mann, der in unseren Reihen als unbesiegbar galt. Ich jedoch forderte ihn vor allen anderen heraus. Ich forderte ihn, den großen Krieger, zu einem Kampf auf Leben und Tod.«

Sergej schwieg lange, ehe er fortfuhr. »Ich siegte. Blutend und mit tiefen Wunden übersät, rammte ich meinem Peiniger und Rigas Mörder mein Schwert in sein Herz. Danach führte ich den ganzen Clan in ein naheliegendes Dorf und bat dort um Aufnahme. Mochten die Bewohner uns zu Anfang misstrauen, so war man doch bald froh um die zusätzlichen, helfenden Hände, um die starken Männer, die, des Kampfes müde, dabei halfen, aufzubauen, was sie einst zerstörten. Ich aber hatte mit dem Leben abgeschlossen. Ohne Riga hatte dieses Leben für mich seinen Sinn verloren, auch konnte ich die

Bilder von ihrem Tod nicht vergessen, die sich unauslöschlich in meine Erinnerung eingebrannt hatten. So zog ich, in dünner Kleidung, nur mit meinem Schwert in den Händen, hinaus in die eisige Winternacht. Ich überlebte überraschend lange, der Tod mied mich, so als fürchte selbst er mich. Es war mir letztendlich ein Leichtes, mich in mein eigenes Schwert zu stürzen. Das letzte, das ich sah, ehe ich endlich das Bewusstsein verlor, war ein vollkommenes Männergesicht, lange silberne Locken und eine Hand, die sich auf meine tödliche Wunde legte.«

Sergej sah lächelnd auf Hope hinab. »Ein Unsterblicher, ein Fürst der Vampire hatte mich gefunden. Viele Tage später erwachte ich als Kind der Dunkelheit, als Kreatur der Nacht.« Er strich ihr sanft ihr Haar zurück. »So, holdes Weib, nun kennt Ihr meine Geschichte. Ich hoffe, es war so unterhaltsam, dass es mir gelungen ist, Euch von Eurem Leid abzulenken.«

Hope strahlte ihn sichtlich fasziniert an. »Herr, da habt Ihr Euch eine bemerkenswerte Kunstfigur erschaffen. Meine Hochachtung, Ihr habt viel und vor allem eine begeisternde Fantasie.« Vorsichtig berührte sie seine Hand. »Wäre es eine wahre Geschichte, so wünschte ich beinahe, die wiedergeborene Riga zu sein.«

Sergej sah, wie sie heftig errötete, nachdem ihr diese Bemerkung entschlüpft war. Sanft legte er seine Hand an ihre Wange. »Ihr sagtet doch soeben, ich hätte viel Fantasie. Wer weiß, vielleicht könnte ich mir vorstellen, dass Ihr es seid.«

Hope schüttelte traurig den Kopf und senkte ihren Blick. »Ich bitte Euch, ein Mann wie Ihr, schön, jung, in jeder Beziehung außergewöhnlich und eine Frau, die leider nicht mehr jung, todkrank und von den Schmerzen und der vermaledeiten Krankheit gezeichnet ist. Das sind die Tatsachen. Aber selbst ich erlaube mir ab und an, den einen oder anderen Traum zu haben. Ist das für Euch verständlich oder empfindet Ihr es als anmaßend?«

So viel Traurigkeit lag in ihrer Stimme, dass Sergej, der wahrlich nicht für übermäßige Emotionen bekannt war, erst einmal schwer schlucken musste. Statt einer Antwort legte er seinen Zeigefinger unter ihr Kinn, hob ihr Gesicht an und suchte ihren Blick. Seine Magie floss in sie, beruhigte sie, gab ihr Sicherheit, stärkte ihr Vertrauen in ihn.

Nachdem er gerade eben seine Geschichte, von der sie dachte, es sei reine Fiktion, erzählt hatte, nachdem er nach all den Jahren Rigas Lachen zu hören glaubte und ihr schönes Antlitz wieder vor sich sah, wusste er eines mit Bestimmtheit: Er hatte Rigas Leben nicht retten können, das von Hope hingegen konnte er retten. Sergej senkte den Kopf und seine Lippen fanden die ihren. Ihr überrascht-verwirrter Blick amüsierte ihn. »Erschrecke ich Euch?«

Sie blickte ihm forschend in die Augen. »Nein, ich bin verwundert. Damit, von einem Mann, der schöner als ein Märchenprinz ist, geküsst zu werden, habe ich, um ehrlich zu sein, nicht mehr gerechnet.«

»Ich sagte doch, ich bin immer für eine Überraschung gut.« Erneut legte er seine Hand an ihre Wange und küsste sie lange und zärtlich. Schon während des Kusses, nahm er ihr erneut ihren Schmerz, langsam und sehr behutsam. Er konnte ihre Verwunderung fühlen.

»Deine … verzeiht … Eure Küsse scheinen magische Kräfte zu haben. Ich verspüre kaum noch Schmerzen. Könntet Ihr mich bitte noch einmal küssen? Ich weiß ja nicht, wie lange einer Eurer Küsse vorhält.«

Lächelnd zog Sergej sie enger an sich. »Lange, sehr viel länger, als Ihr Euch vorzustellen vermögt.« In der Ferne erklang das tiefe Dröhnen einer Davul, eine Sackpfeife fiel ein und Sergej konnte fühlen, wie selbst er eine Gänsehaut bekam. Diese ursprünglichen Instrumente vermochten an eine tief verborgene Seite seiner selbst zu rühren. Er hob Hope an und setzte sie sich so auf den Schoß, dass sie ihn anblicken konnte. Er streichelte ihr Gesicht, das inzwischen eine zarte Röte zeigte, die sie noch anziehender wirken ließ. Aber noch immer war sie zu verunsichert, und so versenkte er erneut seinen Blick tief in ihre Augen.

»Vertraut mir, ich werde Eure Wünsche und Träume wahr werden lassen.« Schon während er die Schnüre ihres Kleides löste, wusste Sergej, dass sie ihm nichts mehr abschlagen würde. Sanft und zärtlich liebte er sie, ließ sie Wonnen verspüren, schenkte ihr Momente des Glücks, mit denen sie nicht gerechnet hatte. In dem Augenblick, als sie aufstöhnend ihre Hände in seinen Haaren vergrub, senkte er seine Fangzähne in ihren Hals. So viel, wie es ihm eben möglich war, trank er von ihrem vergifteten Blut, ehe er die winzigen Wunden wieder versiegelte. Sergej wusste, was Hope nun fühlte, wusste auch, dass sie, ohne zu fragen, zu allem bereit war und so öffnete er seine Pulsadern und legte sein Handgelenk an ihre Lippen. »Trink, Hope, trink das Leben. Trinke Hoffnung.«

Die Frau trank, gefangen in ihrem persönlichen Traum, nur zu gerne sein süßes Blut, das binnen kürzester Zeit zu heilen vermochte. Gewiss, hier würde es einige Stunden dauern, ehe die Geschwüre aufgelöst, die Metastasen verschwunden waren und die befallenen Organe heilen konnten, aber sie würde wieder vollständig genesen und vor allem würde diese verfluchte Krankheit nie wieder zurückkehren. Nachdem er seine Hand zurückgezogen und seine Pulsadern verschlossen hatte, half er ihr dabei, ihre Kleidung zu richten.

Es schmerzte Sergej, aber er wusste, dass er ihr die Erinnerung nehmen musste. Sie würde es nicht verstehen, *konnte* es nicht verstehen. Es wäre zu viel für ihren menschlichen Geist. Nach einem letzten Kuss legte er ihr sacht die Rechte auf die

Stirn. »Schlaf, meine Schöne, vergiss mich, vergiss die letzten Stunden.«

Ohne Probleme gelang es dem riesigen Vampir, die Frau ungesehen in einem der Zelte auf ein weiches Lager zu betten. Noch einmal strich er ihr über die nun wieder roten Wangen. Der Geruch des Todes, der sie zuvor umgeben hatte, war nur noch ein schwacher Hauch. Sobald sie am nächsten Morgen erwachte, würde sie gesund sein, vollkommen gesund. Niemand würde es verstehen, sie selbst wohl am allerwenigsten, aber das war einerlei. Wichtig war nur eines: Sie würde leben!

Sergej fand den Freund auf dem untersten Ast eines riesigen Baumes sitzend und schwang sich zu ihm hinauf. Der musterte ihn schmunzelnd. »Na, hatte da jemand Spaß?« Er schnupperte mit geschlossenen Augen in die Nacht. »Sekunde, Spaß gepaart mit dem Geruch des Todes? Du hast das Blut eines todgeweihten Menschen getrunken?«

Sergej nickte. »Ja, allerdings ist sie das jetzt nicht mehr. Das Leben ist oft ein echter Drecksack, weißt du das?«

Stefano lachte wissend auf und zupfte sich ein langes blondes Haar von seinem Mantel. »Erzählst du mir das, echt jetzt? Wobei ich mich über die letzten Stunden eigentlich nicht beklagen kann.«

Von irgendwoher trug der Wind das helle, fröhliche Lachen einer Frau, ein Lachen, das Glück verhieß. Gitarrenmusik erklang aus einer der Schänken und die tiefe Stimme eines Sängers versuchte sich an einer mittelalterlichen Melodie.

Sergej atmete tief ein und lächelte. »Beklagen kann ich mich auch nicht. In keinster Weise.« Er rempelte Stefano freundschaftlich an. »Hey, wir kommen doch morgen Abend wieder, nicht wahr?«

»Ja sicher, da wir schon einmal hier sind. Sag bloß, es gefällt dir?«

»Es gefällt mir sogar sehr.« Der mächtige Wikinger-Vampir grinste Stefano breit an. »Ich habe das unbestimmte Bedürfnis, morgen eine ganz wunderbare Frau neu kennenzulernen.«

Stefano wirkte nur kurz überrascht. »Ganz neue Töne, mein Freund. Ich muss gestehen, sie gefallen mir. Wie war das mit dem: *Ich mag keine Festivals*?«

Sergej schmunzelte zufrieden vor sich hin. »Dieses Mediaval gefällt mir ausnehmend gut. Man wird sich ja wohl mal irren dürfen, oder?«

Charaktere aus Venetian Vampires I-III, mit freundlicher Genehmigung des Fabylon Verlags

© Artografie Michael Detzen

Heike Knauber

Heike Knauber, 1967 in Saarlouis im Zeichen des Sonnenkönigs geboren. Mit ihrer Familie lebt sie in Schwalbach an der Saar. Über ein Jahrzehnt hat sie für einen Software-Konzern im Vertrieb gearbeitet und ist als dolmetschende Assistentin kreuz und quer durch Europa gereist. Daneben hat sie sich der Phantastik verschrieben. Inspiriert von den Mythen der Antike und der klassischen High Fantasy hat sie mit ihrem bei Blanvalet erschienenen Roman Debüt »Najaden« eine ganz eigene Welt erschaffen. Wenn sie nicht an ihrem aktuellen Romanprojekt arbeitet, schreibt sie Kurzgeschichten oder fängt beim Fotografieren mystische Orte und Atmosphären ein.

Beim Festival-Mediaval 2019 hat sie aus ihrem Blanvalet High Fantasy Roman »Najaden – Das Siegel des Meeres« gelesen.

Komm unter die Kuppel des Literaturzeltes und erlebe die Abenteuer zwischen den Buchdeckeln. Wandere zwischen den Ständen umher und folge dem Funkeln orientalischer Blechlaternen und verzauberter Spiegel. Wage das Spiel mit den Würfeln des Schicksals …

www.heike-knauber.de

Rosenrot und Rabenherz – Der Tod stirbt jung

Rockmusik dröhnte von der Bühne, untermalt von Dudelsack und Laute. Ausgelassen tanzende Leute in mittelalterlicher Gewandung, wohin ich blickte. Festival-Mediaval 2020. Jubel, Trubel, Heiterkeit, für alle, bloß für mich nicht.

Ich vermisste Jo, fühlte mich innerlich tot, seit der Nacht vor einem Jahr, in der meine Zwillingsschwester starb.

Rose, fragte ich mich, *warum tust du dir das an?* Ausgerechnet an ihrem Todestag hierherzukommen. Ich sah zu meinen Freunden, die mich dazu überredet hatten. Julie, die mir schon länger keine Freundin mehr war, weil sie ständig mit dieser gackernden Hühnerschar abhing. Das Gekicher der Mädels ging mir dermaßen auf die Nerven, dass ich finster zur Bühne starrte. Aber da war noch Leo. Seit der Grundschule kannten wir uns. In sich gekehrt stand er neben mir und nippte an seiner Bierflasche. Er dachte wohl auch an Jo. *Fuck!* Erneut fragte ich mich, was ich hier sollte.

Vor dem Unfall waren Jo und ich immer zusammen gewesen, von dem Moment an, da sich unsere gemeinsame Eizelle in zwei Menschen geteilt hatte. Jetzt war sie nicht mehr da. Aus dem Leben katapultiert. Aus dem Sattel unserer mattschwarzen Kawasaki. Jeden Cent hatten wir in die 1000er Versys gesteckt. Formidables Z-1000-Triebwerk, flüssigkeitsgekühlter Reihenmotor, vier Zylinder, Höchstgeschwindigkeit 226 km/h. Quer durch Europa wollten wir. In Jos letztem Sommer waren wir bis nach Portugal gekommen. Mit Schwielen an den Händen und zitternden Armmuskeln vom Gegenwind. Mit dem Fahren hatten wir uns abgewechselt. Nichts war passiert. Wir waren keine Raser, wir waren Cruiser.

Am Strand hatten wir im Zelt gepennt, wo uns das Meer in den Schlaf gerauscht und die Sonne wieder wachgekitzelt hatte. Die Erinnerung an den Trip schmerzte wie eine eiternde Wunde. Wenn ich die Augen schloss, sah ich sie vor mir – ihr lachendes Gesicht. Mein Spiegelbild. Mir entrang sich ein Seufzer. Letztes Jahr um diese Zeit war sie noch lebendig. In der Dämmerung hatten wir Feuerspuckern zugesehen und Jo hatte Leo angefaucht, als der in Bierlaune den Arm um sie legte. Jo brauchte niemanden. Schon gar keinen Kerl, selbst wenn er so gut aussah wie Leo. Aber ich brauchte sie!

Tod und Teufel würde ich bestechen, könnte ich sie nur zurückhaben. Ich würde sie nicht mehr auf die Maschine lassen, die inzwischen – trotz Nervenzusammenbruchs unserer Mutter – repariert war. Jedes Mal, wenn ich mich aufschwang, hoffte ich, damit geradewegs zu ihr in die Hölle zu fahren. Darüber, dass der Himmel nichts für uns war, waren wir uns schon immer einig gewesen. Sobald ich aber auf der Maschine saß, spürte ich Jo bei mir. Sie flüsterte mir ein, dass ich bloß vorsichtig sein sollte. Grapschte nach meiner Gas-Hand, wenn ich zu sehr aufdrehte.

Ich begegnete Leos Blick. Seine Augen schimmerten wie Bernsteine in der Sonne. Ein stoppeliger Bart überzog seine Wangen, die mir eingefallener vorkamen. Eingefallener jedenfalls als letztes Jahr. Er verzog keine Miene. Sah mich nur an. Ich konnte mir vorstellen, an wen er dachte. Finster guckte ich zurück. Jo war die Ernstere von uns beiden gewesen. Die Coolere. Dafür war ich die Streberin mit den guten Noten. Leo war ein ebensolcher Streber. Ich sah schon das polierte

Messingschild vor mir, das nach dem Studium an seiner Kanzleitür hängen würde. Der Verräter hatte mich hierhergeschleppt. Gar nichts tat mir hier gut! Daran änderte auch der Sonnenschein nichts. Warum hing er nicht mit seinen Kumpels ab? Bier trinken, über den Ausgang des nächsten Vereinsspiels philosophieren und Mädels anbaggern. Er könnte in seinem Element sein, stattdessen suhlte er sich mit mir in Erinnerungen. Dachte an ein Mädchen, das es nicht mehr gab.

Bevor ich wusste, wie mir geschah, steckte ich zwischen Julie und den Mädels, die schon wieder Selfies machten. Alle – bis auf mich – in Steampunk-Klamotten. Korsagen dazu, Rüschenröcke und hohe Schnürstiefel. Jos Augen würden jetzt funkeln. Meine funkelten auch. Vor Wut, weil mir die Tränen kamen. Ich bleckte die Zähne und Leo sah kopfschüttelnd zur Bühne, auf der die Musiker headbangend ihre Gitarren und Backpipes im Rhythmus schwenkten. Julie schaltete die Videofunktion ein und quatschte dummes Zeug, ich verdrehte entnervt die Augen.

In meinem Kopf entluden sich die Erinnerungen mit einem Knall. Der Unfall in der Nacht vor einem Jahr. Der Lichtkegel unserer Maschine jagte über den nächtlichen Asphalt. Wir schmiegten uns in eine langgezogene Kurve – Jo vorne, ich hinten. Keinen Tropfen Alkohol hatten wir im Blut. Beide nicht. Plötzlich Bremslichter. Dämonenaugen.

Wo – heilige Scheiße – kommt der Wagen denn her? Parkt der? Echt jetzt? Vollidiot! Jo stieg dermaßen hart in die Eisen, dass es uns aus dem Sattel katapultierte. Und dann flogen wir. Eine unsichtbare Macht riss uns auseinander. Mein Glück. Jos Pech. Ich landete im Graben. Konnte nicht mehr atmen, der Aufprall hatte mir die Lunge leergepresst. Jo lag auf der Straße und wurde von einem entgegenkommenden Transporter überrollt. Bis heute weiß ich nicht, wie wir ins Krankenhaus gekommen sind. Nur eins weiß ich: Außer ein paar Prellungen fehlte mir nichts.

Jo aber lag auf der Bahre. Voller Blut. Niemand hatte es gewagt, mich wegzuschicken. Ich hielt ihre Hand, bis wir im OP waren. Dann stand ich draußen vor einer Scheibe und beobachtete, was die Ärzte mit ihr anstellten. Blut in Plastikbeuteln. Das Piepen der Überwachungsgeräte. Zerschnittene Motorradklamotten. Aufgeplatzte Haut. Rotes Fleisch. Weiße Knochen. Ihr Brustkorb stand so merkwürdig schief. *Das überlebt sie nicht*, dachte ich. Irgendwann trat der Arzt aus dem OP und sah mich mitfühlend an. »Wir haben alles versucht, Frau Roth, es tut mir unsagbar leid.«

Ströme aus Eis rannen über meine Wangen. Tränen. Um mich herum funkelten Myriaden roter Glasscherben in der Luft. Mein Herz. Es war geborsten. Jo lag ganz still auf der Bahre. Eine Frau in Weiß zog ihr die Infusionsnadel aus dem Arm. Dem einzig heilen Glied, das ihr geblieben war. Ich wollte zu ihr gehen. Sie noch einmal streicheln. Aber die Frau warf ein Tuch über sie.

Ich riss die Augen auf. Der Himmel über mir leuchtete klar und blau. An den Bäumen, zwischen all dem sommerlichen Grün, erstes Gold. Ich schob die Hände in die Gesäßtaschen meiner Bikerhose, drehte mich um und schlenderte davon. Das Gedudel der Backpipes und Wummern der Bässe folgte mir. Zu allem Überfluss führten die Leute in dem heillosen Gedränge einen Reihentanz auf, hüpften im Kreis, bewegten sich aufeinander zu und voneinander weg. Ich marschierte mitten durch.

»Hey! Wo willst du denn hin?« Es war Leo.

Ich ignorierte seine frustrierten Rufe und tauchte in der Menge unter. Mehrmals sah ich mich um, bis ich sicher war, ihn abgehängt zu haben. Letztes Jahr war ich mit Jo an den

Verkaufsbuden entlanggeschlendert. Wir hatten uns mit Schnallen und Ketten verzierte Brokat-Korsagen gekauft und sie zu den Bikerhosen und Stiefeln getragen. Die T-Shirts hatten wir in den Rucksack gestopft.

Eine Reflexion fing meinen Blick ein. Sonnenlicht, das sich auf orientalischen Blechlaternen und Zierspiegeln brach. Das Gefunkel der Händlerbude zog mich magisch an. Mit schräg gelegtem Kopf fuhr ich die Konturen der mit Glassteinen besetzten Lampen nach. Aus zahllosen Spiegeln sah mir mein Gesicht entgegen. Das Auffälligste an mir – und früher an Jo – die milchweiße Haut und die rabenschwarzen Locken. Die Schatten unter meinen blauen Augen verliehen mir etwas Dramatisches. Ich streckte mir die Zunge raus.

Eine Bewegung, die ich im Augenwinkel wahrnahm, lenkte meine Aufmerksamkeit zu einem Spiegel, der mit Obsidianperlen besetzt war. Die Ornamente auf dem Rahmen entpuppten sich bei näherer Betrachtung als krähenähnliche Wesen. Bizarre Vogelmenschen. Erneut glaubte ich, etwas über die Spiegeloberfläche huschen zu sehen. Ein Flattern wie von Krähenflügeln. Ich sah zum Himmel, aber da war nichts.

Als ich den Spiegel erneut betrachtete, setzte mein Herz einen Schlag aus. Das war nicht ich, das war Jo, die mir entgegenblickte. Rabengekrächze schrillte in meinen Ohren. Ich taumelte zurück und der Spiegel entglitt mir. Doch er fiel nicht. Er drehte sich wie in Zeitlupe. Und bevor er auf den Boden fallen konnte, pflückte ihn eine Männerhand aus der Luft. »Oh dear, to breaking a mirror brings bad luck!«, orakelte der Mann in indisch gefärbtem Englisch. Ich fuhr herum und blickte in schelmische braune Augen. Sie gehörten einem beleibten Inder in kunterbunt bestickten Gewändern. Unter seinem Turban lugten beachtliche Segelohren heraus.

»Sorry!«, stotterte ich.

Er winkte ab. »Don't worry, Lady, nichts passiert, der Spiegel ist heil geblieben, everything is fine.«

»Ja, zum Glück!«, murmelte ich.

»Ich bin Ganesh«, stellte er sich mit einer leichten Verbeugung vor. »Bitte, kommen Sie, und sehen Sie sich meine Spiegel in Ruhe an. Sie sind einzigartig. Nein, wirklich, das behaupte ich nicht bloß, weil ich Händler bin.« Er zwinkerte.

Als ich gelangweilt die Luft ausstieß, begann er empört mit dem Kopf zu wackeln.

»Oh, I see! Sie halten mich für ein ausgemachtes Schlitzohr«, echauffierte er sich, und sein Turban schwankte bei dem Gewackle bedenklich.

»Ach, wo denken Sie hin«, widersprach ich schmunzelnd und streckte ihm in einem Anfall spontaner Versöhnlichkeit die Hand hin. »Ich bin übrigens Rose.«

Grinsend schlug er ein. »Freut mich sehr, Miss Rose.« Unerwartet hielt er mir den Spiegel wieder hin, den ich fast zerbrochen hatte.

Abwehrend hob ich die Hände. »Besser nicht, Mr. Ganesh, heute ist kein guter Tag für mich.«

Er furchte die Stirn. »Aber wie können Sie das sagen, Miss? Der Tag ist doch noch gar nicht vorüber. In India we have a saying: everything is going to be fine in the end, if it's not fine, it's not the end.« Erneut hielt er mir den Spiegel hin.

Hastig bedankte ich mich und wandte mich zum Gehen.

»Miss, verzeihen Sie meine Aufdringlichkeit, aber ich habe da noch eine Rarität, die Sie sich unbedingt anschauen müssen. I promise. Sie werden es nicht bereuen.«

Eigentlich hätte ich ihn stehenlassen sollen, aber irgendwie brachte ich es nicht fertig. Also führte er mich zu einer prächtig bestickten Decke, die ich tatsächlich nur mit offenem Mund bestaunen konnte.

Er winkte ab. »Ach, das ist nur eine alte Decke. A delicacy for the moths. Aber schauen Sie, was sich dahinter verbirgt.« Schwungvoll schlug er sie zurück und ich stand noch staunender vor einem kunstvoll verschnörkelten Spiegel, der von der Zeltdecke bis zum Boden reichte. Der Händler grinste breit. »Der Spiegel stammt aus Jaipur und gehörte einst der Gemahlin des Maharadschas. Treten Sie nur näher, er ist wirklich einzigartig. Er zeigt Dinge, die kein menschliches Auge sehen kann und manchmal ein bisschen mehr …«

»Was Sie nicht sagen«, murmelte ich, und obgleich ich kein Wort von diesem Unsinn glaubte, konnte ich nicht widerstehen, einen Blick hineinzuwerfen. Erschrocken blinzelte ich. Um mich herum funkelten winzige rote Glasscherben in der Luft. Ich tastete danach und die Scherben wirbelten wie in einer Schneekugel umher. Der Händler trat neben mich. »Westliche Ärzte würden sagen, dass Sie unter einem schweren Trauma leiden. Aber das ist nicht alles, der Spiegel hat …«

»Sie sehen das auch?«, platzte ich ihm ins Wort.

»Of course, Miss, die roten Scherben.«

»Aber wie kann das sein?«, wisperte ich.

»Ja, schauen Sie nur genauer hin, der Spiegel zeigt noch eine andere Seite. Eine Seite jenseits unserer Vorstellungskraft.«

Ich wollte mich schon ärgerlich abwenden, da verdunkelte sich der Spiegel mit schwarzen Federn. Krähenflügel, die meine roten Scherben zum Tanzen brachten. Meine Konturen flackerten und ich wurde durchscheinend wie ein Geist, gleichzeitig manifestierte sich eine andere Gestalt an meiner Stelle. Es war Jo. Sie trug die Steampunk-Korsage, in der sie gestorben war, und drückte ihre Handflächen gegen den Spiegel, so, als stünde sie auf der anderen Seite vor einer Scheibe. »Rose«, hauchte sie und das Glas beschlug von ihrem Atem. Ich legte meine Hände über ihre, und sie sah mich eindringlich an.

»Du fehlst mir ja auch. Aber so kann es nicht weitergehen. Du hast aufgehört zu leben und das ist gar nicht gut.« Sie blickte hinter sich wie ertappt, dann wieder zu mir. »Bitte, Rose, ich hab' nicht viel Zeit. Er darf uns nicht zusammen sehen.« Verzweifelt sah sie mich an. In meinem Kopf überschlugen sich die Gedanken.

Wo war sie? Konnte ich zu ihr? Von wem sprach sie? Ich war so durcheinander, dass ich nicht wusste, welche Frage ich zuerst stellen sollte. Über Jos Wangen rannen dunkle Tränenströme, verfärbt von ihrer Wimperntusche. Ihr Anblick zerriss mich, am liebsten hätte ich den Spiegel zerschlagen, um sie da rauszuholen.

Sie schüttelte den Kopf, als hätte sie meine Gedanken vernommen. »Du kannst mich nicht zurückhaben. Aber mach dir keine Sorgen, mir geht's gut. Ich habe neue Freunde gefunden, darunter jemanden, den ich sehr mag.« Ihr gequältes Lächeln verschwamm in meinem Atemhauch. »Hör zu, Jo, wenn ich dich in diesem Spiegel sehen kann, muss es doch eine Möglichkeit …«

»Nein, Rose, verschwende keinen Gedanken daran. So und nun leb wohl, ich muss gehen.« Ohne mir Gelegenheit zu einer Erwiderung zu geben, riss sie die Hände von der Scheibe und taumelte zurück. Um sie herum flatterten Krähenflügel. Jo sah lebendig aus, aber dann löste sie sich in dem Gewusel der schwarzen Federn auf.

Der Spiegel wurde klar, und ich sah mich wieder selbst. Meine aufgerissenen Augen, der fassungslos geöffnete Mund, mein stoßweiser Atem, der das Spiegelglas beschlug. Hinter mir stand Ganesh. Endlich schaffte ich es, mich damit abzufinden, dass Jo verschwunden war, und ließ die Hände sinken. In heißer Verzweiflung fuhr ich zu dem Händler herum.

»Warum zeigen Sie mir diesen Spiegel? Obwohl Sie genau wissen, dass ich sie nicht zurückhaben kann?« Ich ballte die

Fäuste. Er musste sich doch denken können, wie sehr mich diese Begegnung schmerzte.

Ganesh, der wohl ahnte, dass ich kurz vor dem Explodieren stand, wackelte erneut hektisch mit dem Kopf. »Very sorry, Miss, Sie haben recht, ich hätte Ihnen den Spiegel nicht zeigen dürfen. Sie sind noch nicht so weit.«

Ich musterte ihn wie eine zertretene Kakerlake. »Wer zum Teufel sind Sie eigentlich, dass Sie hier so einen Hokuspokus veranstalten?«

»Sie sollten tief durchatmen. Ungezügelte Wut ist gar nicht gut für Ihr Karma, ganz zu schweigen, welche Auswirkungen sie auf das kosmische Dharma hat.«

Mir entwich ein Schnauben. »Verschonen Sie mich mit diesem Schwachsinn!«

Ganesh war der Mund aufgeklappt. »Sie beleidigen die Götter und die kosmische Ordnung.«

»Götter?«, fauchte ich. »Dann verraten Sie mir mal, wo ihre Götter waren, als der Unfall passiert ist? Stellen Sie sich vor, da hält ein Trottel nachts in einer unübersichtlichen Kurve, nur um einem Wildschwein hinterherzuglotzen? Hätte nicht er es verdient, draufzugehen? Musste es Jo sein?«

Ich zitterte am ganzen Leib, konnte kaum noch sprechen, so schmerzhaft krallten sich die Tränen in meine Kehle.

Betroffen blinzelte Ganesh. »Der Fahrer hat einen unverzeihlichen Fehler begangen. Keine Frage. Aber glauben Sie mir, er steht jeden Morgen vor dem Spiegel und macht sich die bittersten Vorwürfe. Er hat zu trinken angefangen und sein Leben gerät jeden Tag ein bisschen mehr aus den Fugen. Wie Sie sehen, Rose, greift das kosmische Getriebe von Dharma und Karma ineinander und dreht sich unaufhaltsam.«

Obwohl ich mich fragte, woher Ganesh das alles wissen wollte, gab es dennoch nichts infrage zu stellen. Der Gerichtstermin. Ich hörte den Fahrer fadenscheinige Erklärungen stammeln. Angeblich hatte er durch das plötzlich aufgetauchte Wildschwein so unter Schock gestanden, dass er sich nicht mehr hatte bewegen können. Meinem Blick waren seine umherhuschenden Augen ausgewichen.

Verflucht hatte ich ihn. Jede Sekunde seines Lebens sollte er daran denken, wie schwach und unfähig er gewesen war. Ja, dass es ihm dreckig ging, konnte ich mir lebhaft vorstellen. Doch das alles brachte mir Jo auch nicht wieder. Ich presste die Lippen zusammen. Die Glasscherben meines zerbrochenen Herzens knirschten in meiner Brust. Ich starrte Ganesh an. »Wenn es einen Weg geben würde, das alles rückgängig zu machen. Wäre damit nicht allen geholfen; auch dem Fahrer?«

Der Händler hob die Brauen. »Oh-oh, ich sehe schon, die junge Lady verrennt sich in die Vorstellung, dass sich das Getriebe des ewigen und unveränderlichen Dharma in die andere Richtung drehen lässt.« Bedauernd schüttelte er den Kopf. »Die Götter haben dem einen Riegel vorgeschoben. Glauben Sie mir, das Chaos wäre nicht mehr zu überblicken.«

Alles in mir rebellierte. Ich trat vor den Spiegel und starrte mich an. Jo aber blieb verschwunden. Die Tränen rannen nun unaufhaltsam. Ganesh tauchte neben mir auf. »Was, wenn es eine Möglichkeit gäbe, Ihre Schwester noch einmal zu treffen? Allerdings müssten Sie die Sache dann, wie immer sie ausgeht, auf sich beruhen lassen.«

Mit weichen Knien drehte ich mich um. »Was muss ich tun?« Ganesh deutete in das bunte Markttreiben hinaus. »Sehen Sie dort drüben das Verkaufszelt mit den historischen Brettspielen?« Nach kurzem Suchen entdeckte ich das hölzerne Schild mit der Aufschrift und nickte. »Fragen Sie nach dem Becher mit den kosmischen Würfeln! Ich habe sie dem Händlerpaar vor einiger Zeit geschenkt. Aber bedenken Sie, Rose: Wenn die

Würfel gefallen sind, dann sind sie gefallen und dürfen nicht mehr bewegt werden.«

Erneut nickte ich. »Schon klar, danke!«, stieß ich atemlos vor Aufregung hervor. Obwohl meine Ratio die ganze Sache ad absurdum führte, stürmte ich aus dem Zelt des Inders und rannte fast in Leo hinein, der sich nach allen Seiten umsah. Ich schlug einen Haken um ihn, doch er heftete sich an meine Fersen.

»Hey, ich hab' mir Sorgen gemacht. Was hältst du davon, wenn wir …«

Wütend fuhr ich zu ihm herum. »Es gibt kein wir, Leo! Warum versprühst du deinen Charme nicht an jemand anderes?«

Erneut ließ ich ihn stehen, und zu meiner Schande bemerkte ich nicht einmal, wie sehr ich ihn verletzte. Ohne auf ihn zu achten, bahnte ich mir durch das Gedränge einen Weg zum Marktstand mit den Brettspielen. Vorbei an den hölzernen Spieltischen. Hinter dem Auslagentisch stand eine junge Frau in Gewandung und sortierte bunte Glassteine. Als sie mich bemerkte, lächelte sie.

»Mr. Ganesh schickt mich«, kam ich einleitungslos auf den Punkt und deutete zum Stand des Inders. »Sie kennen ihn sicher. Er sagt, ich soll Sie um die kosmischen Würfel bitten.« Unter meinen Worten war sie ernst geworden. »Mr. Ganesh?«, hakte sie nach. Ich nickte und der bärtige Mann im Hintergrund, der Waren aus einer Holzkiste räumte, kam aus seiner gebückten Haltung hoch. Er trat näher und deutete, ohne auf meine Frage einzugehen, auf ein ledernes Spielfeld.

»Wie wäre es mit einer Partie Brandubh?«, lud er mich ein. »Ein über tausendjähriges gälisch-keltisches Brettspiel. Wir erklären Ihnen gern, wie es gespielt wird.« Die junge Frau arrangierte Spielsteine darauf.

Ich musste mich bremsen, nicht patzig zu werden. »Hören Sie, ich bin nur wegen der Würfel hier, von denen Mr. Ganesh gesprochen hat. Meine Schwester. Sie ist tot. Motorradunfall. Auf den Tag genau vor einem Jahr«, sprudelte es aus mir hervor. »Bitte geben Sie mir die Würfel, es ist mir egal, was es kostet. Ich muss zurück zu diesem Tag, ich kann den Unfall verhindern.«

Das Händlerpaar tauschte einen Blick. »Also gut.« Der Mann nickte bedächtig. »Warten sie einen Augenblick, ich hole die Würfel.« Er verschwand hinter dem Tuchvorhang und die Frau blieb zurück und musterte mich mit einer Mischung aus Neugier und Mitleid.

»Sagen Sie, haben Sie mal daran gedacht, dass Ihre Schwester Ihre Einmischung vielleicht gar nicht gutheißt?« Sie wollte das gerade näher ausführen, da kehrte ihr Mann mit einem ledernen Becher wieder. Die Würfel darin klackerten leise.

»Was bin ich Ihnen schuldig?«, erkundigte ich mich, bevor ich Fragen stellen konnte, deren Antworten ich gar nicht hören wollte. Der Händler winkte ab. »Die Benutzung ist gratis. Aber ich muss Sie warnen. Wenn die Würfel gefallen sind, dann sind sie gefallen. Und dürfen erst wieder eingesammelt und geworfen werden, wenn Sie zurückwollen.« Er reichte mir den Becher und deutete zu den hölzernen Spieltischen. »Am besten, Sie suchen sich einen ungestörten Platz. Viel Glück!«

Meine Hand schloss sich um den Becher, in dem sich drei ganz gewöhnliche schwarze Würfel befanden. Schlagartig kam ich mir albern vor. Als ich mich umdrehte, bemerkte ich Leo neben dem einzig freien Tisch. Ich ging zu ihm hin und ließ mich mit abweisender Miene auf der Bank nieder. Ungefragt setzte er sich mir gegenüber, und seine Bernsteinaugen scannten mein Gesicht.

»Du hast geweint«, stellte er nüchtern fest. Umso mehr kam ich mir wie ein Kind vor, das darauf pochte, den Weihnachtsmann am Nordpol besuchen zu dürfen.

»Ich will sie einfach nur zurück«, flüsterte ich und blickte auf die Würfel. »Verstehst du das?«

Er nickte und lächelte schief. »Lass uns gehen, Rose! Hierher zu kommen war eine dämliche Idee.«

Ich schüttelte den Kopf, dass meine Locken flogen. »Jetzt sind wir hier. Außerdem will ich diese Würfel ausprobieren.«

Stirnrunzelnd musterte er den Lederbecher.

»Mr. Ganesh behauptet, das seien kosmische Würfel«, erklärte ich und es fiel mir schwer, nicht zynisch die Lippen zu verziehen. Ich sah Leo an, dass er sich zusammenreißen musste, nicht die Augen zu verdrehen. Das rechnete ich ihm hoch an. Dennoch sah ich davon ab, ihm von der Sache mit Jo im Spiegel zu erzählen. Wie ich ihn kannte, würde er mich dann erst recht nach Hause schleppen wollen.

Mit der Hand deckte ich den Becher ab und schüttelte ihn. »Versprich mir, dass du die Finger von den Würfeln lässt! Ja? Ganz egal, was passiert.« Sein Gesichtsausdruck brachte mich zum Schmunzeln. Gehorsam nickte er. Jeder andere hätte Reißaus genommen. Nicht Leo. Unter seinem nachdenklichen Blick wurde mir ganz warm und ich nahm mir vor, künftig netter zu ihm zu sein. Schließlich war er der einzige Freund, den ich noch hatte. »Es tut mir leid.«

Er richtete sich kerzengerade auf. »Was?«

»Na, dass du mich und meine grässlichen Launen so tapfer erträgst.« Meine Lippen verselbstständigten sich zu einem Lächeln.

Verlegen rieb er sich den Nacken. »Schon okay, Rose, ich hätte dich nicht überreden …« Er hielt die Luft an, als ich nach seinem T-Shirt fasste und ihn näher zu mir heranzog. Unsere Nasen berührten sich fast.

»Das war ernst gemeint, Leonard. Es tut mir wirklich leid, ich wüsste ja gar nicht, was ich ohne dich täte.« Ich musste schlucken, weil mir schon wieder die Tränen kamen. Sein Gesicht kam eine Winzigkeit näher. Mit der Unterlippe streifte er meine, dabei fühlte sich das Kratzen seines Bartes irgendwie sexy an. Bevor ich mir darüber einig war, wie ich reagieren sollte, wich er zurück und sein T-Shirt entglitt mir.

»Wolltest du nicht die Würfel ausprobieren?« Erneut musste ich schmunzeln. Er war gut darin, seine kleine Dreistheit zu überspielen. Ich schüttelte den Becher. »Denk dran, Finger weg von den Würfeln!« Schwungvoll stülpte ich ihn umgedreht auf den Tisch.

Sofort fing sich alles an zu drehen, so schnell, dass es mir vor den Augen verschwamm. Als ich schon dachte, es katapultiert mich von der Bank, hielt die Welt wieder an. Leo war verschwunden. Ich fummelte mein Smartphone aus der Bikerjacke. Das Display zeigte auf die Minute den sechsten September vor einem Jahr an. Der Unfall war noch nicht passiert, Jo noch am Leben. Heiße Freude durchzuckte mich. Jetzt musste ich sie nur finden und nach Hause bringen. Ich blickte auf die Würfel. Eins hatte ich nicht bedacht. Ich konnte hier nicht weg, ohne die Würfel anzufassen. Aber spielte das eine Rolle? Schließlich war ich jetzt hier.

Ich sah zum Verkaufszelt mit dem Händlerpaar. »Hallo!«, rief ich und schwenkte die Arme, doch die beiden reagierten nicht. Als ich mich nach dem Stand des Inders umsah, stockte mir der Atem. Jo kam auf den Tisch zu. Sie sah genauso aus wie vor einem Jahr. Ich wollte aufspringen und zu ihr laufen, aber ich konnte mich nicht bewegen, mein Körper war Wackelpudding. Mit finsterer Miene kam sie angestapft.

»Was zum Teufel hast du hier zu suchen?« Ich sprang auf und stieß gegen den Tisch. Alarmiert sah ich auf die Würfel, die zum Glück unverändert lagen. Dann stand Jo vor mir und wir fielen uns in die Arme. Ich vergrub mein Gesicht in ihren

Locken und sog ihren vertrauten Geruch ein. Der fehlende Teil meiner Seele, ich hatte ihn wieder. Jo lockerte ihren Griff und legte ihre Stirn gegen meine.

»Du hättest nicht herkommen dürfen, Süße!«

»Doch!«, widersprach ich heftig und rückte von ihr ab. Traurig sah sie mir in die Augen. »Das hier ist nicht das, wofür du es hältst.« Ihr Blick fiel auf den Tisch und die Würfel. »Das habe ich mir gedacht. Komm, lass uns würfeln und du kehrst in dein Leben zurück!«

Mir entfuhr ein Schnauben. »Unsinn, ich rufe uns ein Taxi und dann fahren wir nach Hause.«

»So einfach ist das aber nicht. Das hier ist nicht dein Leben.« Als sie Verwirrung über meine Miene huschen sah, stöhnte sie.

»Die Sache mit dem Jenseits ist kompliziert. Wir befinden uns in den Stunden vor meinem Tod. Das hier ist nicht die Wirklichkeit. Jedenfalls keine, in der du dauerhaft existieren kannst. Diese Dimension endet im Moment meines Todes, dann musst du zurück sein oder du wirst zu einem körperlosen Schatten.«

Ich entzog mich ihr. »Aber doch nicht, wenn wir den Unfall verhindern, indem wir nicht auf die Maschine steigen.«

Sie trat näher. »Du verstehst nicht, wir befinden uns in einem Fragment meines schwindenden Lebens. In wenigen Stunden höre ich auf zu existieren. Und du auch, falls du dann noch hier bist.«

Mir schwirrte der Kopf. Verzweifelt klammerte ich mich an den einzigen Ausweg, den ich sah. »Und wenn ich noch einmal würfle?«

»Du kannst diese Stunden nicht festhalten.« Sie griff nach meinen Händen. »Du musst hier weg, er darf nicht merken, dass du hier bist.« Sie drängte mich zum Tisch.

»Wer? Von wem redest du?«

»Setz dich, Rose, du musst sofort verschwinden.«

»Aber Jo, du kannst mich doch nicht …«

»Setz dich an den Tisch!«, herrschte sie mich an.

Im gleichen Moment krächzte es über unseren Köpfen. Eine ziemlich große Krähe war im Anflug, sie flog auf uns zu und drängte sich zwischen Jo und mich. Die Federn ihrer Schwingen streiften meine Wange. Es brannte wie eine Ohrfeige. Ich schlug nach dem Vogel, aber er hackte mit dem Schnabel auf mich ein und bohrte mir die Krallen in den Arm. Jo drosch ebenfalls auf die Krähe ein.

Noch in der Luft verwandelte sie sich in einen jungen Mann, der federnd auf der Tischplatte landete. Sprachlos vor Schreck starrte ich ihn an. Mit den gespreizten Flügeln sah er wie ein rachsüchtiger Todesengel aus. Das rabenschwarze Haar hing ihm wirr ins Gesicht, ein verschlagenes Lächeln umspielte seine Lippen. Er blickte auf die Würfel und ehe ich oder Jo etwas dagegen unternehmen konnten, las er einen auf. »Willst du uns nicht bekannt machen, Jo?«

»Leg den Würfel hin. Du kannst sie nicht haben.«

Ich beäugte ihn fasziniert. *Sah so der Tod aus? Ein junger Mann. Provokant und düster attraktiv?*

Er legte die Schwingen an und sprang vom Tisch. »Willst du uns nicht bekannt machen, Jo?«

»Nein!«

»Wer bist du?«, keuchte ich.

Jo schnappte sich den Lederbecher und warf die übrigen Würfel hinein. »Beachte ihn gar nicht, Rose. Vor allem rede nicht mit ihm!« Wütend fuhr sie zu dem Krähenmann um.

»Gib mir den Würfel!« Er schnippte ihn hoch und fing ihn wieder auf. Frech grinste er sie an. »Sie sind doch längst gefallen, Jo. Heute Nacht feiern wir ein Fest. Du und ich und dein bezauberndes Spiegelbild.«

Jo pflückte ihm den Würfel aus der Hand, warf ihn zu den anderen und reichte mir den Becher. Mit einer fließenden Bewegung zog sie einen Dolch unter ihrer Lederjacke hervor. Dem Krähenmann verging das Grinsen. Finster senkte er den Kopf. Unbeeindruckt davon beschrieb sie einen blitzenden Kreis mit der Klinge und er wich ihrem Zustechen tänzelnd aus.

»Aber Jo, ich dachte, du magst mich«, versuchte er zu witzeln, während seine Rabenaugen zornige Funken sprühten.

»Bleib, wo du bist, oder du wirst es bereuen!« Sie warf mir einen verzweifelten Blick zu. »Verdammt, Rose, setz dich endlich hin und würfle!«

Obwohl alles in mir rebellierte, war da eine kalte Gewissheit, dass ich dieses Mal besser auf sie hörte. Ich sank auf die Bank und der Krähenmann stürzte zu mir, doch bevor er mich zu fassen bekam, schob sich Jo zwischen uns und rammte ihm den Dolch in den Bauch. Verblüfft keuchte er auf und sah sie an, sein Gesicht wurde aschfahl und durchsichtig wie Pergament, schattenhafte schwarze Adern durchzogen seine Haut. »Ich kann nicht glauben, was du getan hast, Jo«, ächzte er.

»Los!«, rief sie mir mit flehenden Augen zu. »Mach, dass du von hier wegkommst!« Sie versuchte zu lächeln und ich öffnete den Mund, um ihr zu sagen, wie sehr ich sie liebte. Aber die Tränen schnürten mir die Kehle zu.

Deswegen nickte ich nur und knallte den Becher umgedreht auf den Tisch. Der Krähenmann sank vor Jo in die Knie, während sich für mich die Welt erneut wild zu drehen begann. Das Letzte, was ich sah, war Jos tränennasses Gesicht. Diese Tränen galten nicht mir, wurde mir schmerzhaft bewusst, sondern dem Krähenmann. Im nächsten Moment ging mir die Luft aus und ich flog rücklings von der Bank. Das Blut toste mir in den Ohren. Blinzelnd sah ich in ein verschwommenes Gesicht, das sich über mich beugte. Es war Leo. Er redete auf mich ein, ohne, dass ich ein Wort verstand. Ich sah nur seine sich bewegenden Lippen und die gerunzelte Stirn. Mit der brausenden Wucht eines Orkans drangen die Geräusche wieder an mein Ohr. »Ich war bei Jo!«, wisperte ich.

»Unsinn!«, murmelte Leo und streichelte meine Wange. »Du hast gewürfelt und dann bist du ohnmächtig von der Bank gefallen …«

© privat

Anja Härtel

Anja Härtel ist 43 Jahre jung und wohnt in einem kleinen Dorf im Landkreis Saalfeld-Rudolstadt, arbeitet im Büro und ist mit ihren Söhnen seit etwa 2012 jährliche Besucherin des Festival-Mediaval, auch ihr Freund findet seit drei Jahren Gefallen am Mittelalter-Spektakel.

Angefangen hatten sie mit einem Besuch an einem Tag. Daraus wurden zwei Tage, dann kamen die Gewänder hinzu, und seit 2015 freuen sie sich jedes Jahr auf das komplette Wochenende, im Zelt oder mit Wohnwagen.

Anjuli und die Schnabelwesen

Anjuli sitzt vor ihrem PC im Büro und blickt hinaus. Der Himmel leuchtet blau und kleine Wolken scheinen ihr winken zu wollen. Die Sonne lacht. Plötzlich hört sie leise Trommeln und Dudelsäcke.

Wo kommt denn die Musik her?

Bevor sie den Klängen folgen kann, wird Anjuli von tanzenden und jubelnden Frauen begrüßt.

»Anjuli, da bist du ja.« Und schon wird sie an den Händen gefasst und ist mittendrin in den jubelnden, klatschenden Tanzreihen.

Die Frauen tragen bunte, lange Gewänder mit breiten Ärmeln. Manche haben ein Häubchen auf. Die Musik erklingt und fordert zum Tanzen auf. Die Trommeln schallen nun lauter. An den Tavernen stehen Menschen mit Trinkhörnern. Sie lachen, reden und beobachten die tanzende Gemeinschaft. Die Männer tragen braune weite Hosen, manche haben spitze Lederschuhe an, andere sind barfuß. Überall lodern Fackeln.

Erstaunt und etwas irritiert schaut Anjuli an sich selbst hinunter. Auch sie hat ein langes rotes Gewand und braune Lederschuhe an. Die Ärmel schwingen beim Tanzen durch die Luft.

Wo bin ich denn hier?, fragt sie sich ungläubig. Dennoch erfüllt sie ein Gefühl von Zufriedenheit, Freiheit und Glück. Also lässt sie sich fallen und tanzt und lacht und genießt diese zauberhafte Stimmung. Sie nimmt den Geruch von süßem Wein und stechendem Knoblauch wahr, dazwischen drängt sich ein zarter Duft von geräucherten Kräutern. Als sie sich umschaut, um den Ursprung dieser verschiedenen Gerüche zu erblicken, sieht sie eine Gestalt hinter einem Baum stehen. Als sie noch einmal hinschaut, ist diese weg. *Habe ich mir das nur eingebildet?*

Die junge Frau ist außer Atem. Sie braucht eine Pause und etwas zu trinken. Ihr Mund fühlt sich trocken an. Während sie in Richtung Taverne läuft, hat sie erneut das Gefühl, beobachtet zu werden. Wieder schaut sie in die Richtung des Baumes. Und da. Da ist sie wieder. Anjuli fühlt sich auf unerklärliche Weise von dieser Gestalt angezogen. Sie kann es sich selbst nicht erklären und läuft langsam auf den Baum zu. Das Herz pocht wie wild und die Beine zittern. Sie spürt, wie sich Angst in ihr ausbreitet.

Was ist das für eine Gestalt? Warum beobachtet sie mich? Schritt für Schritt kommt sie ihr immer näher. Auch diese scheint vorsichtig zu sein. Sie beobachtet Anjuli ganz genau. Je näher sie ihr kommt, desto genauer kann sie das Wesen erkennen. Es trägt einen langen Schnabel, eine Art Maske mit einem grauen Schnabel und einen spitzen schwarzen Hut. Auch dieser scheint aus Leder zu sein. Die schwarzen Lederstreifen, die an den Ärmeln herunterhängen, scheinen früher ein Mantel gewesen zu sein. In der Hand hält es einen Gegenstand. Anjuli kann nicht erkennen, was es ist. Ein paar Meter vor diesem seltsamen Schnabelwesen hält sie an. Das Pochen des Herzens kann sie im Hals spüren. Die Hände zittern und sind ganz feucht. Sie kann kaum stehen mit den wackligen Beinen. Aber sie bleibt standhaft und nimmt all ihren Mut zusammen: »Was willst du von mir?«, fragt sie mit leicht bebender Stimme. Doch die Erscheinung mit der rätselhaften Schnabelmaske antwortet nicht. Mit einer Handbewegung dreht sie sich um und rennt weg.

Anjuli bleibt verwirrt stehen und blickt ihr nach.

Soll ich ihr jetzt nachlaufen oder lieber wieder gehen?

Gerade als sie sich, voll in Gedanken, in Richtung Tanzplatz umdrehen will, steht wie aus dem Nichts das Schnabelwesen direkt vor ihr. Die zierliche Frau zuckt erschrocken zusammen und fast hätte sie laut geschrien. Immer noch kein Wort zu ihr sagend, hebt es wieder den Arm und läuft zwischen den Bäumen den Goldberg hinunter. Anjuli hat nun verstanden und folgt ihm. Sie nimmt die Spielleute auf der Burgbühne wahr. Dann sieht sie nur noch, wie Seen, Felder und Bäume in der Dämmerung an ihr vorbeiziehen.

Sie kommt kaum hinterher. Äste und Zweige schlagen ihr ins Gesicht und sie stolpert über Wurzeln und liegengebliebene Äste auf dem Boden.

Als sie anhält, um zu verschnaufen, hört sie leise die Dudelsäcke und die Trommeln schlagen.

Wäre ich nur auf dem Tanzplatz geblieben – wehmütig blickt sie zurück und sieht aus der Ferne die Lichter vom Fest. Ihre Beine schmerzen vom Laufen und das Herz rast. Zitternd und nach Luft schnappend fragt sie sich, was die Gestalt von ihr will und warum sie ihr folgen soll. Immerhin hat das Wesen kein Wort mit ihr gesprochen. Stattdessen steht sie jetzt hier allein mitten im Wald. Es raschelt und Äste knacken. Sie sieht die schwarze Gestalt auf sich zukommen. Ihre Angst weicht der Wut.

»Was willst du und warum soll ich dir folgen?«, schreit sie die Gestalt an. »Ich kann nicht mehr«, fügt sie leise hinzu.

Das Schnabelwesen beugt sich zu ihr, hebt sie vorsichtig hoch und trägt sie auf den Armen weiter durch den Wald. Nach einer gefühlten Ewigkeit scheinen sie endlich angekommen zu sein. Es setzt Anjuli vorsichtig ab und diese erblickt weitere Maskenträger an einem großen Lagerfeuer sitzend. Die schwarzen in Streifen zerfetzten Ledermäntel scheinen hier Mode zu sein. Alle verstummen und mustern Anjuli von oben bis unten. Sie flüstern. Anjuli kann nicht verstehen, was sie sagen. Das Wesen vom Tanzplatz holt etwas aus seiner Tasche heraus. Es ist ein Buch. Mit der anderen Hand hebt es Anjulis Mantel zur Seite und da erst sieht sie selbst, was sie unter ihrem Mantel trägt.

Das Wesen leitet die junge Frau zum Feuer. Die seltsamen Gestalten verlassen die Feuerstätte und versammeln sich in einem der umstehenden Zelte. Sie bedeuten ihr mit Gesten, sitzen zu bleiben. Und wieder überkommt sie ein Gefühl von Angst und Neugier. Am liebsten würde sie weglaufen, aber irgendetwas hält sie hier fest. Obwohl sie nicht gefesselt ist, bleibt sie wie angewurzelt sitzen. Sie weiß, dass sie hierherkommen musste. Aber warum? Sie betrachtet den kleinen zartviolettfarbenen Beutel an ihrem braunen Lederband, das sie die ganze Zeit um die Hüfte getragen hat.

Was ist das für ein Zeichen auf dem Beutel? Die goldene Stickerei sieht aus wie ein Lavendelstrauß. *War dies nicht auch auf dem Bucheinband zu sehen?* – Anjuli ist weiter allein am Feuer und hört die Stimmen der Gestalten aus dem Zelt. Hin und wieder schaut ein Schnabel vorsichtig aus der Öffnung heraus. Ein paar Schritte entfernt scheint ein See oder Teich zu sein. Der Mond spiegelt sich im Wasser. Doch gerade, als sie dabei ist, zur Ruhe zu kommen, wird sie von einem aufgeregten Treiben aus der entspannten Atmosphäre gerissen. Die Schnabelwesen kommen auf sie zu. *Was passiert denn jetzt?* Erschrocken springt sie auf. Ihre Beine zittern und sie kann kaum atmen. Sie hat das Gefühl, ihr Herz würde jeden Moment aus ihrer Brust springen. Es läuft ihr heiß und kalt über den Rücken. Dennoch versucht sie, die Gestalten, die sich um sie herum verteilen, zu zählen.

Zwei, vier, sechs, zehn, zwanzig. Mehr als dreißig sind es gewiss. Die in der zweiten und dritten Reihe kann sie in der Dunkelheit nicht mehr deutlich erkennen.

Eines der Geschöpfe wendet sich direkt an sie: »Seyd gegrüßt und habt Nachsicht für den kleinen Überfall«, begrüßt es sie entschuldigend. »Wir sind alle krank, müssen hier isoliert leben und als Erkennungszeichen diese Masken tragen«, sagt es trübselig.

Anjuli hebt die Augenbrauen. Sie spürt, wie Ihre Augen feucht werden. *Wie traurig müssen sie sein? Schmerzerfüllt und abseits von Freude und Tanz.*

»Und wie kann ich da helfen?«, fragt sie leise.

Die Schnabelgestalt schaut kurz zu den anderen und erklärt, welche Bedeutung dieses Buch mit dem Bild eines Lavendelstraußes hat. Dann holt sie das Buch heraus, zeigt auf den Beutel an Anjulis Hüfte und antwortet mit belegter Stimme: »Du hast den Beutel! Wir hoffen, dass du uns heilen kannst!« Anjuli fühlt die erwartungsvollen Blicke der anderen.

»Ich? Wie soll ICH denn helfen können?« Sie greift zum Beutel. Erst jetzt öffnet sie diesen vorsichtig. Verwundert holt sie verschiedene getrocknete Blüten heraus. Es sind Kamillenblüten, Lavendelblüten, Rosenblüten und einige mehr. Sie reibt diese zwischen den Fingern. Doch bevor sie sich selbst fragen kann, was sie jetzt damit tun soll, geht sie instinktiv zum See. Sie schließt kurz die Augen und verspürt eine ungewohnte Gelassenheit in sich selbst. Ihr Herz schlägt ruhiger. Mit leiser Stimme verlangt sie einen Krug.

Sie legt ein paar Blüten von jener Sorte und ein paar von dieser Sorte in den Krug und füllt ihn mit Wasser auf. Mit jedem Handgriff wird sie sicherer und ihr Tonfall entschiedener. Es scheint, als ob sie nie etwas anderes getan hat, als Kräuter zu mixen und Tinkturen anzusetzen.

Die Träger der Schnabelmasken befolgen gehorsam ihre Anweisungen. Als sie alles über dem Feuer vermischt hat, lässt sie die verschiedenen Tinkturen und Salben abkühlen.

Währenddessen fordert sie die Gestalten auf, ihre Masken abzusetzen. Zaghaft und etwas unsicher legen sie eine Schnabelmaske nach der anderen auf den Boden. Anjuli erkennt das Ausmaß der Erkrankungen und den Grund der Maskerade. Sie versteht, warum manche Frauen und Männer nicht gesprochen haben.

Einige der Menschen werden von ihr mit Tinktur eingerieben, andere bekommen einen Saft verabreicht. Sie blickt in lauter freundliche und dankbare Gesichter. Nachdem sie alle Bewohner dieser Lagerstelle versorgt hat, lässt sie sich erschöpft fallen.

Ein Mann kommt auf sie zu und setzt sich zu ihr. Er nimmt etwas aus seiner Tasche und mit den Worten: »Das tragen Heilerinnen!«, drückt er es auf ihr Handgelenk. Sie beobachtet das lodernde Feuer und den Mond und die vielen leuchtenden Sterne. In der Ferne hört sie die Trommeln schlagen.

»Anjuli?«

»Hallo?«, hört sie jemanden rufen. Als sie die Augen öffnet, blickt sie ihr Kollege entsetzt an. »Hast du geschlafen?« fragt er. »Äh, nein. NEIN. Bin wach.«, antwortet sie. Ihr Kollege verlässt schmunzelnd das Zimmer mit den Worten: »Hattest einen wilden Traum?«

Der Blick in den Spiegel erklärt die letzten Worte des Kollegen. Während sie sich die Haare bürstet, fällt ihr Blick auf ein Tattoo auf ihrem Handgelenk. Ein kleiner blauer Schmetterling und ein Lavendelstrauß.

© privat

Yule Forrest

Yule Forrest, geboren 1995, wuchs in einem kleinen Dorf im Chiemgau auf. Die Leidenschaft für Geschichte und Phantastik begleitet sie bereits von Kindesbeinen an. Da sich nirgendwo beide Interessensgebiete besser verbinden lassen als in der Mittelalter- und LARP-Szene, verbringt sie ihre Wochenenden bevorzugt auf historischen und fantastischen Veranstaltungen. Dort erfuhr sie vom Festival-Mediaval, das sie 2012 zum ersten Mal besuchte und dem sie seither treu geblieben ist.

Yule Forrests literarisches Wirken begann als Leitung einer Autoreninitiative, welche Bücher für gemeinnützige Organisationen erstellte. Sie schreibt Kurzgeschichten und Romane in unterschiedlichen Genres.

www.facebook.com/autorinyule

Zeitenelixier

Jennyfea saß mit angezogenen Knien auf dem Fenstersims, den Kopf gegen die kalte Steinwand gelehnt. Sie hatte im ganzen Haus diese kleinen Verstecke, in die sie sich zurückzog, wenn sie den anderen Bewohnern zwar lauschen, selbst aber nicht entdeckt werden wollte. Gerade verbarg sie sich hinter einem langen Vorhang. Rechts neben ihr führte die Dienstbotentreppe hinunter zur Küche. Oberhalb der Stufen stand eine Tür offen. Dahinter befand sich das Arbeitszimmer ihres Vaters. Er unterhielt sich angeregt mit dem Hofpastor, ein guter Freund von ihm, der ab und an auf einen Kaffee vorbeikam, um neueste Begebenheiten zu diskutieren. Jennyfea liebte es, ihm zuzuhören. Er brachte Farbe in ihr eintöniges Leben und durch ihn erfuhr sie Geschichten, die Mutter nur als unziemlich abgetan hätte. Die beiden Männer durften nicht mitbekommen, dass sie hier saß und lauschte. Sie war noch nie entdeckt worden und dies würde so bleiben. Dafür trug Jennyfea Sorge.

»Nun, mein Freund, hatte ich dir schon erzählt, dass mich der König zu seinem Ehrengast erklärt hat?«

»Nein, das hast du mir bisher verschwiegen. Wie kommst du zu der Ehre?«

»Ich darf seit einem Monat behaupten, dass wir es geschafft haben, die gesamte Hauptstadt von allen Dämonen befreit zu haben.«

Jennyfea schnaubte kaum hörbar. Dämonen waren das Hauptthema einer jeden Predigt, die sie sich mit ihrer Mutter regelmäßig anhören musste. Laut der Pastoren handelte es sich um kleine, hässliche Wesen, deren Aufgabe es war, Menschen zur Sünde zu verführen. Angeblich gab es diese Wesen tatsächlich und sie waren kein bloßes Hirngespinst der Kirche. Jennyfea zweifelte daran. Sie hatte nie solch einen Dämon gesehen.

»Das sind wahrlich grandiose Neuigkeiten, die du mir da bringst, mein Freund. Der König hat allen Grund, dich als Ehrengast einzuladen. Bei Gott, es wurde wirklich Zeit, diese Stadt von all der Sünde zu befreien.« Jennyfea hörte, wie ihr Vater zur Untermalung seiner Worte die Kaffeetasse etwas zu hart auf seinem Unterteller abstellte.

»Ich bin, um ehrlich zu sein, nicht nur gekommen, um dir davon zu berichten. Ich hatte mir gedacht, dass ich vielleicht deine Tochter und natürlich deine Frau mit zu Hofe nehmen könnte. Wie ich höre, gibt es einige heiratswillige Männer mit Rang und Namen in Jennyfeas Alter.«

Jennyfea verzog angewidert das Gesicht. Seit Wochen musste sie Mutter zu allen möglichen Soirees und Veranstaltungen begleiten, wobei ihre Mutter sie unablässig ermunterte, mit Wildfremden Konversation zu betreiben. Sie hatte wirklich keine Lust mehr auf derartige Abendgesellschaften.

Aber sie hoffte dennoch, dass ihr Vater einwilligte. Was weder er noch der Pastor wussten, war, dass sie den Sohn des Königs, Prinz Eugen, bereits kannte und recht gerne mochte. Ein Abend in seiner Gesellschaft versprach, angenehm zu werden.

»Jennyfea, wo steckst du?«, hörte sie da plötzlich ihre Mutter rufen. Schnell stand sie auf, schob den Vorhang beiseite und sprang leise auf die Steinstufen hinunter. Sie richtete ihren Rock und schlich sich dann über die Küche bis zu ihrer Kammer. Die Dienstboten wussten alle von ihren Lauschaktionen, waren aber ausnahmslos auf ihrer Seite, schon alleine, weil Jennyfea ihnen gerne ab und an Münzen zusteckte.

»Jennyfea?« Die Mutter klopfte an deren Tür und öffnete. Diese saß auf ihrem Bett und tat so, als sei sie auf ihre Stickarbeit konzentriert.

»Also nun wirklich, Kind. Verkriechst dich bei dem schönen Wetter zum Sticken in deinem Zimmer. Du hättest mir und Tante Rosemarie ruhig im Gartenpavillon Gesellschaft leisten können«, schimpfte ihre Mutter, die eintrat und tadelnd auf ihre Tochter hinuntersah. Jennyfea zuckte nur mit den Achseln. Was hätte sie auch erwidern sollen?

»Dann leg deine Arbeit weg. Wir wollen das neue Kleid anprobieren, das der Schneider eben für dich abgegeben hat. Bei der heutigen Soiree wird Lady Clintron mit ihren Söhnen anwesend sein.«

Die Anspielung genügte, um Jennyfea einen Seufzer zu entlocken. Da sie allerdings wusste, dass eine Diskussion zwecklos war, stand sie auf und folgte ihrer Mutter ins Ankleidezimmer. Ein ausladendes, hellblaues Kleid hing für sie bereit. »Liebes, du siehst bezaubernd aus. Die Leute werden begeistert sein.«

»Ja, ich muss auch sagen, dieses Kleid betont deine Haare. Die wirken sonst gerne etwas stumpf.« Tante Rosemarie war hinzugekommen und kommentierte in gewohnt spitzer Weise alles, was es an ihr zu kritisieren gab.

Jennyfea musste allerdings zugeben, dass sie das Kleid tatsächlich mochte. Am liebsten hätte sie ihre Mutter gefragt, ob sie mit zu Hofe durfte, aber sie schluckte die Frage hinunter. Immerhin würden ihre Eltern dann wissen, dass sie gelauscht hatte.

»Gut, zieh es wieder aus. Ich denke, es genügt, wenn wir uns in zwei Stunden zurechtmachen.«

Erleichtert schlüpfte Jennyfea wieder aus ihrem Zimmer. Mutter und Tante hatten versucht, sie mit in den Garten zu nehmen, aber sie war ihnen dann doch unter fadenscheinigen Ausreden entkommen.

Sie wagte es nicht mehr, in ihr vorheriges Versteck zurückzukehren. Stattdessen stieg sie die Stufen hinab bis in den Keller. Dort hatte sich hinter all den Kisten, Fässern und Lebensmittelschränken ihr Vater eine kleine Kammer eingerichtet. Selbst Jennyfea hatte sie nur durch Zufall gefunden und ihrem Vater daraufhin schwören müssen, der Mutter kein Wort darüber zu verraten. Die Kammer wurde von einer einzelnen Glühbirne erleuchtet. In hohen Schränken lagerten Schrauben, Kolben und andere Gebilde, die Jennyfea nicht einzuordnen wusste. Dies war der Ort, an dem ihr Vater seinen Traum lebte. Im Leben oberhalb der Kellertreppe leitete er ein Handelskontor. Hier unten wurde er zum Träumer.

Jennyfea atmete den leicht säuerlichen Geruch von Maschinenöl ein. Sie mochte ihn nicht besonders, aber aus irgendeinem Grund fand sie ihn beruhigend. Vermutlich, weil der Raum selbst diese Wirkung auf sie hatte. Ehrfurchtsvoll strich Jennyfea über eine kleine Maschine, die in der Mitte eines Tisches stand und mit all ihren Anzeigen und Zahnrädern wie ein eigenes Universum schien.

Sie besah sich einen Stapel Notizen und Skizzen neben der Maschine. »Zur Reise zwischen Zeiten oder Zeitachsen: Gewünschtes Datum und Ort/Achse eingeben, destilliertes Serum einfüllen und Starthebel betätigen.«

Ja, mein Vater ist fürwahr ein Träumer, dachte Jennyfea lächelnd. Was wohl dieses Serum enthielt? Sie hob sich ein kleines Röhrchen vor die Augen. Der Inhalt erinnerte sie leicht an Orangenlimonade, nur war er durchscheinender. Der Skizze folgend, füllte sie die Flüssigkeit in die vorgesehene Öffnung und drehte die drei Regler auf der Maschine wahllos hin und her. Wie schön wäre es doch, wenn die Erfindungen ihres Vaters tatsächlich funktionieren würden und nicht bloß Fantasie wären. Dann könnte sie bis zum Fest bei Hofe in der Zeit reisen und heimlich Prinz Eugen treffen.

Mit einem Lächeln drückte sie den Hebel hinab und schloss, versunken in ihren Tagtraum, die Augen.

Sofort riss Jennyfea die Augen wieder auf. Sie stand nicht mehr in dem geheimen Kellerraum. Stattdessen strich ihr ein kühler Wind übers Gesicht und sie fand sich auf einer grünen Wiese wieder. Die Maschine lag neben ihr, als hätte sie diese achtlos beiseite geworfen. Schnell stand sie auf und sah sich um. Jennyfea befand sich auf einer von Marktständen umsäumten Wiese. Die Menschen um sie herum wirkten fröhlich, redeten und schlenderten vorüber, ohne von Jennyfea groß Notiz zu nehmen.

»Du hast da was fallen lassen.« Jennyfea wirbelte herum. Ein junger Mann stand hinter ihr und hielt ihr die Maschine hin. Sie nahm sie entgegen und brachte geradeso ein gepresstes »Vielen Dank« heraus. Wie konnte er es wagen, derart unhöflich mit ihr zu sprechen? Sie sah ihm wütend nach. Seiner Kleidung nach zu urteilen, war er ein Bettler. Vermutlich konnte sie von Glück reden, dass er ihr die Maschine nicht einfach gestohlen hatte. Da konnte sie wohl keine höfliche, für eine Dame passende Anrede erwarten. Ihre Gedanken wanderten zur drängendsten Frage. Wo war sie und vor allem, wie war sie hierher gelangt?

Träumte sie womöglich? Nein! Dies alles hier fühlte sich zu real an. Solch einen Traum hatte sie noch nie gehabt. Immerhin spürte sie sogar die Unebenheiten der Wiese unter ihren Pantoffeln.

Aber wenn dies kein Traum war, dann blieb nur die Schlussfolgerung, dass diese Maschine doch funktionierte. Jennyfea war in einer anderen Zeit, wenn nicht sogar irgendwo in einer parallelen Zeitachse gelandet.

Eine Woge der Panik erfasste sie. Sie befand sich alleine in der Fremde, hatte nur ihre Hauspantoffeln an, das Haar fiel ihr unziemlich offen über die Schultern und sie hatte außer der Maschine rein gar nichts bei sich – weder Geld noch ihr Réticule.

Jennyfea atmete einige Male tief durch. Erstens: Sie war hergekommen und es gab daher sicher einen Rückweg. Zweitens: Sie wollte schon immer einmal ohne die strengen Blicke ihrer Mutter oder ihrer Tanten die Welt entdecken. Hier war ihre Chance. Und drittens konnte es hier nicht allzu schlimm sein. Sie sah einige Frauen, die ganz ähnliche Kleider trugen wie sie.

Was sie allerdings irritierte, war, dass diese kein Problem mit all den Bettlern und dem Gesinde zu haben schienen. Sie scherzten sogar miteinander.

Vaters Maschine fest im Arm wanderte Jennyfea an den Verkaufsständen vorbei. Sie fühlte sich beinahe wie in einem Märchen. Es gab so viele wundervolle Waren. Sehnsüchtig dachte Jennyfea an ihr Erspartes, das sie sicher in ihrer Schmuckschatulle verwahrt hatte. Hier hätte sie keine Sekunde gezögert und all das Geld ausgegeben. Ob sie ihre Münzen holen und einfach wieder zurückkehren konnte?

Zögerlich trat Jennyfea an einen Marktstand heran. »Was kostet diese Kette, Madame?«, fragte sie schüchtern.

»Madame hat mich in all den Jahren noch niemand genannt«, lachte eine dralle, kleine Frau, die sich von einem Schemel erhoben hatte, um näher an ihre Auslagen heranzutreten. »Die kostet acht Euro«, beantwortete sie Jennyfeas Frage höflich. Jennyfea schluckte. Hatte sie die Frau eben richtig verstanden? Von einer Währung dieses Namens hatte sie nie zuvor gehört. Schnell bedankte sie sich und lief weiter. »Steampunk?« Ein Kaufmann, der neben einer Kleiderstange stand, hatte sie angesprochen. Sie wusste nur nicht, was er von ihr wollte. Sie lächelte ihm freundlich zu.

»Ich finde deine Zeitmaschine echt genial. Viel besser als diese billigen Dekoteile, die man für paar Euro online kaufen kann. Hast du die selbst gebaut?« Jennyfea begriff, dass der Mann von ihrer Maschine sprach. »Zeitmaschine« hatte er sie genannt. Nun, sie konnte wohl nicht in der Zeit gereist sein. Bis auf dieses unsäglich unhöfliche »Du«, schienen ihr die Leute und ihre Gepflogenheiten zumindest ansatzweise vertraut. Sie wusste aus ihren Geschichtslektionen, wie sich die Menschen im Laufe der Zeit verändert hatten.

»Mein Vater hat sie gebaut«, antwortete Jennyfea schlicht. »Du hast einen coolen Vater. Hut ab.«

Jennyfea fragte sich, ob »cool« eine Beleidigung oder ein Lob war. Jedenfalls wusste sie nicht, wie sie sich diesem Gespräch wieder entziehen konnte. Da begann aus dem Nichts ein Lärm, bei dem sich die junge Frau, ohne nachzudenken, die Ohren zuhielt.

»Kein Freund von Backpipe-Rock, was?«, lachte der Mann. »Ich auch nicht. Weniger Dudelsack ist mir lieber.« Er wandte sich ab und sortierte Tücher in einem Weidenkorb. »Vielleicht sieht man sich dieses Wochenende nochmal.«

Der Kaufmann winkte und Jennyfea ging erleichtert, noch immer die Hände auf den Ohren, weiter. Sie fragte sich, ob sie wegrennen oder nach dem Ursprung des Lärms Ausschau halten sollte. Am Ende entschied sie sich für Ersteres.

So schnell sie konnte, brachte sie so viel Abstand zwischen sich und dem, was sie nur als Gejaule zu beschreiben vermochte. Abseits von all dem Trubel ließ sie sich auf einer Baumwurzel nieder und besah sich die Maschine ihres Vaters näher. Wie kam sie zurück? Da waren der Hebel und die Einfüllvorrichtung für das Elixier. Nur wie funktionierten diese drehbaren Skalen?

Sie brauchte gar nicht lange, bis sie verstand, dass die Maschine nicht so kompliziert war, wie sie im ersten Moment schien. Mit dem ersten Regler konnte sie ein Ziel auswählen. Der zweite bestimmte den Tag und der dritte das Jahr. Eben stand dort: Goldberg, Selb – 07. September – 2025. Sie wusste weder, wo dieser Goldberg lag, noch schien ihr die Datumsangabe schlüssig. Dort, wo sie herkam, bestimmte man Tag und Jahr anders. Geschickt drehte sie an den kleinen Rädchen, bis sich die winzigen Buchstaben und Ziffern neu angeordnet hatten. Jennyfea schloss die Augen und drückte den Hebel hinunter.

Sie brauchte die Augen nicht zu öffnen, um zu wissen, dass es nicht funktioniert hatte. Die Geräusche um sie her hatten sich nicht verändert. Panik umfing sie wieder. Sie fand es unmöglich, an etwas anderes zu denken als an: *Wie komme ich nach Hause?* Erst, nachdem sie einige Male tief durchgeatmet und sich beruhigend zugeredet hatte, ließ die lähmende Angst nach. Ihr Blick fiel auf das Röhrchen. Natürlich! Sie brauchte das Elixier. Wäre sie nicht gleich panisch geworden, hätte sie eher daran gedacht. Wie und wo bekam sie nur Nachschub? Gab es so etwas in dieser parallelen Zeitachse überhaupt?

Langsam stand sie von der Baumwurzel auf und sah sich um. Sie musste jemanden fragen. Die Teerstraße hinauf würde sie sicherlich nicht nehmen. Der ohrenbetäubende Lärm hatte noch immer nicht aufgehört. Der Kaufmann, mit dem sie sich vorher so freundlich unterhalten hatte, hätte ihr womöglich helfen können. Aber nein. Sie musste warten, bis das Gejaule aufhörte.

Stattdessen ging sie daher die Teerstraße hinab. Als ihr eine Frau entgegenkam, deren Kleid ihrem sehr ähnelte, ging sie mutig auf diese zu.

»Entschuldigen Sie, kennen Sie sich mit Zeitmaschinen aus? Ich brauche Reiseelixier und wüsste gerne, wo ich ein solches finde.«

Die Frau lachte vergnügt. »Ich liebe diese Gewandung. LARP, oder?«

»Wie bitte?«, fragte Jennyfea verwirrt. Die Frau grinste. »Also ich finde ja, Met geht als Elixier immer. Den holen wir uns jetzt nämlich.« Sie winkte Jennyfea nochmal zum Abschied und zog dann einen jungen Mann unschicklich hinter sich her. Manieren hatte hier wirklich niemand, so schien es ihr.

Unschlüssig, wen sie als nächstes fragen sollte, ging sie weiter. Sie kam an einem kleinen Häuschen vorbei. Verwundert stellte sie fest, dass davor ein Sofa stand. Natürlich kannte sie Sofas, aber nur aus eleganten Zimmern, in denen sich die feine Gesellschaft zu Klaviermusik unterhielt. Wobei dieses ein besonders denkwürdiges Exemplar war. Ihrer Tante wäre es nicht ins Haus gekommen. Ein junger Mann sah zu ihr herüber und rief: »Nur hereinspaziert!«

Sie wusste zwar nicht, was er ihr damit sagen wollte, folgte aber spontan seiner Anweisung und trat ein. Der mit vielen Türen bestückte Raum verwirrte sie. Was sollte sie hier? War das eine Art Spiegelkabinett nur mit Türen? Vorsichtig öffnete sie eine davon und ihre Mundwinkel hoben sich. Toiletten! Ja, diese kannte sie, wenn auch in anderen Ausführungen. Jennyfea war sichtlich erleichtert zu wissen, dass es in dieser Welt ebenfalls Toiletten gab. Sie beschloss, von einer Gebrauch zu machen, wenn sie schon einmal hier war.

Nachdem sie ihre Notdurft verrichtet und die Röcke wieder zu Boden hatte fallen lassen, vernahm sie plötzlich eine Stimme: »Sucht Ihr vielleicht das hier?« Erschrocken und verwirrt zugleich hob Jennyfea den Kopf. Über ihr hing von einer der dünnen Toilettenwände ein kleines, schrumpeliges Wesen kopfüber herab. Seine langen Zehen hatten sich geschickt festgekrallt, während es mit den langfingrigen Händen eine kleine Phiole vor Jennyfeas Gesicht hin und her schwenkte. Jennyfea erkannte es sofort. Es war das gesuchte Elixier.

»Wer seid Ihr und woher wisst Ihr, dass ich dieses Elixier suche?« Sie fragte sich, ob dieses Wesen sie auf der Toilette beobachtet hatte. Aber für Eitelkeiten war keine Zeit.

»Die Antworten tun wohl nichts zur Sache. Ich weiß es und ich habe, was Ihr braucht. Nun, wollt Ihr es?«

»Es wäre sehr freundlich, wenn Ihr es mir überließet«, antwortete Jennyfea.

Das Wesen lächelte und entblößte dabei eine Reihe spitzer Zähne. Es ließ sich fallen, drehte sich dabei einmal in der Luft und landete geschickt auf der Klobrille, wo es sich mit verschränkten Ärmchen gegen die Wand lehnte.

»Ich schlage Euch einen Handel vor.«

Jennyfea nickte zum Zeichen, dass es fortfahren sollte.

»Ich gebe Euch das Elixier und Ihr nehmt mich dorthin mit, wo Ihr hergekommen seid.«

»Ich weiß nicht, ob das überhaupt geht«, entgegnete Jennyfea. »Weshalb möchtet Ihr denn mit mir mit? Gefällt es Euch hier nicht?«

»Ich bin ein Kobold und es einfach leid, ständig missverstanden zu werden. Entweder die Menschen finden mich niedlich und erwarten irgendwelche Wunder von mir oder sie fürchten sich, weil ich angeblich Späße treibe. Dabei mag ich weder Späße, noch kann ich zaubern.« Der Kobold sah Jennyfea so traurig an, dass sie Mitleid mit dem Wesen bekam.

»In meiner Welt gibt es keine Kobolde. Ihr wärt dort ganz schrecklich alleine.« Er zuckte mit den Achseln. »Das macht mir nichts. Sollte ich mich einsam fühlen, weiß ich ja jetzt, dass es diese wundervolle Maschine gibt, mit der ich nach Hause reisen kann. Aber ich bin wirklich gerne alleine.«

Jennyfea nickte langsam. Es gab keinen Grund, weshalb sie dem Kobold seinen Wunsch abschlagen sollte. Sie wusste zwar nicht, wie die Menschen auf ihn reagieren würden, aber damit musste er sich herumschlagen und nicht sie.

»Gut, abgemacht. Ihr dürft mit.«

Jennyfea nahm die Phiole an sich und schüttete das Reiseelixier in ihre Maschine. Der Kobold hüpfte näher an sie heran und nahm Jennyfeas Hand. Mit der anderen drückte sie den Hebel hinunter.

Es dauerte nur einen Wimpernschlag und sie landete mit dem Kopf voraus unsanft auf einem immerhin weichen Untergrund. Da sie sich erst orientieren musste, vernahm sie zwar die aufgeregten Stimmen um sie herum, allerdings nicht, was genau diese sagten. Jemand packte sie an der Schulter und drehte sie herum.

Sie blickte in die schreckgeweiteten Augen ihres Vaters. »Tut mir leid, Vater. Deine Maschine … Ich … «

»Steh auf«, sagte er ungewohnt knapp.

Jennyfea gehorchte und richtete sich dabei ihre Kleider. Ihr Vater beugte sich zu Boden, hob seine Maschine auf und stellte sie behutsam auf den Schreibtisch. Da bemerkte Jennyfea den Pastor.

Sie war direkt in ihrer beider Unterhaltung gelandet – den Tassen nach zu urteilen.

Der Pastor war beinahe noch weißer im Gesicht als ihr Vater.

»Es tut mir wirklich leid«, wiederholte Jennyfea, diesmal an den Priester gewandt. »Ich wollte Euch nicht schrecken.«

Der Pastor warf Jennyfea einen Blick zu, den sie kaum deuten konnte. War es Enttäuschung oder eher Unglauben? Zumindest kein Schrecken, wie sie anfangs vermutet hatte.

Er wandte sich an Vater und sprach: »So wie die Dinge zu stehen scheinen, sehe ich mich außer Stande, die Einladung zum Hofe weiterhin aufrecht zu erhalten. Einen guten Tag.«

Mit diesen Worten setzte der Pastor seinen schwarzen, schlichten Zylinder auf sein Haupt und verließ eilig das Büro.

»Vater?« Jennyfea verstand die Welt nicht mehr. Zum dritten Mal entschuldigte sie sich.

Mit langsamer Stimme begann er zu sprechen, beinahe bedächtig. Dabei sah er sie nicht an, sondern starrte unentwegt auf seine Maschine.

»Ich bin zwar nicht erfreut, dass du meine Maschine benutzt hast, aber da du sicher heimgekehrt bist, bin ich geneigt, diesen Fehltritt zu verzeihen. Dass du aber hier auftauchst mit einem Dämon der Sünde an deiner Hand, hätte ich von dir niemals erwartet.«

»Er sagte, er sei ein Kobold, kein Dämon, und er wollte, dass ich ihn mit hierher nehme.«

»Spar dir deine Lügen. Der Pastor und ich haben beide gesehen, dass du mit der Sünde selbst Hand in Hand hier auftauchtest. Der Pastor hatte eben angeboten, dass du ihn mit Mutter zum Hofe begleiten dürftest. Dieses Privileg hast du dir verspielt und nicht nur das. Es wird ein Verfahren gegen dich geben.«

Jennyfea schluckte. Sie wusste, was ein Verfahren bedeutete. Wenn sie Glück hatte, musste sie wegen Sünde nur die Stadt verlassen. Wenn sie Pech hatte, würden sie sie bei lebendigem Leib in einen ihrer Glutöfen werfen, die sonst nur mit Kohle beheizt wurden. Öfen, von denen niemand wusste, was sie antrieben. Jennyfea nickte. Nun war auch sie bleich und ihr wurde übel.

»Kann ich gehen?«, flüsterte sie tonlos. Der Vater sah sie noch immer nicht an. »Meinetwegen. Der Pastor holt die Stadtwache. Du wirst so oder so nicht weit kommen.«

Jennyfea ging aus dem Zimmer und begann dann zu rennen. Sie war sich sicher, dass sie keinen Dämon mitgebracht hatte. Er hatte sie immerhin zu keiner Sünde verführt, dies noch nicht einmal versucht. Allerdings zählte das Wort des Pastors mehr als ihres. Es gab nur einen, der ihr helfen konnte und das war Prinz Eugen. Sie stieß die Eingangstür auf und raffte eben die Röcke, um die enge Gasse hinaufzusprinten, da nahmen ihr zwei schwarze Gestalten die Sicht. Jennyfea schrie auf, als sie ihr die Hände auf den Rücken drehten.

Sie machte erst gar nicht den Versuch, sich loszureißen. Es war offensichtlich, dass sie gegen die beiden Männer keine Chance hatte.

Von den Wachen flankiert, wurde Jennyfea die Gasse entlanggeschoben. Sie wollte die Männer davon überzeugen, dass sie unschuldig war, wusste aber, dass jedes Wort sinnlos gewesen wäre. Ihre Erklärungen musste sie sich für später aufheben, falls man sie überhaupt anhören würde. Statt zu protestieren, setzte sie daher einen Fuß vor den anderen und blickte stoisch auf das Pflaster unter ihren Pantoffeln.

Nur wenige Straßen weiter tauchte der Regierungssitz auf. Der imposante Bau überragte all die anderen Gebäude der Stadt. Die Wachen führten sie allerdings am von Säulen flankierten Haupteingang vorbei und durch eine unscheinbare Tür an der Westseite des Gebäudes. Breite Steinstufen führten in die Eingeweide des Bauwerks. Jennyfea hatte vom ersten Moment an geahnt, dass man sie hierher bringen würde. Sie kannte den engen Gang, welchen sie eben betraten, aus Erzählungen.

Eine der Wachen wandte sich zur Seite und betätigte einen, in einer bronzenen Tür eingearbeiteten, Drehmechanismus. Zahnräder knirschten und die Tür schwang auf. Jennyfea wurde bestimmt und mit Nachdruck in den dahinterliegenden Raum geschoben. Sie stand in einem kargen Verlies, das nur von spärlichem Licht erhellt wurde, das durch ein kleines Fenster nahe der Decke fiel. Der Boden war aus schlichtem Beton. An der Wand stand ein schmales Eisenbett, auf dem eine dünne Matratze lag. Gegenüber befand sich ein kleines Waschbecken neben einem WC, das in den Raum ragte. Jennyfea wusste, dass sie Glück hatte, hierher gebracht worden zu sein. Wäre sie keine privilegierte Bürgerin, hätte man sie in die Haftanstalt geschafft, wo die Zustände weniger komfortabel waren.

Jennyfea ließ sich auf das Bett sinken und rieb sich die Schläfen. Sie hatte das Gefühl, von den Ereignissen überrollt worden zu sein. Hier zu sitzen, schien ihr so unwirklich, dass sie sich selbst zwingen musste, einen klaren Gedanken zu fassen. Sie wusste, dass sie sich jetzt etwas überlegen musste: sei es ein Plan oder wenigstens eine vage Strategie.

Bevor sie allerdings überhaupt zu einem sinnvollen Entschluss gelangen konnte, bewegte sich die Tür zu ihrem Gefängnis. Das schwere Metall schwang nach innen und Jennyfea sah ihren Vater in der Tür stehen. Verwirrt stand sie auf.

»Vater?«, fragte sie vorsichtig. Er nickte den beiden Wachen zu, die hinter ihm standen, trat in den Raum und wartete, bis er mit seiner Tochter alleine war. »Vater, ich schwöre dir bei allen Heiligen, dass ich keinem Dämon erlegen bin. Du musst mir glauben. Er sagte, er … « Weiter kam sie nicht, denn Vater hob die Hand und gebot ihr zu schweigen.

»Wir haben nicht viel Zeit. Hör mir zu, Tochter. Was du mit dir brachtest, war ein Dämon. Daran besteht kein Zweifel. Ich weiß allerdings, wohin du reistest und auch, dass er keine Zeit hatte, seine Kunst an dir zu erproben. Du warst wohl nur ein Mittel für ihn, hierher zurückzukehren, nachdem der Pastor erst den letzten seiner Art verbannen konnte. Bitte verzeih, dass ich dich vorher der Lüge bezichtigt habe. Ich war vor Schreck nicht bei Sinnen.«

»Aber, wenn du mir glaubst, dann muss der Pastor dies doch auch verstehen. Ich bin unschuldig.« Jennyfeas Vater schüttelte den Kopf. »Er ist zu geblendet von der Macht, die ihm der König versprochen hat. Wer ihm im Weg steht, muss weichen.« Jennyfeas Vater schlug seinen Mantel zurück. Sie staunte, als sie die Maschine sah, die sich ihr Vater um den Bauch geschnallt hatte.

»Wir müssen uns beeilen. Ich werde dich zurück zum Goldberg bringen. Dort werden wir reden.«

Aus seiner Manteltasche zog Jennyfeas Vater eine verkorkte Phiole. Ihr Vater wollte den Inhalt eben in die Maschine füllen, als ihn Jennyfea zurückhielt. »Wir brauchen doch auch Elixier, um zurückzureisen.« Sie wollte nicht noch einmal in einer ihr fremden Zeitachse feststecken.

Ihr Vater schob erneut die Hand in die Tasche und zog mehrere in Stofftaschentücher gewickelte Phiolen hervor. »Reiseelixier wird kein Problem sein.«

Jennyfea nickte und berührte die Maschine, sobald ihr Vater seine Hand an den Knauf des Hebels legte. Bevor er ihn zu sich zog, sah er kurz auf und sein Blick begegnete Jennyfeas. Sie sah Angst und Sorge in ihnen treiben, aber auch Entschlossenheit und Liebe. Jennyfea lächelte und die Zelle verschwamm vor ihren Augen.

Wieder spürte sie Gras unter ihren Pantoffeln. Diesmal stand sie aufrecht. Es schien beinahe, als habe sie langsam Übung im Zeitreisen. Ihr Vater stand neben ihr und lächelte erleichtert.

»Komm«, sagte er schlicht und winkte ihr, ihm zu folgen. Sie kamen zu dem Baum, auf dessen Wurzel Jennyfea erst vor wenigen Stunden gesessen hatte. Sie setzten sich und beobachteten das Treiben. Irgendwann unterbrach Jennyfeas Vater das Schweigen.

»Ich war schon öfter hier. Es ist ein wundervoller Ort. Sie nennen diese Veranstaltung Festival-Mediaval.«

»Ich verstehe sie nicht ganz«, gab Jennyfea zu.

»Ja, so ging es mir anfangs auch. Diese Welt ist unserer eigentlich gar nicht sonderlich unähnlich. Die Menschen tragen andere Kleidung und nutzen vor allem Strom für ihre Maschinen. Dennoch kennen sie wie wir Leid und Freude.«

»Die Kleidung sieht nicht sonderlich anders aus«, kommentierte Jennyfea.

»Das liegt daran, dass dies ein Festival ist. Die Menschen treffen sich für drei Tage im Jahr und verkleiden sich. Nur, weil manche Leute hier beispielsweise wie Bettler scheinen, heißt dies nicht, dass sie es sind. Sie tauchen für drei Tage in eine andere Rolle ein.«

»Das heißt, ein Festival ist ein Kostümball?«

»Nein, es ist ein Ort, an dem sich Menschen treffen, die die gleichen Freuden teilen. Sie leben ihre ganz individuelle Fantasie und tauschen sich zu Kunst und ihrer Weltanschauung aus. Was diese Menschen tragen, ist kein Kostüm, es ist mehr ein Zeichen für Freude und Einzigartigkeit.«

Jennyfea nickte langsam. »Das klingt schön. Aber wie hilft mir das bei meinem Problem weiter?«

Jennyfeas Vater seufzte. »Solange der Pastor in der Stadt ist, kannst du nicht zurückkehren. Selbst, wenn ich dich aufs Land schickte, würde er dich finden. Du weißt, dass man munkelt, er habe mehr Anhänger als der König. Ich fürchte, die Gerüchte sind wahr. Ich möchte, dass du in Sicherheit bist und in dieser Welt hier bleibst.«

»Aber wie? Das heißt, Prinz Eugen hätte mir nicht helfen können?« Jennyfeas Mund wurde trocken.

»Nein, hätte er wohl nicht. Stell es dir wie die Fahrten ins Grüne vor, die wir immer unternommen haben. Du wirst dir hier ein Leben aufbauen. Sobald ich kann, bringe ich dir eine eigene Maschine, mit der du uns besuchen kommen kannst. Bis dahin werde ich dich regelmäßig besuchen und dich lehren, was ich weiß.«

»Aber was ist mit Mutter und Tante?«

»Ich werde mir etwas einfallen lassen.«

»Man wird mich sicherlich vermissen, wenn du alleine zurückkehrst.«

»Sicherlich …«

»Dann wird man dich doch verdächtigen, du hättest mich befreit.«

»Vor deiner Zelle stehen zwei Wachen. Sie hätten es bemerkt, wenn du entkommen wärst oder ich dich hinausgeschmuggelt hätte.« Vater lächelte verschmitzt und zwinkerte. »Ich hatte eigentlich damit gerechnet, dass du mich nach Prinz Eugen fragst. Du scheinst vernarrt in ihn.«

Jennyfea zuckte mit den Schultern. »Nicht sonderlich. Ich wusste nur, dass ich wohl irgendwann heiraten muss und er hat wenigstens Geist und Humor.«

»Nun, hier wirst du dich wohl selbst um einen Ehemann kümmern müssen. Oder du bleibst alleine. Die Regeln in dieser Zeitebene sind anders.« Er stand auf. »Lass uns mal sehen, wie wir Dir bei Deinem neuen Leben auf die Sprünge helfen können.«

»Wo gehst Du hin?«

»Dich einem guten Freund und Fotografen vorstellen, der dir all das beibringen wird, was ich über diesen Zeitstrang nicht weiß. Bernd Sonntag wird dich unter seine Fittiche nehmen, so wie er es auch bereits einmal mit mir getan hat.«

© Autorenfoto

Helmut Gotschy

1977 hatte Helmut Gotschy eine Begegnung, die sein Leben komplett auf den Kopf stellen sollte. Er traf eine Drehleierspielerin. Ab dem Moment hatte er nur noch den Wunsch, diese seltsamen Instrumente zu bauen. Bald waren seine Drehleiern in aller Welt gefragt – stellten sie doch die Bordunjunkies ruhig. Ab 2008 holten ihn die Folgen einer Kinderkrankheit ein. Er begann zu schreiben, plant und vollzieht Morde!

»Ich als unbekannter Schwaben-Krimi-Autor mit *Tod im Drachenzuber* auf dem Mediaval 2019. Das hätte ich mir nie und nimmer träumen lassen. Ich saß auf der Bühne und konnte es nicht fassen! Kaum hatte ich angefangen zu lesen, wurden es mehr und mehr und mehr Zuhörer, die sich dicht an dicht unter der Plane drängten. Aber nicht, weil mein Krimi so toll war, sondern weil es draußen wie aus Eimern schüttete. Fazit: Als Krimiautor hat man es immerhin trocken.«

www.helmut-gotschy.de

J. J. O'Donoghues Trip nach Bayern

J. J. O'Donoghue hatte es nie anders erlebt, als dass ihm kaum jemand Beachtung schenkte. Er kannte es nicht anders. Er war quasi unsichtbar oder eher durchsichtig, dabei leicht verschwommen, so, als ob eine gefrorene Wasserlache nach heftigem Winterregen vom Asphalt hochgehoben würde und man hindurchsehen konnte; den blassen Himmel, die kahlen Bäume oder andere, sichtbare Menschen. So kam er sich jedenfalls vor. Wobei er doch ein waschechter Ire war, ein Irishman, ein Nachfahre der sagenumwobenen Druidenanbeter, Steinkreuzklopfer und Kunstknotenknüpfer, der sich allmählich von Cork über Limerick nach Galway hochgetinkert und nun bei Leos Taverne einen Job hinter dem Tresen gefunden hatte.

Er war allerdings nicht einer jener keltischen Sorte, die mit schwarzen, dicken Haaren und strahlend sternefunkelblauen Augen die ganze Welt erobert hatten, sondern eher einer der anderen Art, kurzgewachsen mit roten Haaren, blasser Haut, grünen Augen und getüpfelten unregelmäßigen Sommersprossen. Mit schiefen Zähnen, abgekauten Fingernägeln, die so kurz waren, dass er damit nicht einmal selbst die dickeren Popel aus der ziemlich stupsig gewachsenen Nase pfriemeln konnte. Und falls er doch einmal einen erwischte, wusste er nicht wohin damit und steckte ihn sonst wohin. Konnte ja keiner sehen, denn J. J. O'Donoghue war ja, wie eingangs schon gesagt, unsichtbar.

»Hey Paddy, mogst net fir an jedn vo uns no a Pint mocha?«

J. J. O'Donoghue konnte es überhaupt nicht ab, wenn man ihn einfach ›Paddy‹ nannte, ›Paddy‹ – der stumpfsinnige Ire, der Hinterwäldler, ›Paddy-Paddy-Paddy‹, dabei war er ein Urenkel (unehelicherseits) des wohl bekanntesten Iren since ever und J. J. O'Donoghue wünschte sich nichts so sehr, als in seine Fußstapfen zu treten, nur ein einziges Mal!

»Klar doch gerne, warum auch nicht! Wo solls'n jetzt hingeh'n? War übrigens 'n prima Auftritt gestern Abend. So voll war Leos Taverne schon lang nicht mehr, stimmt's nicht, Jungs?«

»Wann's du des sogst!«

Oh my God, was für eine holprige Sprache, was die Jungs doch sprechen, dachte J. J. O'Donoghue, deshalb fragte er nach. »Sagt's mal, wo kommt's ihr denn her? Bestimmt von weiter weg, stimmt's nicht, Jungs? Ach so, noch was, hab ich ganz vergessen. Wie heißt's ihr nochmal?«

»Mir han der *Polkaholisch-Bavarokeltische Dudelsackwahn*«, mit erhobenem Zeigefinger fügte er hinzu: »Ee-Vau! und kemma aus Bayern, und dahin geht's au wieder zruck, glei, wammer z'samm packt ham.«

Bayern! Das Wort Bayern durchzuckte J. J. O'Donoghue wie ein Blitz. Für ihn war Bayern so etwas wie das gelobte Land schlechthin: blaue Seen, hohe Berge, dralle Weiber und Bieeeer ohne Ende, ganze Seen voll davon; allerdings genauso weit entfernt wie zum Beispiel der Mars, sprich: schlichtweg unerreichbar! Und bevor er überhaupt dazu kam, lange nachzudenken, sprudelte ihm, nachdem er die fünf Pints gezapft und den dicken cremigen Schaum obenauf mit einem kunstvollen Shamrock verziert hatte, eine fast schon ungehörige Frage aus dem Mund: »Be Jesus Christ, for fuck's sake, Bayern!

Wie schön muss es da sein. Wie schaut's aus Jungs, nehmt's ihr mich mit?«

Wie auf Kommando sahen die fünf hoch, alle gleichzeitig und einer, der stämmige Dudelsackspieler, sagte: »Wie jetzat, du wuisst echt mit? Woast scho, dass des a ganz a lange Streckn is. Und vui Platz hammer eh net, woast scho, in dem Van wird' recht eng wern.«

»Kein Grund zur Sorge, ich mach' mich dünn, fast unsichtbar. Bin gleich zurück Jungs, wartet's nur solang, ich hab nicht viel, und bis ihr ausgetrunken habt's, bin ich längst wieder da.«

Sie waren wirklich, wirklich lange unterwegs. Erst von Leos Taverne in Donegal runter nach Dublin, jener Stadt, in der sein Urgroßvater (unehelicherseits) – abgesehen von seinen Ausflügen nach Triest – sein Unwesen getrieben hatte, von da mit der Fähre rüber nach Holyhead, quer durch England, wieder auf die Fähre, rüber nach Frankreich, von da quer durch Belgien und dann nach Deutschland und durch und durch immer Richtung Osten, bis sie endlich, endlich in Bayern angekommen waren.

J. J. O'Donoghue hatte die meiste Zeit, eingequetscht zwischen Trommeln, Dudelsackkästen, Klamottenköfferchen, Schlafsäcken und leeren beziehungsweise unterwegs geleerten Bierkisten, bis über die Ohren in seine Decke eingemummt, von alledem so gut wie nichts mitbekommen, und war nur zwei- oder dreimal zum Kaffeetrinken und zum Pissen ausgestiegen und danach sofort wieder eingepennt. Dabei träumte er von seinem berühmten Urgroßvater (unehelicherseits), dem Mann mit dem dunklen Hut, der runden Brille, den Weibergeschichten und den verschrobenen Ansichten und wollte so sein wie er: berühmt!

J. J. O'Donoghue hatte sich vorgenommen, während seiner Bayernreise alles zu notieren und vielleicht sogar das eine oder andere Gedicht zu schreiben: über all das, was so anders sein würde in Bayern als in seinem Kaff daheim nahe Cork und im hohen Norden Irlands. Der Gegend mit den unsäglichen Mooren, den melancholischen Eingeborenen, den Trunkenbolden, die sich nach den alten Zeiten der Torfstecherei sehnten, stundenlang übers Wetter reden konnten und sich am Ende »*Have a nice day*« wünschten und sich dabei mit dem Finger an die Kappenkrempe tippten. Jaja, es gab sie immer noch, diese Old Irishmen, durch deren Herzen noch immer das heiße Blut der IRA strömte.

»He, wach auf du Schlafmütze, mir han da!«

»Wo, etwa schon in Bayern?«

»Ja freili, wo denkst au hi? Mir han vo der schnellen Truppe.«

J. J. O'Donoghue stieg aus dem Van und rieb sich die Augen. Bayern. Endlich! Aber was war das denn?

Wo waren die Almhütten, die Bierzelte, die kühlen Wälder, die blauen Seen mit den Bergen im Hintergrund; wo die drallen Weiber in den Dirndln mit den Arschbackenmöpsen und den strammen Waderln, wo die wamperten Männer in ledernen Kniebundhosen, Haferlschuhen und begamsbarteten Hüten? Der Ire holte tief Luft und sah sich um. Also Bayern hatte er sich wirklich ganz und gar anders vorgestellt!

Ein stattlicher Herr mit gegürtetem Wams, genäht aus grünrotem Fahnenzwirn, ein samtenes Tischtuch um Nacken und Schultern gelegt, obenauf ein blauer Turban mit Goldstickerei und Fasanenfedern geschmückt, auf der Nase eine ultramodefarbene Gleitsichtbrille.

Ein andrer, zauselig ergraut schon die Haarpracht, dabei gewandet in Resten barocker Gardinen mit Zipfeln und messingnen Ärmelstulpen, den Blick durch die Eichenlaubmaske aufs I-Phone gerichtet und darübergewischt.

Doch dann wurde J. J. O'Donoghue nach vorne geschoben in Richtung der Bühne. Es gab Musik, für ihn unerhörte Klänge und Rhythmen, flugs zog er Heft und Stift aus der Tasche und notierte, was passierte.

Ne Klezmer Gruppe – drei Männer aus Polen
Wurden auf der Fahrt nicht einmal bestohlen
Mit Quetsche, Geige, Trommel und Bass
Verbreiten sie ruckzuck tanzbaren Spaß
Die lustige Dreierbande aus Polen

Ihr Rhythmus geht vom Ohr in die Beine
Wer je getanzt hat, weiß, was ich meine
Eins und zwei und drei und vier
Von wegen weiter – wir bleiben hier
Und hüpfen und lüpfen die Beine

Sie spielen Musik aus allen Weltecken
Nicht bloß Polka, nicht ums Verrecken
Jazz und Folk aus aller Welt
Gerade so, wie es ihnen gefällt
Die müssen sich nicht in Nischen verstecken

Silber und Messing zierten Nase, Lippen, Auge und Ohr der Schönen, die fröhlich lächelte, als er sich mit abwesendem Blick an ihr vorbeischleichen wollte. IHM, ihm hat sie zugelächelt. Doch halt, galt die Freude etwa ihrem Sprössling, der laut quietschend mit schnabelgelben Gehörschutzstulpen auf sie zueilte, die Ärmchen in die Höhe gereckt, das Mündlein mit Ketchup verschmiert? Ja, klar doch, denn der Ire war ja unsichtbar.

Maskierte und Gewandete eilten durch die Furt dem Platz mit einer weiteren Bühne zu. Gedränge, je näher er kam, dann erste Töne, eine Männerstimme lobte sein Blasinstrument und meinte, sein Dudelsack wäre super!

Sie kommen selbst aus Austria
Nur über die Donau, schon warn sie da
Die Musik jedoch, die ist geklaut
Sie spielen brav, so gar nicht laut
Die Buam und des Maderl von Austria

Doch halt, sie können auch rocken
Wenn's Maderl den Sack bläst, haut's dich von den Socken
Sie tänzelt und schwänzelt und neckt
Ihre Reize sie höchst selten versteckt
Die versteht es, die Jungs nach vorne zu locken

Und J.J. O'Donoghue spürte, wie ihm das Reimblut seines Urgroßvaters (unehelicherseits) durch die Adern schoss, er lauschte der inneren Stimme und schrieb weiter:

Das Blasrohr umschmeichelt von Lippen
Ne Honigmuschel mit Austerngeschmack
Melönchen im Takte keck wippen
Sie klimpern beim Pimpern – klack-klack

Doch J. J. O'Donoghue blieb keine Zeit zum Träumen, Tränen traten in seine Augen, als er den Blick von der schönen Maid, die ihre Lippen lustvoll um das Blasrohr ihres Sackes gelegt hatte, löste und wandte sich ab. Unerreichbar, erst recht für ihn, den Unsichtbaren mit der Erblast des Urgroßvaters.

Clownereien allenthalben. Jongleure, Feuerspucker und Narrenzunft, die ihr Hütchen wohlfeil zu Füßen gelegt hatten und darum baten, es möge doch mehr rascheln als klimpern. Was sie bekamen, waren Kopfschütteln und Gelächter und dann und wann gefälliges, trostspendendes Handgeklapper.

Auch Ältere waren da. Geflocht'ne Haare, golddurchwirktes

Grau, mit reichlich Rouge auf beiden Backen. Mit Röcken über Röcken, Schärpen, Bommeln, Quastenwerk, doch fröhlich, unbeschwert klimperte ihr Geschmeide beim Tanz. Der Gatte, etwas abseits, eher hochbetagt, mit wissender Erinnerung an längst vergangene Tage.

Doch weiter. J. J. O'Donoghue verspürte Hunger, er näherte sich dem Zelt der schweinernen Düfte und dem lodernden Flammengrill. Gestalten mit tierischen Hörnern in Händen stolperten ihm rotgesichtig entgegen und wirkten gesättigt und zufrieden.

»Sind das Maßkrüge?«, fragte er denjenigen, der gerade sein Horn abgesetzt und sich mit der Lederstulpe den Rest von den Lippen gewischt hatte.

»Sag mal, wo kommst du denn her? Das ist ein Büffelhorn, gefüllt mit Met, dem Nektar der emsigen Bienen. Du hast wohl noch nie einen Maßkrug gesehen?«

J. J. O'Donoghue schüttelte betreten den Kopf, trollte sich und stellte sich ans hintere Ende der Schlange, die bei den Feuerpeitschen anstand. Doch bevor er nur in die Nähe der Grillmeister kam, erscholl von draußen tumultartiger Lärm. Das halbe Zelt drängte nach draußen. Wieder gab es Musik. Diesmal für ihn nichts Neues aber doch ganz anders. Was war das denn?

Ja hoppla, jetzt kommen sogar Rumänen
Das Haupthaar gefärbt mit farbigen Strähnen
Wiedergeborene aus Transsylvanien
Spielen von Dänemark bis runter nach Spanien
Dann geht's wieder heimwärts zu den Rumänen

Flöten, Gitarren mit Trommelgewitter
Lassen Clubs und Bühnen erzittern

Keltische Weisen, verwurschtelt mit Punk
Doch! Sowas gibt es – Gott sei Dank
Da fliegen Fetzen und Funkenflugsplitter

Jung sind sie noch, das kann man wohl sagen
Nur wer jung ist, kann soetwas wagen
Onetwo, onetwo, whiskey in the jar
Ein Bundesland für eine Bar
Nimm dein Glas und kipp's in den Kragen

Weltenfern gekleidete Blumenmädchen, auf Stelzen tänzelnd, kreuzten J. J. O'Donoghues Weg, verteilten Rosen und Margeriten und beugten sich zu den Kleinsten nieder, die dann angstvoll zu Mama rannten und sich an ihren Schoß drückten, die Ärmsten.

Manchen reichte ein geflochtener Kranz aus noch unverwelkten Birkenblättchen, mit dem sie ihre Häupter schmückten und frohgemut entlang der Stände schlenderten. Sie rochen an Seifen. Strichen über gefärbte Wolle, die frisch aus dem Kräutersud gezogen, prüften die Schärfe der handgeschmiedeten Schwerter und die Messerschäfte. Sie tunkten die Finger in duftenden Balsam und zupften und drehten und drückten an manch einer zart besaiteten Klimperkiste oder bliesen in das eine oder andere Rohr.

Zwei Musiker der Gruppe Polkaholisch-Bavarokeltischer Dudelsackwahn e.V., die ihn hierher nach Bayern gebracht hatten, stupsten J. J. O'Donoghue, der in seine Träumereien versunken war, an und fragten, ob er denn keinen Hunger hätte.

Sofort lief ihm das Wasser im Mund zusammen, er erinnerte sich, wie er beim Schlangestehen an den Feuerpeitschen abgelenkt worden war und sagte: »Ja, klar doch. Was zwischen die Kiemen könnt' ich schon vertragen, nicht wahr. Muss auch nichts Großes sein, auf keinen Fall, nur so'n Happen vielleicht, 'n Sandwich oder so, wenn's möglich wär.«

»Nana, warum denn so bescheiden, Paddy? Kimm mit ins VIP-Lounge. Do kanns's essen, sovui wie'd wuist. Mir ham Markerln g'nug.«

Drinnen bekam J. J. O'Donoghue ganz große Augen. Die Musiker, die zuvor unnahbar weit entfernt auf den großen Bühnen standen und von Tausenden frenetisch gefeiert worden waren, fläzten nun lässig auf Sofas und Sesseln, daddelten am Handy und nippten an bayrischem Flaschenbier. Dann entdeckte er SIE! Sollte er die schöne Maid mit den herrlich roten Dudelsacklippen ansprechen? Allein bei dem Gedanken bekam J. J. O'Donoghue feuchte Hände und die Röte stieg ihm ins Gesicht und ließ seine Ohren erglühen. Hin- und hergerissen, was er denn nun tun sollte, wurde er aus seinen Überlegungen geholt, denn der eine, der ihn gefragt hatte, ob er denn keinen Hunger hätte, schob ihm einen Riesenteller mit Schweinsbraten, Kraut und Kartoffeln, alles noch lauwarm – immerhin – über den Tisch und stellte ein Bier dazu ab. »Hau rein! Und wanns't mehr mogst, sogst Bescheid.«

Er klopfte J. J. O'Donoghue auf den Rücken, dass der fast nach vorne kippte.

»In aaner Stund san mir dro, wannst wuist, kimmst vorbei. Oba, mei, wann net, is aa net schlimm, uns kennst ja eh scho. Oiso, pfiat di, Paddy.«

Schon wieder dieses ›Paddy‹, wie er das hasste. Zu denen geh ich bestimmt nicht hin. Außerdem hatte er sich Bayern ganz anders vorgestellt, nicht so theatralisch und so was-weiß-ich-wie-nicht.

Er stellte sein Geschirr in die Ablage und ging wieder nach draußen. Es war heiß geworden, eine drückende Schwüle lastete über diesem Bayern und in der Ferne türmten sich Regen- und Gewitterwolken. J. J. O'Donoghue ließ sich treiben, schlenderte durch die schattigen Hohlwege und landete schließlich vor einer Bühne, auf der Musiker ihre Instrumente gestimmt hatten und nach ein paar Blicken nach rechts und links brachial loslegten.

Ein Steuerrad am Bühnenrand
Piraten, gelandet aus Franzosenland
Sie rocken und zocken wie Johnny Depp
Die Instrumentenbeute im Schlepp
Und in räuberisch anmutend Gewand

Sie hat es gespült an fränkischen Strand
Flöten im Gürtel, die Trommel bei Hand
Selbst eine schwarze Leier ist dabei
Wie sie gestimmt ist, ist einerlei
Die Mademoiselle dreht sie mit ruhiger Hand

Wo habt ihr bloß die Kostüme her
Alle geschleppt übers weite Meer
Und der Aufbau, was hat der gekostet
Passt auf, dass eure Musik nicht rostet
Bei dem ganzen Metal-Geschepper

J. J. O'Donoghue hörte ein paar Stücke lang zu, dann wurde er müde, suchte sich einen Schattenplatz unter einer großen deutschen Buche und war, allein schon wegen des Schweinsbratens mit Kraut und dem Bier mir nichts, dir nichts eingeschlafen. Als er wieder erwachte, war es bereits dunkel und er sah, wie Massen an ihm vorbeizogen, wild verkleidet und geschminkt. Alle strömten sie in eine Richtung – zur Hauptbühne. Dort war es bis auf ein paar Notlichter finster. Rauchschwaden wehten und Kunstnebel waberten. Ein Rauschen und Wispern fegte über die Köpfe der Fans, die sich immer dichter aneinanderdrängten und die Arme mit Leuchtstiften und Feuerzeugen in die Höhe reckten. Ein Raunen ging durch die Menge, Spots begannen zu leuchten, Fackeln wurden entzündet, warfen wilde Schatten auf die Gestalten, die teils gebückt über die Bühnenbretter schlichen.

Drei Stämme, all'samt aus dem Norden
Was ist aus den Nachfahren bloß geworden
Bühnenspektakel aus der Eisenzeit
Die Wiking-Germannen hätt' es gefreut
Einst und weit droben im Norden

Stöcke von abgerindeten Bäumen
Den Bühnenrand martialisch sie säumen
Mit Knochen und Trommeln
Sind sie gekommen
Um hier ordentlich abzuräumen

Es stoßen in unsere tiefsten Seelen
Röchelnde Worte – gurgelnde Kehlen
Dazu Klopfen und Rascheln und Klingen
Durchdrungen von höchst fraulichen Stimmen
Auf den Köpfen Geweihe, doch diese ganz ohne Seelen

Mann-o-Mann, so etwas hatte J. J. O'Donoghue noch nie erlebt. Er musste an seine Mutter denken, er war noch klein, als ihr Freund Schallplatten von einer englischen Psychoband mitgebracht hatte. Traumtänzerische Musik, bei der irgendwelche Kontrollen mitten ins Herz der Sonne gepflanzt worden waren.

Danach hatte es in der ganzen Wohnung so gerochen, wie jetzt auch um ihn herum. Welch eine Zeitreise.

Zusammen mit den Musikern der Gruppe Polkaholisch-Bavarokeltischer Dudelsackwahn e.V. hatte J. J. O'Donoghue einen Schlafplatz in einem Jugendheim mit viel zu kurzen und viel zu schmalen Stockbetten bekommen. Er schlief schlecht, drehte sich von einer Seite zur anderen und war froh, als es endlich tagte und er nach einem üppigen Frühstück wieder nach draußen konnte. Alles war beim Alten geblieben. Bayern lieferte immer noch keine Berge, Wälder und keine Seen und das Oktoberfest hatte er sich auch anders vorgestellt. Ganz anders!

Er verbrachte den Tag wie den gestrigen, schlenderte entlang der Stände, probierte dies und jenes aus und sehnte sich insgeheim nach Leos Taverne hoch droben im irischen Donegal, dorthin, wo das Bier noch bitter schmeckte und er mit sich und der Welt und den vielen Schafen ringsum im Einklang war.

J. J. O'Donoghue hatte Heimweh. Das erste Mal, dass er dieses Gefühl nicht nur spürte, sondern regelrecht auskostete. Morgen fahre ich zurück, bestimmt nimmt mich eine der Bands ein Stück weit mit zurück. Der Rest wird sich zeigen, da war sich J. J. O'Donoghue ganz, ganz sicher.

Der Abend nahte, es wurde Nacht. Unruhe machte sich breit auf dem Gelände in Bayern. Jeder spürte es, etwas Besonderes bahnte sich an, ein Highlight, etwas Spektakuläres. Lange bevor das Konzert beginnen sollte, drängten sich Gewandete und Jeansträger, Ritter und Zofen, Geisterreiter und Orks in Richtung der Hauptbühne. Dicht an dicht standen sie, als es endlich losgehen sollte. Doch halt, woher kamen die drohenden Stimmen, das unterirdisch tiefe Brummen, die nachtblau flackernden Irrlichter, die über die Köpfe der Menschenmenge flackerten. Dann endlich!

Paganenklang aus Helvetica
Scheppert laut wie Metallica
Flackernde spottende Lichter
Darunter hampeln finstre Gesichter
Die trau'n sich ja was in Helvetica

Ein Dudelsack mit Ziegenbockschädel
Die Harf' vor der Brust, gespielt von 'nem Mädel
Die Männer als Fürsten der Finsternis
Gestoch'ne Tattoos wie Drachenbiss
Von der Wade bis hoch zum Schädel

Gurgelndes Röcheln am Bühnenrand
Die drunten sind außer Rand und Band
Gereckte Fäuste, die Finger gespreizt
Von droben noch weiter aufgeheizt
Gerät die Stimmung vor der Bühne in Brand

Wo in drei Teufels Namen, wo bin ich da bloß gelandet, fragte sich J. J. O'Donoghue. Das war nicht seine Welt, ganz bestimmt nicht. Und der junge, fast unsichtbare Irishman war froh, dass er den Entschluss gefasst hatte, in die Heimat zurückzukehren. Zurück zu den Four Green Fields, von denen jedes ein einzigartiges Juwel war. Immer schon und auch weiterhin und in alle Ewigkeit.

Bayern?
Bayern konnte ihn mal!

© privat

Norman Liebold

Norman Liebold, M.A., schlüpft 1976 im Stasiland und steht auf Kriegsfuß mit allen Ismussen und Ologien. Die ersten Geschichten erscheinen bereits in der Schulzeit, und nach mehr als vierzig Büchern lässt er sich auf kein Genre mehr festlegen und hüpft und springt nahtlos von knallharter Gesellschaftskritik in verträumte Fantasy mit Abstechern über Krimi, Science-Fiction und Horror. Er trägt leidenschaftlich seine Texte auf allen denkbaren und undenkbaren Bühnen vor, musiziert dabei auf einem Dutzend Instrumente und schafft zu ihnen Illustrationen, Gemälde, Schmuck und Skulpturen.

Auf dem Festival-Mediaval 2019 war er mit dem Schmied Patrick als Bronzegießer und Literaturvortragender – mit »Zwergenbinge« und mit dem Live-Hörspiel seines »Parzival« – als Glutwerk-Lager zu Gast, was lesbar in seine Geschichte mit einfloss.

www.norman-liebold.com

Von Drachen und Jungfrauen

»Ich wusste, ich würde dich hier treffen.«

»Natürlich, junger Freund, ich bin jedes Jahr auf dem Festival-Mediaval und immer am selben Platz. Du bist der, der die letzten zwei Jahre nicht hier war.«

Ohne sich aus der Ruhe bringen zu lassen, häufte Georg Kohle in die Esse, ließ sein Zippo schnappen und entzündete einen Würfel Grillanzünder. Nicht sehr authentisch für seine aus Holz und Lehm gebaute Feldschmiede, aber der Markt würde erst in einer Stunde öffnen. Sein Gesicht zeigte genau wie vor drei Jahren diesen völlig gelassenen, selbstvergessenen Ausdruck, der ihm zusammen mit dem grau und weiß melierten Bart und den strahlend meerblauen Augen das Aussehen eines abgeklärten Weisen gab. Vor drei Jahren war ich von seiner in sich ruhenden Kraft, seiner Ausstrahlung ebenso fasziniert wie von seiner Schmiedekunst. Und jedes seiner Worte schien mir voll Lebenserfahrung, ja Weisheit.

Heute machten mich sein Lächeln und die Ruhe, mit der er zuerst vorsichtig, dann kräftiger den Blasebalg fauchen ließ, irgendwie wütend. Er mochte wohl dieses unterschwellige Brodeln der Wut in meinem Bauch an der Art gespürt haben, wie ich meinen Schmelzofen aus dem Kombi wuchtete, die Kohlesäcke hinter die Werkstattplane warf und die Tiegelzange in den Boden rammte.

»Wir alle sind für unsere Taten und unser Leben selbst verantwortlich«, sagte er in seiner unnachahmlichen Weise. Tiefe, klare Stimme, gerader Blick aus diesen leuchtenden, stets ruhigen Augen.

»Ach ja?«, knurrte ich. »Besonders, wenn man einem selbsternannten Weisen auf den Leim geht und seinem Rat folgt, wie?«

Kein Deut Scham, sondern ein Schmunzeln in den Augen. »Ich bin nicht weise, und einer, der dies von sich behauptet, ist es mit Sicherheit auch nicht. Davon ab, mein junger Freund, hört man nur den Rat, den man auch hören will.« Er schichtete mit seinem kunstvoll geschmiedeten Schürhaken die Kohlen um und drückte sanft, aber bestimmt den Blasebalg. Flammen tanzten und Rauchfäden schienen sich wie keltische Ornamente darüber zu verflechten.

»Weder bin ich dein Freund, Georg, noch bin ich jung.«

Das Schmunzeln in seinen Augenwinkeln vertiefte sich und fand den Weg bis zu den Mundwinkeln. Ich schnaufte, floh vor diesem Lächeln hinter das Steuer meines Wagens, knallte die Tür zu und fuhr auf den Händlerparkplatz, ehe der Markt begann.

Als ich den Weg an der Hauptbühne vorbei zu den nebeneinanderliegenden Lagern zurückging, hörte ich trotz des Soundchecks der ersten Band das melodische Klingeln von Georgs Amboss. Seine Esse war heiß, und er kümmerte sich – anders als die meisten Schmiede auf Mittelaltermärkten – nicht darum, ob er Publikum hatte oder nicht. Er machte auch nie eine Show um seine Kunst, sprach nicht in verballhorntem möchtegernaltem Deutsch, das mir als Altgermanist stets fast schon physische Schmerzen bereitete. Stand einfach an Esse und Amboss und arbeitete mit entspanntem Lächeln, ließ seine Hämmer tanzen und das Eisen in Formen wachsen, wie ich es nie für möglich gehalten hätte – schon gar nicht mit solch primitiven Mitteln. Und obwohl wir sehr nah an der Bühne standen, ja sogar die auftretenden Künstler gut sehen konnten, schaffte er es trotz der erheblichen Lautstärke seiner Arbeit, die Musik nicht zu stören – er schmiedete im Takt und ab und an hatte ich sogar den Eindruck, dass er bewusst die Hämmer wechselte, um mal hohe Töne, mal tiefe, mal leise, mal laute unter die Lieder zu mischen. Und wie ich ihn schließlich sah, mit weißgrauem Rauschebart, breitbeinig am Amboss den Hammer schwingend in ruhig kraftvollem Takt, ein lächelnder Fels, dem man seine siebzig Jahre nie abgenommen hätte, verrauchte mein Groll.

Er schaute hoch, als ich unter das Werkstattsegel trat und lächelte breit. Nein, ich konnte ihm nicht böse sein. Ich bestückte den Tiegel mit Kupfer und den Ofen mit Holzkohle, schaltete das verborgene Elektrogebläse ein und drapierte die beiden großen Blasebälge, die ich aber zugegebenermaßen nur dann bediente, wenn sich das Publikum kurz vor dem Guss versammelte.

Als ich begann, die Gussformen vorzubereiten, spürte ich wie vor drei Jahren, was für eine friedvolle Ruhe Georg um sich verbreitete. Wie damals standen Schmiede und Bronzeguss nebeneinander. Bei Met und Bier hatten wir es *Glutwerk* getauft, die *heißeste Kombo auf dem Festival.*

Georg ließ den Hammer tanzen, ich baute meine Gussformen. Einige Stunden schafften wir schweigend nebeneinander, ganz wie damals. Ich fühlte mich ruhig und war versunken in meine Arbeit, formte, goss und merkte, dass keine Gedanken in mir kreisten. Es mir egal war, ob das bunt vorbeitreibende Publikum stehen blieb oder nicht, etwas kaufen wollte oder kein Interesse zeigte. Etwas, das ich nur bei Georg je so erlebt hatte.

»Das liegt an meiner Bodenplatte«, hatte er mir mit ironisch gebrochenem Grinsen gesagt. »Das hat mir eine Energieheilerin erklärt. Jeder hat eine. Stell dir einen Bannkreis auf dem Boden um dich herum vor. Bei manchen ist er kleiner, bei manchen größer. Meine sei, sagte sie, extrem groß. Jeder entscheidet, wer und was auf seine Bodenplatte darf und was nicht – das ist deine Bühne. Nichts darf da drauf, was du nicht einlädst. Und du entscheidest, was darauf geschieht.«

Auch wenn das abgehoben geklungen hatte, etwas schwang bei seinen Worten in mir mit.

»Das mag für dich gelten. Vielleicht bist du ja ein Magier, schaust ja fast aus wie einer. Bei mir sieht es anders aus: lauter Leute, die mich ausnutzen, mir Stress und Probleme machen.«

»Dann duldest du sie oder hast sie eingeladen. Zumindest nicht *Nein* gesagt, und sie nicht heruntergeworfen, als es dir nicht mehr passte.« Sein Blick war eindringlich gewesen über den tänzelnden Flammen seiner Esse. »Ich kann sehen, dass deine Bodenplatte sehr groß ist – also kannst du davon ausgehen, dass alles, was sich darauf tummelt, genau so von dir gewollt ist.«

»Dass ich nicht lache!«

»Lachen wäre gar nicht mal so schlecht. Pass auf!«

Er hatte das Eisen aus der Esse gezogen und bearbeitete es mit gezielten Schlägen seines größten Hammers. Lächelnd, mit Schweißtropfen, die ihm auf der Stirn standen und nach einer Weile von der Nase tropften. Ich wartete darauf, dass er fortfuhr, aber er ignorierte mich völlig. Ich begann, mich unwohl zu fühlen. Hatte ich ihn verärgert? Wollte er seine Ruhe? Je länger er mich weder anschaute noch ein Wort sagte, umso unangenehmer wurde mir die Situation. Schließlich stand ich auf, verließ die Werkstatt und ging hinüber zu einem Bekannten einige Lager weiter. Mehrfach kam ich zurück. Georg stand verschlossen am Amboss und mir war ein Kloß in der Kehle, dass ich weiterging, mir ein Konzert anhörte, dann über den Markt schlenderte, Bekannte besuchte.

Erst drei Stunden später, als ich wieder vorbeikam, strahlte er mich lächelnd an und stellte zwei Becher Met auf den Amboss, deutete auf den einen und nickte. »Siehst du?«, sagte er, »Niemand darf sich auf meiner Bodenplatte aufhalten, wenn ich das nicht will. Werde dir deiner eigenen bewusst und halte sie sauber!« Er hatte mich nachhaltig beeindruckt. Und verunsichert.

Und jetzt, drei Jahre später, fühlt es sich genauso wie damals an. Irgendwann – es dämmerte schon, eine bekannte und ziemlich gute Band spielte in Licht- und Nebelflackern auf der Bühne – erschien sein Arm in meinem Blickfeld und stellte mir einen großen irdenen Becher vor die Nase.

»Feierabend«, erklärte seine tiefe, brummige Stimme. Er zog sich einen Schemel heran, stieß seinen Becher gegen meinen. »Ich sehe nur wenige neue Modelle. Die meisten kenne ich noch von vor drei Jahren.«

»Ich bin nicht wirklich dazu gekommen, neue zu gestalten.«

Er brummte und seine Zähne leuchteten im Licht der Öllampe auf, als er grinste. »Und jetzt meinst du, du wärst auf der Stelle getreten, wie?«

Ich nickte und Dunkelheit quoll in mir hoch, das Gefühl von Verlust und langen, langen Holzwegen.

»Ich habe zu Hause Internet, auch wenn ich nur selten reinschaue. Ich habe schon ab und an geguckt, was du so treibst.

Faul warst du ja wirklich nicht. Zwei Romane, ein paar Short-Stories, Bilder, diese Riesenskulptur in der Diskothek.«

»Im Netz sieht das vielleicht gut aus. Georg, ich habe echt eine krasse Zeit hinter mir. Die heftigsten drei Jahre meines Lebens.«

Er grinste wieder, nahm einen tiefen Schluck. »Das kommt noch heftiger, glaub mir.«

»Na super. Kannst einen echt aufbauen!«

»Klar doch. Es wird jetzt heftiger kommen – aber besser. Garantiere ich dir.«

»Aha.«

Seine schwere, schwielige Hand legte sich mir auf die Schulter. Ich fühlte Kraft in mich hineinfließen.

»Deine Bodenplatte, junger Freund, ist größer als dein ganzes Lager. Und sie ist sauber. Blitzblank geradezu. Das übertrifft meine Erwartungen.« Seine Hand drückte ermutigend zu. Und mit einem Mal liefen mir Tränen über die Wangen. »Ich weiß«, sagte er, »der Weg zurück ins Licht geht durch tiefe Täler. Und Dunkelheit. Ich habe deine Geschichten gelesen.«

Für die Besucher des Festivals, die an unserer Werkstatt vorbeikamen, mochte es ein eigenartiges Bild sein. Unter dem Licht der dreiflammigen Öllampe, die leicht im Wind schwankte, saßen zwei Darsteller in Gewandung, der eine das Gesicht an der Schulter des anderen geborgen, laut und hemmungslos schluchzend. Aber sie kümmerten sich nicht um die vorbeiströmenden Leute.

»Ich habe dir die Schuld gegeben, glaube ich. Hier fing es an vor genau drei Jahren. Bei dir an der Schmiede.«

»Und wann ist sie gegangen?«

Einige Augenblicke war ich sprachlos. »Vor drei Wochen. Woher weißt du zum Teufel …?«

»Der hat nichts damit zu tun. Ein paar Dämonen vielleicht, aber der nicht.« Er grinste. »Warum solltest du sonst irgendwelche Schuld bei mir suchen, wenn nicht wegen ihr? Du betteltest um Rat, ich habe dir eine Geschichte erzählt …«

»Ich kann nicht glauben, dass mein Traum mich betrogen hat.«

»Ich weiß nicht, was in den letzten drei Jahren genau geschehen ist. Ich habe nur eine Ahnung. Und ich sehe deine Bodenplatte, blitzblank sauber und groß. Du leuchtest, mein Lieber, ich glaube nicht, dass dein Traum gelogen hat.«

Wie auf ein Stichwort kam Georgs Frau herüber. Auf ihre Weise genauso in sich ruhend und kraftvoll wie ihr Mann. Auch in ihrem Haar schon die ersten grauen Strähnen, aber immer noch betörend schön und zugleich von schlichter, offener Herzlichkeit. Wenn ich Georg auf siebzig schätzte, war sie vielleicht vierzig – und damals war dies einer der Gründe, dass ich ihn um Rat fragte. Aus schlimmer Beziehung endlich befreit, wund und zerrissen, aber doch mit zurückkehrender Kraft war ich in neu gewonnener Freiheit durch die Lande gereist nach Jahren und Jahren dumpfen Brütens. Und ein Traum war immer und immer wieder in den Nächten zu mir gekommen.

Auf einem Mittelaltermarkt sehe ich ein schönes Mädchen, das sitzt vor einer Feuerstelle, das Holz schon aufgeschichtet. Sie hält ihre Hand darüber und bläst sanft hinein. Sie benutzt kein Feuerzeug und kein Streichholz, aber im Innern des Holzstoßes beginnt es zu glühen und kleine Flammen züngeln. Sie schaut auf, mir gerade in die Augen, und die Welt versinkt. Mit einer Handbewegung und einem Nicken lädt sie mich ein, mich neben sie zu setzen. Wir sitzen, das Feuer tanzt. Die Besucher des Marktes treiben grau und farblos ohne Gesichter vorüber. Nur das Feuer, sie und ich haben Farbe und Gesichter. Es ist unendlich still, nur die Flammen knistern leise. Nach einer Weile nimmt sie mich bei der Hand und führt mich in ein Lager, wo sie mich ihren Eltern vorstellt. Sagt, dass ich hätte sehen können, wie sie das Feuer gerufen habe. Die Eltern schauen mich aufmerksam an, der Vater bittet mich, die Hände zu einem Ball zu formen und mir vorzustellen, dass sich darin Licht bildet. Zu meinem grenzenlosen Erstaunen im Traum gleist weißes Licht zwischen meinen Fingern auf – und als der Mann mich auffordert, es hell werden zu lassen, geht ein Strahlen von meinen Händen aus, das mich blendet und die Welt in Licht auflöst.

Ich weiß nicht, wie oft mich dieser Traum heimsuchte. Aber als ich vor drei Jahren meine Werkstatt neben Georgs aufbaute, tauchten an dem Wochenende zwei Frauen auf wie ungleiche Zwillinge. Laut die eine, still die andere. Wild und über die Maßen selbstbewusst hier, und dort zart, ängstlich und voller Zweifel an sich selbst. Rotgelockt mit grünen Augen und üppig. Dunkelgelockt mit tiefblickenden blauen Augen wie stille Seen, mädchenhaft zerbrechlich. Beide meinem Traum auf ihre Weise ähnlich. Die Wilde, Rotgelockte verdrehte reihenweise den Männern auf dem Markt den Kopf, tanzte, strahlte, lachte und wählte dann mich, um mir die Lippen wund zu küssen. Ich taumelte im Rausch in ihren Armen, wusste kaum, wie mir geschah.

Der wilde Tanz endete, als die Dunkle ins Lager trat. Ernst und still, mit großen wachen Augen. Mit Freunden war sie in Georgs Lager gekommen, stand abseits, beobachtete, wirkte traurig und war wunderschön. Vielleicht war es ihre Traurigkeit, vielleicht das Einsame, Verlorene. Vielleicht der ein oder andere Becher Met zu viel, möglicherweise das aufgewühlte Blut, das die Rotgelockte zum Kochen gebracht hatte. Ich übersprang als Faun die Rosenhecke ihrer Zurückhaltung zu keinem anderen Zweck, als diese traurigen Augen strahlen und diese wundervollen Lippen lächeln zu sehen. Und als sie – halb schüchtern, halb betört – lächelte und die blassen Wangen sich rot färbten, war es, als ginge die Sonne auf. Berauschte ich mich an diesem Strahlen? Oder berauschte es mich, sie zum Strahlen bringen zu können? Im Rausch des Lachen-Machens tanzten die Schmetterlinge in meinem Bauch, ich wurde nicht satt davon – und mag auch faunisch frech geworden sein, zu köstlich war ihr Lächeln, ihr Erröten. Ich riss mich oft genug zurück und schalt mit mir – zu jung! Zu jung! Sie mochte keine 20 sein. Und am Morgen noch hatte ich mich in roten Locken vergraben.

Als die Dunkelgelockte gegangen war, war ich verwirrt. Die roten Locken schienen zu grell, zu laut, ihre Blicke saugten sich zu oft an anderen Männern fest. Und obendrein schrieb sie – wie sie laut verkündete – mit ihrem Freund, der auch noch sehr eifersüchtig auf mich sei. Ein Spiel, an dem sie sichtlich Gefallen hatte. Und dann waren da Georg und seine Frau, sie beobachteten all das mit einem Schmunzeln und Wissen in den meerblauen Augen. Die modernen Medien ließen die Dunkelgelockte und mich jeden Tag lange Briefe austauschen. Die schönsten Briefe, die ich je bekommen hatte. Voll Verständnis, sanft, und in einer Tiefe über Themen, wie ich sie selten zuvor erlebt hatte.

Am letzten Abend – Georg und ich blieben länger, als der Markt andauerte, wir hatten Zeit und schafften zusammen mehr als allein und beflügelten uns gegenseitig – fragte ich ihn, wie er seine Frau kennengelernt hätte, sie sei ja bedeutend jünger als er.

»Ich muss in etwa so alt gewesen sein wie du, vielleicht ein paar Jahre älter«, erzählte Georg. »Und hatte schon etliches erlebt, was Frauen angeht. Irgendwie war mir auch mit ein paar Vierzig klar geworden, warum. Helferkomplex, Retterallüren.« Er räusperte sich, schaute schelmisch und zog aus einer seiner Gürteltaschen eine kleine Flöte. Er spielte, und es dauerte nicht lange, da hatten sich seine beiden Kinder, die lächelnde Ehefrau und bald auch etliche andere um uns herum versammelt. Sie schienen das zu kennen. »Georg erzählt ein Märchen«, hörte ich eine Kinderstimme.

»Es war einmal ein tapferer Ritter. Nicht mehr ganz jung, kein Prinz und wahrscheinlich auch nicht mehr sonderlich schön nach vielen Kämpfen mit gefährlichen Drachen. Denn das war seine Berufung, sagte er: mit Drachen zu kämpfen und ihnen die Jungfrauen zu entreißen, die sie geraubt hatten. Und auch wenn er nicht mehr jung war und gezeichnet von all den Schlachten, so hatte er doch ein reines Herz. Und wenn er ehrlich war zu sich selbst in stiller Stunde, musste er zugeben, dass er im Grunde nichts gegen Drachen hatte und ihm wenig am Kämpfen lag. Aber wenn er davon hörte, dass eine unschuldige Jungfrau von einem Drachen geraubt worden war, da packte ihn etwas, er wusste selbst nicht recht, was. Gerettet werden musste die Unschuldige, das war so klar wie irgendetwas – und wer, wenn nicht er, der in unzähligen Drachenkämpfen Gestählte und Erfahrene, sollte das sonst tun? Er hatte es gehört, also musste er dem Ruf folgen. Und ja, in den stillen Stunden gestand er sich zu: Er hoffte, dass die geraubte Jungfrau sich in ihn verlieben würde – und dabei dachte er nur selten daran, dass Drachen angeblich eine Schwäche für Prinzessinnen hatten, dachte nicht an halbe Königreiche oder Berge von Gold. Denn vor allem war unser Ritter trotz aller guten Freunde doch einsam. Und tatsächlich verliebten sich nicht wenige der Drachengeraubten in ihren Retter, trotzdem er nicht mehr jung war, kein Prinz und ziemlich ramponiert von Klauen und Zähnen.

Aber leider geht es nicht spurlos an einer Jungfrau vorbei, von Riesenechsen entführt zu werden. Drachen sind, aus menschlicher Sicht gesehen, ausgesprochen, nun, andersartige Geschöpfe und nicht gerade – nach menschlichen Maßstäben – zimperlich.

Unser Ritter war zu höflich, um nach Details zu fragen. Aber selbst wenn die Geraubten beim Raub noch Jungfrauen gewesen waren – bei ihrer Rettung mit Sicherheit nicht mehr. Sie hatten Drachengift in ihren Adern und in nicht nur einer Hinsicht nicht mehr alle Nadeln an der Tanne. Manche waren regelrecht verrückt – und stets auf nicht gerade für den Ritter angenehme Weise. So manche Narbe hatte er nicht von Drachenzähnen, sondern von Jungfrauenkrallen, besonders im Herzen. So war er zeit seines Lebens durch die Lande gezogen, rettete, wo er hinkam. Focht zuerst mit Drachen, dann mit den Schrecken in den Seelen der Drachengeraubten, um – eine stets wiederkehrende Erfahrung – sich zuerst als Drachentöter und Retter und dann als erfahrener und geduldiger Drachengift-Heiler zu erleben. Nur leider immer aufs Neue waren die vom Drachengift Irren gesund geworden, verwandelt. Das machte ihn glücklich und unglücklich zugleich. Glücklich, wieder rosige Wangen und leuchtende Augen zu sehen und keine Drachenwut, die aus ihnen herausbrach, als wären sie von Dämonen besessen. Und unglücklich, weil sie ihn dann wohl nicht mehr brauchten. Ihn, den von Drachenklauen Zerrissenen und notdürftig Geflickten, der nicht mehr ganz jung war und des Nachts oft aus Albträumen hochschreckte. Aber es war ihm Gewohnheit, vielleicht auch Pflicht.

Drache folgte auf Drache.

Heilung auf Heilung.

Drachengiftgeifernde auf Drachengiftgeifernde.

Er war verzweifelt, stand schon mehrfach an der Pforte eines Klosters, um dieses ewige Kämpfen endlich zu beenden. Bis der Abt, als weise bekannt, irgendwann die Frage an ihn stellte, warum er denn nicht einmal versuche, die Jungfrau zu retten, *bevor* der Drache sie raubte. Da fiel es dem Ritter wie Schuppen von den Augen und er zog aus wie sonst auf der Suche nach einem Drachen – und doch nicht wie sonst. Denn er suchte nach einem, der die Jungfrau noch nicht geraubt hatte. Und tatsächlich dauerte es gar nicht lange, und er stieß an einer Burg just in dem Moment hinzu, als ein Drache gerade die Burgmauern einriss, um zur Kemenate der jüngsten Tochter des Grafen zu kommen. Geifernd in ihrer Gier sah die Riesenechse ihn gar nicht kommen, so abgelenkt war sie – und fiel unter dem ersten Streich des vielkampferprobten Schwertes. Die Gerettete fiel unserem Helden um den Hals, noch vor Furcht zitternd, aber voll Dankbarkeit und Vertrauen.

Es gab eine märchenhafte Hochzeit, und wo er sonst heilte, wurde nun er geheilt. Denn schreckte er aus seinen drachenbevölkerten Albträumen hoch, streichelte ihm eine sanfte Hand das schweißnasse Haupt und die Albträume verblassten. Der Drachengiftheiler war so aufmerksam und umsichtig mit seiner Jungfrau und so dankbar für ihre zarte Heilheit, dass er sie zeitlebens auf Händen trug. Er regierte, als es an der Zeit war, erfahren und umsichtig das Land. Und es heißt, dass er am Ende nicht nur mit allen Nachbarn in Freundschaft lebte, sondern sogar mit den Drachen so etwas wie einen Frieden ausgehandelt habe. Und wenn sie nicht gestorben sind – ihr wisst schon, aber das ist doch sehr unwahrscheinlich.«

Ich werde das Bild nie vergessen, wie Georg am Ende, als die Kinder Beifall klatschten, noch auf seiner Flöte spielte und schließlich seine Frau auf den Schoß zog. Sie lehnte ihren Kopf an seinen, schloss die Augen und ihre Hände verflochten sich. Ein Bild so voller Vertrauen, verträumter Zärtlichkeit und lang gewachsener Liebe, dass es mir einen Kloß im Hals und unendliche Sehnsucht im Herzen machte. War Georg siebzig, so musste diese Liebe seit dreißig Jahren andauern, ohne etwas von ihrer Tiefe verloren zu haben.

»Ich habe damals auf deinen Rat gehört, Georg«, flüsterte ich, nahm den Becher und trank einen tiefen Schluck Met. »Auf deinen Rat und dein Drachentötermärchen. Und jetzt bin ich drei Jahre älter, bin durch drei Höllen gegangen und wieder allein. Ihre Liebe sei erloschen, sagte sie mir. Einfach so, von einem Tag auf den anderen, und sie ist gegangen, ohne auch nur zurückzublicken. Dankbar sei sie, hat sie gesagt, für die schöne Zeit und dass ich sie in ihre Weiblichkeit geführt habe mit so viel Geduld und Sanftheit. Aber sie fühle halt nichts mehr. Hat, ohne dass es auch nur einen Streit, auch nur irgendein Problem gegeben hätte, einfach ihre Sachen gepackt und ist gegangen.«

Georg nickte. »Ich habe dir nichts geraten, mein junger Freund. Und die Geschichte von dem Ritter war, wenn, dann meine.« Er schaute mich lange an, lächelte. »Vor den Drachen hast du sie aber mit Sicherheit gerettet. Das selbstzweifelnde, traurige Mädchen ist jetzt wohl eine starke Frau, vermute ich, sonst hätte sie nicht so gehen können.« Ich blickte ihn verwundert an. »Kein Streit. Kein Drama. Wahrscheinlich sagte sie dir sogar gute Sachen, als sie ging. Dass du ein liebevoller, guter Mensch seist …«

»Ja, schon …«

»Schreckst du hoch von Träumen aus Drachengift? Hast du noch Groll in dir?«

»Nein«, sagte ich und war selbst erstaunt. Da war kein Hass, kein Groll, nur eine gewisse Traurigkeit. »Sie hat mir jene erste, zarte Liebe geschenkt, die ich nie hatte erleben dürfen, als ich jung war.«

»Und du ihr. Sei mir nicht bös, aber sie war vielleicht so unreif, dass das erste Mal keine Schmetterlinge im Bauch sie glauben machte, die Liebe sei gestorben. Vielleicht war auch ihre Kraft erschöpft, mit deinen drachengiftigen Alpträumen zu kämpfen und dein schweißnasses Haupt zu trösten, während du –« Er legte wieder die Hand auf meine Schulter. »– deine Dämonen im Fieber ausgeschwitzt hast. Ich weiß es, ich las deine Geschichten. Du hast deine Bodenplatte gefegt, sie gereinigt und geschrubbt wie die Planken eines alten Schiffes, das lang ungenutzt vor Anker lag.«

Ich schwieg lange, schaute auf die verlöschende Glut von Georgs Esse und in mir verwandelte sich etwas. Die Traurigkeit schmolz wie das Kupfer in meinem Tiegel, und als zarte Erinnerungen in mir hochstiegen und sich mit der Traurigkeit mischten wie das Zinn mit dem Kupfer, um zu Bronze zu werden – verwandelte sich Traurigkeit zu Dankbarkeit. Und ich begriff, dass weder der Traum mich betrogen hatte, und auch nicht Georg mit seinem Märchen von Drachen und Jungfrauen. Wie oft hatte mich die stille Schöne im Arm gehalten, wenn ich vom Kampf erschöpft war, die Dämonen von meiner Bodenplatte zu treiben. Wie oft hatte sie mich in der Dunkelheit getröstet, wenn ich wund vom Schrubben des Schiffs fieberte.

»Ist es nicht unsagbar traurig«, fragte ich Georg, »dass sie genau dann geht, wenn die Bodenplatte sauber und das Deck fertig geschrubbt ist, wenn das Schiff endlich wieder flott im Hafen liegt und ich sehe, dass ich den Anker lichten kann?«

Georg schenkte mir nach, der Becher war bis zur Neige geleert. »Mein junger Freund, ich weiß, das ist ein Gedanke, der dich vielleicht verwirrt, verstört oder für dich auch in ein eigenartiges Licht rückt. Du warst leck, mein Freund, als wir uns das letzte Mal sahen. Mit prallen Segeln und knarrenden Planken und dem wilden Blick eines Irren bist du im Sturm dahingerast voll Wut und Schmerz. Hattest Löcher im Rumpf und sankst nur nicht sofort, weil du zu schnell fuhrst, getrieben von deinen eigenen Gespenstern. Du liefst in einen Hafen ein, kurz bevor du abgesoffen wärst, du flicktest die Löcher, die Segel, die Takelagen. Du triebst die Ratten und die Geister aus, beglichst deine Schulden, schrubbtest die Planken. Eine Zeit voll schwerer Arbeit in irgendeinem Land weit im Norden, wo es meist dunkel ist, traurig und kalt – wie dein Mädchen.«

»Wie meinst du das?« Was er sagte, rührte mich tief an.

»Still und schweigsam, traurig, geduldig und sanft. Aber voller Angst vor allem, was wild ist und frei. Der weitgereiste Odysseus, gestrandet, wund und krank und der Ruhe bedürftig und der Heilung. Den man pflegen kann und trösten. Aber wenn das Schiff wieder flott und die Kraft wieder da ist? Wenn er nicht mehr von Wunden alter Kämpfe spricht und von all dem zerfetzten Takelwerk, den morschen Planken? Sondern mit leuchtenden Augen vom tüchtigen Schiff und fernen Ufern? Wann sahst du wieder den Kiel fremde Gestade teilen und schwärmtest von unentdeckten Ländern, hm?« Ich antwortete nicht, erinnerte mich aber, wie ich vor einiger Zeit meine Kraft wieder in mir spürte und von Reisen schwärmte, von Reisen und Abenteuern. Georg lächelte. »Vielleicht hast du sie gelangweilt mit den Sorgen und Dämonen eines alten Mannes, junger Freund. Vielleicht standest du auch auf den glänzenden Planken deines Schiffes und sangst vom Ankerlichten. Und sie wollte und konnte nicht aus der Behütetheit ihres dunklen, nasskalten Landes, wo sie zuhause ist und alles kennt. Wie auch immer. Sei dankbar und schaue auf den Stern am Horizont, der dich leitet.«

Halb traurig, halb voller Lust auf Fahrt und Abenteuer sagte ich: »Zu Befehl, Captain, mein Captain!«

»Ich bin kein Kapitän, junger Freund, nur ein Oberkellner. Die Bestellung gibst du selber auf.« Er erhob sich. »Aber jetzt lass uns zur Bühne gehen. Ich habe nach all den ernsten Worten Lust zu tanzen.«

Ich gebe zu, mir war nicht nach Tanzen. Aber in jener Nacht schuf ich seit langem eine neue Skulptur. Sie hatte drei Gesichter. Wildschön, voller Lust das eine. Sanft und still das zweite. Das dritte aber war sanft und wild und stark zugleich, voller Lust und still – und vor allem konnte es lachen.

© 180° Foto- & Videografie

Isa Theobald

Isa Theobald lebt und arbeitet mit Kindern, Mann, Katzen und Schildkröten im schönen Saarland, wo sie schreibt, lektoriert, übersetzt, Criminal Dinner spielt, Seifen siedet, kocht, mit Feuer tanzt, absonderliche Hobbys und ebensolche Freunde sammelt und im Großen und Ganzen sehr viel Freude am Leben hat. Ihre Kurzgeschichten sind in diversen Anthologien bei unzähligen Verlagen erschienen, ihre eigenen Projekte haben ihr Zuhause bei der Edition Roter Drache gefunden.

Gemeinsam mit Germaine Paulus betreibt sie in Saarbrücken die Lesebühne Unterdeck – Das Lesezimmer im Viertel. In ihrer kargen Restfreizeit engagiert sie sich in mehreren Vereinen, darunter im Phantastik Autoren Netzwerk PAN e.V. Sie verabscheut Buchhaltung und hat eine ausnehmend große Schwäche für absurden Humor.

Auf dem XII. Festival-Mediaval stellte sie ihre Kurzgeschichten aus den »Herbstlanden« und den »Basement Tales« vor.

»Die wundervolle Atmosphäre dieses durch und durch besonderen Festivals genoss ich in vollen Zügen.«

www.isa-theobald.de

Heilung

»Du bist ganz schön spät dran. Die anderen sind schon alle da.« Der Typ, der seine Papiere überprüfte, zeigte ein tabakgelbes Grinsen. »Du musst noch darüber, in den Container, da kriegst du dann deinen Pass. Damit kannst du dich auf dem ganzen Gelände frei bewegen. Krasse Klamotte, Pilger, das Nachthemd da. Pass nur auf, ohne Schuhe kann mies sein, manchmal geht schon was zu Bruch.«

Er nickte wortlos lächelnd und ging zum Container. Die Frau, die seine Papiere entgegennahm und ihm eine kleine, in Plastik eingeschweißte Karte reichte, schien ihm wie eine Elfe – klein, zart, ein Wirbelwind aus grüner Seide und roten Zöpfen. Auch von ihr verabschiedete er sich mit einem Nicken. Wortlos. Lächelnd.

Er ließ sich Zeit bei seinem Weg über das Gelände, beobachtete die Menschen und freute sich an ihrem bunten Treiben. Die Luft war schwer von Bratfett, Knoblauch, duftenden Kräutern und dem Rauch von hundert Feuern. Von überall her kam Musik – nicht nur von den Bühnen, an jedem Feuer schien jemand zu flöten, zu trommeln oder zu singen – und mischte sich in seinen Ohren mit dem Lachen und den Stimmen hunderter Menschen zu einer Symphonie der Freude. Er bewunderte die vielfältigen Waren, die angeboten wurden, die Kleider und Hüte, Instrumente und Schmuck, den Met und den Wein, und stellte interessiert fest, wie viele der Händler den alten Völkern entstammten. Eine Elfe, die handgefertigten Schmuck feilbot, schenkte ihm ein Lächeln, in dem der Zauber der längst verlorenen Wälder lag. Es war gut, dass er hier war.

Er spürte, wie etwas in ihm sich füllte, das er längst vertrocknet geglaubt hatte. Ein versonnenes Lächeln lag auf seinen schmalen Lippen, als er weiterzog, zwischen all den Ständen hindurch auf die Lager zu, hinter denen die Hauptbühne lag.

Vielleicht hätte er sie nicht bemerkt, wenn die Wölfe nicht gewesen wären, so abgelenkt war er. Doch die Tiere hatten ihn längst gewittert und standen wachsam, aber nicht aggressiv, an den Seilen, die das Lager vom Weg trennten. Er nickte ihnen zu und sie honorierten seine Respektbezeugung, indem sie ihm den Weg freimachten. Langsam trat er zu der Frau, die hinter der weißen Zeltbahn verborgen saß, bis er direkt vor ihr stand, dann sank er ehrerbietig auf ein Knie.

»Formvollendet wie ein Ritter aus Artus' Tafelrunde. Willkommen, mein Freund«, sagte sie. Ihr Lächeln war echt und warm. Wie es ihr gelang, ihm mit wenigen Worten das Gefühl zu vermitteln, gesehen und angenommen zu werden, beeindruckte ihn.

»Es ist mir eine Ehre, Älteste. Ich hätte erwartet, dich auf der Versammlung zu sehen.«

»Direkt und ohne Umschweife zum Punkt. Manche Dinge ändern sich nie, was?« Sie zwinkerte ihm zu. »Es gibt keinen Grund für mich, an der Versammlung teilzunehmen, Reisender. Mein Standpunkt ist bekannt. Ich habe dem nichts hinzuzufügen.«

»Und doch bist du eine der wichtigsten Stimmen in dieser Debatte.«

»Schmeichle mir nicht! Es wird kommen, wie es kommen muss. Wir werden sehen, wer danach noch wichtig ist.«

»Warum muss ich mich dann so dringend beteiligen? Was, wenn ich nicht will?«

»Es geht nicht darum, was du willst. Du musst. Du wirst das Zünglein an der Waage sein.«

Er schnaubte und warf einen Blick auf die beiden Wölfe, die sich am Eingang des Zeltes in die Sonne gelegt hatten. »Er ist also dort?«

Sie lachte. »Wie könnte er nicht? Sie werden nicht ewig auf dich warten, Reisender. Geh. Finde deinen Weg.«

Sie hatte ihn gesegnet, bevor er das Zelt verlassen hatte. Die Wärme ihrer Hände auf seinem Scheitel glühte nach. Die Menschen auf dem Gelände feierten noch immer ausgelassen. Keinem von ihnen war bewusst, was heute in ihrer Mitte geschehen würde. Was vermutlich besser so war. Auf dem Weg zur Hauptbühne machte er einen Abstecher zu dem großen Baum, um den all die Besucher unwillkürlich einen Bogen machten. Sacht strich er mit den Fingern über die Rinde, genoss die raue Energie, die ihm zufloss. Dann wandte er sich wieder der Bühne zu, vor der sich die Menge nun sammelte. Aus dem Publikum stieg eine ganz eigene Magie auf, eine Erwartung, die die Luft förmlich summen ließ. Er schnappte den Namen der Band auf, die gleich hier spielen sollte und auf die all diese Menschen sich so sehr freuten – Heilung – und lachte auf. *Ja, ihr Menschen, ihr wundervollen, verrückten, zerbrechlichen Menschen: Heilung ist genau das, worum es heute geht.* Er hätte es herausschreien wollen, aber er schwieg und ging lächelnd an der summenden Menge vorbei Richtung Backstage. Dem Mann am Eingang hielt er den in Plastik eingeschweißten Pass hin, den ihm die Elfe im Container gegeben hatte, und er winkte ihn durch. An einem hoch lodernden Feuer vorbei, führte ihn der Weg in ein riesiges Zelt. Ein Teil davon war mit hölzernen Zwischenwänden in Kabinen eingeteilt, der Rest lag offen. An langen Tischen saßen auf hölzernen Bänken noch vereinzelte Menschen, die gerade aßen, was die Köche hinter der Theke zubereitet hatten. Doch die, die zu treffen er gekommen war, saßen in loser Runde auf einer

Reihe Sofas und Couchen, die um einen flachen Tisch gruppiert waren. Als er nähertrat, hob einer der Männer den Kopf. Mit dem langen, lockigen Haar, dem zu Zöpfen geflochtenen Bart und den tätowierten Armen stach er unter den Besuchern nicht heraus. Erst, wenn man genauer hinsah, entdeckte man, dass das linke Auge aus Glas war und nicht im Licht aller Sterne funkelte, wie es das rechte tat. Hinter ihm, auf der gepolsterten Lehne der Couch, saß einer seiner Raben und starrte den Neuankömmling an.

Als der Allvater aufblickte, verstummte das Gespräch unter den anderen, die in der Runde saßen. Der Reisende ließ seinen Blick über die Versammelten schweifen. Der, der gerade gesprochen hatte, war ihm natürlich bekannt – die scharfen Gesichtszüge unter den dunklen Locken, die katzenartig schrägen Augen und die schnarrende, überdeutlich artikulierte Stimme waren unverwechselbar. Auch einige der anderen hatte er schon einmal getroffen, andere waren ihm unbekannt. Elf waren es, den Sprecher eingeschlossen, elf und der Allvater. Mit ihm, dem Reisenden, wäre die Runde vollzählig. Er atmete noch einmal tief ein und nahm dann Platz. Ein großer, sehr schlanker Mann mit tiefschwarzer Haut reichte ihm ein Bier und grinste ihm freundlich zu, dann wandte sich die allgemeine Aufmerksamkeit wieder dem Sprecher zu.

»Ich wiederhole mich nochmal: Der Mensch an sich ist ein zutiefst narratives Wesen. All sein Selbstverständnis zieht er aus Geschichten. Das Narrativ verortet ihn in seiner Welt.«

Durch die Runde zog sich zustimmendes Gemurmel. Der Reisende sah sich um. Bis hierhin schienen alle dem Trickster folgen zu wollen.

»Über lange, lange Zeit waren die bestimmenden Erzählungen Geschichten der Kooperation, des Zusammenhalts, der Gemeinschaft …«

»Ubuntu«, murmelte der Mann, der dem Reisenden das Bier gegeben hatte, und der Trickster nahm den Einwurf auf.

»Ubuntu, ganz genau. Ich bin, weil wir sind, gemeinsam sind wir stark, Teil der Crew, Teil des Schiffs, egal, wie man es sagen will, es bedeutet immer das Gleiche: *Stärke aus Zusammenhalt.*«

Wieder machte er eine kleine Pause, gab seinen Worten die Gelegenheit, in das Bewusstsein seiner Zuhörer einzusickern. »Aber – und das ist ein verdammt großes Aber, verehrte Anwesende – dieser Zusammenhalt galt immer nur für kleine Gruppen. Familien, Stämme, Clans, Nationen. Wir gegen die.« Seine Stimme war immer lauter geworden und steigerte sich zu einem donnernden Crescendo. »Das reicht aber heute nicht mehr! Die Welt ist ein Dorf! Globalisierung lässt sich nicht vom Tisch wischen. Und das Ungleichgewicht der Kräfte auch nicht. Schon lange nicht mehr. Aus *ich bin, weil wir sind* ist ein *ich lebe im Luxus, weil ich dir alles wegnehme* geworden. DAS. KANN. SO. NICHT. WEITERGEHEN!«

Die Zuhörer rutschten sichtlich unbehaglich auf ihren Plätzen herum. Aufbrandendes Getuschel erstickte der Redner im Keim, indem er die Arme weit ausbreitete und mit ruhiger, aber weittragender Stimme hinzufügte: »Ich sage, wir brauchen ein neues Narrativ!«

Mehrere der Teilnehmer sprangen auf, alle schienen wild durcheinanderbrüllen zu wollen. Der Reisende, der immer noch still auf seinem Platz saß, sah sich um. Auch der Allvater saß ganz ruhig und schien sich an der Diskussion nicht beteiligen zu wollen. Aus dem Gewirr der Stimmen und Sprachen schien ein Sturm zu werden, der die Wände des riesigen Zelts flattern ließ. Schwere Regentropfen fielen zischend in das Lagerfeuer vor dem Eingang. Der Allvater streckte seine Hand aus, in der, vom Donner begleitet, sein Speer erschien. Als er dessen unteres Ende auf den hölzernen Zeltboden schlug, breitete sich Stille in Wellen aus. Die restlichen Anwesenden tobten noch einen Augenblick weiter, bevor sie begriffen, dass niemand sie mehr hören konnte. Erst, als alle wieder saßen, die meisten mit vor der Brust verschränkten Armen und grimmigen Gesichtern, ließ der Weise unter den Wissenden den Zauber fallen. »Einer spricht. Alle hören zu«, knurrte er leise. Mehr musste er nicht sagen.

Der Redner verbeugte sich knapp. »Ich war quasi fertig. Ein neues Narrativ. Drunter geht's nicht«, sagte er und setzte sich. Sein Blick fiel auf den Reisenden und er grinste breit. *Das Zünglein an der Waage,* dachte der Reisende. *Und der Trickster weiß es.* Ihm lief ein Schauer über den Rücken. *Wer weiß es wohl noch?* Ein unauffälliger Blick durch die Runde zeigte ihm, dass bislang niemand sonderliche Aufmerksamkeit auf ihn verschwendete. Ob das so bleiben würde?

»… daher völlig absurd, auch nur darüber nachzudenken, am Status quo zu rütteln!«, schimpfte gerade eine Frau, deren brünetter Kurzhaarschnitt und silbergrauer Hosenanzug deutlich weniger in diese Runde zu passen schienen als die Eule, die auf ihrer Schulter saß. »Wer im Strom der Zeit nicht mitschwimmt, geht eben darin unter!«

»Es sind immer die Unseren, die untergehen«, schnarrte eine sehr dicke und sehr schöne Frau mit honigbrauner Haut, deren weites Seidenkleid voller leuchtendbunter Blumen war und deren Stimme klang wie die Brandung an einem weißen Strand. »Ich sage, er hat recht!«

Das Stimmengewirr erhob sich erneut, doch diesmal musste der Alte nicht seinen Speer bemühen. Ein grimmiger Blick reichte aus. Aber auch wenn die Anwesenden nun einer nach dem anderen sprachen und nicht mehr alle gleichzeitig, schien eine Einigung ausgeschlossen.

Der Allvater ließ jeden, der sprechen wollte, zu Wort kommen – und das wollten alle, vom Reisenden und dem Trickster, der genug gesagt hatte, einmal abgesehen. Erst, als die Argumente sich zu wiederholen begannen, mischte er sich selbst ins Gespräch ein. Sehr leise sagte er: »Ihr habt da etwas Grundlegendes nicht verstanden. Es geht nicht um uns. Es geht um sie.« Mit einer scharfen Handbewegung erstickte er den anbrandenden Protest im Keim. »Ihr habt alle nicht richtig zugehört. Es geht nicht darum, ihnen ein neues Pantheon zu verkaufen. Es geht nicht um Anbetung, nicht um Glauben. Es. Geht. Nicht. Um. Uns.« Er ließ seinen Blick durch die Runde schweifen. »Mein Bruder hat es euch erklärt. In den letzten Jahrzehnten sind die Narrative gekippt. Die Menschen gestalten die Welt mit ihren Worten. Deshalb sitzt er«, er nickte einem schlanken, sehr blassen Mann in schwarzer Robe zu, der einen funkelnden Rubin in den Fingern der linken Hand tanzen ließ, »mitten unter uns, und das mit Fug und Recht, auch wenn er so jung ist. Und ihre Worte werden immer negativer. Sie glauben, dass der Kern der Welt böse ist. *Der Mensch ist dem Menschen ein Wolf* und all dies. Damit gestalten sie eine Hölle, wo ein Paradies sein sollte. *Die Finsternis im Herzen der Menschen* ist etwas, was sie hineindichten. Ich sage, er hat recht. Es braucht ein neues Narrativ. Für die Welt. Für die Menschen.« Er stand auf, und der Speer lag wieder in seiner Hand. »Wir stimmen ab.«

Und sie stimmten ab. Dafür, dagegen, manch einer fügte seiner Stimme noch einen flammenden Appell für seine Position hinzu. Als des Allvaters Blick auf ihn fiel, standen sechs Stimmen gegen sechs. Das Zünglein an der Waage. Er spürte die Blicke aller Anwesenden auf sich, als würden tausend Sonnen seine Haut bescheinen. Als er aufstand, lachte die Frau im Hosenanzug auf. »Er? Na, da haben wir ja alle nochmal Glück gehabt. Warum sollte ausgerechnet der Nazarener etwas ändern wollen?«

Er sah sie an, sah sie alle an, einen nach dem anderen, sah die Hoffnung in ihren Blicken, die Hoffnung, dass er nichts ändern würde, die Hoffnung, dass er alles ändern würde, sah weiter hinaus, an dem Lagerfeuer vorbei, sah durch die Augen des Raben, der über dem Gelände kreiste, wie die Menschen tanzten und lachten, wie ihnen Tränen über die Gesichter rannen ob der Musik, wie sie Glück kanalisierten und Schmerz, und er wusste, würde der Rabe höher steigen, würde er all das spüren, all die Geburten und die Tode, den Triumph und das Scheitern, den Hass und die Wut und immer wieder, immer wieder die Liebe, die selbst in den hasszerfressensten und wütendsten unter ihnen immer noch glomm, weil sie das war, aus dem der Mensch gemacht worden war. Nicht Staub und Erde, keine Rippe und keine Saat, nur Liebe. War das nicht schon immer seine Botschaft gewesen?

© Harald Sawatzki

Ju Honisch

Ju Honisch studierte Geschichte und Anglistik in München. Eine Weile lebte und arbeitete sie in Irland. Inzwischen wohnt sie in Hessen. Sie schreibt Kurzgeschichten und Romane. Von letzteren wurden gleich zwei mit Preisen bedacht: dem Deutschen Phantastik Preis (bestes Romandebut) für »Das Obsidianherz« und dem SERAPH für »Schwingen aus Stein«.

Vieles, was Ju Honisch schreibt, gehört in den Bereich der Phantastik oder ist nicht weit entfernt davon angesiedelt – z.B. in der Satire. Allzu niedliche Feen und romantische Elflein wird man allerdings umsonst in ihren Büchern suchen. Ju Honisch mag es spannend. Sie mag es schwarzhumorig. – Was wäre das Leben schon ohne wenigstens ein bisschen Zuneigung?

Im Literaturzelt 2019 war sie mit Gitarre und »Blutfelsen – die Geheimnisse der Klingenwelt 2« zu Gast. »Die Vielfältigkeit und das friedliche Beisammensein haben mich besonders beeindruckt. Gefreut habe ich mich über den kurzen Regenschauer, der just zu meiner Lesung jede Menge Zuhörer in das Literaturzelt trieb. Das ist selbstsüchtig, aber ich freue mich immer über jeden Einzelnen.«

www.juhonisch.de

Pilze

Bisweilen sah man einen Pilz zwischen dem Gras hervorlugen. Es wirkte dann stets so, als wäre er nicht eben nach oben gesprossen, sondern schon immer da gewesen, hatte etwas trügerisch Bleibendes.

»Da. Schon wieder einer«, bemerkte Nuna, deren Pass sie als Lore-Marie auswies und die diesen Umstand sehr heftig zu vergessen trachtete.

»Es wird Herbst. Da wachsen die Pilze.« Elbereth, der eigentlich Herbert hieß, hatte für Nunas Naturkommentare just nicht viel übrig. Er hätte es vorgezogen, sie hätte mehr beim Standaufbau geholfen, anstatt unentwegt irgendwelche Pilze zu sehen und dann zu versuchen, nicht draufzutreten.

»Letztes Jahr waren nicht so viele da. Und ich finde es unschön, wenn man auf sie drauftritt.«

»Häng lieber die Lederbänder auf. Dazu musst du nach oben gucken, nicht nach unten.« Er platzierte einen Kuss auf Nunas Stirn wie ein Friedensangebot.

Dieses Jahr hatten Nuna und Elbereth für ihren Ledergewandungsstand nicht den gleichen Standplatz auf dem Festival-Mediaval bekommen. Seitdem nölte Nuna. Erst war es der leichte Winkel gewesen, in dem der Stand nun geneigt war, da sie an einem Weg nach oben positioniert waren und nicht mehr auf der breiten Händlermeile.

Danach war ihr das feuchtwarme Klima nicht bekommen und sie hatte Zeit verloren, als sie immer wieder auf die Toilette gerannt war. Die nächste waren die Porta Potties in der Nähe des Literaturzeltes. Aber im Grunde waren alle gleich weit weg.

Schließlich hatte sie die Pilze bemerkt. Elbereth hoffte, dass sie sich bald wieder einkriegte. Er fragte sie nicht, ob sie ihre Tage hätte.

Das einzige Mal, als er die von ihm – natürlich irrtümlich – wahrgenommene Launenhaftigkeit auf die weibliche Physis und deren besondere Tage geschoben hatte, waren Dinge durch die Küche geflogen. Diese hatten mehr Substanz als Worte gehabt. Dann hatte es eine belehrende Ansprache gegeben, die ihm vermittelt hatte, er sei a) widerlich misogyn und b) als Mann somit ohnehin stets in der Art von Gemütsverfassung, die Frauen nur bisweilen durchlitten.

Aber auf dem Festival-Mediaval waren sie normalerweise immer ein Herz und eine Seele. Nur diese Pilze …

»Bist du dir sicher, die sind gut?«, fragte Charly vom Suppenstand skeptisch.

»Natürlich. Ich war als Kind immer mit meinen Eltern Pilze sammeln. Habe es gehasst. Aber ich kenne mich jetzt gut aus. Das sind Wiesenchampignons.«

Charly wischte auf seinem Smartphone herum. »Also Wiesenchampignons sehen hier ein wenig anders aus.«

Bernd streckte den Kopf auch über Charlys Handy. »Sehen genauso aus wie die.«

»Und deshalb machst du jetzt zusätzlich Pilzsuppe?«

»Mutter Natur schenkt uns was. Das muss man dankbar annehmen. Willst du mal probieren?«

»Da sei die Gottheit vor! Du willst doch das nicht wirklich verkaufen?«

»Warum nicht? Champignonsuppe. Schmeckt gut. Schreib's mal auf die Tafel.«

»Und wenn es Knollenblätterpilze sind?«

»Sind es schon nicht. Jetzt sei nicht so ein Schisser. Ich weiß schon, was ich tu.«

Charly, der empirische Daten dazu hatte, dass das oft nicht so war, seufzte.

Vor der oberen Schlossbühne tanzten die Menschen. Sackpfeifen und Trommeln heizten die Stimmung an, drangen in die Seelen und von dort in die Füße. Lange Röcke schwangen weit und zeigten eine Nacktheit an Beinen, die in jedem mittelalterlichen Dorf, das etwas auf sich hielt, sofort zum Einschreiten des Büttels geführt hätte. Mit Schandmaske, Pranger oder gar Scheiterhaufen hätte er diese Unkeuschheit rasch bekämpft.

Mika trug Steampunk. Tüllrock, Korsett, Fascinator und klirrende Accessoires. Das hatte mit Mittelalter nichts zu tun, aber dies war kein Reenactment. Auch kein Mittelaltermarkt. Man musste nicht authentisch daherkommen. Diejenigen in halbwegs geschichtlich korrekter Mittelalterklamottierung waren ohnehin in der Unterzahl. Mediaval hieß Phantasie. Ein riesiges Gelände voller Phantasie. Und Musik. Und Tanz. Und … überhaupt. In den schweren Schnallenstiefeln tanzte es sich nicht besonders anmutig. Aber wer war das hier schon? Die Musik fuhr einem in die Beine, und jeder hüpfte und sprang mehr oder weniger geschickt dazu. Nur am Rand der Wiese hatte sich ein Grüppchen gebildet, das so etwas Ähnliches wie höfische Tänze versuchte.

Da. Jetzt rutschte sie aus und landete im Gras auf dem Allerwertesten. Sie lachte.

»Kleine schwarze Ballerina, was ey, Fräuleinchen?«, fragte ein Mann mittleren Alters im lila Jogginganzug und betrachtete verträumt den Rand ihres hochgerutschten Tüllrockes. Der Mensch gehörte hier nicht her. Verdammter Muggle. Er streckte ihr die Hand entgegen, doch sie sprang ohne seine Hilfe auf.

»Bin weder Fräulein, weder schön, will unbelästigt nach Hause geh'n«, zitierte Mika ohne große Hoffnung, dass der Kerl ihr abgewandeltes Goethe-Zitat verstehen würde. Eins zu null für die Germanistin.

»Blöde Kuh!«, zischte der Kerl und drehte sich dann rasch um, als der Schatten von Tharu auf ihn fiel. Tharu war ein herzensguter Kerl und mit zwei Meter sieben und einer gut ausgeprägten Wikingerphysis nicht der Typ, der auf Cons einen Elfen spielte.

Tharu warf dem Jogginganzug einen Blick zu, der mindestens auch 2,07 groß und breit war. Auf solche Blicke verstand er sich. Der Jogginganzug schlurfte murmelnd davon.

»Tanz mit mir!«, lud Mika ihn ein.

Tharu grinste und schüttelte den Kopf. Dann machte er doch ein paar Tanzschritte, blickte dabei auf seine weit entfernten Füße.

»Schau mal, es staubt«, bemerkte er. Nun sah Mika es auch. Mit jedem Schritt zertraten die Tänzer eine Fläche voller Pilze. Fast gab es mehr Pilze als Grashalme. Und wenn sie auf sie trat, sonderten sie einen goldglitzernden Staub ab in einer kleinen, funkelnden Wolke. Von denen gab es schon so viele, dass die ganze Wiese glitzerte.

»Holy shit!«, murmelte Mika.

»Wohl kaum«, urteilte Tharu. »Goldene Pilzsporen. Sowas habe ich noch nie gesehen.«

Die Staubwolken quollen zwischen den Tänzerbeinen in die Höhe.

»Krass«, sagte Mika und vergaß ihr Germanistentum.

Tharu sagte nichts, kaute nur nachdenklich an seiner bartgeschmückten Unterlippe.

Unter der Plane des Literaturzeltes saßen die Zuhörer auf Bierbänken. Vorne auf der kleinen Bühne las Elsa. Sie las gut, das Mikro trug ihre Stimme weit. Hinter den Zuhörern stand der Herr des Buchladenzeltes wie der Hüter eines legendären Schatzes und hielt die Arme verschränkt. Die Luft glitzerte golden.

»Das sind keine Pilze!«, sagte jemand im Publikum. Elsa war irritiert. In dem, was sie las, kamen keine Pilze vor. Sie folgte den Blicken der Zuhörer, die, anstatt an Elsas Lippen zu hängen, alle angestrengt auf den Boden starrten. War der vorher noch grün gewesen, wie es sich für eine Wiese geziemte, glitzerte er nun golden. Hatte irgendwer sein Glitzermakeup verschüttet?

So viel Glitter konnte niemand dabeihaben. Das Funkeln stieg leise an den Beinen der Zuhörer hoch wie Nebel.

Elsa las weiter: »Aënahya hätte nun Zeit zu fliehen, wenn es nur einen Fluchtweg gegeben hätte.

Es gab jedoch keinen. Jedes weitere Planen wurde müßig, als die schweren Türen plötzlich mit Vehemenz aufflogen. Sie knallten gegen die Marmorwände. Aënahya erstarrte.«

Niemand hörte Elsa zu, und sie hielt inne. Vor ihr stampften die Zuhörer kichernd auf dem Boden auf, in dem unbändigen

Zwang, den jeder fühlte, wenn er frische Luftpolsterfolie in die Hände bekam. Nur knackten die Pilze nicht, ließen nur immer neue Glimmerwölkchen nach oben wabern. Elsa versuchte, nicht einzuatmen. Doch atmen konnte sie sich schlecht abgewöhnen.

»Ob das giftig ist?«, fragte einer jetzt, und alle hörten auf, auf dem Boden herumzutrampeln. Der Glitzerstaub hatte inzwischen bei den Sitzenden Taillenhöhe erreicht. Manche standen auf. Zwei stellten sich auf die Bierbank, um höher zu sein. Elsas Position war bereits erhöht. Sie hätte sich allerdings gewünscht, die Bühne wäre höher gewesen.

»Scheiße, was ist das?«, fragte einer. »Kenn ich nicht!«, antwortete ein anderer.

»Ich denke, du bist Biologe.«

»Das hier … ist … neu.«

Ein seltsames Schweigen legte sich über die Zuhörerschaft. Manche drängten aus dem Literaturzelt, das letztlich nur ein Dach war. Doch auch draußen war alles voller Pilze. Sie wuchsen überall. Sie konnten dabei zusehen.

Da, wo die trampelnden Menschenfüße fehlten, richteten sich die Pilze auf. Es kam Elsa vor, als könnte sie ein leises glasklingendes Kichern hören.

Sie hatte einfach zu viel Phantasie.

Nuna hockte im Schneidersitz auf dem Boden hinter der Verkaufstheke.

»Wie willst du da unten von Kunden gesehen werden?«, fragte Elbereth ein wenig ärgerlich.

»Sie glitzern«, kicherte sie. In der Hand hielt sie ihr Smartphone und suchte irgendwas, vermutlich glitzernde Pilze. »Ich kann sie nicht finden.«

»Ich bräuchte Lederbänder!«, unterbrach ein Kunde, und Elbereth wandte sich von seiner Partnerin ab und bediente den LARPer, dessen ledernes Beinkleid komplett mit Glitzerstaub bedeckt war.

»Staubt ganz schön, das Zeug!«, kommentierte Elbereth mit einem Blick auf das Outfit vor ihm. Nun kicherte auch der Kunde. »Das sind die Pilze. Voll phat.«

»Welche Lederbänder brauchst du denn?«, fragte Elbereth.

»Lederbänder? Was für Lederbänder?« Der Kunde hatte über die Theke geblickt und Nuna erspäht. »Willst du mit mir tanzen?«, fragte er.

»Später«, sagte Nuna. »Viel später.«

Einen Moment war es still. Nur die Bässe der Bands wummerten von den Bühnen.

»Wir bauen ab und fahren heim!«, verfügte Elbereth. »Und steh endlich auf. Du bist schon ganz voller …«

»Später«, sagte Nuna wieder. »Viel später.« Und dann: »Sieh nur, wie hübsch! Sie ändern sich.«

Tharu tanzte. Mika hatte ihn noch nie tanzen gesehen. Er legte die Anmut eines munteren Bären an den Tag. Er schien Spaß zu haben. Sie hatte auch Spaß.

Sie umrundete Tharu und lachte. Dann saß sie wieder auf dem Boden, wusste nicht genau, wie sie gefallen war, doch es war auch nicht schlimm.

»Schau mal«, sagte sie und deutete auf die Pilze, die immer noch aus dem Boden sprossen, und auf die, die eigentlich hätten zertreten sein müssen, die sich aber erneut aufrichteten und sich schüttelten wie nasse Hunde. Wie an Reißverschlüssen öffneten sich die Pilzkappen von innen nach außen. »Eine Blüte! Schau nur! Eine gelbe Blüte! Sieht aus wie Löwenzahn.«

»Pilze blühen nicht«, erwiderte Tharu und vollführte mit ausgestreckten Armen eine bärige Pirouette. Die Zöpfchen in seinem Bart flogen.

»… und schloss darauf dann messerscharf, dass nicht sein kann, was nicht sein darf! – Christian Morgenstern«, kommentierte Mika, die Germanistin.

Tharu wackelte ein bisschen. Pirouetten war sein Gleichgewichtssinn nicht gewöhnt. Aber er hielt an und bückte sich runter.

»Tatsächlich«, sagte er. »Löwenzähne. Toll!«

»Sieht nicht mehr wie Suppe aus«, meinte Charly. »Eher wie ein Getränk. Es ist durchsichtig geworden. Goldfarben transparent.« Bernd steckte seinen Finger in die Flüssigkeit und leckte ihn ab.

»Spinnst du?«

»Wein. Also nicht Traubenwein, sondern eher so Obstwein. Lecker.«

»Du hast eben noch Suppe gekocht!«

»Jetzt können wir Fruchtwein ausschenken.«

»Das ist …«

»Das ist ziemlich geil! Schreib's auf die Tafel!«

Ein Rumpeln unter den Füßen ließ alle schwanken. Bernd hielt sich an Charly fest.

»Ein Erdbeben! Ein verficktes Erdbeben!«, rief Charly erschrocken.

»Schau nur, es schneit!«, kommentierte Bernd hingerissen, als die ersten gelben Blüten sich in würfelförmige Pusteblumen verwandelten und »Schneeflocken« wie Fallschirme kleine goldene Samen beförderten.

»Fang ein paar. Dann kannst du auch noch Müsli und Eiscreme anbieten!«, zischte Charly sarkastisch.

Irgendetwas löste sich. Charly und Bernd spürten es, auch wenn sie nicht wussten, was oder wie. Oder wo.

»Völlig losgehelöst von der Eeeerde …«, sang Bernd und blinzelte gen Himmel. Der falsche Schnee schneite von unten nach oben.

Charly blickte nach unten. Bernd hatte verdammt noch einmal recht.

Ein Kunde trat auf den Stand zu. Er trug einen lila Jogginganzug und roch nach schlechtem Aftershave.

»Möchtest du … möchten Sie eine Suppe?«, fragte Charly automatisch, während er darauf achtete, dass keiner der Töpfe umfiel.

Schnee? Erdbeben? Er wollte, dass alles wieder normal war. So normal wie der Spießer auf der anderen Seite der Theke.

Letzterer lächelte.

»Tanzt ihr mit mir?«, fragte er schüchtern. Sein Muggle-Gesicht hatte etwas Verträumtes.

»Klar«, sagte Bernd.

Metal-Band unten. Folk-Band oben. Gaukler und Troubadoure dazwischen. Die Klänge ergänzten sich in perfekter Harmonie. Elbereth, der lieber Faun hörte als Metallica, hätte das nicht für möglich gehalten.

Alles drehte sich und glitzerte und schneite in die falsche Richtung: nach oben. Elbereth indes blickte auf den Boden. Er bestand aus einem dichten Geflecht von weißlichem Mycel, das ineinander verschlungen war wie Wikingerschnörkel. Durch die wenigen Zwischenräume konnte man nach unten sehen. Da lag die Stadt Selb. Elbereth erkannte von weit oben den Ausstellerparkplatz.

»Scheiße auch!«, murmelte er verstört. »Siehst du das?«

Nuna tanzte über den versponnenen Boden. »Krass, nicht? Absolut mega!« Sie fasste ihn an der Hand und zog ihn hinter dem Stand hervor. Auf dem ansteigenden Weg tanzten Menschen: Ritter, Wikinger, Monster, Maiden, Elfen und Steampunks. Gaukler und Prinzessinnen. Ein paar Gassi gehende Muggles waren auch dabei. Viele schwangen sprühende Zauberstäbe. Der Zauberstab-Stand musste verdammt gute Geschäfte gemacht haben.

Ein wenig wackelte die Welt, als drehe sie sich gegen das Universum.

»Guck mal«, rief Nuna, während sie gen Himmel sah. »Sterne!«

Zum Himmel schauen, nach unten schauen. Selb war nicht einmal mehr ein Punkt.

»Scheiße«, wiederholte Elbereth. »Das wäre jetzt eine exzellente Gelegenheit für uns alle, unseren Panikmodus auszuprobieren. Warum kreischt eigentlich keiner?«

»Wozu?«, fragte eine herumtanzende Maid mit knappbemessenem Mieder. »Kannst du was ändern?« Dann begann sie, zur Musik ihren eigenen Text zu singen: »Friede, Freude, Eierkuchen, ich geh jetzt 'ne Feier suchen!«

Sie zog Elbereth mit sich, Hände fassten Hände, und alle tanzten miteinander. Neben einem Stand hatte jemand Krücken weggeworfen. Irgendwo erblickte Elbereth Nuna. Auch sie tanzte.

Einen Blick warf Elbereth noch nach unten. Die Welt unter ihm leuchtete blau.

Und fern.

Unter der Literaturzeltplane hatten sich einzelne Grüppchen gebildet. Elsa, Markus und Anja erzählten Geschichten. Die Worte flossen ihnen von den Lippen, ohne dass sie in ihre Bücher oder Mappen hätten blicken müssen. Sie waren einfach da, malten Bilder in die Köpfe der Zuhörer und Zuhörerinnen, sangen von Frühling und Sommer, von den Herbstlanden und von schwarzen Winterstürmen. Furchtlose Freibeuter segelten über schwere, graue See. Stolze Fregatten suchten Schutz in den Nebeln der Ozeane.

Drachen flogen auf Wortwolken. Jeder hier sah sie deutlich, jeder hier sah sie anders, stand mit dem Helden vor der Höhle und war erstaunt, wenn er von einer uralten Schuppenechse mit schwefeligem Mundgeruch eine Lektion in Anstand und Benimm erhielt. Auch Liebende gab es in den Geschichten, ihre Stirnen umkränzt von Veilchen und Maiglöckchen. Sie hielten sich bei den Händen und sanken auf samtweiche Wiesen unter einem Firmament voller Sternschnuppen – allerdings erst, wenn die Bösen besiegt waren und die Mächte des Universums die Helden und Heldinnen geprüft und mit Mut durch Gefahr und Angst geführt hatten. All das fühlten die Zuhörer mit, als wären sie es selbst.

Von weitem hörten sie Musik. Sie passte zu den Geschichten, nicht umgekehrt. Denn es war immer schon so gewesen. Von

Urzeiten an – mal mit weniger, mal mit mehr Worten, mal mit Trommel, mal mit Flöte untermalt – hatten sie Spannung und Sinn in das Leben der archaischen Zuhörerschaft gezaubert, hatten vorgegaukelt, dass alles und jeder der Sinnhaftigkeit und der Konsequenz unterlag. So waren es die Geschichten gewesen, die eine Basis für ein Streben nach Glück geschaffen hatten.

Die Schneeflocken, die keine waren, sammelten sich in den Haaren der Erzähler wie Glitzerkrönchen. Autorinnen und Autoren waren nun mythische Märchenerzähler, waren die Shannachie oder »sean chaoi« der keltischen Legenden, die Griots Westafrikas, die Dengbêj der Kurden, die Manastschi der Kirgisen. Manchmal erzählten sie einzeln, dann wieder verbanden sich ihre Geschichten, setzten sich zusammen zu Handlungen, die sich ganz plötzlich verwoben.

Bisweilen verließ einer der Zuhörer das Zelt, um daneben zu tanzen oder zu träumen. Dann wieder kam ein Tänzer oder eine Tänzerin glühend vor Freude und setzte sich zu den Hörenden. Auch ihre Körper erzählten Geschichten, brauchten keine Worte dazu.

Irgendwann fragte einer plötzlich ängstlich: »Wo sind wir? Ich kann nicht sehen, wo wir sind!«

»Vor der Höhle des Drachen«, sagte Markus und wusste, dass Drachen das Grauen selbst sein konnten.

»Bald bei dem, den du liebst«, versicherte Anja, obgleich das eine Zukunft prophezeite, über die sie nichts wusste.

»In Sicherheit«, hoffte Elsa, denn sie kannte das Ende der Geschichte nicht.

Sie waren Geschichtenerzähler, und ob die Aussagen mehr als eine Mischkalkulation aus Spannung und Erwartung waren, wussten sie nicht.

Was war schon Sicherheit?

Die Mehrstimmigkeit des spontanen Begleitchors erklang polyphon. Alles hatte sich zu einem gigantischen Klangwerk verbunden. Selbst das Echo, das von einem nicht mehr deutbaren Firmament widerhallte, stimmte ein in den verführerischen Gesamtklang.

Viele tanzten, allein, zu zweien oder in Gruppen. Die mittelalterlichen Tänzer erstrahlten in ihrer höfischen Pracht. Die Steampunks waren wie schwarzbraune Ziersterne in einem bunten Geflecht.

Manche liebten sich hinter den Büschen des Parks. Andere hockten von innerer Freude und Euphorie durchdrungen einfach da und genossen. Hätte man sie gefragt, was sie genossen, sie hätten es nicht benennen können. Vielleicht war es nicht so sehr die Anwesenheit von etwas Gutem wie die Abwesenheit von etwas Schlechtem. Doch gut und schlecht hatte sich nivelliert, und wenn man just darüber nachdachte, hätte das zumindest ziemlich verdächtig sein müssen. Doch wer dachte schon darüber nach?

»Ich habe dich schon immer ziemlich … sehr gemocht«, murmelte Mika und musste ihren Kopf nach hinten beugen, um Tharus Gesicht über dem ihren zu sehen. Sie bewegten sich langsam in einem Tanz, der längst zu etwas anderem geworden war.

»Und wirst du das noch tun, wenn das hier vorbei ist?«, fragte er in seinem heimeligen Bass.

»Ich weiß nicht, was sein wird, wenn das hier vorbei ist.«

»Es ist möglicherweise besser, wir wissen es nicht.«

»Sehr viel besser. Wir können es nicht ändern. Und wer wollte es schon ändern? Wer hätte so viel Rückgrat?«

»Ich genieße, aber mein Kopf flüstert immer noch: Und was wird dann?«

»Vielleicht nichts«, erwiderte Mika. »Oder, um mit dem guten Dr. Faust zu sprechen: Woll'n wir dem Augenblicke sagen, verweile doch, du bist so schön!«

Sie schwiegen eine Weile.

»Wenn wir tatsächlich von … äh … Aliens …« Tharu murmelte das Wort, als wäre er peinlich berührt davon.

»Was sollten die schon von uns wollen?«

»Uns essen, uns konservieren, uns untersuchen, uns archivieren, oder einfach nur einen Eindruck durchschnittlicher Erdenbürger bekommen.«

Beide sahen sich an.

»Auf dem Festival-Mediaval?«

Beide begannen zu lachen.

»Ausverkauft!«, rief Bernd und begann, die Töpfe in den Bollerwagen zu packen. »Nicht zu glauben. Selbst deine Obstplörre?«, fragte Charly.

»Meine Obstplörre hat sich bester Beliebtheit erfreut. Auch bei dir, mein Schatz.«

Ein Handwagen mit Teilen eines abgebauten Stands wurde vorbeigezogen.

»Hi, Mika!«, rief Bernd. »Alles gut?«

»Wunderbar. Wir sind fast ausverkauft. Obwohl – ich weiß gar nicht genau, wann das alles passiert ist. Ich habe ziemlich viel getanzt.«

»Wir auch.«

Vom Eingang unten an der schmalen Straße kamen ein paar Polizisten. Charly runzelte die Stirn, und einer der Gesetzeshüter hielt auf ihn zu.

»Äh«, begann der etwas unsicher, was Charly amüsierte. Unsichere Polizisten waren irgendwie niedlich. »Wir hatten eine Meldung.«

»Wegen uns?«

»Wegen des Festivals allgemein.« Es war ihm offensichtlich peinlich. »Ein Nachbar in der Nähe meint, etwas gesehen zu haben.«

»Was denn?«

»Also … äh … ein UFO.«

Bernd prustete los.

»Ein UFO? Nur eins? Die gibt's hier massenweise. Wachsen auf der Wiese.«

Der Polizist grinste ein bisschen verlegen. »Nun. Wir sind verpflichtet, allen Meldungen nachzugehen …«

»Natürlich.« Mika nickte verständnisvoll. »Aber hier war es wie immer. Toll, phantastisch, krass und mega.«

»Aber so richtig erst, nachdem uns das UFO entführt hat«, sagte Elbereth todernst. Alle kicherten. Auch die Polizisten.

Ein mittelalter Mann in Leder-Ranger-Klamotte gesellte sich dazu. Er trug ein zusammengerolltes lila Kleidungsbündel unter dem Arm.

»Ich hatte Spaß«, sagte er. »Ich glaube, so viel Spaß hatte ich noch nie. Nächstes Jahr komme ich garantiert wieder.« Er sah den Polizisten an. »Sie sollten auch kommen.«

»Und wegen des UFOs«, sagte Mika, die eben am Arm Tharus vorbeikam und in Richtung Auto schlenderte. »Das war bestimmt ein Wetterballon.«

»Oder ein Atmosphärenphänomen.«

»Südliche Nordlichter.«

»Nördliche Südlichter?«

»Ein punktuelles Hochdruckgebiet.«

»Oder ein Tiefdruckgebiet.«

»Treibhauskonfekt.«

»Eine Schallwellenanomalie. Kann schon mal vorkommen, bei den ganzen Bands.«

»Der Föhn. Bei Föhn funktionieren manche Köpfe nicht so genau.«

»Überfließende Himmel verschwendeter Sterne prachten über der Kümmernis – Rainer Maria Rilke. – Der wusste Bescheid, der gute Rainer«, sagte Mika, die Germanistin.

»Bis zum nächsten Jahr!«, verabschiedete sich Tharu.

»Unbedingt!«, rief Bernd.

»Nächstes Jahr auf dem Festival-Mediaval!«

© Max-Georg Schulzke

Amandara M. Schulzke

Die Berlinerin Amandara ist ein Urgestein des Festival-Mediaval. Obwohl sie nach einer Lehre als Verkäuferin Journalistik, speziell Wissenschaftsjournalistik, studiert hatte, baute sie sich einen Marktstand für Ökomärkte auf.

Mit Mittelalter-Zeugs landete sie 1995 zur Walpurgisnacht auf dem Brocken. Zwischendurch war sie Chefredakteurin der Zeitschrift »Karfunkel«, gründete als Chefredakteurin »Pax et gaudium« mit und organisierte große Feste im Schwarzwald. Heute ist ihr Ziel, phantastische Literatur salonfähig zu machen. In Berlin füllt sie die Kulturbremse mit Lesungen und kleinen Konzerten. Mit der Organisation des Literaturzeltes kann sie ihre großen Lieben – Musik, Literatur und Mittelalter – unter einem Dach ausleben.

www.amandara.de

Back to the Roots

Flek na Tar stöhnte innerlich. Ja, er war der einzige Xenologe an Bord. Normalerweise gehörten drei Mitglieder zu einem Erkundungsteam. Er sollte sich jedoch allein auf den Weg machen, um die intelligenten Bewohner des blauen Planeten kennenzulernen. Durch die Drohnen wussten sie, dass diese humanoid wie sie selbst waren. Und von allen Besatzungsmitgliedern sah er ihnen von Körperbau und Gesichtszügen am ähnlichsten. *Hässlich, ich bin so hässlich.* Er schaute aus großen runden blauen Augen in die Weiten des Weltalls. Er war zwar fast einen Kopf größer als die Ureinwohner, aber leichter als die meisten von den Drohnen gemessenen Exemplare. Mit 140 Pfund bei einer Größe von sieben Fuß galt Flek unter seinesgleichen als fettleibig. Ihm waren auch nur fünf statt sechs Finger gewachsen. Früher hatten ihn die Gleichaltrigen deshalb gehänselt. Heutzutage verfolgte ihn stets das Gefühl, geringschätzig angesehen zu werden – selbst wenn es bloß ein verstohlener Seitenblick war, den sich zwei Kollegen zuwarfen. Einer, den er aus dem Augenwinkel kaum wahrnehmen konnte. Mühsam hatte er sich zehn Pfund abgehungert und -trainiert, sonst hätte er wegen Übergewichtes überhaupt nicht mitfliegen dürfen.

Scheiß Schicksal. Ungerechterweise konnte er nicht mal was dafür. So sehr die Luytaner ihre Medizin und ihr Bodyoptimizing entwickelt hatten – gegen diesen seltenen Gendefekt zeigten sie sich machtlos. Die Kapitänin hatte diskussionslos entschieden, dass er ohne fremde Hilfe fliegen muss. Basta. *Blöde Bratze.* Das widersprach den Vorschriften, sie wusste es. War schon klar. Er war ersetzbar.

Seit zwei Tagen hatte er nichts mehr essen können. Vor lauter Sorge bekam er keinen Bissen runter. Geschweige denn ein Quäntchen Schlaf. Wenn er sich unruhig hin und her wälzte, kamen ihm Erzählungen von Luytanern, die von Außerluytanischen entführt und bei lebendigem Leibe untersucht, gequält und gefoltert wurden, in den Sinn. *Oder ich treffe auf Wesen, die Angst vor Fremden haben und mich, ohne zu zögern, angreifen. Nur, weil ich anders bin.* Theoretisch sollte er voller Freude sein. Endlich ein Abenteuer. Eintönig, strukturiert, ohne Überraschungen plätscherte das Leben auf seinem Planeten vor sich hin. Nur deshalb hatte er sich überhaupt für die Mission gemeldet.

Mit zitternden Händen und zutiefst beunruhigt quetschte er sich in ein kleines Shuttle, gerade so passte er in einen Sitz. In der Nähe der Planetenoberfläche schwebte er langsam und hielt Ausschau nach einem geeigneten Platz zum Landen. Auf einem mit Bäumen bewachsenen Hügel liefen massenweise von den Bewohnern hin und her. Weiter unten, ziemlich in der Ecke des umzäunten Geländes, spannte sich eine 2152,99 Quadratfuß messende schwarze Plane, zwei weitere, kleinere – ja, was wohl? Es könnten Behausungen sein, sie schaukelten im leichten Wind. Hinter einer davon ließ er das Minishuttle zu Boden. Leise klirrte eine Glaskanne in der Kaffeemaschine.

Er öffnete die Luke und blieb in ihr stehen. An seinem linken Arm trug er den Hypersensor, der ihm sofort signalisierte, dass die Luft ausgezeichnet atembar war, obwohl ein paar Partikel darin herumschwebten. *Scheiß auf den Feinstaub!* Nach der stickigen Luft im Raumschiff nahm er einige tiefe Atemzüge, die sich wie Balsam in seinen Lungen anfühlten.

Flek schaute nach oben. Über einen hellblauen Himmel verliefen einige weiße Streifen und ein paar Wolken zogen über ihn und veränderten dabei leicht ihre Form. Auf Luyten, im Sternensystem Alpha Centauri, gab es auch Reservate mit Pflanzen und Tieren, doch selbst dort flogen permanent Schiffe und Fluggeräte durch die Luft. Das fehlte hier. Obwohl, er guckte genauer: Es schien ein Gefährt weit oben zu sein, das eine weiße Linie hinter sich herzog.

Vorsichtig, als könne der fremde Boden ihn in einem Wirbel verschlucken, setzte er seinen linken Fuß auf die Erde. Ihm lief ein Schauer durch den ganzen Körper und er hielt den Atem für einen Moment an. *Beruhige dich, beruhige dich* – rief ihm sein Verstand zu.

Langsam, fast wie in Zeitlupe, ging er in Richtung der Wesen. Doch sie beachteten ihn nicht. Gespannt starrten sie zu einem Tisch, den ein Tuch mit geometrischen Unendlichkeitsknoten bedeckte. Dahinter saß ein Erdbewohner und sprach. *Da kann ich gleich den Translator kalibrieren*, schoss ihm in den Sinn. Er ließ sich auf eine schmale Bank in der letzten Reihe unter der schwarzen Plane sinken. Hier konnte Flek die Lage sondieren und ein wenig zur Ruhe kommen. Er bemerkte, dass viele der Wesen, die vor ihm saßen, fettleibig waren, einige viel mehr als er selbst. Verblüfft schaute er auf ihre Hände, sie hatten wie er selbst nur fünf Finger. *Ob sie zu den Ausgestoßenen ihrer Gesellschaft gehören und sich deshalb hier versammeln?*

Wenige Augenblicke später gesellte sich eine Fünfergruppe zu ihm auf die Bank. Er stellte fest, dass es auch Frauen und Männer gab wie bei ihnen.

»Cooles Outfit«, meinte eine braungelockte Frau – Flek hielt sie jedenfalls für ein Weibchen. »Du hast Dich nicht verlaufen?«, lächelte sie ihn an, »Du weißt schon, dass wir hier auf einem Mittelalterfest sind und nicht bei Destination Star Trek oder auf der Comiccon?«

Sein Translator spuckte in sein Gehirn: *kalte Kleidung, Ausstattung, Montur, Ausstaffierung. Reiseziel, Zielort, Bestimmung. Stern, strapaziöse Reise. Comiccon unbekannt.* Er gab ihm den

Gedankenbefehl zu übersetzen: *Meine Montur ist warm. Ich bin jung und kein Mittelalter. Meine Bestimmung war Euer Stern, die strapaziöse Reise beendet. Comiccon unbekannt.*

Er schaute der Ureinwohnerin in die braunen Augen und merkte, wie sich sein Herzschlag beschleunigte, weil er der allererste Luytaner sein würde, der hier in dieser fernen Welt, das allererste Mal zu einer Außerluytanischen sprechen würde. Er schluckte hart, räusperte sich und sagte holperig. »Meine Montur ist warm. Ich bin jung und kein Mittelalter. Meine Bestimmung war Euer Stern, die strapaziöse Reise beendet. Comiccon unbekannt.« Damit verstieß er vor lauter Aufregung direkt gegen die allererste Direktive des Erstkontakts.

Die Fremde riss ihre Augen auf, ihr Mund blieb ihr offen stehen, sie fing laut an zu prusten und zu lachen. Einige Gäste vor ihr drehten sich mit gerunzelten Stirnen um. Sie hielt sich die Fäuste vor den Mund. Flek guckte irritiert, Zweifel und Unsicherheit überrollten ihn. *Mist, ich bin nicht gut genug, ich schaff das nicht, ich bin minderwertig,* begannen seine Gedanken zu kreisen. *Nicht nur bei uns, hier nun auch noch. Oder glaubt sie mir etwa nicht?*

Die Ureinwohner auf den Bänken schlugen urplötzlich ihre Hände aneinander. Er zuckte zusammen. Ein junger Mann, der auf seiner anderen Seite saß, machte einen Kreis mit zwei Fingern und steckte sie in seinen Mund. Er pumpte seine Brust auf und ein lauter durchdringender Ton entfuhr ihm. Flek brach der Schweiß aus. Instinktiv fasste er nach rechts und hielt sich wie ein kleines Kind am Ärmel seiner Nachbarin fest.

Sie schaute zu ihm hoch, wahrscheinlich weil sie an ihrem Arm einen Widerstand verspürte. Schon wieder zogen sich ihre Mundwinkel nach oben. Und er hatte nicht die geringste Ahnung, warum.

»Oh, du bist ja ein rechter Hasenfuß.« Sein Translator schob die Einsen und Nullen in lange Reihen. Mittlerweile hatte sich sein internes Modem mit dem WWW verbunden. Dieses erklärte ihm jetzt, dass ein Hasenfuß ein überängstlicher, schnell zurückweichender, Entscheidungen lieber aus dem Weg gehender Mensch ist. *Das ist völlig ungerecht, sollten sich doch diese Menschen, wie sie sich selbst nannten, auf seinen Planeten begeben.* Nur lässt sich leider mit einer KI nicht über Fakten debattieren.

Inzwischen kletterte eine Person zu dem Mann auf die Bühne und gesprochene Wörter gingen hin und her. Die Frau im roten Kleid fragte den Mann, warum tausende Menschen von Mittelalterfesten fasziniert sind im Jahr 2020 – im Zeitalter von Computern und Raumfahrt. »Ist das nicht Weltflucht und die Verweigerung, sich mit den wichtigen Problemen des Lebens zu beschäftigen?« Im Hintergrund war leise Musik zu hören, die Menschen unter dem großen schwarzen Schleppdach schienen den Atem anzuhalten. Ein kleiner Vogel – Spatz, erklärte das Modem – flog aus einem nahestehenden Baum auf den Boden und pickte schnell etwas auf.

»Wir suchen alle und immer schon das Paradies. Das ist heute so, war es vor 500, 1000 oder 10.000 Jahren. Wir suchen das Paradies nicht nur als Individuum, sondern genauso als Gesellschaft. Wo sollten wir uns Rat holen, wenn nicht in der Geschichte? Deshalb sitzt ihr alle jetzt hier und tanzt nicht vor einer Bühne.«

Leises Geraune im Publikum. Er holte ein weißes Blatt aus einer kleinen Tasche an seinem Körper.

»Ich hoffe selbstverständlich, dass ihr nachher tanzen und musizieren geht, dazu seid ihr doch hergekommen, oder?« Er blickte auf das Blatt.

»Ein kluger deutscher Denker, Lupus von der Auen, schrieb vor zwanzig Jahren: Uns erreichte die Kunde, dass Verwirrung herrscht im Lande der stolzen Dichter und Denker, dass ihr verzweifelt nach der Klarheit sucht, die der Wanderer bedarf, um beherzt nach vorne auszuschreiten. Ihr hockt zitternd in der Kutsche eurer Geschichte, die wie von Geisterhand gelenkt über die Ebene der Zeit jagt. Aber wisst ihr denn eigentlich noch, auf welches Ziel ihr zurast?«* Der Mann machte eine Pause, einige Gäste schlugen leicht die Hände aneinander.

»Die Natur hat uns in diesem Frühjahr einen großen Dämpfer verpasst. Stetiges Wirtschaftswachstum und immer mehr Profit konnten uns vor einem klitzekleinen Virus nicht beschützen. Als ihr zuhause eingesperrt wart bei schönstem Sonnenschein: Woran habt ihr Euch erinnert? An die Geschichten eurer Kindheit, an die Märchen, an die Fabelwesen, die eure Phantasie beflügelt haben. Auch wenn sie in der Quarantäne anders hießen, wie Vikings, Outlander, Picard, American Gods, Ghostbusters, Star Wars.« Beifälliges Gemurmel.

Flek staunte, längst hatte er sein Modem angewiesen, die Rede aufzunehmen, das musste er sich später noch einmal anhören.

»Lasst mich die Worte des Philosophen Hans-Georg Gadamer zum Cusanus-Gedächtnisjahr 1964 in Brixen zitieren:

Die Stimmen der Vergangenheit werden immer erst wirklich vernehmbar, wenn Fragen der Gegenwart an sie gestellt werden.«

Jetzt sprach die Frau im roten Kleid und hielt sich dabei wie zuvor der Mann einen kleinen schwarzen Kolben vor ihr Gesicht: »Ich denke, dass die Faszination unserer historischen Spektakel daher rührt, dass sie uns die Dinge ins Gedächtnis rufen, die der Fortschritt uns scheinbar genommen hat. Sie erinnern uns an eine gewisse Einfachheit. Nur wer die Vergangenheit kennt, kann die Zukunft meistern!«

Die beiden auf der Bühne schlangen kurz ihre Arme umeinander, hielten ihre Münder rechts und links ans Gesicht des

Gegenübers, wackelten mit ihren Händen in der Luft und stiegen von dem Podest.

Die Frau neben Flek sah ihn direkt an. Ihr Lächeln bildete oberhalb des Mundes zwei Grübchen. »Wer bist du und wo kommst du her?« Flek starrte sie perplex an und da er die Direktive des Erstkontakts sowieso schon gebrochen hatte, antwortete er ehrlich: »Ich heiße Flek na Tar und komme vom Planeten Luyten, gute vier Lichtjahre von hier entfernt. Wer bist Du und wo kommst Du her?«

»Uff«, fiel ihr nur dazu ein, »ja, voll cool?« Nach einer kurzen Pause ergänzte sie: »Entschuldige, ich heiße Laura, Laura Müller und komme aus Berlin, das ist die Hauptstadt von Deutschland und das ist ein Staat auf dem Kontinent Europa auf dem Planeten Erde. Luyten? Ist das ein Planet im System Alpha Centauri?« *Alpha Centauri, ja, so nannten die Bewohner hier sein System.* Wäre sie eine Luytanerin würde Flek ihr Tonfall reichlich albern vorkommen. Sie zog ihre vier Begleiter näher und sie stellten sich vor.

»Was machen wir jetzt mit dir?« Flek rutschte sein Herz in den silbrigen, thermodifferenten, gegen einfache Waffen geschützten Overall. *Sollte ich mich jetzt fürchten? Woher kannte diese fremde Person sein Sternensystem? Was wollen sie mit mir machen?* Krude Befürchtungen schossen ihm durch den Kopf.

Laura griff beherzt nach seiner Hand: »Komm, wir zeigen dir das Festival! Du kannst uns alles fragen, was du wissen möchtest.« Flek erstarrte kurz. Seit vielen, vielen Jahren hatte ihn niemand an die Hand genommen, er erinnerte sich flüchtig an seine Ziehmutter. Es fühlte sich erschreckend und gut zugleich an. Im Studium hatte er Techniken der Deeskalation gelernt. *Brauche ich davon eine?* Laura schaute ihn mit einem offenen, fröhlichen Gesicht an, jedenfalls hätte er die Mimik in seiner Welt so interpretiert. Er gab seinem furchtsamen Herz einen Stups und entschied sich, einfach mitzulaufen.

Nach nicht einmal dreißig Metern den Hügel hinauf guckte er verwundert auf zwei Männer und eine Frau. Alle drei hockten inmitten von leicht flatternden Gebilden auf der Erde. Einer schlug ein kleines Stück Metall auf einen Stein. Einer schlug zwei Steine aneinander. Die Frau drehte mit einem bogenförmigen Ding einen Stab auf einer Platte. Rundum standen ein paar Leute und riefen aufmunternde Worte.

»Was machen die da?«

»Feuer. Das ist ein Wettbewerb. Wer am schnellsten eine kleine Flamme macht.«

Flek griff in eine Tasche und zeigte ein rechteckiges weinbeerrotes Multitool. »Wusch«, kam eine kleine Flamme heraus. Laura ihrerseits öffnete ihre Gürteltasche, nahm ein Feuerzeug in die Hand und »Wusch«, kam eine kleine Flamme heraus.

»Haben die so etwas nicht? Das ist doch schrecklich mühsam«, wollte Flek wissen. Die Frau an seiner Seite schien sich schon wieder zu amüsieren. Sie grinste über beide Wangen, während sie ihn glucksend fragte: »Wenn du mitten in der Wildnis gestrandet bist, Hunger hast und dir kalt ist und du alle modernen Gegenstände verloren hast: Wie bekommst Du dann Feuer?«

»Ähm, darüber habe ich noch nicht nachgedacht.« *Ob auf dieser Welt öfter Menschen in der Wildnis verloren gehen? Bei uns haben alle ihre implantierten Modems, das kann überhaupt nicht passieren.* Wohlwollend registrierte Flek die Leistung des Translators, der sich der Sprache scheinbar gut angepasst hat. Nur das »Verlegenheits-Ähm« war ihm selbst rausgerutscht. Obwohl die Frau fröhlich und freundlich reagierte, schien irgendetwas nicht mit ihr zu stimmen. Eine nicht fassbare Erkenntnis kratzte unter seiner Schädeldecke.

Ihre Begleiter zeigten in eine Richtung, sie wollten, wie Flek ihren Äußerungen entnahm, zur Theaterbühne, die Show von Kelvin Kalvus sehen, dem Meister der Glaskugeln. Auf dem Weg dorthin textete Laura Flek zu. Ihm schwirrte der Kopf. Auf der Bühne stand ein Mann, der genauso dick war wie er selbst, er hatte eine glänzende Platte auf seinem Kopf, sprach von Magie, Märchen und Mythen. »Märchen« konnte der Translator übersetzen, »Magie« und »Mythen« deklarierte er als unbekannte Wörter. Flek merkte sie sich, um dieses lebhafte Wesen an seiner Seite später danach zu fragen. *Laura,* verbesserte er sich in Gedanken. Immer noch pochte sein Herz hart und schnell in seinem Brustkorb.

Gebannt starrte er auf den »Artisten« – so hatte Laura den Mann genannt. Drei, fünf, sieben durchsichtige Kugeln ließ er auf seinen Armen entlangwandern, über den Nacken, über den Kopf. Er gab sie unter seinen Beinen hindurch, warf sie in die Luft und fing sie wieder auf. Flek vergaß die Zeit. Er erwachte aus seiner Trance, als die Menschen um ihn herum begannen, die Hände aneinander zu schlagen. Diesmal erschreckte er nicht. Begeistert klatschte er mit. Die Leute zerstreuten sich. Vielleicht noch nie im Leben hatte er sich so inspiriert gefühlt.

»Wird Zeit, dass ich was esse. Zum Frühstück hatte ich nur einen Becher Met, oder zwei. Hast du auch Hunger?«, wollte Laura wissen und zwinkerte dabei mit einem Auge. Sein Magen knurrte hörbar. Wieder lachte die Frau neben ihm. Bei sich zuhause hätte er das als albernes Kichern empfunden – wie bei Mädchen auf dem Weg zur Geschlechtsreife. Laura war eindeutig älter. »Dann auf zur Fressmeile.« Der Translator deklarierte das als unbekanntes Wort.

Zwischen den vielen buntgekleideten Leuten begegneten ihnen drei, die jeweils in einem Stuhl auf Rädern saßen und von anderen geschoben wurden. Flek kam aus dem Staunen gar nicht mehr heraus. Laura winkte ihnen zu. »Warum laufen sie nicht?« Diesmal lachte Laura nicht, sondern zog ihre Augenbrauen zusammen. »Du willst mich verarschen? Darüber macht man keine Witze.«

»Oh, entschuldige«, beeilte sich Flek zu sagen. Er grübelte, was er wohl falsch gemacht haben könnte. Nach ein paar Schritten wandte er sich an sie: »Bitte, erkläre es mir, einem Außerirdischen.«

»Sie hatten Unfälle und sind querschnittsgelähmt, ihre Nervenverbindungen zu ihren Beinen sind kaputt.«

»Und das können Eure Ärzte nicht heilen?« Flüsternd setzte er hinzu: »Unsere schon.« Laura schwieg und blickte nur kurz zu ihm hoch.

»Knobibrot färbt Wangen rot«, stand auf einem Brett an dem ersten Stand, aus dem es kräftig duftete. Tatsächlich stand dort eine Frau, die offensichtlich mit Essen hantierte. *Wie primitiv, das muss bei uns niemand mehr.*

»Das funktioniert? Du isst das und Dein Gesicht wird rot?«

Die Frau an seiner Seite lächelte glücklicherweise wieder, sie schien ihm seine Frage nicht mehr übel zu nehmen. Sie klopfte ihm leicht auf die Schulter und sagte: »Außerirdischer Flek na Tar, Du spielst Deine Rolle wirklich gut. Dafür gebe ich Dir ein Knobibrot aus, frisch in der Pfanne geröstet.«

Vor ihnen stand ein Pärchen. Die Frau sah seltsam aus, weil sie einen kugelrunden Bauch vor sich hertrug. Der Mann bückte sich und drückte seinen Mund darauf. *Ob sie ein Baby darin trug?* Das war die einzige Erklärung, die ihm gerade einfiel. Diesmal mochte er nicht fragen. *Diese Zivilisation scheint ganz schön rückschrittlich zu sein.*

Laura gab der Frau am Stand ein Stück Papier und bekam ein paar runde Stücke zurück. Sie deutete auf die Schüsselchen am

Rand, in denen verschiedene kleine Dinge lagen, mit denen sie ihr Brot belegte. »Süßer Mais, saure Gurken, Röstzwiebeln, gemahlene Chilis – Vorsicht, die sind scharf –, gehackte Petersilie.« Ihre vier Begleiter winkten: Wir holen uns was von dem Mutzbraten und wandern gemütlich zum ›Kerbholz‹, dann sind wir gleich an der Bühne.«

»Wir kommen nach.«

Sie zerrte ihn in Richtung eines Baumes, gab ihm ihr Essen zu halten, nahm ihren Umhang von der Schulter, breitete ihn aus und setzte sich. Doch Flek sah verblüfft auf ein Wesen, das bestimmt zehn Fuß hoch war, einen riesigen Kopfschmuck und ein wallendes Kleid aus verschiedenen Materialien und Farben trug. In der einen Hand hielt sie einen reich verzierten Stab, aus der anderen Hand blies sie weiße Teile in ihre Richtung, die schwebten. Ein zartgliedriges faseriges Teil, das in der Mitte eine Verdickung aufwies, landete fast auf seinem Knobibrot. Er fing es kurz vorher.

»Was ist das?«, stammelte er.

»Beatrice, die Stelzenläuferin, verschenkt weiße Federn. Das Weiß symbolisiert die Reinheit und die Feder seit den alten Ägyptern die Wahrheit. Also schenkt sie uns die reine Wahrheit.«

Flek beschloss, lieber zu schweigen, bevor er sich völlig zum Idioten machte. *Symbole gibt es in mathematischen Berechnungen, für chemische Elemente, in der Physik und den Abermillionen Produktionsprozessen. Aber für die »reine Wahrheit«? Die spinnen, die Menschen.*

Er biss in das ungewohnt riechende, geröstete Brot. Tausende unbekannte Geschmäcker überfluteten seine Zunge. Niemals in seinem Leben, das nach Erdberechnungen etwa 29 Jahre währte, hatte er so etwas Intensives gegessen. Köstlich, einfach nur köstlich. Er wünschte sich, dass er diese exquisite Nahrung immer wieder essen könnte und dass das Stück nie alle würde.

Aus einem Beutel holte Laura einen Gegenstand, drehte am oberen Rand und hielt es sich an den Mund. Sie reichte ihn rüber und fragte: »Magst du einen Schluck Wasser?«

Wasser kannte er. Wenigstens etwas, doch niemals, niemals würde er aus demselben Gefäß trinken wie einer dieser Menschen. Fremde Bakterien und Viren von einem anderen Lebewesen, wie gefährlich! »Na los, ich bin nicht giftig. Trink ruhig«, als ob sie ahnte, was er dachte.

»Laura«, zum ersten Mal nannte er sie bei ihrem Namen, »ich komme von einem anderen Planeten und weiß nicht, ob ich das vertrage.«

Sie zog eine Augenbraue leicht hoch, kramte in ihrer Tasche und fand eine zweite kleine Flasche. »Keimfrei und sauber.«

»Dankeschön«, antwortete er, weil er das gehört hatte, als Laura das Knobibrot gekauft hatte.

Es piepte schrill aus seinem Overall, diesmal zuckte Laura zusammen. *Peinlich*, er hatte vergessen, dem Basisschiff zu signalisieren, dass er sicher gelandet war und dass es ihm gut ging. Wieder holte er das weinbeerenrote Multitool aus seiner Tasche, hielt es sich an den Mund und sprach hinein. Seine Nachbarin vergaß zu kauen.

»Was war das für eine Sprache? Die habe ich noch nie gehört?«

»Standard.«

»Nee, oder?« Sie blickte ihm direkt in die Augen, »bis eben dachte ich, du gehst voll in deiner Rolle auf.« Ihm wurde schon wieder unbehaglich zumute. »Wieso?«, fragte er, den Kopf zwischen die Schultern ziehend.

»Hey, ich bin Ingenieurin für Luft- und Raumfahrttechnik. Ehe wir ein Raumschiff gebaut haben, das schneller als das Licht fliegt und in einer menschlichen Lebensspanne Alpha Centauri erreichen könnte, vergehen Generationen.«

Mit diesem Satz war das Vorhaben beendet, den anderen zur Schlossbühne zu folgen.

Flek und Laura verkrochen sich in eine abgelegene Ecke des Geländes und redeten und redeten und redeten. Schließlich zeigte Flek Laura sogar das Shuttle. Erst gen Mitternacht liefen sie zur Bühne, um die letzten Lieder des Konzerts von Corvus Corax zu erleben.

Laura hatte ihn sowieso schon für die Nacht in das Lager ihrer Gruppe eingeladen. Da saßen sie nun um ein Lagerfeuer und tranken heißen Met. Ein frischer Wind blies über den Goldberg. Einer ihrer Freunde spielte auf einem Instrument und sang dazu. *Ein ähnliches Teil habe ich in einem der seltenen Geschichtsbücher gesehen,* fiel ihm ein.

»Was macht Ihr, um Euch nach Eurer Arbeit zu erholen?«, wollte ein bärtiger Mann wissen. Ob er, wie Laura anfangs, annahm, Flek spiele eine Rolle oder ob er ihnen glaubte, dass er von einem anderen Planeten ist, war dem Xenologen nicht klar. »Bei uns gibt es keine Arbeit oder Nichtarbeit. Jeder ist den ganzen Tag beschäftigt.« »Womit denn?« »Meist damit, Maschinen und künstliche Intelligenzen zu programmieren, zu steuern und zu kontrollieren.«

»Hm, das klingt ganz schön langweilig, und was erfreut Euch? Was ist mit der Liebe? Was macht Euch glücklich?«

Flek hob die Schultern an. Diese Geste war universell. »Freude ist der Gemütszustand oder die primäre Emotion, die als Reaktion auf eine angenehme Situation oder die Erinnerung an eine solche entsteht. Je nach Intensität äußert sie sich als Lächeln, Lachen, Freudenschrei oder in einem Handeln. Liebe: Stärkste Zuneigung und Wertschätzung« – fand das Modem im WWW. »Ich weiß es nicht«, antwortete er ehrlich. Der junge Mann ließ nicht locker: »Was macht Dir Freude in Deinem Leben? Dir persönlich?«

Tränen traten Flek in die Augen. Er konnte nicht einordnen, wieso das jetzt und hier passierte. Das letzte Mal hatte er als Kind geweint, als er sich das Knie an einem Stein aufgeschlagen hatte.

»Ich denke, ich war noch nie so glücklich wie hier bei euch auf dieser fremden Welt. Es ist wunderschön, an einem Lagerfeuer zu sitzen, Met zu trinken und handgemachter Musik zuzuhören.« Eine der Tränen kullerte aus seinem rechten Auge und hinterließ einen kaum wahrnehmbaren Fleck auf seinem Anzug. Bevor er Zeit hatte, sich zu schämen, drehte sich Laura zu ihm, umarmte ihn und gab ihm einen Kuss auf den Mund. Die Flammen des Feuers spiegelten sich in ihren Augen und unter Tränen küsste er sie zurück. Auch das war sein allererstes Mal. Fremde Viren? Scheißegal.

Urplötzlich stand ein schwarzgekleideter Mann in ihrem Kreis, in der Hand hielt er einen schwarzen Kolben, der gleißendes weißes Licht verströmte. »N'Abend, Security. Routinekontrolle. Kann ich mal eure Bändchen sehen?«, klang es freundlich, aber bestimmt. Hinter ihm erschien eine ebenso schwarzgekleidete Frau mit demselben Emblem auf der Brusttasche wie der Mann.

Bändchen, was für ein Bändchen? Flek hatte keine Ahnung. Sein Herz klopfte. Den ganzen Tag waren seine Gefühle auf und ab geschossen. Bis heute war ihm unklar gewesen, dass es so viele Emotionen und Gemütszustände überhaupt gab. Laura fasste sich zuerst und zeigte ihr Bändchen wie die anderen auch. »Und was ist mit dir, Astronaut?« Laura blickte zu dem Mann und sagte: »Oh, ich habe es. Irgendwo im Zelt.«

»Im Zelt?«, hakte der Mann nach. »Ihr habt die Bändchen am Körper zu tragen, das wisst ihr.« Flek wurde unbehaglich. Laura verschwand. Flek würde sich am liebsten tarnen wie sein Shuttle. *Was würden sie jetzt tun? Deeskalation – aber wie? Hatte*

Laura für ihn gelogen oder hat sie tatsächlich noch ein Bändchen im Zelt? Leise Hoffnung schlich sich in sein gequirltes Innenleben. Sie kroch heraus und meinte: »Sorry, ich kann es nicht finden. Dabei war ich ganz sicher, dass ich es in die Vorratskiste …«

»Gib Dir keine Mühe«, unterbrach sie der Schwarzgekleidete. Er zeigte mit dem Finger auf Flek: »Wie sieht der überhaupt aus? Er passt hier überhaupt nicht her, das ist ein Mittelalterfestival. Wir nehmen jetzt Deine Personalien auf und geleiten Dich vom Platz. Das ist eindeutiger Hausfriedensbruch und Erschleichen von Leistungen.« Er wandte sich an die anderen fünf: »Welches Lager seid Ihr? Das wird Konsequenzen für euch haben. Glaubt nicht, Ihr könntet einfach einen Kumpel einschleusen! Im nächsten Jahr braucht ihr euch nicht zu bewerben.«

Alle redeten auf einmal durcheinander. Aus der Dunkelheit erschien ein Schatten mit einem großen Hut: »Was ist denn hier los? Mitten in der Nacht?«

Laura sprang auf ihn zu und rief: »Bläcky, Du bist Bläcky!«

»Ja und, der bin ich. Und nun?«

»Ich muss dich sprechen. Allein. Jetzt!«, stieß sie atemlos hervor.

»Wenn's denn sein muss«, antwortete der eher gelangweilt.

Flek gab seinem Hypersensor am Handgelenk den Befehl, die Lautstärke des Gesprächs für ihn zu verstärken. »Mädel«, hörte er, »Du weißt schon, dass harte Drogen hier auf dem Gelände verboten sind? Das ist die ungeheuerlichste Lügengeschichte, die mir je jemand auftischen wollte.« Vor Aufregung und schlechtem Gewissen Laura und ihren Freunden gegenüber, vergaß Flek, auf die Übersetzung des Translators zu hören und bekam von den nächsten Sätzen nur Bruchstücke mit. *Ich bin wohl doch ein Hasenfuß und hässlich und lebensuntüchtig. Worauf habe ich mich bloß eingelassen?* Er dachte an seine Kollegen im Basisschiff, die ihn alleine auf eine solch schwierige Mission geschickt hatten und sich womöglich ins Fäustchen lachten.

»Flek, komm mit.« Unbemerkt war Laura neben ihn getreten. Er schrak auf. »Die einzige Chance, aus dieser Misere rauszukommen, ist die reine Wahrheit. Darf ich vorstellen: Flek na Tar vom Planeten Luyten aus dem Sternensystem Alpha Centauri und Bläcky, Gründer und Chef des Festival-Mediaval.« Auf dem Gesicht des Mannes mit Hut spiegelten sich die Flammen des Lagerfeuers. Flek konnte nicht erkennen, ob der Mann Laura glaubte. »Wir beweisen es dir, Bläcky.«

Eine gute halbe Stunde später kehrten die drei gemeinsam zum Lager zurück und Bläcky meinte: »Jetzt brauch' ich einen Becher Met.«

Nach wenigen Stunden Schlaf führte Bläcky Flek in das »Zelt der Begegnung«. Er zeigte auf eine Frau: »Das ist Feruna, unsere Runenhex. Ich habe dich schon angekündigt.« Dann wandte er sich an die Vertreter der Religionen:

»Bitte erklärt unserem Gast, warum es wichtig ist, sich auf seinen Ursprung zu besinnen. Erzählt ihm von der Kraft unserer Ahnen, erzählt ihm, welchen Gewinn wir aus unseren Wurzeln ziehen. Erzählt ihm, was mit einer Gesellschaft passiert, die ihre Geschichte und ihre Geschichten vergessen hat!« Vier Augenpaare blickten von Bläcky zu Flek und zurück. »Geht klar, Chef«, antwortete Feruna Bläcky und »Herzlich willkommen«, begrüßte sie Flek. Sie erzählte ihm von Yggdrasil und Midgard, der evangelische Pfarrer sprach über Gott und Jesus, der Jude über Jehova und die Muslima über Allah und seinen Propheten Mohammed. Bis ihn Laura zum Tanzen holte.

Fünf Erdenjahre später

Während im Ruhrpott das erste Intergalaktische Institut für Frieden, Technologie und Gesundheit eröffnet wurde, warteten tausende Luytaner vor einem mehrere Schritt großen Bogen aus echtem Holz. Er spannte sich über den Eingang eines Naturreservats, das heute mit einem Volksfest als historischer Ort eingeweiht werden sollte. Darin waren Buchstaben in zwei Sprachen geschnitzt. »Back to the Roots« lautete die Inschrift der Menschen. Das Team des Festival-Mediaval hatte ihn als Gastgeschenk zur Eröffnungsfeier mitgebracht.

Die Luytaner horchten auf die seltsamen Geräusche, die seit einer halben Stunde aus dem Hintergrund klangen. Der Soundcheck zum Eröffnungskonzert von Corvus Corax, bei dem ebenfalls einheimische Musiker mitspielen würden, lief.

Mit feuchten Händen reichte Flek dem Obersten Vorsitzenden des planetaren Rats eine Schere. Sein Herz pochte, mindestens genauso hart und schnell wie an seinem ersten Tag auf der Erde. Der Oberste zerschnitt das Hanfseil von der Erde und das Kargseil von Luyten. Er schüttelte Bläcky, Laura und Flek die Hände.

»Willkommen im Paradies«, schallte es weithin aus allen Lautsprechern. Die Massen ergossen sich durch ein Spalier von Künstlern und Marktständen mit Handgemachtem in den Park. Das neu gegründete »Banner der Wiederentdecker« trug Kleidung nach alten Darstellungen und hielt quietschbunte Konösses in die Luft. Beatrice stand ganz vorn und blies feine weiße Federn in die Menge, Kelvin jonglierte mit drei Kugeln. Zwischen den Menschen standen die Luytaner, die sich auf die Suche nach ihren Geschichten gemacht hatten. Laura, mit kugelrundem Bauch, und Flek hielten sich an ihren fünffingerigen Händen und strahlten vor Freude.

* *Zitat: Faszination Mittelalter – Romantische Märchenspiele oder kritisches Welttheater von Lupus M. Richter in Pax et Gaudium 1/November 2000*

© Holm Röhner

Kelvin Schmidt

Kelvin Schmidt materialisierte sich 1968, wurde früh, schon nach der 12. Klasse, zu Höherem berufen und lernte also Schlosser. In unsteter Folge durcheilte er sein Leben als Armeeoffizier, Punker, Spieleverkäufer, Weltreisender, Grabungshelfer, Museumsführer, Historiker, Artist und Vater vieler Kinder. Er war erst blutjunge vierzig Jahre alt, als der Fernsehruhm ihn als Zweitplatzierten beim RTL-Supertalent in die Bahn warf. Einen Guinness-Weltrekord und 2000 Bühnenauftritte später genießt er die kurzen schwerelosen Momente zwischen den Alterungssignalen und trainiert mit dieser Geschichte für ein Leben nach dem Körper.

Das jährliche Festival-Mediaval – seit 2008 für ihn – ist ihm die Hoffnung, dass es für die Menschheit vielleicht doch noch gut ausgeht.

www.kelvin-kalvus.de

Bäume

Es begann unbemerkt. Auf dem Goldberg in Selb siedelten sich seltene Pflanzen an, außergewöhnliche Sträucher, verdächtiger Wildwuchs. Die ersten Funde ordnete man dem Klimawandel zu oder einigen gardening guerrilleros, denen es sicher ein diebisches Vergnügen bereitete, ihre Zimmerpflanzen auszuwildern. Das Grünflächenamt in Selb meldete pflichtbewusst jährlich neue invasive, nicht einheimische Arten aus dem Stadtwald, und jährlich ignorierte die oberste Naturschutzbehörde Bayerns aufgrund dringlicherer Katastrophen diese Eingaben.

In den 2040er Jahren wandelte sich das Blatt jedoch im wahrsten Sinne des Wortes. Über Nacht und in auffälliger Zahl tauchten ganze Baumexoten auf, in voller Größe, Blüte, Pracht und Schönheit. Lorbeerbaum, Pinie, ein knochiger Birnbaum, Weide, Eukalyptus und Wacholder trafen auf verdutzte Baumpfleger. Selbige sahen weder Spuren von Einpflanzungen noch irgendwelche menschengemachten Spuren. Die neuen Bäume standen völlig natürlich in passendem Kräuterhabitat, umrankt und umneidet von den einheimischen Buchen. Exot neben Exot versprühten sie den Charme englischer Gärten, wie um die natürliche Vielfalt der Bäume der Welt hier auf engstem Raum zu repräsentieren.

Ein weiteres urplötzliches Erscheinen einer Dattelpalme, eines Drachenbaumes und zweier fünfzig Meter hoher Mammutbäume innerhalb einer Woche brachte die Mitarbeiter des Grünflächenamtes von interessierter Nervosität zu aktionistischer Panik und endlich auch die Hysterie der Medien voran.

Heerscharen Schaulustiger zogen nach Selb. Baumschützer zogen in die Baumkronen und Beamte zogen Zäune um den Goldberg. Trotz behördlicher Berechnungen der Anzahl der Zaunfelder zur Umzäunung des gesamten Parks reichten die Zäune nicht annähernd. Das brachte dem verantwortlichen Revierleiter nicht nur tiefe Zweifel an vorliegenden Unterlagen von Katasteramt und Grünflächenamt, sondern rief auch eine Neuvermessung des Areals auf den Plan.

Nach mehrfachen Vermessungsversuchen, dem Austausch zweier Vermessungsbüros, der Neueichung diverser Geräte und dem üblichen Belächeln der Öffentlichkeit über die Fähigkeiten der Stadtverwaltung musste sie zugeben, dass die Neuvermessung sage und schreibe 25 Hektar mehr Fläche aufzuweisen hatte, als frühere Messungen dies behaupteten. Auch die Höhe stimmte nicht. Statt 562 Metern über Normalnull stand der Wald ganz eindeutig auf 598 Metern an seinem höchsten Punkt. Und weil das noch niemandem vorher aufgefallen war, kam es zu einer inflationären Neuvermessung aller möglichen Grundflächen in Deutschland. Sie stimmten alle – alle außer die in Selb.

Eine weitere Neuvermessung brachte weitere drei Hektar, vier Höhenmeter und eine Zeder über Nacht – eine zweiundvierzig Meter hohe Himalaya-Zeder übrigens, was selbst für den Himalaya zu hoch war. Nun kamen neue invasive Gefahren auf Selb zu: Unmengen von Biologen, Geologen, Klimaforschern, Botanikern, Esoterikern und polizeilichen Räumkommandos, denn die Baumbesetzer vermehrten sich wie die Bäume. Der Bürgermeister wollte sie alle nicht, die Einwohner ihre Ruhe, die Gäste freien Zugang und die bayrische Naturschutzbehörde, die oberste, jetzt endlich, keinen Zutritt mehr, als eine

Beobachtung eines Musikers der Folk-Szene erstaunliche Ruhe in das ameisenhafte Getue in und um den Goldberg brachte.

Weil die Fläche des Goldberg-Stadtparks schon Jahrzehnte eines der schönsten Musikfestivals weltweit beheimatete, das Festival-Mediaval, waren in diesem Zeitraum alle instrumententauglichen Musiker der Mittelaltermusik mindestens zweimal dort aufgetreten. Und weil dieser eine Musiker einen Hang zu Statistiken, Tabellen, Zahlen und ein bisschen zur Folk-Musik hatte, fiel ihm etwas schlicht Unfassbares auf. Zu fast jedem Auftauchen eines Baumes passte der Todestag eines Künstlers, der irgendwann einmal auf dem Festival-Mediaval seit 2008 aufgetreten war.

Eine zwischenzeitlich getätigte Neuvermessung verschob den Park um weitere siebzehn Hektar Ausdehnung und achtzehn Meter Höhe. Auch kondensierte neuerdings ein lokaler Nebel und hüllte große Teile des Waldes in Dauerdunst. Das war gut für die fünf neuen Teakbäume, schlecht für naturwissenschaftliche Erklärungen. In diesem Jahr übrigens überstieg die Selbstmordrate der naturwissenschaftlich Ausgebildeten erstmals die Suizide der Geisteswissenschaftler seit der Erfindung der Statistik im Jahre 1812.

Aber Tatsache war nun mal der Zusammenhang zwischen dem Erleben stetig neuer großer und kleiner Bäume und dem Ableben dicker und dünner Künstler weltweit. Befriedigende Erklärungen wurden nie gefunden. Beliebt ist die These, dass die positiven Schwingungen des Festival-Mediaval ein Hauptgrund für die Vorgänge im ehemaligen Stadtpark gewesen sind. Die unmittelbaren Zusammenhänge zwischen neuem Leben hier und beendetem Leben dort lagen auf der Hand oder eher: auf dem Blatt.

Mittlerweile, heute im Jahre 2208, ist der Wald der meistbesuchte Ort der Galaxis. Es heißt, nur hier gelang es einem

Planeten, seine Seele zu offenbaren, nur hier auf Selb-Erde kann man sie sehen, riechen, spüren und mit ihr sprechen. Ja, sprechen, denn ich erzähle euch selbstverständlich meine Geschichte, von meinen Bäumen, erzähle euch, welche Namen die Baumkronen wispern, und warum genau in der Mitte des Waldes in nunmehr über fünftausend Metern Höhe über dem Meer ein Schwarz-Ahorn steht, umringt von fünf Trauerweiden.

Fast schade, dass vor fünfzig Jahren die letzten Menschen von hier ausgelagert wurden auf andere Planeten, um meine Entwicklung nicht zu gefährden, immerhin bedecke ich schon drei Kontinente.

Aber nur fast schade …

Nachwort der Herausgeberin

Kennt Ihr das Gefühl, dass jemand einen Satz zu Euch sagt und explosionsartig schlägt Euer Herz schneller, Ihr müsst tief Luft holen und in Euren Augen blitzt es wie ein Feuerwerk? Euch beherrscht nur ein Gedanke: Das will ich! Unbedingt!

2016, Pfingsten in Brüssel: Bläcky erzählte mir zu Feierabend, dass auf der Theaterbühne eine Autorin aus ihrem Buch lesen wird und von Anfang an im Plan des Festival-Mediaval stand, ein Literaturzelt zu integrieren. Ich platzte sofort heraus: »Das würde ich gerne organisieren!«

»Wie kommst Du dazu?«

Von zuhause schickte ich ihm meinen Lebenslauf und er sah, dass ich nicht nur die begeisterte Marketenderin bin, sondern ebenso eine Schriftgelehrte und Veranstalterin. So kam es, wie es schicksalhaft kommen musste. 2017 organisierte ich das erste Literaturzelt auf dem Goldberg in Selb.

Dass ich dafür top Autoren engagieren konnte, lag an dem BuCon, der Messe für phantastische Literatur, die parallel zur Frankfurter Buchmesse stattfindet. Als Erster lief mir ein langjähriger Bekannter, Bernhard Hennen – *Die Elfensaga* –, über den Weg, der mir Robert Corvus vorstellte; später traf ich Markus Heitz – *Die Zwerge* – wieder. Er hatte 2016 für Corvus Corax das Fantastical *Der Fluch des Drachen* geschrieben. Damit sollte er das Literaturzelt ein knappes Jahr später eröffnen. Den Bestsellerautoren als Frontmänner schlossen sich namhafte und Debütautorinnen und -autoren an.

Auf dem BuCon 2016 lernte ich Björn Bedey vom acabus Verlag kennen, der seit 2018 das Scriptorium betreibt, den Buchverkaufsstand auf dem Festival. Bei irgendeinem Becher Met gebaren wir die Idee für diese Kurzgeschichtensammlung.

Von Herzen danke ich zuallererst all den fleißigen Leuten, die hinter den Kulissen des Festival-Mediaval werkeln: Bläcky, dem Big Boss, dem gesamten Orga-Team, den vielen ehrenamtlichen Helfern und mächtig gewaltig Saskia Langeneckert, die das Literaturzelt liebevoll dekoriert, sich um den reibungslosen Ablauf kümmert und das Titelbild gestaltet hat.

Es macht mich glücklich, dass Ihr als Besucher das Literaturzelt so begeistert angenommen habt und/oder jetzt diese Anthologie in Händen haltet. Sicher werdet Ihr auf dem nächsten Mediaval die Augen offenhalten, ob Ihr den Drachen entdeckt, der im Kriegerdenkmal residiert, auf den Boden schauen, ob goldene Pilze wachsen und Euch freuen, wenn eine Krähe fröhlich krächzt.

Danke Björn Bedey und Laura Künstler von acabus für diese Chance, Euer Vertrauen und Eure Unterstützung. Nadine Muriel, Freundin und Lektorin, bestärkte mich, erstmals eine Kurzgeschichte zu schreiben und polierte sie.

Von Herzen danke ich Euch Autorinnen und Autoren, dass Ihr uns Eure Sicht auf Europas größtes Mittelaltermusikfestival schenkt. Was hab ich gelacht, geweint, geflucht, gestaunt.

Last but not least danke ich meinem Liebsten Holger, der sich den Hut unserer Taverne »Zur feuchten Feder« aufgesetzt hat und mir treu zur Seite steht. Mein Traum von 2016 hat sich nicht nur erfüllt, sondern meine eigenen Erwartungen übertroffen. Zu dem Literaturzelt gesellten sich das Signierzelt, die Taverne, eine eigene Backstage, das Scriptorium und zwei stille

Örtchen. So bauten wir einen eigenen Weiler in unserem großen Mittelalterdorf.

Wir sind die Bunten!

Herzlich willkommen im Literaturzelt auf dem Festival-Mediaval

Amandara M. Schulzke

Kurzbiographie der Coverillustratorin

© privat

Saskia Langeneckert hat im schönen Schwarzwald 1990 das Licht der Welt erblickt. Nach Selb kam sie, um Produktdesignerin zu werden, in Mannheim studierte sie Kommunikationsdesign, um heute als Grafikdesignerin in einem Verlag zu arbeiten.

Auch sie gehört zu den Besuchern des I. Festival-Mediaval 2008, seit 2015 unterstützte sie das Festival als ehrenamtliche Helferin und seit 2019 managed sie den Aufbau und den reibungslosen Ablauf der Lesungen und Konzerte im Literaturzelt. Für »Wir sind die Bunten« schuf sie die Titel- und Rücktitelillustration.

»Für mich ist das Festival-Mediaval mein Highlight des Jahres, wie ein Familientreffen und ich sehe Menschen, die ich immer nur dort treffe. Ich fühl mich da einfach pudelwohl.«